KB199204

안드로이드는 전기양의 꿈을 꾸는가?

Do Androids Dream of Electric Sheep?

DO ANDROIDS DREAM OF ELECTRIC SHEEP?

12
필립 K. 딕 걸작선

안드로이드는 전기양의 꿈을 꾸는가?
Do Androids Dream of Electric Sheep?

박중서 옮김

폴라북스

〈일러두기〉

1. 본문의 주는 옮긴이주이다.

2. 인명은 외래어 표기법에 준했으나 일부는 현지 발음이나 관용에 따랐다.
   예) 로젠 → 로즌, 이란 → 아이랜

◑ 차례

여전히 나는 꿈을 꾸네, 그가 잔디밭을 지날 때
희미하게 이슬 속을 걷는 그에게
내 즐거운 노래가 스미는 꿈을.

_윌리엄 버틀러 예이츠, 「행복한 목동의 노래」에서

오클랜드 발

1777년에 쿡 선장이 통가 왕에게 선물했던 거북이 어제 사망했다. 그 나이가 200세에 가까웠다.

투이말릴라*라고 불리던 이 동물은 통가의 수도인 누쿠알로파의 왕궁 정원에서 사망했다.

통가 국민은 이 동물을 추장으로 간주하고 특별 관리인까지 지명해 돌보았다. 이 거북은 몇 해 전에 일어난 산불로 인해 실명 상태였다.

통가의 라디오 방송에 따르면 투이말릴라의 시신은 뉴질랜드 소재 오클랜드 박물관으로 옮겨질 예정이다.

로이터, 1966년.

---

* Tu'imalila, 통가어로 '말릴라 왕'이라는 뜻이다. 쿡 선장이 3차 탐사 도중에 마다가스카르에서 잡아두었다가, 통가를 방문했을 때 왕족에게 선물했다고 전해진다. 수명을 188년으로 계산하여 세계에서 두 번째로 오래 산 거북으로 공인되었다.

01

침대 곁에 놓인 기분 조절 오르간의 자동 알람이 발산하는 경쾌하고 약한 전기 자극에 릭 데카드는 눈을 떴다. 깜짝 놀란 (이렇게 사전 통고도 없는 상태에서 곧바로 눈을 뜬다는 사실이 그는 매번 놀랍기만 했다) 그는 침대에서 나왔고, 색색의 잠옷 차림으로 일어나 기지개를 켰다. 아내 아이랜은 자기 침대에 누운 채로 우울한 회색 눈을 몇 번 깜박이다가 끙 하는 신음과 함께 도로 감았다.

"당신, 펜필드를 너무 약하게 설정했어." 그가 말했다. "내가 다시 설정해놓을게. 그러면 당신도 잠에서 깼을 때―"

"내 설정, 함부로 건드리지 마." 그녀의 목소리에는 쓸쓸하면서도 날카로운 느낌이 깃들어 있었다. "나는 잠에서 깨고 싶지 **않단** 말이야."

그는 아내의 옆에 앉아 그녀에게 몸을 숙이고 부드럽게 설명했다. "전기 자극을 어느 정도 높게 설정해놓으면, 당신도 잠에서 깼을 때 기쁜 기분이 들 거야. 그게 바로 핵심이라고. C로 설정해놓으면 의식의 문턱을 넘어설 거야. 그게 나한테 해준 것처럼." 친근한 태도로(그는 지금 세상을 향해 호의적인 기분을 느끼고 있었는데, 이는 모두 **그의** 설정이 D에 맞춰져 있었기 때문이다) 그는 아내의 벌거벗은, 창백한 어깨를 토닥였다.

"그 어설픈 형사 같은 손 좀 치우시지." 아이랜이 말했다.

"나는 형사가 아니야." 이제 그는 짜증을 느꼈다. 그쪽에 다이얼을 맞추지도 않았는데 말이다.

"당신이야 그보다 더 심하지." 아내는 여전히 두 눈을 감고 있었다. "형사들에게 고용된 살해자니까."

"나는 인간을 죽인 적은 한 번도 없어." 그는 방금 전보다 더 짜증이 솟구쳤다. 이제는 진적으로 저대감마저 들었다.

아이랜이 말했다. "사람이 아니라, 오로지 그 불쌍한 앤디들*만 죽였다 이거겠지."

"그러는 당신도 그렇게 가져온 현상금을 아무 거리낌 없이 쓰잖아. 뭐든지 순간적으로 당신의 관심을 끄는 물건에 써버릴 때 말이야." 그는 자리에서 일어나 자신의 기분 조절 오르간의 조종 장치 쪽으로 성큼성큼 걸어갔다. "그 돈을 저축했더라면." 그가 말했다. "그랬더라면 우리도 지금쯤은 진짜 양을 한 마리

---

* andys, 안드로이드androids의 약칭.

쯤 사서, 위에 있는 가짜 양을 대신할 수도 있었겠지. 기껏해야 전기 동물이라니. 최근 몇 년 동안 내가 이 자리까지 올라오면서 벌 수 있는 돈은 모두 벌었는데도." 조종 장치 앞에서 그는 (분노의 기분을 없애주는) 시상 억제물질에 다이얼을 맞출지, 아니면 (말다툼에서 이기기에 충분할 만큼 그를 집요한 인간으로 만들어주는) 시상 자극물질에 다이얼을 맞출지 잠시 머뭇거렸다.

"어디 한번 다이얼을 맞춰보시지." 아이랜이 눈을 뜨고 그를 바라보고 있었다. "그보다 더한 독설을 내뱉는 쪽으로 맞춰보란 말이야. 당신이 그렇게 하면 나도 똑같이 다이얼을 맞출 거야. 그렇게 최대한도까지 다이얼을 맞추면 우리가 지금까지 겪었던 모든 말다툼은 정말 아무것도 아니라는 걸 보게 될 거야. 어디 한번 다이얼을 맞추고 똑똑히 보시지. 어디 한번 해보자고." 그녀는 재빨리 자리에서 일어나더니 자신의 기분 조절 오르간의 조종 장치 쪽으로 성큼성큼 걸어갔다. 그러고는 가만히 서서 그를 노려보았다.

그는 한숨을 내쉬었다. 그녀의 위협에 패배한 것이었다. "나는 그냥 오늘 일정표대로 다이얼을 맞출 거야." 그러고는 1992년 1월 3일 자 일정표를 살펴보았다. 오늘은 사무적인 전문가 같은 태도가 필요하다고 쓰여 있었다. "내가 일정표대로 다이얼을 맞추면." 그는 조심스레 말했다. "당신도 그렇게 하겠다고 약속할 수 있어?" 그는 가만히 기다렸다. 아내가 동의하기 전까지는 자신도 그렇게 하지 않을 만큼은 눈치가 있었다.

"오늘 내 일정표에는 6시간에 걸친 자책성 우울이 들어 있어." 아이랜이 대답했다.

"뭐라고? 왜 그렇게 일정표를 짰어?" 그건 기분 조절 오르간의 목적 전체를 무력화하는 행동이었다. "그나저나 당신이 그런 설정도 할 수 있다는 건 미처 몰랐는데." 그가 시무룩하게 말했다.

"어느 날, 나는 여기 혼자 앉아 있었어." 아이랜이 말했다. "자연스럽게 〈버스터 프렌들리와 그의 친근한 친구들〉로 채널을 돌렸지. 마침 버스터가 뭔가 대단한 뉴스를 폭로하려 한다고 말하고 있었어. 그런데 곧이어 그 끔찍한 광고가 나오기 시작하는 거야. 내가 싫어하는 그 광고 말이야. 당신도 알지, 마운티뱅크 납 국부보호대* 말이야. 그래서 1분 동안 소리를 죽이고 있었지. 그때 나는 이 건물, 바로 이 건물 소리를 들었어. 그러니까 무슨 소리를 들었냐면—" 그녀가 몸짓을 했다.

"텅 빈 아파트 소리였겠지." 릭이 말했다. 가끔은 그도 한밤중에, 그러니까 원래는 잠자고 있어야 할 시간에 그런 소리를 들은 적이 있었다. 하지만 지금과 같은 시대에는, 반쯤 비어 있는 아파트가 인구 밀도 도표에서는 오히려 인구 밀도가 높은 편으로 간주되었다. 전쟁 이전에만 해도 교외로 여겨지던 저 바

---

* 납은 방사능을 차단하는 기능을 한다. 우연의 일치이기는 하지만 이 작품이 출간되고 20년쯤 지나서 체르노빌 핵발전소 참사가 일어났을 때 현장에 들어가 작업하는 인부들에게 최소한의 방사능 차단을 위해 묵직한 납판을 조금씩 배부했더니, 남자들이 그걸 가지고 제일 먼저 납 팬티를 만들어 입었다는 일화가 전한다. 아마도 방사능이 생식기 이상을 일으킨다는 소문 때문이었던 것으로 짐작된다.

깥에 가보면, 지금은 완전히 텅 빈 건물들도 찾아볼 수 있었다…… 최소한 그가 들은 이야기에 따르면 말이다. 그는 이 정보를 줄곧 '누군가로부터 들은 이야기'로만 남겨놓았다. 대부분의 사람들과 마찬가지로 그 역시 그걸 직접 경험해보는 데는 관심이 없었다.

"바로 그 순간에." 아이랜이 말했다. "그러니까 TV 소리를 죽인 순간에, 나는 382번 기분에 있었어. 마침 그 직전에 거기에 다이얼을 맞춘 참이었지. 그래서 나는 지적으로는 공허를 들을 수 있었지만, 그렇다고 해서 그걸 느낄 수는 없었어. 처음 생각한 건 우리가 펜필드 기분 조절 오르간을 살 수 있어서 감사하다는 거였어. 하지만 곧이어 나는 이게 얼마나 건강에 좋지 않은지를 깨달았지. 나는 생명의 부재不在를 감각한 거야. 이 건물 안에서만이 아니라, 세상 어디에서나. 반응이 없는 것을 말야. 무슨 뜻인지 알겠어? 당신은 모를 거야. 내가 그날 받은 느낌은 예전에는 정신 질환의 징조로 간주되곤 했지. '적합 정동情動의 부재'라고 불리는 것 말이야. 그래서 TV 소리를 계속 죽여두고 기분 조절 오르간 앞에 앉아서 실험을 해봤어. 그리고 마침내 절망을 설정하는 방법을 발견했지." 그녀의 어둡고 오만한 얼굴에 만족감이 드러났다. 뭔가 가치 있는 일을 성취한 사람처럼 보였다. "그래서 한 달에 두 번은 그걸 내 일정표에 집어넣고 있어. 절망감을 느끼는 시간으로는 그 정도가 합리적인 분량인 것 같아. 만사에 관해서, 그리고 잘난 사람들이 모조리 이민 간 후에 이곳 지구에 남아 있는 데 관해서도 말이야. 당신 생각은 어때?"

"하지만 그런 기분이라면." 릭이 말했다. "당신은 평소에도 쉽게 빠지잖아. 굳이 다이얼을 맞출 필요도 없이. 현실 전체에 관한 그런 절망이라면 언제까지나 계속되는 거니까."

"나는 3시간 뒤에 자동으로 재설정되도록 프로그래밍했어." 아내가 재빨리 말했다. "481번으로. 미래에 내 앞에 여러 가지 가능성이 열려 있다는 자각 말이야. 새로운 희망이—"

"481번이 뭔지는 나도 알아." 그가 말을 끊었다. 그 역시 여러 차례 그런 조합으로 다이얼을 맞춘 적이 있었다. 그는 그 설정에 크게 의존했다. "잘 들어." 그는 이렇게 말하며 자기 침대에 걸터앉았다. 그러고는 아내의 두 손을 끌어당겨 아내를 자기 옆에 앉혔다. "자동 차단을 하더라도 우울을 겪는 것은 위험해. 어떤 종류의 우울이든지 간에 말이야. 당신이 일정으로 잡아놓은 것은 잊어버려. 나도 내 일정은 잊을 테니까. 대신 함께 104번에 다이얼을 맞추자. 그리고 당신은 계속 그 상태로 있고, 나는 평소처럼 사무적인 태도로 재설정할게. 그런 상태에서 나는 옥상으로 올라가서, 양을 확인하고, 사무실로 나가고 싶어. 그러면 나는 당신이 그동안에 여기서 TV도 보지 않고 시무룩하게 앉아 있지는 않는다는 걸 알게 되는 거지." 그는 그녀의 가늘고 긴 손가락을 놓아주고, 널찍한 집을 가로질러 거실로 향했다. 거실에서는 어젯밤의 담배 냄새가 희미하게 풍겼다. 그는 허리를 굽히고 TV를 켰다.

침실에서 아이랜의 목소리가 들려왔다. "아침도 먹기 전부터

TV라니, 나는 도저히 견딜 수 없어."

"888번에 다이얼을 맞춰." 릭은 TV 세트가 예열되는 사이에 말했다. "TV를 보고 싶어 하는 열망, 뭐가 방영되든지 간에 말이야."

"지금 당장은 아무 쪽에도 다이얼을 맞추고 싶지 않아." 아이랜이 말했다.

"그러면 3번에 다이얼을 맞춰." 그가 말했다.

"다이얼을 맞추고 싶게끔 대뇌피질을 자극하는 설정에도 다이얼을 맞출 수가 없다니까! 내가 다이얼을 맞추고 싶지 않을 때는, 다른 어디보다도 바로 '거기'에 다이얼을 맞추고 싶지가 않은 거라고. 거기에 다이얼을 맞추고 나면, 그때부터 나는 다른 곳에도 다이얼을 맞추고 싶어질 거니까. 지금 당장은 '다이얼을 맞추고 싶어 하는 것'이야말로 내가 상상할 수 있는 충동 중에서도 가장 낯선 충동이라고. 나는 그냥 침대 위에 앉아서 바닥만 바라보고 싶어." 그녀의 영혼이 딱딱하게 굳으면서 그녀의 목소리도 음침하게 내려앉고 날카로워졌다. 급기야 그녀는 움직임을 멈추었다. 얇게 편재되어 있는 본능적인 막, 어마어마한 무게를 지닌 거의 절대적인 비활성의 얇은 막이 그녀를 덮어씌운 것만 같았다.

그는 TV 소리를 키웠다. 버스터 프렌들리의 목소리가 요란하게 터져 나와 방 안을 채웠다. "─호, 호, 여러분. 오늘 날씨에 대해 간략히 설명드리겠습니다. 몽구스 위성의 보고에 따르면 낙진은 오전에 확실히 예상되고, 정오 이후에는 줄어들 것이라고 합니다. 그러니 혹시나 밖에 나가실 분이 계시다면—"

그의 곁에 아이랜의 긴 나이트가운이 나타나 살며시 바닥에 끌리더니, 그녀가 TV 세트를 껐다. "좋아, 내가 포기할게. 다이얼을 맞추자고. 당신이 나한테 원하는 거라면 뭐라도 할게. '황홀경의 성적 희열'은 어때? 나야 워낙 기분이 나쁘니까 그것도 충분히 견뎌낼 수 있을 거야. 빌어먹을. 도대체 그걸 해봤자 무슨 차이가 있겠어?"

"내가 우리 둘 모두를 위해 다이얼을 맞출게." 릭은 이렇게 말하며 그녀를 도로 침실로 데려갔다. 그곳에서 그는 그녀의 조종 장치 앞에 서서 594번에 다이얼을 맞췄다. '만사에서 남편의 지혜가 월등함을 기쁘게 인정함.' 그리고 자신의 조종 장치에서 '일에 대한 창의적이고 신선한 태도'에 다이얼을 맞췄다. 사실 그에게는 그런 태도가 전혀 필요 없었지만 말이다. 그것이야말로 펜필드 인공 두뇌 자극에 의존하지 않아도 가지고 있는 그의 습관적이고도 본연적인 태도였다.

아내와의 대화 때문에 그는 이미 시간을 허비한 다음이었다. 그는 서둘러 아침을 먹고 밖에 나가기 위해 옷을 갖춰 입었다. 에이잭스 모델 마운티뱅크 납 국부보호대도 물론 잊지 않았다. 그리고 자신의 전기양이 **풀을 뜯는**, 지붕 달린 옥상 풀밭으로 올라갔다. 그 정교한 기계 장치는 모의模擬, simulated된 만족감을 드러내면서 풀을 뜯고 있었고, 그럼으로써 이 건물의 다른 세입자들을 감쪽같이 속여 넘기고 있었다.

물론 이곳 세입자들이 소유한 동물 중 일부는 의심의 여지없이 전기 회로로 만들어진 가짜일 것이었다. 하지만 그는 이 문제를 굳이 깊이 파고들지 않았다. 이웃들도 그가 소유한 양의 진짜 움직임을 자세히 조사하지 않았다. 그보다 더 무례한 행동은 없었다. "당신의 양은 진짜인가요?"라고 묻는 것은, 누군가에게 당신의 치아나 머리카락이나 내부 장기가 검사를 통해 진짜인지 확인받았느냐고 묻는 것보다도 더 무례한 행위였다.

방사능 미세먼지가 섞여 회색을 띤, 햇빛마저 흐리게 만드는 아침 공기가 그를 에워쌌다. 이 공기가 코로도 침투해서, 그는 자기도 모르게 죽음의 냄새를 맡고 말았다. 음, 공기에 대한 묘사로는 너무 지나친 말인지도 몰라. 그는 이렇게 생각하며 잔디밭의 특정 구역으로 향했다. 그곳은 뭔가 어울리지 않게 커다란 저 아래의 아파트와 함께 그의 소유였다. 최종 세계대전의 유산도 점차 그 영향이 감소되었다. 낙진에 살아남지 못한 사람들은 여러 해 전에 망각 속으로 사라졌고, 이제 남은 것은 더 강한 생존자들과 더 약해진 낙진으로, 오로지 그들의 정신과 유전적 특성을 혼란시킬 뿐이었다. 납 국부보호대에도 불구하고 낙진은 (의심의 여지없이) 그에게, 그리고 그의 몸속으로 스며들었고, 그가 이민에 실패하는 한 계속해서, 매일같이 그를 치욕의 좁은 길로 데려가고 있었다. 아직까지 그는 매달 받는 의료검진에서 '정상'으로 판정받았다. 다시 말해 법으로 설정된 한도 내에서 자녀 출산이 가능한 사람이라는 의미였다. 하지만 향후의 어느 달엔가는, 샌프란시스코 경찰서 소속 의사들이 수행하는 이 검사에서 뭔가 다른 결론이 날 수도 있었다. 새로운 특수인은 계속해서 나왔다. 낙진은 어디에나 있었고, 정상인 중에서도 새로 특수인 판정을 받는 사람들은 계속 생겨났다. 각종 포스터와 TV와 광고와 정부의 홍보용 우편물은 이렇게 떠들어대곤 했다. "이민인가, 퇴보인가! 선택은 당신의 몫!" 맞기야 아주 맞는 말이지. 이런 생각을 하면서 릭은 자신의 작은 풀밭으로 들어가는 문을 열고, 자신의 전기양에게 다가갔다. 하지만 나는 이민 가지 않을 거야. 그는 속으로 말했다. 내 일을 해야 하니까.

그의 풀밭과 맞붙은 풀밭의 소유주이자 이웃인 빌 바버가 그를 보고 인사를 건넸다. 그 역시 릭과 마찬가지로 출근하려는 옷차림이었고, 일터로 떠나기 전에 자기 동물을 확인하러 잠시 들른 것이었다.

"제가 기우는 말이." 바버는 환하게 웃으며 말했다. "새끼를 뱄어요." 그는 커다란 페르슈롱*을 손으로 가리켰다. 짐승은 가만히 서서 멍하니 허공을 바라보고 있었다. "어떻게 생각하세요?"

"제 생각에, 당신은 조만간 말을 두 마리나 갖게 되겠군요." 릭이 말했다. 이제 그는 자기 양에게 다가갔다. 양은 자리에 앉아 되새김질을 하고 있었다. 조심성 많은 눈이 그에게 고정되어 있었다. 혹시 주인이 같은 귀리라도 가져오지 않았나 싶어

---

* 프랑스가 원산인 말의 품종. 덩치가 크고 힘이 좋아서 운송이나 농경에 이용된다.

살펴보는 것이었다. 이 가짜 양은 귀리 반응 회로를 내장하고 있었다. 즉 그런 곡물을 볼 경우 자연스럽게 자리에서 일어나 다가오게 되어 있었다. "도대체 어떤 방법으로 새끼를 배게 한 거죠?" 그는 바버에게 물었다. "바람의 짓인가요?"

"캘리포니아에서 구할 수 있는 것 중에서도 가장 품질 좋은 수정용 정액장액精液漿液을 샀죠." 바버가 알려주었다. "주립 동물관리위원회에 있는 지인과 내부 접촉을 통해서 말이에요. 지난주에 그곳의 검사관이 여기 나와서 우리 주디를 살펴보고 간 것, 혹시 기억나세요? 그 사람들도 이 녀석한테서 망아지를 얻는다니까 신이 났더군요. 비할 데 없이 훌륭한 녀석이니까요." 바버가 말의 목을 쓰다듬자 짐승도 제 머리를 주인에게 갖다 댔다.

"혹시 그 말을 팔 생각을 해보신 적 있나요?" 릭이 물었다. 그에게 정말 간절한 소원이 하나 있다면, 그건 바로 말을 한 마리 갖는 것이었다. 사실은 말이 아니라 다른 어떤 동물이라도 좋았다. 가짜 동물을 소유하고 기르는 일은 사람의 사기를 점차 저하시키는 면이 있었다. 하지만 사회적인 관점에서, 진짜 동물이 없을 경우에는 그렇게라도 하지 않을 수가 없었다. 따라서 그에게는 이런 상황을 계속해나가는 것 외에 선택의 여지가 없었다. 그 자신이 동물이 있느냐 없느냐에 신경을 쓰지 않는다 해도, 그에게는 아내가 있었다. 게다가 아이랜은 분명히 이 일에 신경을 썼다. 그것도 아주 많이.

바버가 말했다. "저더러 이 말을 팔라고 하는 것은 부도덕한 일입니다."

"그러면 망아지를 파시죠. 동물을 두 마리나 갖고 있는 것이야말로, 아예 한 마리도 없는 것보다 더 부도덕한 일이니까요."

바버가 어리둥절해했다. "대체 무슨 말씀이시죠? 동물을 두 마리 가진 사람도 상당히 많아요. 서너 마리를 가진 사람도 있는걸요. 제 동생이 다니는 조류藻類 가공 공장 사장인 프레드 워시번은 무려 다섯 마리나 갖고 있다더군요. 혹시 어제 날짜 〈크라니클〉에 나온 그의 오리에 관한 기사 못 보셨어요? 서부 연안에서 가장 무게가 많이 나가고, 덩치가 큰 머스커비*라고 하더군요." 그런 소유물을 상상하는 동안 그의 눈은 반짝반짝 빛이 났고, 그는 점차 황홀경에 빠졌다.

릭은 외투 주머니를 뒤져 하도 많이 펼쳐 봐서 완전히 낡아빠진 《시드니 동물 및 조류 카탈로그》의 1월 호 별책부록을 꺼냈다. 그는 색인을 뒤져서 '망아지' 항목을 찾아냈고(거기에는 '말馬, 새끼' 항목을 보라고 쓰여 있었다) 현재 전국에서 유통되는 이 동물의 가격을 알아냈다. "시드니에 따르면, 페르슈롱 망아지도 5천 달러면 살 수 있다는군요." 그가 큰 소리로 말했다.

"아니에요, 못 살걸요." 바버가 말했다. "그 책자를 다시 한번 살펴보세요. 가격이 이탤릭체로 나와 있을 거예요. 그건 시드니에도 현재 재고가 없다는 뜻이죠. 단지 재고가 있다면, 그 가격

---

* 중앙 및 남아메리카 원산의 오리 품종.

에 판매하겠다는 이야기일 뿐이에요."

"만약에 말이죠." 릭이 말했다. "제가 매월 5백 달러씩, 모두 10개월 동안 당신께 직접 지불하면 어떨까요. 이 책자에 나와 있는 가격 그대로요."

딱하다는 표정으로 바버가 말했다. "데카드 씨, 당신은 말에 관해 아무것도 모르는군요. 시드니에조차 현재 페르슈롱 망아지 재고가 없는 데는 이유가 있어요. 그걸 실제로 사고파는 사람이 없거든요. 심지어 그 책자에 나온 가격으로도 말이에요. 이제는 워낙 희귀한 물건이 되었으니까요. 비교적 열등한 놈들까지도 말이에요." 그는 공동으로 사용하는 울타리 너머로 몸을 기울이며 몸짓을 했다. "제가 주디를 키운 지는 이제 3년째인데, 그동안 이 녀석에 버금가는 품질의 페르슈롱은 한 번도 본 적이 없어요. 이 녀석을 얻으려고 저는 캐나다까지 날아가서 이 녀석을 싣고 직접 운전을 해서 돌아왔죠. 혹시나 도둑이라도 맞을까 봐 걱정이 되어서요. 만약 당신이 콜로라도나 와이오밍의 어디에선가 이 정도 되는 동물을 데리고 지나간다면, 십중팔구 누군가가 나타나서 당신을 때려눕히고 이 녀석을 훔쳐갈 거예요. 왜 그러겠어요? 최종 세계대전 이전에는 정말이지 수백 마리가 있었지만—"

"하지만." 릭이 상대방의 말을 끊었다. "당신은 말을 두 마리나 갖고 있고 저는 한 마리도 없다는 것은, 머서교의 기본적인 신학 및 도덕 체계 전체에 위배되죠."

"당신은 이미 양을 한 마리 갖고 있잖아요. 젠장, 당신은 한 평생 '오르기'를 따라갈 수 있어요. 그리고 감정이입 장치의 손잡이 두 개를 붙잡으면, 영예롭게 거기 접근할 수 있죠. 당신이 저 늙은 양을 갖고 있지 않았더라면, 나 역시 당신의 입장이 뭔가 논리적이라고 생각했을 거예요. 그리고 나는 머서와의 진정한 융합을 당신에게서 박탈하는 데 일조했다고도 했겠죠. 하지만 이 건물의 모든 가구는— 어디 보자, 그러니까 50가구쯤 되죠. 사람이 사는 곳은 세 집당 한 집뿐이니까. 그러니까 우리 모두는 어떤 종류든지 간에 동물을 하나씩 갖고 있다고요. 그레이브슨은 저 너머에 그놈의 닭을 갖고 있고요." 그는 손짓으로 북쪽을 가리켰다. "오크스 부부는 밤마다 짖어대는 그놈의 커다란 붉은색 개를 갖고 있죠." 그는 잠시 생각에 잠겼다. "제 생각에 에드 스미스는 집 안에서 고양이를 한 마리 키우고 있는 것 같아요. 적어도 본인의 말에 따르면 말이죠. 하지만 실제로 본 사람은 아무도 없대요. 어쩌면 있는 척하는 걸 수도 있죠."

릭은 자기 양에게 다가가서 몸을 숙이고는 두툼한 흰색 양털(적어도 이 '양털'만큼은 진짜였다)을 한동안 헤치더니 마침내 찾던 것을 발견했다. 그 안에 감춰진 기계 장치의 제어판이었다. 바버가 지켜보는 가운데 그는 제어판 뚜껑을 딸깍하고 열어서 똑똑히 보이게 만들었다. "봤죠?" 그는 바버에게 말했다. "제가 당신의 망아지를 왜 그토록 간절히 원하는지 이제는 아시겠죠?"

잠시 적막이 흐르다가 바버가 말했다. "딱한 양반 같으니. 지금까지 줄곧 이런 식이었던 겁니까?"

"아뇨." 릭은 이렇게 말하고는 전기양의 제어판 뚜껑을 도로 닫았다. 그는 자리에서 일어나, 뒤로 돌아서서, 이웃을 마주 보았다. "원래는 저도 양을 갖고 있었죠. 진짜인 놈으로요. 장인어른이 이민을 가면서 주고 가신 거예요. 그런데 1년 전쯤에 ― 혹시 제가 그놈을 수의사한테 데려갔던 일을 기억하시나요? 그날 아침에 당신도 여기 나와 계셨잖아요. 제가 나와 보니 그놈이 옆으로 쓰러진 채 일어나지를 못하고 있었죠."

"그때 당신은 그놈을 일으켜 세웠었죠." 바버는 그때 일을 떠올리며 고개를 끄덕였다. "맞아요, 당신이 그놈을 어찌어찌 일으켜 세웠지만 1, 2분쯤 걸어 다니다가 다시 쓰러져버렸죠."

릭이 말했다. "양이란 동물은 이상한 질병에 걸리곤 하죠. 달리 표현하자면 양이란 동물은 갖가지 질병에 걸리지만, 그 증상은 항상 똑같아요. 그냥 일어나지 못하는 것뿐이니까. 실제로는 상태가 어느 정도로 심각한지 판별할 방법이 없는 거예요. 이놈이 지금 다리를 삔 것뿐인지, 아니면 파상풍으로 죽어가는 것인지를 말이에요. 제가 키우던 양이 죽은 이유도 바로 그거였죠. 파상풍요."

"바로 여기서요?" 바버가 물었다. "그러니까 옥상에서요?"

"건초 때문이었죠." 릭이 말했다. "그때 한 번 제가 건초 덩어리에서 철사를 모조리 뽑아내지 못했던 모양이에요. 그래서 한 조각이 남아 있었는데, 그루초는 ― 그 녀석 이름이에요. 하여간 그것 때문에 긁힌 상처가 생겼고, 그게 결국 파상풍으로 번진 모양이에요. 수의사에게 데려갔지만, 결국 죽고 말았죠. 저는 한동안 생각해보다가, 결국 인공 동물을 제조하는 가게에 전화를 해서 그루초의 사진을 보여주었어요. 그러자 그곳에서 이 녀석을 만들어냈죠." 그는 자리에 누워 있는 모조 동물을 손으로 가리켰다. 그놈은 계속해서 열심히 되새김질을 하면서, 혹시나 주인에게 귀리가 있다는 암시가 있는지 유심히 살펴보고 있었다. "상당히 잘 만들기는 했죠. 저 역시 진짜 양을 가졌을 때와 마찬가지로, 이놈을 돌보는 데 상당한 시간과 관심을 쏟고 있고요. 하지만—" 그는 어깨를 으쓱했다.

"아주 똑같지는 않더라는 거로군요." 바버가 그의 말을 대신 끝맺었다.

"물론 거의 똑같기는 해요. 당신도 해보시면 똑같은 기분일 거예요. 이놈이 정말로 살아 있을 때 했던 것과 똑같이 계속해서 지켜봐야 해요. 고장이라도 나면 이 건물에 사는 사람 모두가 이놈의 정체를 알게 될 테니까요. 이놈을 수리점에 데려간 것만 벌써 여섯 번이나 돼요. 대부분은 작은 오작동이었지만, 만약 누가 그걸 본다고 생각해보세요. 예를 들어 울음소리 테이프가 고장 나거나 어찌어찌 손상이 되어서, 저 녀석이 음매하는 울음소리를 멈추지 않는다고 쳐요. 그걸 본 사람들은 그게 **기계적** 고장이라는 사실을 단박에 눈치챌 겁니다." 그가 덧붙였다. "물론 수리점의 트럭에는 '아무개 동물병원'이라고 적혀 있긴 하죠. 운전기사도 수의사처럼 온통 흰색 옷으로 차려입고 있고요." 그는 갑자기 시계를 흘끗 바라보고 그제야 지금이 몇 시인지를 깨달았다. "저는 일단 출근을 해야겠군요." 그가 바버에게 말했다. "이따 저녁에 뵙겠습니다."

그가 자동차 쪽으로 걷기 시작했을 때 바버가 서둘러 그를 불렀다. "음, 오늘 들은 이야기는 이 건물에 사는 사람들한테는 절대로 이야기하지 않겠습니다."

걸음을 멈춘 릭은 고맙다는 말을 꺼내려고 했다. 하지만 조금 전 아이랜이 말했던 절망감 비슷한 뭔가가 그의 어깨를 툭툭 치는 느낌에 그냥 이렇게만 대답하고 말았다. "저도 잘 모르겠군요. 설령 말씀을 하시더라도 별 차이는 없을 것 같습니다만."

"하지만 그걸 알고 나면 사람들이 당신을 낮춰 보게 될 거예요. 물론 모두가 그러지는 않겠지만, 몇몇은 그러겠죠. 동물을 기르지 않는 것에 대해서 사람들이 어떻게 생각하는지 아시잖아요. 다들 그런 행동은 부도덕하고 반反감정이입적이라고 생각하죠. 제 말은, 엄밀하게 말하자면, 지금이야 그게 최종 세계대전 직후에 그랬던 것처럼 범죄로 간주되지는 않지만, 그래도 그런 느낌은 여전히 남아 있다는 거죠."

"이런." 릭은 힘없이 말하며 빈손으로 뭔가 몸짓을 해 보였다. "저는 진짜 동물을 **원하는** 겁니다. 하나쯤 사려고 계속 노력하는 중이에요. 하지만 제 봉급만 가지고는, 그러니까 공무원의 벌이만으로는―" 그는 문득 그런 생각이 들었다. 지금 하는 일에 또다시 행운만 따라준다면. 2년 전에 했던 것처럼, 한 달 동안 무려 네 대의 앤디를 잡을 수만 있다면. 이런 생각도 들었다.

29

그루초가 그렇게 죽게 되리라는 사실을 그때 알았더라면……. 하지만 그건 파상풍이 생기기 전의 일이었다. 건초 묶는 철사에서 떨어져 나온, 마치 피하 주삿바늘처럼 생긴 5센티미터짜리 부러진 철사 조각이 나타나기 전의 일이었다.

"그럼 차라리 고양이를 사시지 그럽니까." 바버가 제안했다. "고양이는 가격도 저렴해요. 갖고 계신 시드니 카탈로그에서 한번 찾아보세요."

릭은 나지막이 말했다. "저는 단순히 애완동물을 원하는 게 아닙니다. 단지 제가 원래 갖고 있었던 것처럼 대형 동물을 갖고 싶어요. 양이라든지, 혹시 돈이 생기기라도 한다면 암소라든지, 수소라든지, 아니면 당신이 갖고 계신 저런 말이라든지요." 다섯 대의 앤디를 퇴역退役시키는 현상금이라면 충분하겠지. 그는 문득 깨달았다. 대당 1천 달러씩이니, 내 봉급보다 훨씬 많고도 넘치니까, 그 돈만 있으면, 내가 원하는 상품을 찾아낼 수 있을 거야. 설령 《시드니 동물 및 조류 카탈로그》에는 이탤릭체로 나와 있는 상품이라 하더라도 말이야. 5천 달러쯤 되면― 하지만. 그는 생각했다. 그러기 위해서는 일단 식민 행성 중 한 군데에서 무려 다섯 대나 되는 앤디가 지구로 도주하는 데 성공해야겠지. 그것까지는 내가 어찌할 수 없는 일이야. 그놈들을 내가 이리로 불러올 수는 없는 일이라고. 설령 그럴 수 있다 하더라도, 전 세계의 다른 경찰 조직에도 현상금 사냥꾼은 수두룩하니까. 나한테 이득이 되려면 그 앤디들은 일단 캘리포니아 북부에 눌러앉아야 할 테고, 그다음으로는 이 지역의 선임 현상금 사냥꾼인 데이브 홀든이 죽거나 은퇴해야겠지.

"그럼 차라리 귀뚜라미를 사시든가요." 바버가 농담 삼아 제안했다. "생쥐도 있죠. 저기, 25달러 정도면 다 자란 생쥐를 한 마리 살 수 있거든요."

릭이 말했다. "당신의 말도 어느 날 갑자기 죽어버릴 수 있어요. 우리 그루초가 죽은 것처럼요. 당신이 오늘 저녁에 퇴근해서 집에 왔을 때 저 녀석이 벌렁 자빠져서 네 다리를 뻣뻣하게 공중에 치켜들고 쓰러져 있는 모습을 발견할 수도 있겠죠. 마치 벌레처럼. 방금 말한 귀뚜라미처럼." 그는 자동차 열쇠를 꺼내 들고 성큼성큼 자동차로 걸어갔다.

"제가 한 말 때문에 기분이 상하셨다면 죄송해요." 바버가 당황해했다.

릭 데카드는 아무 말 없이 호버카의 문을 잡아당겨 열었다. 더 이상은 이웃 사람에게 할 말이 전혀 없었다. 그의 정신은 이제 일에, 지금부터 펼쳐질 하루에 맞춰져 있었다.

02

한때는 수천 명이 살았지만 지금은 크고, 텅 비고, 무너져가는 건물 안에서, TV 세트 한 대가 거주자도 없는 방 안에 쩌렁쩌렁 소리를 뱉어내고 있었다.

이 주인 없는 폐허야말로 최종 세계대전 이전에만 해도 잘 관리되던 곳이었다. 한때 샌프란시스코의 교외로, 고속 수송 모노레일을 타고 조금만 가면 나오는 곳이었다. 그때는 수많은 사람들의 삶과 의견과 불만으로 반도 전체가 새들이 모여든 나무마냥 시끌벅적했지만, 지금은 세심한 건물주들도 이미 죽거나 식민 세계로 이민을 간 다음이었다. 둘 중에서는 앞의 경우가 대부분이었다. 국방부와 독선적인 가신家臣 랜드 연구소*의 용감한 예측에도, 그 전쟁은 무척이나 값비싼 것으로 밝혀졌다. 랜드 연구소도 원래는 이곳에서 멀지 않은 곳에 자리 잡고 있었다. 하지만 아파트 소유주들과 마찬가지로 지금은 랜드 연구소도 이곳을 떠났다. 그것도 영영 떠난 것이 분명했다. 그러나 누구 하나 아쉬워하지 않았다.

아울러 오늘날은 그 전쟁이 왜 일어났는지, 그리고 (혹시 거기에서 누가 이기거나 지거나 했다고 치면) 누가 이겼는지 아무도 기억하지 못했다. 지표면 대부분을 오염시킨 낙진은 어떤 한 나라에서 유래한 것도 아니었고, 어느 누구도(심지어 전시의 적들조차도) 그런 결과를 의도하지 않았다. 처음에는 기이하게도 올빼미들이 죽어나갔다. 희고 토실토실하며 깃털이 수북한 새들이 마당이고 거리고 여기저기 쓰러져 있는 모습은 그 당시만 해도 심각해 보인다기보다는 우스워 보였다. 황혼이 되기 전에는 밖에 나오지 않는 올빼미들이다 보니 사람들도 딱히 그놈들을 눈여겨보지 않았다. 중세의 흑사병도 이와 유사한 방식으로, 즉 수많은 쥐들이 죽어 있는 모습으로 나타났다. 하지만 이번의 전염병은 저 하늘 위에서 내려오는 것이었다.

올빼미가 죽고 나자 다른 새들이 그 뒤를 따랐다. 하지만 그즈음에는 사람들도 수수께끼를 파악하고 이해하고 난 다음이었다. 식민화 프로그램은 빈약하게나마 전쟁 전부터 가동되고 있었지만, 지구에 태양이 비치지 않게 된 이후로는 완전히 새로운 국면으로 접어들었다. 이와 연관해 전쟁 무기였던 '인조인간 자유의 전사'가 개조되었다. 외계의 세계에서도 가동할

---

* Rand Corporation, 1946년에 설립된 싱크탱크로 미군을 위한 연구 및 분석 업무를 수행했다.

수 있었던 이 인간형 로봇은(엄밀하게 말하자면 '유기체 안드로이드'는) 식민화 프로그램에서 기동력 좋은 소형 엔진 노릇을 하게 되었다. UN의 법률에 의거하여 모든 이민자는 각자가 원하는 특징을 지닌 하위 기종의 안드로이드를 제공받아 소유했다. 1990년에 이르자 이들의 종류는 상상을 초월할 만큼 많아졌는데, 이는 1960년대 미국의 자동차 상황과 비슷했다.

그것이야말로 이민의 궁극적인 유인誘引이었다. 안드로이드 하인은 당근이었고, 방사능 낙진은 채찍이었다. UN은 이민을 쉽게 만드는 대신 지구에 머물기는 (비록 불가능하지 않더라도) 어렵게 만들어버렸다. 지구에서 어물거린다는 것은 어느 날 갑자기 생물학적으로 용인될 수 없는 인간으로, 즉 인간이라는 종족의 순수한 유전에 대한 위협으로 분류될 수 있다는 의미였다. 일단 특수인으로 지목되고 나면, 설령 불임 시술을 받아들인다 하더라도, 그 시민은 역사에서 제외되었다. 그는 사실상 더 이상 인류의 일부가 아니었다. 그래도 여기저기에서 이민을 거부하는 사람들은 아직 존재했다. 그런 비합리적인 태도는 이 일에 관련된 사람들을 당혹하게 만들었다. 논리적으로야 모든 정상인은 이민을 떠났어야 옳았다. 하지만 지구는 비록 기형이 되었을망정 여전히 친숙한 상태로 남았고, 때문에 지구에 매달리는 사람도 있었다. 어쩌면 비非이민자들은 지구를 뒤덮은 낙진의 천막이 종국에는 자연히 사라지리라고 생각했을지도 모른다. 어찌 되었든 수천 명의 사람이 여전히 남아 있었으며, 그들 대부분은 서로를 물리적으로 볼 수 있는 도시

지역에 무리 지어 살면서, 서로의 현존으로부터 일종의 위안을 얻었다. 그런 사람들은 비교적 정신이 온전해 보이는 편이었다. 그리고 이들 말고, 사실상 버려진 것이나 다름없는 교외에 때때로 특이한 존재가 남아 있었다.

존 이지도어도 그 가운데 하나였다. 그는 거실에 있는 TV 세트에서 나오는 요란한 소리를 들으며 화장실에 들어가 면도를 했다.

그는 단지 전쟁 직후의 초기에 이 근처를 떠돌아다니고 있었을 뿐이었다. 그 사악한 시대에는 어느 누구도 자기가 무엇을 하고 있는지 제대로 알지 못했다. 전쟁으로 인해 오히려 초연해진 수많은 사람들이 곳곳을 방랑했다. 이들은 처음에는 한 지역에 잠시 무단으로 정주하다가 다른 곳으로 옮겨 갔다. 그 당시만 해도 낙진은 가끔씩 나타났으며 매우 변화무쌍했다. 일부 주州에는 거의 낙진이 없다시피 했지만 어떤 주들은 온통 낙진에 뒤덮였다. 거처를 잃은 사람들은 낙진의 움직임을 따라 움직였다. 샌프란시스코 남부의 반도는 처음에만 해도 낙진이 없어 수많은 사람들이 그곳에 거처를 마련했다. 하지만 그곳으로도 낙진이 찾아오자 일부는 죽었고 나머지는 떠났다. J. R. 이지도어는 마지막으로 남은 사람 가운데 하나였다.

TV에서 요란한 외침이 터져 나왔다. "—남북전쟁 이전의 남부 주들의 전성기를 그대로 복제했습니다! 개인 시종으로나, 지칠 줄 모르는 농장 일꾼으로나, 주문 제작식 인간형 로봇을, **여러분의 특별한 요구**에 맞춰서, **여러분을, 오로지 여러분만을 위해**

특별히 설계된 로봇을, 여러분의 도착과 동시에 완전 무료로, 여러분이 지구를 떠나기 전에 구체적으로 요청한 사항대로 완성하여, 여러분께 드립니다. 현대 역사에서 인간이 고안한 것 중에서도 가장 위대하고 가장 대담한 모험에 함께할 이 충성스럽고도 고장 없는 동반자는 여러분께—" 이런 식의 광고가 계속되었다.

출근 시간에 늦지 않았나 모르겠네. 이지도어는 면도를 하면서 이런 생각을 하고 있었다. 그에게는 제대로 작동하는 시계가 없었다. 보통은 TV에서 나오는 시보時報에 의존했지만, 오늘은 '성간星間 지평선의 날'임이 분명했다. 여하간 TV에서는 오늘이야말로 화성의 주된 미국 정착지인 뉴 아메리카의 건립 5주년이라고(아니면 6주년인가?) 떠들어대고 있었다. 그리고 그의 TV 세트는 일부 고장이 난 상태여서, 오로지 전쟁 중에 국유화된 한 가시 채널만 수신할 수 있었다. 워싱턴에 있는 정부, 그러니까 이민 프로그램의 추진 주체만이 이지도어가 듣지 않을 수 없는 그 방송의 유일한 후원자인 셈이었다.

"이번에는 매기 클루그먼 여사님의 이야기를 들어보겠습니다." 단지 시간을 알고 싶을 뿐이었던 존 이지도어에게 아나운서가 제안했다. "이 인터뷰 테이프에서, 최근 화성으로 오셔서 뉴 뉴욕에 살고 계신 이민자 클루그먼 여사께서는 이렇게 말씀하셨습니다. 클루그먼 여사님, 오염된 지구에 살던 때의 생활과, 상상 가능한 모든 가능성이 풍부한 세계인 이곳에서의 새로운 생활을 비교하신다면 어떻습니까?" 잠시 적막이 깔리더니 곧이어 지치고 건조한 중년 여성의 목소리가 흘러나왔다. "제가 생각하기에는, 저와 제 가족 세 명이 가장 많이 인식한 것은 바로 품위였어요." "품위라고 하셨습니까, 클루그먼 여사님?" 아나운서가 물었다. "그래요." 지금은 화성의 뉴 뉴욕에 살고 있는 클루그먼 여사가 말했다. "설명하기가 좀 힘들기는 하지만. 하인을 둠으로써, 여러분은 지금처럼 어려운 시기에 의지할 곳이 생기는 거죠……. 저는 이게 무척 안심이 된다는 걸 깨달았어요."

"지구에 계실 때요, 클루그먼 여사님, 그러니까 예전에요. 혹시 본인도 어쩌면…… 으흠, 특수인으로 분류되는 것은 아닐까 하고 걱정하신 적은 없습니까?"

"오, 남편과 저는 정말 걱정이 되어서 죽을 뻔했어요. 물론 이민을 오자마자 그런 걱정은 싹 사라져버렸죠. 다행히도 앞으로 영원히 말이에요."

존 이지도어는 씁쓸한 기분으로 이런 생각을 떠올렸다. 그런 걱정이야 나한테서도 싹 사라진 셈이지. 나는 이민조차 가지 않았는데 말이야. 그는 현재 1년이 넘도록 특수인으로 분류된 상태였다. 이는 단순히 그가 보유한 왜곡된 유전자 때문만은 아니었다. 그보다 더 나쁜 사실은, 그가 최소한도의 정신 능력 검사를 통과하는 데 실패했다는 점이었다. 이는 결국 그가 (흔히들 하는 말로) '닭대가리'라는 뜻이었다. 세 군데 행성에서 그에게 모욕이 가해졌다. 하지만 그럼에도 그는 살아남았다. 그는 일자리를 얻었고, 가짜 동물 수리 회사의 수거 트럭을 운전했다. 밴 네스 동물병원도, 그리고 항상 무뚝뚝하고 투박한 인상을 주는 상사 해니발 슬로트도, 그를 인간으로 받아들여주었다. 그는 이 사실이 고맙기 그지없었다. 슬로트 씨가 종종 하는 말대로 *Mors certa, viata incerta*(**죽음은 확실해도, 인생은 불확실한 것**)이었다. 이지도어는 그 의미에 대해 어렴풋하게 알고 있었다. 비록 이 표현을 수없이 듣긴 했지만, 어쨌거나 닭대가리가 라틴어의 뜻을 짐작할 수 있다면 그는 더 이상 닭대가리가 아닐 것이었다. 이런 사실을 지적할 때면 슬로트 씨는 그것도 맞는 말이라고 시인했다. 게다가 이지도어보다 더 멍청한 닭대가리도 이 세상에는 분명히 있었다. 그런 사람들은 아예 일자리를 얻지도 못하고, 그저 '미국 특수직업기술연구소'라는 특이한 이름의 수용 시설에 들어가 있기 때문이다. 늘 그렇듯이 '특수'라는 단어가 그 안에 반드시 들어가야만 하는 모양이었다.

"―그렇다면 여사님의 남편께서는요." 아나운서가 말하고 있었다. "가격도 비싸고 번거롭기만 한 방사능 차단 납 국부보호대를 항상 착용하고 다니셨는데도 전혀 보호를 받는다고 느끼지 못하셨다는 건가요, 클루그먼 여사님?"

"제 남편은―" 클루그먼 여사가 말을 시작했지만, 바로 그 순간 면도를 마친 이지도어는 거실로 성큼성큼 걸어가 TV 세트를 꺼버렸다.

적막. 그것은 거실의 나무로 된 부분이며 사방의 벽에서 퍼져나왔다. 그것은 마치 거대한 풍차에 의해 생성되는 것인 양, 놀랍고도 압도적인 힘으로 그를 강타했다. 그것은 바닥에서도 올라왔고, 이쪽 벽에서 저쪽 벽까지 깔려 있는 카펫의 얼룩진 회색을 통과해서 위로 스며 나왔다. 그것은 이미 고장 난, 또는 반쯤 고장 난 부엌의 여러 가지 설비로부터 방출되었고, 이지도어가 이곳에 살기 시작한 이후 지금껏 한 번도 가동되지 않고 죽어버린 기계에서도 방출되었다. 그것은 거실에 놓인 쓸모도 없는 기둥식 램프에서도 흘러 나왔고, 파리똥 자국이 가득한 천장에서 아래로 내려오는 공허하고도 말 없는 그것과도 뒤섞였다. 그것은 사실상 눈 닿는 곳에 있는 모든 물체에서 출몰하기에 이르렀다. 그것, 즉 적막은 손에 만져지는 모든 것을 대체하려고 작정이라도 한 듯했다. 그래서인지 그것은 그의 귀뿐만 아니라 눈까지도 공격했다. 비활성 상태인 TV 옆에 서 있는 동안, 그는 적막을 눈에 보이는 것으로, 그리고 그 나름대로 살아 있는 것으로 경험했다. 살아 있다니! 그는 이전에도 그것의 순수한 접근을 종종 느꼈다. 그것은 은근함이라고는 없이 그에게 치고 들어왔다. 기다릴 수 없는 것이 분명해 보였다. 세계의 적막은 차마 그 탐욕을 제어할 수 없는 듯했다. 더 이상은 그럴 수 없는 모양이었다. 그것이 사실상 승리를 거두었을 때에는 결코 그럴 수 없었다.

갑자기 그는 문득 궁금해졌다. 지구상에 남아 있는 다른 사람들도 이런 진공을 경험했을까? 아니면 이것은 그의 특별한 생물학적 정체성에만 특별히 따라붙는 것, 즉 그의 잘못된 감각 기관이 만들어낸 허구인 것일까? 흥미로운 의문이라고 이지도어는 생각했다. 하지만 이 상황을 과연 누구와 상의하고 비교할 수 있을까? 그는 이 퇴락하고 꽉 막힌 건물에서 혼자 살고 있었다. 이 아파트에는 사람이 살지 않는 집이 1천 가구나 있었으며, 그 모두는 다른 집들과 마찬가지로 매일매일 더 커다란 엔트로피적인 폐허로 변해가고 있었다. 결국에 가서는 이 건물 안에 있는 모든 것이 하나로 합쳐지고, 얼굴도 없는 똑같은 상태가 되고, 집집마다 마치 푸딩 같은 키플이 바닥부터 천장까지 잔뜩 쌓일 것이었다. 그때가 되면, 전혀 관리가 되지 않는 건물은 그 자체로 형태 없는 상태로 고착되어 도처에 깔린 낙진 아래 파묻히게 될 것이다. 그때 그는 당연히 이미 죽어 없어진 다음일 것이었다. 그것이야말로 허파도 없고, 만물을 관통하며, 오만하기까지 한 세계의 적막과 더불어 자신의 초라한 거실에 서서 예감하는 또 한 가지 흥미로운 사건이었다.

어쩌면 TV를 도로 켜는 편이 더 나을지도 몰랐다. 하지만 아직 남아 있는 정상인들을 겨냥한 광고 때문에 그는 겁에 질렸다. 그런 광고들은 수많은 방법으로 세상은 특수인인 그를 원하지 않는다는 사실을 그에게 전달했다. 아무런 소용이 없다는 것이었다. 설령 그가 원한다 하더라도 이민이 불가능하다는 것이었다. 그러니 왜 그런 광고에 귀를 기울여야 한단 말인가? 그는 짜증을 느끼며 속으로 물었다. 그놈들이고, 그놈들의 식민화고, 엿이나 먹으라지. 제발 거기서도 전쟁이나 시작하라지. 이론상으로야 충분히 가능한 일이니까. 그래서 그곳도 결국 지구와 똑같은 상황이나 되라지. 그래서 이민 간 사람들도 모조리 특수인으로 분류되고 말라지.

좋아. 그는 생각했다. 이제는 일하러 가야지. 그는 손을 뻗어 문손잡이를 잡고, 불이 꺼진 복도로 나가는 문을 열었다. 하지만 이 건물의 나머지 부분을 차지한 진공을 흘끗 엿보자마자 다시 움츠러들고 말았다. 그것이 바로 저기서 그를 기다리고 있었다. 그 힘은 마치 그의 특별한 아파트로 바쁘게 관통해 들어오는 듯이 느껴졌다. 세상에. 그는 이렇게 생각하면서 얼른 문을 도로 닫았다. 아직은 저 덜그렁거리는 계단을 지나 그가 동물 하나 두고 있지 않은 텅 빈 옥상으로 나갈 채비가 되지 않았다. 그 자신의 메아리가 고조되고 있었다. 무無의 메아리가. 이제는 손잡이를 잡을 때로군. 그가 속으로 말했다. 그러고는 거실을 지나 검은색 감정이입 장치로 다가갔다.

전원을 켜자 전력 공급 장치에서 평소와 마찬가지로 음이온의 냄새가 희미하게 피어올랐다. 그는 반가운 듯 그 냄새를 들이마셨고, 벌써부터 가슴이 부풀었다. 곧이어 음극선관이 모조품 같은, 마치 희미한 TV 이미지 같은 빛을 발했다. 무작위적인 색깔과 흔적과 배열로 이루어진 콜라주가 형성되었지만, 손잡이를 붙잡기 전까지 이것은 무無나 다름없었다. 그는 마음을 진정시키려고 숨을 깊게 들이마시고 나서 두 개의 손잡이를 붙들었다.

시각 이미지가 응집되었다. 곧바로 그는 유명한 풍경을 바라보고 있었다. 오래되고 황량한 갈색 오르막길에 마치 뼈처럼 보이는 잡초들이 태양도 없는 어둑한 하늘을 향해 비스듬히 솟아나 있었다. 사람과 비슷한 형체 하나가 언덕 경사면을 힘겹게 올라가고 있었다. 탁한 색의 특징 없는 망토를 걸친 나이 많은 남자는 마치 하늘의 적대적인 공허에게 옷을 빼앗기기라도 한 듯 빈약한 천 조각만 몸에 두르고 있었다. 윌버 머서라는 이름의 이 남자는 계속해서 터벅터벅 앞으로 걸어갔고, 존 이지도어는 손잡이를 붙잡고 있는 사이 자신이 서 있는 거실이 점차 희미해지는 것을 경험했다. 못 쓰게 된 가구와 벽이 썰물처럼 빠져나갔고, 그는 더 이상 그것들을 경험하지 못하게 되었다. 대신 그는 이전에도 늘 그랬던 것처럼 우중충한 갈색의 언덕, 우중충한 갈색의 하늘로 이루어진 풍경 속으로 들어가게 되었다. 이와 동시에 그는 더 이상 나이 많은 남자의 '오르기'를 보고 있지도 않았다. 이제는 그의 두 발이 (그에게도 친숙한) 흘러내리는 돌들 위를 미끄러지면서 어딘가 디딜 곳을 찾고 있었다. 그는 발밑에서 이전과 똑같이 오래되고 고통스러운, 고르지 못한 울퉁불퉁한 느낌을 감지했으며, 다시 한번 하늘의 매캐한 안개 냄새를 맡았다. 지구의 하늘이 아니라 머나먼 외계의 어떤 장소의 하늘이었지만, 감정이입 장치를 이용해서 즉각적으로 이용 가능한 것이었다.

그는 평소와 같이 어리둥절해하는 단계를 넘어섰다. 윌버 머서와의 (정신적이고 영적인 동일시에 수반되는) 육체적 융합이 다시 발생했던 것이다. 바로 이 순간에, 이곳 지구에서든 식민 행성 가운데 한 곳에서든, 손잡이를 붙들고 있는 모든 사람이 마찬가지였다. 그는 그들을, 다른 사람들을 경험했으며, 그들의 재잘거리는 생각들에 통합되었고, 그 수많은 개인의 존재로부터 비롯되는 소음을 자신의 머릿속에서 들었다. 그들은(그리고 그는) 오로지 한 가지에만 관심이 있었다. 이러한 그들의 사고와의 융합은 그들의 관심을 언덕으로, 오르기로, 올라야 할 필요성으로 향하게 했다. 한 걸음, 또 한 걸음 그것은 앞으로 나아갔으나, 너무나도 속도가 느린 까닭에 거의 인식이 불가능한 지경이었다. 하지만 그것은 거기 있었다. 더 높이. 발밑에서 돌들이 아래로 우르르 흘러내리는 사이 그는 생각했다. 오늘 우리는 어제보다 더 높이 왔어. 그리고 내일은— 그는, 윌버 머서와 융합된 형체는, 저 앞에 있는 오르막길을 흘끗 바라보았다. 끝이 어디인지를 알아보기는 불가능했다. 너무 멀었다. 하지만 결국 도달할 것이었다.

돌멩이 하나가 날아와 그의 한쪽 팔을 때렸다. 그는 고통을 느꼈다. 그는 몸을 반쯤 돌렸고, 이번에는 또 다른 돌멩이가 그의 옆을 스치며 아슬아슬 빗나갔다. 돌멩이가 땅에 부딪쳤고, 그 소리에 그는 몸서리쳤다. 누굴까? 궁금해진 그는 자신을 괴롭히는 자를 보려고 곁눈질을 했다. 오래된 적대자들이 그의 시야 가장자리에서 모습을 드러냈다. 그것은, 또는 그것들은 줄곧 그를 따라 언덕을 올라왔으며, 꼭대기에 오를 때까지도 계속 그대로 남아 있을 터였지만—

그는 문득 꼭대기를 기억해냈다. 갑자기 언덕이 평탄해지면서 오르막이 중단되고 새로운 오르막이 시작되는 곳이었다. 도대체 그는 얼마나 여러 번 이런 일을 했던 걸까? 몇 번인지는 희미해졌다. 미래와 과거도 희미해졌다. 이미 경험한 것과 결국 경험하게 될 것이 혼합되어서 그 순간을 제외하면 아무것도 남지 않았다. 가만히 서서 쉬는 동안 그는 돌에 맞아 찢어진 한쪽 팔의 상처를 손으로 문지르고 있었다. 세상에. 그는 지친 상태로 생각했다. 이게 도대체 어디가 공정하다는 걸까? 왜 나는 이렇게 여기에 혼자 올라와 있으며, 심지어 똑바로 볼 수조차 없는 무언가로부터 고통을 당하고 있는 것일까? 바로 그때, 그의 내부에서, 융합된 다른 모든 사람들이 동시에 한마디씩 떠들어대면서 외로움의 환상이 깨지고 말았다.

당신들도 역시나 그걸 느낀 거군. 그는 생각했다. 맞아. 목소리들이 대답했다. 우리도 돌멩이에 맞았어, 왼팔을 말이야. 더럽게 아프다고. 좋아. 그가 말했다. 그렇다면 우리는 다시 움직이기 시작하는 게 나을 거야. 그는 걸음을 재개했고, 곧바로 그들 모두가 그와 동행했다.

예전에는 지금과 좀 달랐지. 그는 기억했다. 저주가 다가오기 전에, 그러니까 더 일찍, 더 행복한 삶의 일부분에서는 말이야. 그들은, 즉 그의 양부모인 프랭크 머서와 코라 머서는 바람 빠진 고무 구명보트에 타고 뉴잉글랜드 해안에 떠 있던 그를 발견했고…… 아니, 멕시코의 탐피코 항구 근처에서였나? 정확한 상황은 지금 기억나지 않았다. 어린 시절은 좋았다. 그는 모든 생명을 사랑했고, 특히 동물을 사랑했다. 실제로는 죽은 동물을 이전의 모습대로 한동안 살려두는 능력도 갖고 있었다. 그는 토끼와 곤충과 함께 살았다. 그곳이 어디든, 지구든 식민 세계든 매한가지였다. 이제 그는 그것 역시 잊어버리고 말았다. 하지만 그는 살해자들을 기억해냈다. 왜냐하면 그들이 그가 괴물이라는 이유로, 즉 그가 다른 어떤 특수인보다도 더 특수하다는 이유로, 결국 그를 체포했기 때문이다. 그로 인해서 모든 것이 바뀌어버렸다.

그 지역 법률은 죽은 것에 도로 생명을 불어넣는 시간 역행 능력을 금지하고 있었다. 그가 열여섯 살 때 그들은 이 사실을 그에게 상세히 설명해주었다. 그는 이후로도 1년 동안이나 그 일을 비밀리에, 아직까지 남아 있는 숲속에서 했다. 하지만 (그가 듣도 보도 못한) 한 나이 많은 여자가 그 사실을 폭로했다. 그의 부모에게 동의도 받지 않고 그들은(즉 살해자들은) 그의 두뇌에 형성된 특이한 결절에 집중 포화를 퍼붓고 방사성 코발트로 그곳을 공격했다. 이런 조치로 그는 또 다른 세계로 빠져들게 되었고, 그 새로운 세계의 존재를 결코 의심하지 않았다. 그곳은 시체와 죽은 뼈로 가득한 구덩이였지만, 그는 그곳에서 위로 올라가기 위해 여러 해 동안 분투했다. 그에게는 가장 중요한 생물이었던 당나귀나 (그리고 특히나) 두꺼비는 이미 멸종한 다음이었다. 오로지 썩어가는 파편들뿐이어서 눈도 없는 머리가 여기 하나, 발의 일부분이 저기 하나 있는 식이었다. 마침내 죽으려고 그곳을 찾은 새 한 마리가, 지금 있는 곳이 어디인지 그에게 알려주었다. 그는 무덤 세계에 가라앉아 있었다. 주위에 흩어진 뼈들이 도로 자라나 생명체가 되기 전까지는, 그 역시 그곳에서 벗어나지 못할 것이었다. 그는 다른 생명의 신진대사에 참여하게 되었으며, 그것들이 일어나기 전까지는 그 역시 일어나지 못할 것이었다.

주기의 그 부분이 어느 정도나 지속되었는지는 그도 이제 알지 못했다. 대개는 아무 일도 일어나지 않았고, 따라서 측정이 불가능했다. 하지만 마침내 뼈들은 살을 되찾았다. 텅 빈 눈구멍이 채워지고, 새로운 눈이 앞을 보게 되었으며, 그사이에 복원된 부리와 입 들이 울어대고 짖어대고 찍찍댔다. 어쩌면 그는 해냈는지도 몰랐다. 어쩌면 그의 두뇌에 들어 있는 초감각적 결절이 마침내 다시 자라난 것인지도 몰랐다. 또 어쩌면 그는 아직 이 일을 완수하지 못했는지도 몰랐다. 이것은 자연적 과정일 가능성이 매우 컸다. 어쨌거나 그는 더 이상 가라앉고 있지 않았다. 그는 위로 오르기 시작했던 것이다. 다른 이들과 함께. 오래전에 그는 이들의 모습을 잃어버렸다. 그는 자신이 혼자 기어오르고 있음을 분명히 깨달았다. 하지만 그들은 거기 있었다. 그들은 여전히 그와 동행하고 있었다. 이상하게도, 그는 자기 안에서 그들을 느꼈다.

이지도어는 여전히 선 채로 두 개의 손잡이를 붙잡고, 다른 모든 살아 있는 것들을 아우르는 존재로서 자기 자신을 경험하고 있었다. 그러다가 그는 마지못해 손잡이를 놓았다. 늘 그렇듯이, 이제는 끝내야 할 시간이었다. 또한 돌멩이에 맞은 팔도 아픈 데다 상처에서는 피까지 흐르고 있었다.

손잡이를 놓고서 그는 팔을 살펴본 다음, 상처를 씻으려고 화장실로 비틀거리며 걸어갔다. 그가 머서와 융합한 상태에서 언은 상처는 이번이 처음도 아니었고, 아마 이번이 마지막도 아닐 것이었다. 어떤 사람들은(특히 나이가 많은 사람들은) 죽기도 했다. 나중에 언덕 꼭대기에 올라서서 본격적으로 괴롭힘이 시작될 때는 특히나 그랬다. 내가 과연 그 부분을 다시 한번 거쳐 갈 수 있을지 모르겠는데. 면봉으로 상처에 약을 바르며 그는 속으로 말했다. 심장마비의 가능성도 있었다. 시내에 살았다면 더 나았을 텐데. 그는 생각했다. 저렇게 전기 충격 장비를 들고서 의사들이 대기하는 건물에서 살았다면 말이야. 여기서는 나 혼자뿐이니까 너무 위험해.

하지만 그는 자신이 기꺼이 위험을 감수하리라는 것을 알았다. 이전에도 그는 늘 그랬다. 대부분의 사람이, 심지어 육체적으로 허약한 노인네들까지도 그러듯이 말이다.

그는 클리넥스를 한 장 뽑아서 다친 팔에서 피를 닦아냈다.

그리고 그는 들었다. 멀리서, 상당히 나지막이 들려오긴 했지만 분명히 TV 소리였다.

누군가가 이 건물에 들어와 있어. 그는 흥분에 휩싸였다. 도저히 믿을 수가 없었다. 내 TV는 아니야. 그건 꺼놓았으니까. 그런데 지금 바닥에서 공명이 느껴져. 바로 아래야. 아니면 한 층 더 아래든가!

나는 더 이상 혼자가 아니야. 순간적으로 그는 깨달았다. 또 다른 거주자가 이곳에 들어온 것이었다. 버려진 집 가운데 한 곳을 골라잡은 모양인데, 그가 있는 곳에서 소리를 들을 수 있을 만큼 가까운 곳에 있었다. 분명히 2층, 아니면 3층일 것이다.

그보다 더 아래는 아닐 것이다. 어디 보자. 그는 재빨리 생각했다. 새로운 거주민이 들어오면 어떻게 해야 하는 걸까? 그 집에 들러서 뭔가를 빌려오는 거야. 이렇게 하면 제대로 하는 걸까? 미처 생각이 나지 않았다. 이전까지 한 번도 일어난 적이 없던 일이기 때문이다. 이곳에서도, 다른 어디에서도 마찬가지였다. 사람들이 나가거나 이민을 가기는 했지만, 누구도 들어오지는 않았다. 저 사람들에게 뭔가를 갖다주는 거야. 그는 결심했다. 예를 들어 물 한 잔, 아니면 우유 한 잔을 말이야. 그래, 우유나 밀가루, 아니면 계란 하나를 말이야. 아니면, 특별히 계란 모조 대용품을 말이야.

압축기가 작동을 멈춘 지 오래인 냉장고를 뒤진 끝에 그는 상태가 미심쩍은 마가린 조각을 하나 찾아냈다. 그걸 들고는 잔뜩 신이 나 그는 가슴을 두근두근하면서 아래층으로 출발했다. 계속 냉정을 유지해야만 해. 그는 문득 깨달았다. 내가 닭대가리라는 사실을 상대방이 눈치채지 못하게 해야만 해. 내가 닭대가리라는 사실을 깨닫는다면 나와 이야기를 하지 않을 거야. 왜 그런지는 모르겠지만 항상 그런 식이었으니까. 도대체 왜 그런지 궁금하다니까?

그는 서둘러 복도를 따라 내려갔다.

03

일하러 가는 도중에 릭 데카드는(다른 사람들 중에도 이러는 사람이 얼마나 많을지는 아무도 모르는 일이다) 동물 가게 거리에 늘어선 샌프란시스코의 대형 애완동물 가게 중에서 한 곳 앞을 잠깐 기웃거렸다. 한 블록을 모두 차지하는 진열장 한가운데에는 보온식 투명 플라스틱 우리 안에 타조가 한 마리 앉아 그를 마주 보고 있었다. 우리에 붙어 있는 안내판에는 이 새가 클리블랜드에 있는 한 동물원에서 도착한 지 얼마 지나지 않았다고 쓰여 있었다. 이놈이야말로 서부 연안에서 단 한 마리뿐인 타조였다. 그놈을 다 보고 나서도, 릭은 굳은 표정으로 가격표를 쳐다보느라 몇 분을 더 허비했다. 그런 뒤에 그는 롬바드 가에 있는 경찰본부를 향해 걸음을 재촉했고, 도착하고 나서 자신이 출근 시간보다 15분이나 늦었음을 발견했다.

그가 사무실 문을 열자마자 상관 해리 브라이언트 경위가 그를 불렀다. 귀가 툭 튀어나오고, 붉은 머리에, 옷차림은 단정하지 못했지만 지혜로운 눈동자에, 중요한 일이라면 거의 모두를 염두에 두고 있는 인물이었다. "9시 반에 데이브 홀든의 사무실에서 좀 보지." 브라이언트 경위는 이렇게 말하는 중에도 타자로 작성된 문서를 끼워놓은 회람판을 훌훌 넘겨보고 있었다. "그나저나 홀든 말인데." 그가 자리를 뜨면서 말을 계속했다. "지금 마운트 자이언 병원에 있다네. 레이저가 척추를 관통했다더군. 앞으로 최소한 한 달은 거기 있어야 할 거야. 그에게 사용할 신형 유기organic 플라스틱 척추 부품이 확보될 때까지 말이야."

"무슨 일이 있었던 거죠?" 릭은 오싹한 기분을 느끼며 물었다. 이 경찰서의 선임 현상금 사냥꾼인 데이브 홀든은 어제까지만 해도 멀쩡했었다. 하루 일과를 끝내고 나서 호버카를 몰고 위세당당하고 번화한 노브 힐 지역에 있는 자신의 아파트로 떠날 때까지만 해도.

브라이언트는 다시 한번 9시 반에 데이브의 사무실에서 보자고 어깨너머로 중얼거리며 가버렸다. 릭은 혼자서 그 자리에 서 있었다.

릭이 자신의 사무실에 들어서자 등 뒤에서 비서 앤 마스틴의 목소리가 들려왔다. "데카드 씨, 혹시 홀든 씨한테 무슨 일이 생겼는지 알고 계세요? 총을 맞으셨대요." 그녀는 그의 뒤를 따라 굳게 닫혀 답답한 공기로 가득 찬 사무실로 들어와 공기 정화

장치를 가동시켰다.

"그렇다더군." 그는 멍하니 대답했다.

"로즌 조합에서 출시하고 있는, 그 유난히 똑똑하다는 최신형 앤디들 가운데 하나의 짓이 분명해요." 마스틴 양이 말했다. "그 회사의 상품 소개서랑 사양 설명서 읽어보셨어요? 거기서 사용되는 넥서스-6 두뇌 장치는 무려 2조 개의 구성 요소들, 또는 1천만 개의 서로 다른 신경 경로 가운데 하나를 선택하는 성능을 갖추었다더군요." 그녀는 갑자기 목소리를 낮추었다. "그나저나 오늘 아침에 늦으시는 바람에 중요한 영상전화를 하나 놓치셨어요. 와일드 양이 저한테만 얘기해준 거예요. 9시 정각에 전화교환대를 거쳐 갔다고 하더라고요."

"밖에서 온 전화였나?" 릭이 물었다.

마스틴 양이 대답했다. "브라이언트 씨가 소비에트의 W.P.O.로 거신 전화였어요. 로즌 조합의 동부 담당 공장 대표에게 보내는 정식 서면 항의서를 제출할 의향이 있는지 그쪽에 물어봤다더군요."

"해리는 아직도 넥서스-6 두뇌 장치를 시장에서 철수시키고 싶어 하는 건가?" 전혀 놀랍지 않았다. 1992년에 그 장치의 설계 명세서와 성능 도표가 처음 배포된 이래로 도주한 앤디들을 다루는 경찰 조직 대부분은 줄곧 이 문제에 대해 저항해왔다. "소비에트 경찰 역시 우리가 할 수 있는 것 이상으로 할 수야 없겠지." 그가 말했다. 법적으로 따지자면 넥서스-6 두뇌 장치의 제조사는 식민법에 의거해 운영되어야 했다. 모회사인 자동차 회사의 본사가 다름 아닌 화성에 자리 잡은 까닭이었다. "우리도 이제는 그 새로운 장치를 엄연한 현실로 받아들이는 편이 더 나을 거야." 그가 말했다. "매번 더 향상된 두뇌 장치가 나올 때마다 항상 이런 식이었으니까. 나는 89년에 주더만 쪽 사람들이 그 구형 T-14를 선보였을 때 터져 나왔던 고통스러운 비명을 지금까지도 기억한다고. 그 장치가 이곳으로 불법 진입을 한다면 그 어떤 검사법으로도 감지하지 못한다면서, 서반구에 있는 모든 경찰 조직이 난리법석이었지. 물론 솔직히 말하자면, 한동안은 그들의 말이 맞기는 했어." 그가 기억하기로는 무려 50대 이상의 T-14 안드로이드가 이런저런 방법을 이용해 지구로 들어왔고, 이 사실이 전혀 감지되지 않은 상황에서 이들은 한동안, 심지어 한 해씩이나 버텼다. 하지만 그러던 와중에 소비에트가 운영하는 파블로프 연구소가 보이트 감정이입 검사라는 것을 고안했다. 그리고 (최소한 지금까지 알려진 바에 따르면) T-14 안드로이드 중에서 이 검사를 무사히 통과한 녀석은 하나도 없었다.

"소비에트 경찰이 뭐라고 말했는지 궁금하지 않으세요?" 마스틴 양이 물었다. "저는 그것도 알고 있다고요." 그녀의 주근깨 박힌 주홍빛 얼굴이 환하게 빛났다.

릭이 말했다. "그건 내가 직접 해리 브라이언트한테서 알아보지." 그는 짜증을 느꼈다. 그는 사무실에서 직원들 사이에 떠도는 소문을 짜증스럽게 여겼다. 현실은 항상 소문보다 나빴기 때문이다. 책상 앞에 앉자마자 그는 서랍 하나를 열고는 짜증스럽게 그 안을 샅샅이 뒤졌다. 그러자 마스틴 양은 그가 주는 암시를 눈치채고 얼른 밖으로 나갔다.

서랍 안에서 그는 오래되고 잔뜩 구겨진 서류봉투를 하나 꺼냈다. 그는 등을 뒤로 기대 거창하게 디자인된 의자를 뒤로 젖힌 채, 봉투의 내용물을 이것저것 뒤적이다가 마침내 자기가 원하던 것을 찾아냈다. 넥서스-6에 관해 수집한 자료였다.

잠깐 읽어만 보았는데도 마스틴 양의 주장은 입증된 셈이었다. 넥서스-6은 실제로 2조 개의 구성 요소를 갖고 있었고, 대뇌 활동으로 가능한 1천만 개의 조합 가운데 하나를 선택할 수 있는 능력도 있었다. 이런 두뇌 구조를 장착하고 있는 안드로이드라면, 불과 0.45초 만에 14가지의 기본 반응 자세 가운데 하나를 꾸며낼 수 있었다. 음, 이런 앤디라면 그 어떤 지능 검사로도 잡아낼 수 없을 것이었다. 하지만 사실 최근 몇 년 사이에 지능 검사로 앤디를 잡아낸 적은 한 번도 없었다. 70년대의 원시적이고 조잡한 기종 이후로는 전혀 말이다.

넥서스-6 안드로이드 기종은 지능이라는 측면에서 몇 종류의 인간 특수인조차도 능가한다는 점을 릭은 상기했다. 달리 표현하자면, 신형 넥서스-6 두뇌 장치를 장착한 안드로이드는 (거칠고, 실용적이고도, 솔직담백한 관점에서) 인류의 대다수를 차지하는 (하지만 열등한) 일부 인간들을 능가하여 진화한 셈이었다. 좋든 싫든 이것은 사실이었다. 일부의 경우에 하인들이 오히려 그 주인보다도 더 영리했다. 하지만 이에 맞춰 새로운 성취의 척도(예를 들어 보이트 캠프 감정이입 검사)가 나타나 판별의 기준으로 사용되었다. 순수한 지적 역량이란 면에서는 제아무리 뛰어난 안드로이드라 하더라도, 머서교의 추종자들 사이에서 정기적으로 발생하는 융합에서 비롯되는 감각만큼은 결코 만들어낼 수가 없었다. 그런 경험으로 말하자면 릭이, 사실상 다른 모든 사람이, 심지어 정상 이하의 닭대가리들조차도 어려움 없이 만들어낼 수 있는 것임에도 불구하고 말이다.

대부분의 사람들이 언젠가 한 번쯤은 궁금해하는 것처럼, 그도 감정이입 측정 검사에 직면할 경우 안드로이드가 무기력하게 반응하는 이유가 정확히 무엇인지 궁금해졌다. 감정이입이란 오로지 인간 공동체 내에서만 존재하는 것이 분명한 반면, 지능은 어느 정도까지는 모든 문門과 목目에서(심지어 거미류도 포함해서) 발견되었다. 어쩌면 감정이입 능력이 손상되지 않은 집단 본능을 필요로 하는 것이기 때문인지도 모른다. 즉 거미 같은 단독형 유기체에게는 그런 본능이 아무런 소용도 없을 것이다. 만약 거미가 그런 본능으로 인해 기껏 고생해서 잡은 먹이의 입장에서 생각할 수 있다면, 그리하여 살고자 하는 상대방의 열망을 인식하게 된다면, 과연 어떻게 되겠는가? 그렇게 된다면 모든 포식자는(제아무리 고양이처럼 고도로 발달된 포유류라 하더라도) 굶주리게 될 것이다.

어쩌면 감정이입 능력은 오로지 초식동물에게만, 또는 (고기라는 식단에서 멀어질 수 있는) 잡식동물에게만 한정되는 것이 아닐까. 그는 언젠가 이런 결론을 내린 적이 있었다. 감정이입 능력은 궁극적으로 사냥꾼과 사냥감 사이의, 그리고 성공한 자와 패배한 자 사이의 경계를 흐려버리기 때문이다. 머서와의 융합 상태에서 사람들이 그렇게 하듯이, 모두가 하나가 되어 위로 오르고, 그 주기가 끝에 도달하면, 무덤 세계의 구덩이 속으로 함께 떨어져버린다. 기묘한 점은 이것이 일종의 생물학적 보험과 유사하지만, 양날의 검이 되기도 한다는 것이었다. 일부 생물이 기쁨을 경험하는 한, 나머지 모든 생물의 조건에도 기쁨의 파편이 포함된다. 하지만 어떤 생명체가 고통을 받는다면, 나머지 모두에게서도 그림자를 완전히 걷어낼 수가 없다. 인간의 경우처럼 무리 짓는 동물은 이를 통해 더 높은 생존율을 획득하게 된다. 반면 단독형 동물인 올빼미나 코브라는 없어지고 말 것이다.

그러니 인간형 로봇은 단독형 포식자에 해당하는 것이 분명했다.

릭은 안드로이드를 이런 방식으로 생각하는 편을 즐겼다. 그러면 그의 일도 바람직하게 여겨졌기 때문이다. 앤디를 퇴역시키는(즉 죽이는) 일은 머서가 내놓은 생명의 법칙을 위배하는 일이 아니었다. **너희는 오로지 살해자만을 살해할지니라.** 머서는 감정이입 장치들이 지구상에 처음으로 나타난 바로 그해 그들에게 말했다. 머서교가 점차 완전한 신학으로 발전함에 따라 '살해자들'에 대한 개념 역시 은근히 자라나게 되었다. 머서교에서 절대 악이란 저 비틀거리며 위로 올라가는 노인의 누더기 망토를 뒤로 잡아당기는 존재였지만, 그 사악한 현존이 누구인지, 또는 무엇인지는 결코 분명하지가 않았다. 달리 표현하자면 머서교 추종자는 자기가 들어맞는다고 생각한 곳 어디에서나 '살해자'의 모호한 현존을 마음껏 찾아낼 수가 있었다. 릭 데카드의 입장에서는 도주한 인간형 로봇이 딱 그러했다. 그런 로봇은 주인을 살해했을 뿐만 아니라 상당수의 인간보다 더 뛰어난 지능을 장착하고, 동물에 관해서는 아무런 고려도 하지 않으며, 다른 생명체의 성공에 대한 감정이입의 기쁨이라든지 또는 패배에서 비롯된 감정이입의 슬픔을 느끼는 능력을 보유하고 있지 않았다. 그가 보기에는 이것이야말로 '살해자'의 전형이었다.

동물에 관한 생각을 하다 보니 앞서 애완동물 가게에서 본 타조가 떠올랐다. 그는 넥서스-6 두뇌 장치에 관한 명세서를 잠시 옆으로 밀어놓은 다음, '미시즈 시던스 넘버 스리 앤드 포' 코담배를 손가락으로 한 대 집어서 들이마시고 생각에 잠겼다. 잠시 후에 그는 시계를 살펴보고 아직 시간이 있음을 깨달았다. 그는 책상 위에 놓인 영상전화의 송수화기를 들고 마스틴 양에게 말했다. "서터 가에 있는 '행복한 멍멍이 애완동물 가게'를 연결해줘."

"네, 알겠습니다." 마스틴 양이 대답과 함께 전화번호부를 열었다.

그놈들이 실제로 타조 한 마리에 그렇게 많은 금액을 요구할 리 없어. 릭은 속으로 말했다. 그놈들은 우리가 자동차를 구매하듯 하기를 바라는 거야. 예전에 하던 것처럼 말이야.

"행복한 멍멍이 애완동물 가게입니다." 남자의 목소리가 들리더니 잠시 후에 릭의 영상전화 화면에 정말 '행복한' 얼굴이 나타났다. 전화 너머에서 동물들의 울음소리가 들려왔다.

"댁의 가게 진열장에 있는 타조 말인데요." 릭이 말했다. 그러면서 그는 앞에 놓인 도기 재떨이를 만지작거렸다. "계약금은 얼마나 됩니까?"

"어디 볼까요." 판매사원이 이렇게 말하더니 펜과 종이 패드를 꺼냈다. "정가의 3분의 1까지는 내셔야 합니다." 남자가 계산을 했다. "죄송합니다만, 고객님, 혹시 다른 동물과 보상 교환을 하실 의향은 있으신지요?"

릭은 경계하는 태도로 대답했다. "그게— 아직 결정을 못 해서요."

"예를 들어 저희가 그 타조를 30개월 할부로 판매한다고 치면." 판매사원이 말했다. "할부 이자는 아주, 아주 낮게 쳐서 매월 6퍼센트로 해드리겠습니다. 고객님께서 매월 내셔야 하는 할부금이 그 정도고요, 거기다가 어느 정도 더 할인을 해드리면—"

"가격을 많이 좀 낮춰 불러야 할 겁니다." 릭이 말했다. "2천을 깎아주신다면, 굳이 다른 동물과 보상 교환하지도 않겠습니다. 전부 현금으로 내도록 하죠." 데이브 홀든은 활동이 불가능한 상태지. 그는 생각했다. 이는 결국 상당한 금액이란 뜻이야……. 앞으로 한 달 동안 과연 얼마나 많은 일거리가 나타나느냐에 달려 있지만.

"고객님." 동물 판매사원이 말했다. "저희가 부르는 가격은 이미 1천 달러나 밑지고 파는 가격입니다. 시드니 카탈로그를 갖고 계시면 한번 확인해보세요. 기다려드리겠습니다. 저희 가격이 공정하다는 사실을 직접 살펴보시는 게 좋겠습니다."

빌어먹을. 릭은 생각했다. 저놈들도 물러서지는 않는군. 하지만 그는 재미 삼아 외투 주머니에서 구겨진 시드니 카탈로그를 꺼낸 다음, '타조, 암컷-수컷, 늙음-어림, 병듦-건강, 신품-중고' 항목에서 차례대로 가격을 살펴보았다.

"신품, 수컷, 어림, 건강." 판매사원이 그에게 말했다. "3만 달러." 상대방 역시 시드니 카탈로그를 꺼내 들고 있었다. "저희가 지금 1천씩이나 밑지고 불러드리는 가격입니다. 그러니까 선생님께서 주셔야 하는 계약금은—"

"그럼 다시 한번 생각해보고." 릭이 말했다. "나중에 다시 연락드리도록 하죠." 그는 전화를 끊으려고 했다.

"성함이 어떻게 되십니까, 고객님?" 판매사원이 빈틈없이 질문을 던졌다.

"프랭크 메리웰.*" 릭이 대답했다.

"그럼 주소는 어떻게 되십니까, 메리웰 고객님? 혹시나 다음에 전화주셨을 때 제가 자리에 없을 수도 있으니까요."

그는 아무렇게나 꾸며낸 주소를 말한 다음, 영상전화의 송수화기를 전화기 받침대에 내려놓았다. 그 정도 가격이라니. 그는

---

* 1896년 《팁 탑 위클리Tip Top Weekly》에 첫 선을 보인 미국의 청소년 모험 소설 시리즈의 주인공. 예일 대학교에 재학 중인 만능 운동선수로 설정되어 있다.

생각했다. 그런데도 사람들은 그걸 사잖아. 어떤 사람들은 그 정도의 돈을 갖고 있는 모양이지. 그는 다시 한번 송수화기를 들어 올린 다음 싸늘한 목소리로 지시했다. "외선으로 연결해 줘, 마스틴 양. 그리고 통화 내용은 듣지 말도록. 기밀 사항이니까." 그가 그녀를 노려보았다.

"네, 알겠습니다." 마스틴 양이 대답했다. "이제 다이얼을 돌리시면 됩니다." 곧이어 그녀가 회선에서 빠져나가자 그는 이제 외부 세계를 혼자 마주하게 되었다.

그는 기억을 더듬어 다이얼을 돌렸다. 그가 모조품 양을 구입한 바로 그 가짜 동물 가게의 전화번호였다. 작은 영상전화 화면에 수의사처럼 차려입은 모습의 남자가 나타났다. "맥레이입니다." 남자가 말했다.

"저, 데카드입니다. 전기 타조는 가격이 얼마쯤 합니까?"

"아, 제 생각에는 아무리 비싸도 8백 달러가 안 되는 가격에 한 대 마련해드릴 수 있을 겁니다. 혹시 배송이 빨리 되기를 원하시는지요? 고객님을 위해서 특별히 주문 제작해야 하거든요. 주문이 별로 많지가 않은 상품이다 보니一"

"나중에 다시 전화드리죠." 릭은 상대방의 말을 끊었다. 시계를 확인한 그는 이미 9시 반이 되었음을 깨달았다. "안녕히 계세요." 그는 서둘러 전화를 끊고 자리에서 일어났다. 얼마 후에는 브라이언트 경위의 사무실 문 앞에 서 있었다. 그는 브라이언트의 접수원 곁을 지나갔다. 매력적이고, 은발을 허리까지 땋아 내린 여자였다. 그다음으로는 경위의 비서가 있었다. 마치

59

쥐라기의 늪지에서 튀어나온 것 같은 늙은 괴물이었는데, 냉랭하고도 교활한 것이 무덤 세계에 붙박인 고대 유령 같아 보였다. 두 여자 가운데 누구도 그에게 말을 걸지 않았으며, 그 역시 누구에게도 말을 걸지 않았다. 안쪽 문을 열면서 그는 상관에게 고개를 끄덕여 인사했다. 경위는 한창 통화 중이었다. 자리에 앉자 데카드는 들고 온 넥서스-6의 명세서를 꺼냈고, 브라이언트 경위가 통화를 하는 동안 다시 한번 통독했다.

그는 절망감을 느꼈다. 하지만 논리적으로 따지면 데이브가 업무 현장에서 갑작스럽게 사라졌다는 사실 때문에라도, 그는 최소한 조심스럽게나마 기뻐야 마땅했다.

04

어쩌면 나는 걱정을 하고 있는 건지도 몰라. 릭 데카드는 추측했다. 데이브에게 벌어졌던 일이 나에게도 벌어질까 봐 말이야. 그에게 레이저를 발사할 정도로 똑똑한 앤디라면 나도 쓰러트릴 수 있겠지. 하지만 아무래도 그것만은 아닌 듯했다.

"자네도 그 신형 두뇌 장치에 관한 정보 문서를 들고 왔군." 브라이언트 경위가 영상전화를 끊으면서 말했다.

릭이 대답했다. "예, 그 물건에 대해서는 소문으로만 들어봐서요. 그나저나 이번 사건에 관련된 앤디는 몇이고, 데이브는 어디까지 파고 들어갔던 겁니까?"

"처음에는 여덟이었지." 브라이언트가 자신의 회람판을 살펴보며 말했다. "그중에서 둘은 데이브가 잡았어."

"그럼 나머지 여섯이 이곳 캘리포니아 북부에 있는 거군요?"

"우리가 아는 한으로는 그래. 데이브도 그렇게 생각했고. 방금 내가 통화한 사람도 바로 그였지. 그의 기록을 내가 갖고 있거든. 그의 책상 안에 들어 있었어. 그의 말로는 자기가 아는 내용은 모두 여기 들어 있다고 하더군." 브라이언트는 서류 더미를 손가락으로 톡톡 두드렸다. 아직까지는 릭에게 그 기록을 건네줄 의향이 없어 보였다. 어떤 이유 때문인지 경위는 계속해서 그 서류들을 직접 넘겨 보면서 인상을 찡그리고는 연신 혀로 입가를 핥았다.

"마침 제가 맡은 사건이 하나도 없어서요." 릭이 제안했다. "데이브가 하던 일을 인계받을 준비는 되어 있습니다."

브라이언트는 신중하게 말했다. "의심스럽다고 생각되는 대상을 검사할 때 데이브는 보이트 캠프 개정판 척도를 이용했지. 그 검사법은 신형 두뇌 장치에 특화된 것이 아니라는 걸 숙지하게. 물론 당연히 알고 있겠지만 말이야. 그 어떤 검사법도 거기에 특화된 것까지는 **아니라는** 걸. 현재 우리가 가진 유일한 방법이라고는 3년 전에 나온 보이트 척도의 개정판, 즉 캠프가 개정한 것뿐이야." 그는 잠시 말을 멈추고 뭔가를 생각했다. "데이브는 그 검사법이 정확하다고 간주했지. 어쩌면 그럴 수도 있어. 하지만 나는 이렇게 제안하고 싶군. 자네가 이 여섯 대를 추적하러 나서기 전에 말이야." 그는 다시 한번 서류 더미를 손가락으로 톡톡 두드렸다. "일단 시애틀로 가서 로즌 쪽 사람들하고 이야기를 해봐. 그 사람들한테 신형 넥서스-6 장치를 채택한 기종 중에서 추출한 표본을 제공해달라고 해."

"그런 다음에 그 표본에 보이트 캠프를 실시하는 거겠군요." 릭이 말했다.

"물론 말이야 쉬워 보이지." 브라이언트는 반쯤 혼잣말로 중얼거렸다.

"무슨 말씀이십니까?"

브라이언트가 말했다. "내가 직접 로즌 쪽하고 이야기를 하는 게 낫겠군. 자네가 그리로 가는 사이에 말이야." 곧이어 그는 아무 말도 없이 릭을 유심히 바라보았다. 그러다가 끙 하는 소리와 함께 손톱을 물어뜯었다. 드디어 하고 싶었던 말을 솔직히 하기로 결정한 모양이었다. "내가 그쪽 사람들하고 논의할 내용이 뭔가 하면, 검사 대상에 그쪽의 신형 안드로이드 말고도 사람을 몇 명쯤 함께 집어넣을지 말지 여부야. 물론 자네는 어떤 검사 대상자가 어느 쪽인지 전혀 알 수 없지. 그건 제조업체의 협조를 받아서 내가 결정할 문제니까. 여하간 자네가 거기 도착했을 때는 준비가 되어 있을 거야." 그는 갑자기 굳은 표정으로 손가락을 치켜들더니 릭을 지목했다. "자네가 선임 현상금 사냥꾼으로 활동하는 건 이번이 처음이야. 데이브는 아는 게 많았지. 여러 해 동안 경험을 쌓았으니 말이야."

"그건 저도 마찬가지입니다." 릭은 긴장을 느끼며 대답했다.

"지금까지 자네는 데이브의 일정표에서 자네한테 떨어지는 임무만을 담당했었지. 어떤 것을 자네에게 넘겨줄지는 늘 그 친구가 알아서 결정했었어. 하지만 이번에는 그 친구가 직접 퇴역시키려고 생각했던 여섯을 자네가 모두 맡게 되었지. 그중

한 대가 도리어 그를 쓰러트리는 데 성공했으니까 말이야. 바로 이놈이지." 브라이언트는 릭이 볼 수 있도록 기록을 돌려놓았다. "막스 폴로코프." 브라이언트가 말했다. "이런 이름으로 행세하고 다닌다더군. 데이브의 말이 맞다고 가정하면 말이야. **모든 것**이 바로 그 가정에 근거하고 있지. 이 명단 전체가 말이야. 하지만 보이트 캠프 개정판 척도는 처음 셋에게만 실시되었어. 데이브가 퇴역시킨 둘, 그리고 폴로코프까지. 문제가 생긴 건 데이브가 세 번째로 검사를 실시할 때였지. 폴로코프란 놈이 그 친구에게 레이저를 쏜 거야."

"그럼 결국 데이브가 옳았다는 게 입증된 것 아닙니까." 릭이 말했다. 그렇지 않았다면 그가 레이저에 맞는 일도 없었을 것이다. 폴로코프가 굳이 그를 해칠 동기는 없었을 테니까.

"자네는 일단 시애틀로 출발하게." 브라이언트가 말했다. "그들에게 먼저 말을 걸지는 말라고. 내가 알아서 처리할 테니까. 잘 듣게." 그는 자리에서 일어나 진지한 태도로 릭을 마주 보았다. "거기서 보이트 캠프 척도를 실시했는데, 만약 사람이 그 검사를 통과하지 못한다면—"

"그런 일은 일어날 수 없습니다." 릭이 말했다.

"언젠가, 그러니까 몇 주 전에, 내가 데이브와 나눈 이야기도 바로 그거였네. 그 친구도 자네와 똑같이 생각하고 있었어. 나는 소비에트 경찰 W.P.O.에서 직접 작성한 문서를 갖고 있었지. 지구는 물론이고 식민지에도 모두 회람된 내용이었어. 레닌그라드에 있는 정신의학자들로 이루어진 어떤 단체가 W.P.O.에 먼저 연락을 취해 한 가지 제안을 했다더군. 안드로이드를 판정하는 데 사용되는 인성 윤곽 분석 방법 중에서도 가장 최신이고 가장 정확한 방법, 다시 말해 보이트 캠프 척도를 가지고 정신분열 성향 및 정신분열증 환자 중에서 신중하게 선별한 집단을 검사해보고 싶다는 거였어. 그중에서도 특히나 '감정 마비'를 겪는 사람들을 대상으로 하겠다는 거였지. 그게 뭔지는 아마 자네도 들어봤을 거야."

릭이 대답했다. "그 척도는 원래 그 증상을 측정하기 위해 만들어진 거니까요."

"그렇다면 그 정신의학자들이 무엇을 우려하고 있었는지 이해하겠군."

"그런 문제는 원래부터 있었던 겁니다. 우리가 인간 행세를 하는 안드로이드를 처음 접한 이래로 줄곧 말이에요. 이 문제에 대한 경찰의 공통적인 견해는, 아시다시피 8년 전에 나온 루리 캠프의 논문에 들어 있죠. 『비非악화성 정신분열증 환자의 경우에 나타나는 역할 수행의 방해』. 캠프가 비교한 대상은, 인간 정신병 환자에게서 발견되는 위축된 감정이입 능력과, 외관상으로는 이와 유사하지만 기본적으로는—"

"여하간 레닌그라드의 정신의학자들은." 브라이언트가 통명스럽게 그의 말을 잘랐다. "인간 중에서도 소수에 해당하는 일부 사람들은 보이트 캠프 척도를 통과할 수 없다고 생각했지. 평소 경찰 업무에서 하듯이 그들을 검사한다면, 자네는 그들이 인간형 로봇이라고 판정하게 될 거야. 물론 자네의 판단은 틀린 것이지만, 자네가 그 사실을 깨달았을 때 상대방은 죽은 다음이 겠지." 그는 이제 아무 말 없이 릭의 답변을 기다리고 있었다.

"하지만 그런 사람들이라면." 릭이 말했다. "당연히 모두—"

"시설에 들어가 있어야 마땅하겠지." 브라이언트도 그의 말에 동의했다. "그들은 외부 세계에서 적절하게 활동할 수가 없을 테니까. 증상이 심한 정신질환자로 감지가 되지 않고 넘어갈 리도 만무하지. 다만 그들의 증상이 최근에, 그리고 갑자기나타났고, 마침 그걸 눈치챌 누군가가 근처에 없을 경우는 예외라고 봐야겠지. **게다가 그런 일은 충분히 일어날 수 있어.**"

"있기는 해도 100만 분의 1일 확률이겠죠." 릭이 대답했다. 하지만 그 역시 핵심은 이해하고 있었다.

"데이브가 걱정한 것은." 브라이언트가 말을 이었다. "바로 신형 넥서스-6이라는 진일보한 기종이 나타났다는 거였어. 알다시피 로즌 조합은 넥서스-6도 표준 윤곽 검사로 확인이 가능하다고 우리를 안심시켰지. 우리는 그 말을 그대로 믿었어. 그런데 이제 우리는 (진즉에 그렇지 않을까 하고 예상한 것처럼) 그 사실 여부를 우리가 직접 나서서 판정하지 않을 수 없는 상황에 놓인 거야. 자네가 시애틀에 가서 할 일이 바로 그거야. 자네도 이해하겠지, 안 그런가. 이번 일은 어느 쪽으로라도 잘못될 가능성이 있다는 걸 말이야. 자네가 표본 검사를 통해 인간형 로봇을 모조리 잡아내지 못한다고 치면, 우리에게는 이제 신뢰할 만한 분석 도구가 없어지는 거지. 그렇다면 우리는 이미 도주한 놈들을 결코 찾아내지 못할 거야. 반대로 자네가 사용한 척도가 인간을 안드로이드로 지목한다면—" 브라이언트는 냉랭한 눈빛으로 그를 쏘아보았다. "그건 상당히 난처한 일이 될 거야. 물론 어느 누구도, 특히나 로즌 쪽 사람들은 더더욱, 그 사실을 세상에 알리려고는 하지 않겠지만 말이야. 실제로도 우리야 그 사실을 영원히 엉덩이 밑에 깔아뭉갤 수 있지. 물론 일단은 그 사실을 W.P.O.에 통보해야만 할 테고, 그쪽에서 또다시 레닌그라드에 통보하겠지만 말이야. 결국 언젠가는 신문을 통해서 그 사실이 우리 앞에 도로 튀어나오겠지. 하지만 그때쯤이면 전보다 더 나은 척도가 하나쯤 개발된 다음일 거야." 그는 전화 송수화기를 들었다. "이젠 가봐야 하지 않나? 출장이니까 관용 차량을 이용하고, 연료도 서에 비치된 주유기에서 알아서 넣도록 하게."

릭은 가만히 서서 물었다. "그럼 데이브 홀든의 기록을 제가좀 가져가도 되겠습니까? 가는 동안 읽어보고 싶은데요."

브라이언트가 말했다. "그건 일단 자네가 시애틀에서 직접 척도를 시험해보고 난 다음에나 읽어보게." 그의 어조는 유별나다 싶을 정도로 야멸차게 느껴졌고, 릭 데카드는 그런 사실을 각별히 유의해두었다.

경찰서 소속의 호버카를 시애틀 소재 로즌 조합 빌딩 옥상에 착륙시킨 릭은 자신을 기다리고 있는 젊은 여성 한 명을 보았다. 검은 머리카락에 날씬한 몸매, 커다란 신형 낙진 방지 안경을 쓴 여자가 그의 차 쪽으로 다가왔다. 여자는 밝은색의 줄무

늬 외투 주머니 속에 양손을 깊숙이 집어넣은 채였다. 이목구비가 뚜렷하고 작은 그녀의 얼굴에는 못마땅하고 혐오스러운 표정이 떠올라 있었다.

"무슨 문제라도 있습니까?" 주차된 차에서 걸어 나오면서 릭이 말했다.

젊은 여자가 둘러대듯 답했다. "오, 저도 모르겠네요. 우리가 전화로 이야기를 했던 방식에 뭔가가 있기는 했지만요. 여하간 문제는 없어요." 갑자기 그녀가 한 손을 내밀었다. 그는 반사적으로 그 손을 잡았다. "저는 레이철 로즌이에요. 당신이 데카드 씨이신 모양이죠."

"이번 일이 저의 의향은 아닙니다." 그가 말했다.

"그래요, 브라이언트 경위님께서도 그렇게 말씀하셨죠. 하지만 당신은 공식적으로 샌프란시스코 경찰서를 대표해서 여기 오셨고, 경찰서 쪽에서는 우리가 만든 장치가 공공의 이익을 위한다고는 믿지 않고 있으니까요." 아마도 가짜인 것 같은, 길고 검은 속눈썹 아래에서 그녀의 눈이 그를 바라보았다.

릭이 말했다. "인간형 로봇도 다른 여느 기계와 비슷합니다. 이익이 되는 것과 위험이 되는 것 사이를 오락가락하는 거죠. 매우 빠른 속도로 말입니다. 이익의 경우였다면, 그게 우리에게도 문제가 되지는 않았겠죠."

"하지만 위험의 경우라면." 레이철 로즌이 말했다. "그럴 때면 당신이 이리로 찾아오시는 거고요. 그런데, 사실인가요, 데카드 씨. 당신이 현상금 사냥꾼이라는 이야기가요?"

그는 어깨를 으쓱하고는 마지못해 고개를 끄덕였다.

"그러면 안드로이드를 비활성 상태의 대상으로 바라보는 게 전혀 어렵지 않으시겠군요." 젊은 여자가 말했다. "그러니 그걸 **퇴역**시킬 수 있는 거겠죠, 흔히 하는 말마따나요."

"제가 만날 표본 집단은 골라놓으셨습니까?" 그가 말했다. "그렇다면 저는 우선 —" 그는 말을 하다 말고 멈추었다. 바로 그 순간 이 회사 소유의 동물들을 보았기 때문이다.

대단한 힘을 가진 회사라면 물론 그 정도는 충분히 감당할 수 있으리라는 사실을 그는 깨달았다. 마음 한편에서는 그 역시 이런 소장품을 분명히 예상한 바 있었다. 지금 그가 느끼는 감정은 놀라움이 아니라 일종의 동경이었다. 그는 아무 말 없이 젊은 여자 곁을 떠나 문이 닫혀 있는 축사 쪽으로 걸어갔다. 벌써부터 그의 코에는 냄새가, 몇 가지 동물들의 체취가 느껴졌다. 동물들은 서 있거나 앉아 있었고, 너구리처럼 보이는 놈은 아예 잠들어 있었다.

그는 너구리를 한 번도 직접 본 적이 없었다. 오로지 텔레비전에 나오는 입체 영상을 통해서만 이 동물을 알고 있었다. 왜인지는 몰라도, 낙진으로부터 이 종種이 받은 타격은 똑같은 원인으로부터 조류가 받은 타격 못지않았다. 결국 오늘날 조류는 거의 살아남지 못하고 말았다. 자동 반사처럼 그는 무척이나 많이 넘겨본 시드니 카탈로그를 꺼냈고, '너구리' 항목에서 그 밑의 세부 항목까지 모조리 찾아보았다. 거기에는 당연하게도 가격이 이탤릭체로 적혀 있었다. 페르슈롱 말처럼, 너구리는 현재 어떤 가격으로라도 시장에서 판매 중인 상품이 없다는 뜻이었다. 시드니 카탈로그에 나온 가격은, 단지 가장 최근에 너구리 관련 거래가 일어났을 때의 가격을 가리킬 뿐이었다. 물론 그것만 해도 천문학적인 수준의 가격이었다.

"저 녀석 이름은 '빌'이에요." 젊은 여자가 등 뒤에서 말했다. "그러니까 '너구리 빌'이죠. 저희도 계열사를 통해서 겨우 작년에야 들여왔죠. 그녀는 손을 들어 올리더니 그를 지나쳐 있는 뭔가를 가리켰고, 그제야 그는 이 회사 소속의 무장 경비원들이 기관총을(작고 가볍지만 속사가 가능한 슈코다* 제품이었다) 들고 서 있다는 사실을 깨달았다. 그의 차가 착륙한 순간부터 경비원들의 눈은 줄곧 그를 주시하고 있었다. 내가 타고 온 차에는 경찰 차량이라는 표시가 뚜렷하게 새겨져 있는데도 그러는 건가. 그는 생각했다.

"인드로이드의 주요 제조업체임에도 불구하고." 그는 뭔가가 생각난 듯 말했다. "의외로 여유 자본을 살아 있는 동물에게 투자하고 있군요."

"저 올빼미 좀 보세요." 레이철 로즌이 말했다. "여기요, 잘 보실 수 있도록 이 녀석을 깨워볼게요." 그녀가 멀리 떨어진 작은 우리를 향해 걷기 시작했다. 우리 한가운데는 가지가 여럿 달린 죽은 나무가 하나 놓여 있었다.

지금은 올빼미가 전혀 남아 있지 않잖아요. 그는 이렇게 말할

---

* Škoda, 19세기 중반에 설립된 체코의 무기 제작회사. 현재는 차량을 주로 생산한다.

참이었다. 적어도 우리가 듣기로는 그렇지 않느냐고 말이다. 시드니 카탈로그. 그는 생각했다. 거기에는 아예 올빼미가 멸종했다고 적혀 있었다. 그 책자에는 작고 선명한 이탤릭체로 E 자가 연달아 찍혀 있었다. 젊은 여자가 앞장서서 걸어가는 동안 그는 다시 한번 책자를 꺼내 확인해보았고, 그의 기억은 맞는 것으로 드러났다. 시드니는 결코 실수를 저지르지 않아. 그는 속으로 말했다. 우리도 그 사실을 알고 있지. 도대체 이거 말고 뭐를 확실히 의지할 수 있겠어?

"그렇다면 모조 동물이겠군요." 그가 말했다. 문득 뭔가를 깨달았기 때문이다. 뚜렷하고도 강렬하게 실망감이 솟아올랐다.

"아니에요." 그녀가 미소를 짓자 작고 가지런한 이빨이 보였다. 그녀의 눈과 머리카락이 검은색인데 반해 이빨은 새하얀색이었다.

"하지만 시드니 카탈로그에는." 그는 이렇게 말하며 그녀에게 책자를 보여주려고 했다. 그 사실을 그녀에게 입증하려고 했다.

젊은 여자가 말했다. "저희가 사들이는 동물은 시드니나 다른 동물 매매업자를 통하는 게 아니에요. 저희가 구매하는 상품은 모두 개인에게서 나오는 것들이고, 지불하는 가격은 외부에 보도되지도 않아요." 그녀가 덧붙였다. "아울러 저희 회사에는 전속 박물학자들이 있어요. 지금은 캐나다에서 한창 연구를 하고 있죠. 굳이 비교하자면, 어쨌거나 그곳에는 아직 숲이 많이 남아 있으니까요. 작은 동물은 꽤 많고, 가끔 한 번씩은 새도 볼 수 있다더군요."

그는 한참 동안 가만히 서서 올빼미를 바라보고 있었다. 새는 횃대에 앉아서 꾸벅꾸벅 졸고 있었다. 1천 가지도 넘는 생각이 그의 머릿속에 떠올랐다. 전쟁에 관한, 그리고 올빼미들이 하늘에서 뚝뚝 떨어지던 날에 관한 생각들이. 어린 시절 수많은 종이 차례차례 멸종했다는 사실이 밝혀지던 것이며, 신문에 매일같이 그 사실이 보도되던 일도 기억났다. 하루는 여우에 관한 보도가, 또 하루는 오소리에 관한 보도가 나왔다. 나중에 가서는 사람들이 늘 나오는 동물 부고를 아예 읽지 않고 외면할 지경이 되었다.

또 그는 진짜 동물을 구해야 하는 자신의 필요에 관해서도 생각했다. 내면에서 자신의 전기양을 향한 진정한 증오가 다시 한번 모습을 드러냈다. 마치 살아 있는 동물을 대하는 것처럼, 그가 반드시 돌보아주어야만 하고, 신경 써주어야만 하는 놈이었다. 사물의 압제로군. 그는 생각했다. 그놈은 내가 존재하는 지조차 모르고 있어. 안드로이드와 마찬가지로, 그놈은 다른 누군가의 존재에 고마움을 느낄 능력을 갖고 있지 않다고. 그는 이제껏 한 번도 이런 생각을 해본 적이 없었다. 전기 동물과 앤디 간의 유사성이라니. 전기 동물은 앤디의 하위 기종, 즉 상당히 열등한 로봇의 일종이라고 할 수 있었다. 아니면, 바꾸어 말해서, 안드로이드는 모조 동물이 고도로 발달하고 진화한 형태라고도 간주할 수 있었다. 양쪽 모두의 관점에 그는 혐오감을 느꼈다.

"만약 이 올빼미를 파신다면 말이죠." 그는 레이철 로즌이라는 젊은 여성에게 말했다. "가격은 얼마나 받으실 생각이고, 혹시라도 가격을 깎는 것은 어디까지 가능할까요?"

"이 올빼미는 절대로 팔지 않을 겁니다." 그녀는 즐거움과 동정이 뒤섞인 표정으로 그를 유심히 바라보았다. 아니 그가 그렇게 읽은 것뿐인지도 몰랐다. "설령 매각한다 하더라도 그 가격을 감당하실 수는 없을 거예요. 댁에는 어떤 동물을 갖고 계시죠?"

"양이오." 그가 말했다. "낯빛이 검은 서픽 종 암양요."

"음, 그러면 이미 행복하셔야 마땅할 텐데요."

"저야 물론 행복하죠." 그가 대답했다. "다만 저는 올빼미를 갖고 싶어 하는 것뿐입니다. 예전부터 그랬죠. 심지어 이놈들이 모두 땅에 떨어져 죽기 전부터요." 곧이어 그는 방금 한 말을 고쳤다. "물론 당신네 올빼미만 빼고 모두 죽었다고요."

레이철이 말했다. "저희의 현재 사고 대책과 종합 계획에 따르면, 지금은 저 '스크래피'와 짝짓기를 할 수 있는 올빼미를 또한 마리 구하는 게 급선무예요." 그녀는 횃대 위에서 꾸벅꾸벅졸고 있는 올빼미를 손으로 가리켰다. 새는 잠깐 두 눈을 떴지만, 노란 실눈은 금세 도로 닫혔고, 올빼미는 편하게 자리를 잡고 다시 졸기 시작했다. 가슴이 눈에 띄게 오르락내리락했다. 마치 잠이 덜 깬 상태에서 한숨이라도 쉬는 듯했다.

그는 그 광경에서 눈을 돌렸다. 앞서 느꼈던 감탄과 동경의 반응이 이제 절대적인 씁쓸함과 뒤섞이고 말았다. 그가 말했다. "이제는 표본을 검사해보고 싶군요. 아래층으로 가도 될까요?"

"당신 상관으로부터 온 전화를 제 숙부님께서 직접 받으셨어요. 지금쯤은 숙부님이 아마—"

"그럼 당신도 일가—家인 건가요?" 릭이 상대방의 말을 끊었다. "이 정도로 커다란 기업이 **가족 경영**이란 말인가요?"

레이철은 하던 말을 계속 이어나갔다. "지금쯤 엘든 숙부님께서 안드로이드 집단과 대조 집단을 준비해놓으셨을 거예요. 그러니 저와 함께 가시죠." 그녀가 엘리베이터 쪽으로 성큼성큼 걸어갔다. 두 손은 앞서처럼 외투 주머니에 확 쑤셔넣은 채였다. 그녀가 뒤도 돌아보지 않아 그는 잠시 망설였고 짜증까지 느꼈지만, 결국에는 그녀를 뒤따라 걷기 시작했다.

"무엇 때문에 절 마음에 들어 하지 않는 거죠?" 아래로 함께 내려가면서 그가 그녀에게 물었다.

그녀는 마치 방금 전까지만 해도 전혀 깨닫지 못했다는 듯 뭔가를 곰곰이 생각했다. "음." 그녀가 말했다. "당신은 원래 별 볼 일 없는 경찰서 직원에 불과했지만, 지금은 뭔가 독특한 위치에 있게 되었으니까요. 제 말이 무슨 뜻인지 아시겠어요?" 그녀는 악의가 가득한 눈으로 그를 노려보았다.

"당신네 현재 생산품 중에서." 그가 물었다. "넥서스-6을 장착한 기종은 어느 정도나 되죠?"

"전부요." 그녀가 말했다.

"보이트 캠프 척도가 그 모두에게 효력을 발휘할 거라고 저는 자신합니다."

"그렇지 않다면, 저희는 모든 넥서스-6 기종을 시장에서 철수시켜야만 해요." 그녀의 검은 눈이 활활 타오르고 있었다. 그녀가 그를 노려보고 있는 사이 엘리베이터가 멈추고 문이 열렸다. "왜냐하면 당신네 경찰서에서 그렇게 간단한 문제도 제대로 처리하지 못하기 때문이죠. 기껏해야 몇 대도 안 되는 넥서스-6을 가지고—"

말쑥하고 마른 체구에 나이가 많은 남자 한 사람이 그들에게 다가오며 한 손을 내밀었다. 얼굴에 당혹스러운 표정이 드러나 있는 것이, 마치 최근에 시작된 모든 일이 너무 빠르게 일어나고 있다고 느끼는 듯했다. "엘든 로즌이라고 합니다." 그는 악수를 하면서 릭에게 설명했다. "들어보세요, 데카드 씨. 저희가 이곳 지구에서는 아무것도 제조하지 않는다는 사실은 당신도 잘 알고 계실 겁니다, 그렇지 않나요? 저희는 공장에 전화를 걸어 이것저것 다양한 품목을 좀 보내라고 할 수조차 없어요. 저희가 당신에게 협조하지 않겠다는 마음이나 의도가 있는 건 아니라는 겁니다. 여하간 할 수 있는 한에서는 최선을 다했습니다." 그가 약간씩 떨리는 왼손으로 성긴 머리카락을 쓸어 넘겼다.

경찰서의 서류가방을 손으로 가리켜 보이며 릭이 말했다. "저는 시작할 준비가 되었습니다." 로즌 노인의 신경과민은 그의 자신감을 고양시켰다. 이들은 나를 두려워하고 있어. 그는 시작부터 이런 사실을 깨달았다. 레이철 로즌도 마찬가지야. 지금의 나에게는 심지어 이들에게 넥서스-6 기종의 제조를 그만두도록 강제하는 일조차 **가능**하니까. 앞으로 1시간 동안 내가 하는 일은 이들의 사업 구조에 영향을 끼칠 것이고. 어쩌면 로즌 조합의 미래를 결정할 수도 있는 일이야. 이곳 미국에 있는 지사뿐만 아니라 러시아에 있는, 그리고 화성에 있는 지사까지도 말이야.

로즌 일가의 구성원 두 명은 우려하는 표정으로 그를 살펴보고 있었는데, 그는 이들의 태도에서 뭔가 공허감을 느꼈다. 이곳에 오면서 그가 일종의 진공을 그들에게 가져온 모양이었다. 경제적 죽음의 공허와 적막을 이끌고 온 모양이었다. 이들은 터무니없이 대단한 힘을 휘두르지. 그는 생각했다. 이 기업은 현 체제의 산업적 주축 가운데 하나로 간주되었다. 안드로이드 제조는 사실 식민화 노력과 매우 밀접히 연결되어 있었다. 그 중 하나가 무너지면, 다른 하나도 조만간 같은 운명을 맞게 될 것이었다. 로즌 조합은 이런 사실을 당연히, 완벽하게 이해하고 있었다. 엘든 로즌은 해리 브라이언트의 전화를 받은 이후로 줄곧 이 사실을 의식하고 있던 것이 분명했다.

"제가 당신들이라면 걱정하지 않을 겁니다." 릭은 조명이 환히 비추는 넓은 복도를 따라 자신을 안내하는 두 명의 로즌에게 말했다. 그는 은근히 만족스러운 기분이었다. 그에게는 이 순간이야말로, 그가 기억하는 그 어떤 순간보다도 즐거웠다. 그의 검사 장비가 무엇을 성취할 수 있는지는(그리고 무엇을 성취할 수 없는지도) 그들도 금방 알게 될 것이었다. "혹시 당신들이 보이트 캠프 척도에 대해 전혀 확신을 갖지 않고 있다면." 그가 지적했다. "당신네 조직에서는 대안이 될 검사법을 연구해야 마땅할 겁니다. 거기에 대한 책임은 부분적으로 당신네한테 있다는 주장이 나올 수도 있겠지요. 아, 감사합니다." 두 명의 로즌은 그를 인도하여 복도에서 벗어나더니 멋지고 거실 같은 작은 칸막이 방 안으로 들어갔다. 그 안에는 카펫과 램프와 소파와 현대식의 작은 탁자가 놓여 있었고, 탁자 위에는 잡지 최신 호가 여러 권 놓여 있었다……. 그는 그중에 시드니 카탈로그의 2월 호 별책부록이 있다는 것을 깨달았다. 그가 한 번도 본 적이 없는 물건이었다. 왜냐하면 2월 호 별책부록이 시중에서 판매되려면 아직 사흘이나 더 기다려야 했기 때문이었다. 로즌 조합은 시드니와 특수한 관계를 맺고 있는 것이 분명했다.

짜증이 치민 그는 별책부록을 집어 들었다. "이거야말로 대중의 신뢰를 침해하는 행위로군요. 가격 변화에 관한 소식을 먼저 접하는 사람이 있어서는 안 되는 거 아닙니까." 엄밀히 말하자면 이는 연방 법규 위반이 될 수도 있었다. 그는 관련 법을 기억해내려 애썼지만 결국 그러지 못했다. "일단 이건 제가 가져가겠습니다." 그는 이렇게 말하고 별책부록을 자신의 서류가방 속에 집어넣었다.

잠시 적막이 흐르고 나서 엘든 로즌이 지친 듯이 말했다. "저기 말이죠, 경관님, 물론 저희 회사의 정책이야 그런 것을 미리 확보하자는 게 전혀 아니고—"

"저는 보안 경찰관이 아닙니다." 릭이 대꾸했다. "단지 현상금 사냥꾼일 뿐이죠." 그는 열려 있는 서류가방에서 보이트 캠프 장비를 꺼낸 다음 근처에 놓여 있던 장미목 커피 탁자에 걸터앉아서, 비교적 간단한 편인 거짓말 탐지 장비를 조립하기 시작했다. "그럼 첫 번째 검사 대상자를 데려오시죠." 이제는 어느 때보다도 더 수척한 모습이 된 엘든 로즌에게 그가 말했다.

"저도 구경하고 싶어요." 레이철이 이렇게 말하며 앉았다. "감정이입 검사를 실시하는 모습을 본 적이 아직 한 번도 없거든요. 거기 있는 물건들은 뭘 측정하는 거죠?"

릭이 말했다. "이것 말인가요?" 그는 긴 전선이 연결된 납작한 접착식 원판을 들어 올렸다. "얼굴 영역의 모세관 팽창을 측정하죠. 우리가 알고 있기로는 이것이야말로 1차적인 자동 반응이거든요. 도덕적으로 충격적인 자극에 대한 이른바 '부끄러움'이나 '얼굴 붉힘' 반응이죠. 그런 반응은 자발적으로 조절이 불가능하죠. 피부 전도성이나 호흡이나 심장 박동수와 마찬가지로요." 그는 다른 장비도 그녀에게 보여주었다. 이번에는 연필 모양의 손전등이었다. "이건 눈 근육 내부에서 일어나는, 긴장으로 인한 동요를 기록하죠. 얼굴 붉힘 현상과 마찬가지로, 여기서는 대개 작지만 충분히 감지가 가능한 운동이 발견되는데—"

"그런데 그게 바로 안드로이드에게서는 발견될 수 없다는 것이겠군요." 레이철이 말했다.

"자극 질문을 가지고 생성되지도 않죠. 절대로 안 됩니다. 비록 생물학적으로는 그런 게 있을 수 있지만요. 잠재적으로는요."

레이철이 말했다. "그럼 어디 저도 검사해보세요."

"왜요?" 릭은 어리둥절해하며 말했다.

엘든 로즌이 쉰 소리로 대신 대답했다. "우리는 이 아이를 당신의 첫 번째 검사 대상으로 선정했습니다. 이 아이는 어쩌면 안드로이드일 수도 있습니다. 그런지 아닌지를 당신이 알아낼 수 있기를 바랍니다." 그는 어색한 동작을 연이어 보여주며 자리에 앉더니, 담배를 한 대 꺼내서 불을 붙이고 가만히 지켜보았다.

05

가느다란 흰색 광선이 레이철 로즌의 왼쪽 눈을 꾸준히 비추었고, 그녀의 한쪽 뺨에는 철망으로 된 원판이 부착되었다. 그녀는 대연해 보였다.

릭 데카드는 보이트 캠프 검사 장비의 두 가지 측정기에 나타나는 수치를 잘 볼 수 있는 곳에 앉아 있었다. 그가 말했다. "지금부터 저는 여러 가지 사회적 상황을 묘사할 겁니다. 당신은 그 각각에 대한 반응을 최대한 빨리 표현하면 됩니다. 시간을 잴 겁니다, 당연히."

"그리고 당연히." 레이철이 냉담하게 말했다. "제 언어적 반응은 고려되지 않겠지요. 당신이 징후로 이용할 것들은 어디까지나 눈 근육과 모세혈관의 반응일 뿐이니까요. 하지만 저는 어쨌거나 대답을 할 거예요. 이 검사를 한번 끝까지 가보고 싶거든요. 그래서―"그녀는 뭔가 말을 하다 말았다. "계속하세요, 데카드 씨."

릭은 세 번째 질문을 골라서 말했다. "당신은 생일에 송아지 가죽 지갑을 선물로 받았습니다." 두 개의 측정기가 녹색 영역을 지나서 적색 영역의 반응을 기록했다. 바늘들이 격렬하게 흔들리다가 이내 가라앉았다.

"저라면 그걸 받지 않을 거예요." 레이철이 말했다. "그리고 그걸 선물한 사람을 경찰에 신고할 거예요."

뭔가를 짧게 적은 뒤에 릭은 계속 말을 이었다. 이번에는 보이트 캠프 윤곽 척도에서 여덟 번째 질문으로 바꿨다. "당신은 어린 아들을 두고 있는데, 그 아이가 갖고 있던 나비 표본을 당신에게 보여주었습니다. 심지어 살충통殺蟲桶까지도요."

"저라면 아들을 의사에게 데려갈 거예요." 레이철의 목소리는 나지막했지만 단호했다. 다시 한번 두 개의 측정기가 반응을 기록했지만 이번에는 앞서처럼 멀리까지 가지는 않았다. 그는 이 사실도 기록해두었다.

"당신은 앉아서 TV를 보고 있습니다." 그가 말했다. "그런데 갑자기 당신의 손목 위에 말벌 한 마리가 돌아다니는 것을 발견합니다."

레이철이 말했다. "저라면 그걸 죽였을 거예요." 이번에는 측정기에 거의 아무것도 잡히지 않았다. 일시적으로 약하게 떨릴 뿐이었다. 그는 이 사실도 기록한 다음 신중하게 다음 질문을 찾아보았다.

"당신은 잡지를 읽던 중에 두 면에 걸쳐 나와 있는 여성의 컬러 누드 사진을 발견합니다." 그가 잠시 말을 멈추었다.

"그런데 이 검사는 제가 안드로이드인지 여부를 알아보는 것인가요?" 레이철이 신랄한 어조로 물었다. "아니면 제가 동성애자인지 여부를 알아보는 것인가요?" 측정기는 반응을 기록하지 않았다.

그는 말을 이었다. "그런데 당신의 남편은 그 사진을 좋아합니다." 이번에도 측정기는 반응을 표시하는 데 실패했다. "그 누드 모델은." 그가 덧붙였다. "커다랗고 아름다운 곰 가죽 깔개 위에 엎드려 있습니다." 측정기는 비활성 상태를 유지했다. 그는 속으로 말했다. 안드로이드의 반응이로군. 여기서 중요한 요소는 죽은 동물의 털가죽인데, 정작 그 요소를 감지하지 못했기 때문이지. 그녀의(또는 그것의) 정신은 다른 요소들에 집중되어 있는 거야. "당신의 남편은 그 사진을 자기 서재의 벽에 걸어놓았습니다." 그가 말을 끝내자 이번에는 바늘들이 움직였다.

"저라면 분명 남편이 그렇게 하도록 내버려두지 않을 거예요." 레이철이 말했다.

"좋습니다." 그는 이렇게 말하며 고개를 끄덕였다. "이번에는 이렇게 생각해보죠. 당신은 전쟁 전의, 옛날에 나온 소설을 읽고 있습니다. 그 책에는 주인공이 샌프란시스코의 피셔맨스 워프를 방문하는 장면이 나옵니다. 주인공과 일행들은 배가 고파져 해산물 식당에 들어갑니다. 그중 한 사람이 바닷가재를 시켰는데, 요리사가 이들이 보는 앞에서 끓는 물에 바닷가재를 풍덩 빠트립니다."

"오, 세상에." 레이철이 말했다. "그건 정말 끔찍하네요! 정말 그 사람들이 그렇게 했나요? 정말 저급한 짓이에요! 그러니까 **살아 있는** 바닷가재란 말이죠?" 하지만 측정기는 반응하지 않았다. 형식만 놓고 보면 정확한 답변이었다. 하지만 진짜가 아닌 모의된 답변이었다.

"당신은 산에 있는 오두막을 하나 빌렸습니다." 그가 말했다. "그곳은 아직 녹음이 짙은 지역이었죠. 오두막은 오래되고 옹이 진 소나무로 만들어졌고, 그 안에는 커다란 벽난로가 있습니다."

"네." 레이철이 이렇게 대답하며 조급하게 고개를 끄덕였다.

"벽에는 오래된 지도 한 장을 비롯해 커리어 앤드 아이브스'의 석판화 몇 장이 걸려 있고, 벽난로 위에는 박제된 사슴 머리가 하나 걸려 있습니다. 뿔까지 발달한 것이 다 자란 수사슴입니다. 당신과 함께 있던 사람들이 그 오두막의 실내장식을 보고 감탄하자, 당신이 내린 결심은—"

"그 사슴 머리를 보고 감탄한 건 아니겠죠." 레이철이 말했다. 측정기는 오로지 녹색 영역에서만 움직이고 있었다.

"당신은 임신을 하게 되었습니다." 릭이 말을 이었다. "상대는 당신과 결혼을 약속한 사람이었죠. 그런데 그 남자가 당신의

---

* Currier and Ives, 19세기 후반에 미국에서 운영된 판화 제작업체. 너새니얼 커리어(1813~1888)와 제임스 아이브스(1824~1895)가 공동으로 설립했다.

가장 친한 친구인 다른 여자와 눈이 맞았습니다. 당신은 낙태를 했고, 그리고―"

"저라면 낙태를 하지는 않을 거예요." 레이철이 말했다. "어쨌거나 그건 불가능해요. 그건 무기징역 감이고, 경찰도 항상 지켜보고 있으니까요." 이번에는 두 바늘 모두 격렬하게 움직이며 적색 영역으로 넘어갔다.

"그걸 어떻게 알고 있죠?" 릭이 흥미롭다는 듯이 그녀에게 물었다. "낙태를 하기가 어렵다는 걸 말이에요."

"그 정도는 누구나 알고 있어요." 레이철이 대답했다.

"개인적 경험에 의거해 말하는 것처럼 들려서요." 그는 바늘들을 유심히 지켜보았다. 양쪽 모두 눈금판 위에서 큰 궤적을 남기며 천천히 움직였다. "한 가지만 더요. 당신은 어떤 남자와 데이트를 하고 있는데, 그가 당신을 자신의 아파트로 초대했습니다. 당신이 거기 있는 동안 남자는 당신에게 마실 것을 권합니다. 당신은 유리잔을 들고 서서 그 집 침실을 들여다봅니다. 투우 포스터로 벽이 멋지게 장식이 되어 있는데, 당신은 그걸 더 자세히 들여다보려고 안으로 들어갑니다. 남자가 당신을 뒤따라 들어오더니 문을 닫습니다. 그리고 한 팔로 당신을 안고 말하기를―"

레이철이 그의 말을 끊었다. "그런데 '투우 포스터'라는 게 뭐죠?"

"그림이죠. 대개는 여러 가지 색깔을 넣고 아주 크게 그리고요. 망토를 걸친 투우사도 나오고, 그를 뿔로 들이받으려고 하는 황소도 나오는 식으로 그려지죠." 그는 약간 어리둥절했다. "당신, 나이가 어떻게 되죠?" 그가 물었다. 어쩌면 이게 원인일 수도 있었다.

"열여덟 살이에요." 레이철이 말했다. "좋아요. 그러니까 그 남자가 문을 닫고는 한 팔로 나를 안았다는 거죠. 그러고 나서 그가 뭐라고 말했나요?"

릭이 말했다. "혹시 투우라는 게 어떻게 끝나는지는 알고 있나요?"

"아마 둘 중 누군가는 다치게 되겠죠."

"마지막에 가서는 항상 황소가 죽게 되지요." 그는 두 개의 바늘을 쳐다보며 잠시 기다렸다. 계속해서 떨리기는 했지만 그 이상은 아니었다. 진짜 반응은 전혀 기록되지 않았다. "마지막 질문입니다." 그가 말했다. "이 질문은 두 부분으로 되어 있습니다. 당신은 TV에서 옛날 영화를 보고 있습니다. 그러니까 전쟁 전에 나온 영화죠. 영화에서는 한창 연회가 진행 중입니다. 손님들은 생굴을 맛보고 있지요."

"웩." 레이철이 말했다. 바늘이 재빨리 휙 돌았다.

"주요리는." 그는 계속 말을 이어나갔다. "속에 쌀을 넣고 푹 삶은 개고기였습니다." 이번에는 바늘들이 아까보다 덜 움직였다. 생굴을 언급했을 때보다 덜 반응했던 것이다. "삶은 개고기 요리보다 차라리 생굴 쪽이 훨씬 더 받아들일 만하지 않던가요? 하지만 당신은 그렇지는 않았던 것 같군요." 그는 연필 모양 손전등을 내려놓고 광선을 끈 다음 그녀의 한쪽 뺨에 붙어 있던 원판을 떼어냈다. "당신은 안드로이드입니다." 그가 말했다. "이 검사의 결과는 그거예요." 그는 그녀와(또는 그것과) 엘든 로즌에게 통보했다. 남자는 근심이 가득한 표정으로 그를 바라보았다. 나이 많은 남자의 얼굴은 뒤틀려 있었고, 분노와 걱정이 뒤섞인 상태로 변했다. "제 말이 맞죠, 안 그렇습니까?" 릭이 말했다. 두 로즌 가운데 아무도 대답하지 않았다. "저기요." 그가 차분하게 말했다. "지금 우리는 이해관계가 충돌할 만한 일이 전혀 없습니다. 제게 중요한 점은 보이트 캠프 검사가 제대로 작동하느냐 여부니까요. 물론 당신들에게도 그게 충분히 중요하겠지만 말입니다."

나이 많은 로즌이 말했다. "이 아이는 안드로이드가 아닙니다."

"저로선 믿을 수가 없는 말이군요." 릭이 말했다.

"왜 저분이 거짓말을 하시겠어요?" 레이철이 발끈했다. "설령 거짓말을 할 일이 있더라도, 저희는 이게 아니라 다른 식으로 거짓말을 했을 거예요."

"그러면 당신에게 골수 분석 검사를 실시하고 싶군요." 릭이 그녀에게 말했다. "그 방법이라면 당신이 안드로이드인지 아닌지를 유기적으로 판정할 수 있겠지요. 느리고 고통스럽기야 하겠지만, 그래도—"

"법적으로 따지자면." 레이철이 말했다. "어느 누구도 저에게 강제로 골수 검사를 시킬 수는 없어요. 이미 법원에서 판결이 난 거니까요. '자기부죄自己負罪 강요 금지의 원칙'이라는 거죠.

게다가 시신이나 퇴역한 안드로이드를 대상으로 하는 게 아니라 멀쩡히 살아 있는 사람을 대상으로 그런 검사를 한다면 시간이 오래 걸릴걸요. 방금 당신이 그 빌어먹을 보이트 캠프 윤곽 검사를 실시한 것은 모두 그 특수인들 때문이죠. 그들은 계속해서 검사를 받아야만 하는데, 정부가 그렇게 하는 사이에 당신네 경찰 기관에서는 보이트 캠프를 제대로 다루지 못하게 된 거라고요. 하지만 당신이 한 말만큼은 사실이네요. 검사는 이걸로 끝이라 이거죠." 그녀는 자리에서 일어나더니 그를 외면하고 아예 등을 돌렸다. 그리고 등을 보인 채로 양손을 허리에 짚고 서 있었다.

"지금 우리가 해야 할 이야기는 골수 분석 검사의 합법성 여부가 아니라." 엘든 로즌이 쉰 목소리로 말했다. "진짜 문제는 당신의 감정이입 방식 윤곽 검사가 제 조카딸에게는 실패하고 말았다는 겁니다. 저 아이가 어쩌면 안드로이드일지 모른다는 검사 결과를 얻게 된 이유라면 제가 충분히 설명드릴 수 있습니다. 우리 레이철은 우주선 샐랜더 3호 선상에서 자랐습니다. 거기서 태어났죠. 지금까지 18년을 살았지만 그중 처음 14년 동안은 오디오북 도서관을 통해서, 그리고 지구에 관해 알고 있던 다른 아홉 명의 (모두 어른뿐이었던) 동료들을 통해서 지식을 습득했고요. 아시겠지만 샐랜더 3호는 프록시마 항성까지 6분의 1쯤 가다가 결국 중도에 포기하고 돌아왔습니다. 그 일이 아니었더라면 레이철은 두 번 다시 지구를 볼 수가 없었겠지요. 적어도 더 나이가 들기 전에는 말입니다."

"당신은 하마터면 저를 퇴역시킬 뻔했어요." 레이철이 어깨 너머로 말했다. "경찰의 수사망 속에서라면 저는 자칫 피살되었을 수도 있다고요. 그런 사실은 4년 전에 이곳에 온 후부터 줄곧 알고 있었죠. 제가 보이트 캠프 검사에서 그런 결과를 얻은 것은 이번이 처음이 아니라는 말이에요. 사실 저는 이 건물을 거의 벗어나지 않죠. 위험이 어마어마하니까요. 미분류 특수인을 골라내기 위해 당신네 경찰들이 세운 노상 검문소와 쐐기대형의 불심 검문 때문에 말이에요."

"안드로이드를 골라내기 위해서이기도 하지." 엘든 로즌이 덧붙였다. "물론 그 이야기는 대개 일반 대중에게 알려지지 않죠. 대중은 안드로이드가 지구에, 즉 우리 사이에 있다는 사실을 알아서는 안 되는 것으로 간주되니까요."

"저는 우리들 세계에 안드로이드가 있다고는 생각하지 않습니다." 릭이 말했다. "저는 우리 나라나 소련에 있는 여러 경찰 기관이 안드로이드를 모조리 잡아냈다고 보니까요. 이제는 인구도 적고요. 그러니 모두가 언제고 간에 무작위 검문소를 한 번쯤 통과하게 될 겁니다." 어쨌거나 이론상으로는 그러했다.

"당신이 받은 지시는 뭐였습니까?" 엘든 로즌이 물었다. "그러니까 지금처럼 인간을 안드로이드로 잘못 판정했을 때는 어떻게 하라고 지시하던가요?"

"그건 서에서 알아서 할 문제죠." 그는 검사 용품을 서류가방에 도로 집어넣기 시작했다. 두 명의 로즌은 아무 말 없이 지켜보기만 했다. "분명한 것은." 그가 덧붙였다. "더 이상의 검사는 중지하라는 이야기를 들었다는 거죠. 제가 지금 하는 것처럼 말입니다. 일단 실패하고 나면 굳이 계속한다는 건 의미가 없으니까요." 그는 딱 소리를 내며 서류가방을 닫았다.

"저희는 당신을 속여 넘길 수도 있었어요." 레이철이 말했다. "당신이 잘못 검사했다는 사실을 시인하라고 누구도 우리에게 강요하지는 않으니까요. 우리가 선정한 나머지 아홉 명의 실험 대상자들의 경우에도 마찬가지지요." 그녀는 활기찬 몸짓을 해 보였다. "저희는 그저 단지 당신의 검사 결과에 맞춰 가면 그만 이었겠죠, 어느 쪽이든지 간에요."

릭이 말했다. "저 같으면 명단을 미리 달라고 고집했을 겁니다. 봉인된 봉투 안에 들어 있는 명세서를요. 그리고 제가 실시한 검사 결과와 일치하는지 비교해보는 거죠. 일치가 있어야 할 테니까요." 이제는 나도 이해하겠군. 그는 깨달았다. 내가 그걸 얻지 못했을 거라는 사실을 말이야. 브라이언트의 말이 맞았어. 내가 이 검사를 근거로 해서 현상금 사냥에 나서지 않은 것이 천만다행이군.

"그래요, 저 역시 당신이 그렇게 했으리라 예상했습니다." 엘든 로즌이 말했다. 그가 레이철을 흘끗 쳐다보자 그녀도 고개를 끄덕였다. "저희도 그 가능성을 논의했었죠." 곧이어 엘든은 약간 망설이며 말했다.

"이 문제는." 릭이 말했다. "전적으로 그쪽의 운영 방법에서 비롯된 겁니다, 로즌 씨. 어느 누구도 당신네 조직에 강요하지 않았습니다. 인간형 로봇을 발전시켜서 그런 수준까지 —"

"저희는 식민지인이 원하는 제품을 만들었을 뿐입니다." 엘든 로즌이 말했다. "저희는 모든 상업적 모험에 들어 있는 유서 깊은 원칙을 따랐죠. 저희가 이렇듯 점진적으로 더 인간다운 기종을 만들지 않았다 하더라도 다른 회사들이 해냈을 겁니다. 넥서스-6 두뇌 장치를 개발할 때 저희는 지금 감내하고 있는 위험을 예상하고 있었지요. **하지만 당신의 보이트 캠프 검사는 그 기종이 출시되기 전부터 실패였습니다.** 만약 당신이 넥서스-6 안드로이드를 안드로이드로 분류하는 데 실패했다면, 만약 당신이 그것을 인간으로 확인했다면— 하지만 그런 일은 실제로 벌어지지 않았죠." 그의 목소리가 점차 강하고 날카롭게 파고드는 듯 느껴졌다. "당신네 경찰 기관에서는(다른 기관들도 마찬가지입니다만) 감정이입 능력이 발달되지 않은 진짜 인간을 퇴역시켰을 수도 있어요. 실제로 그랬을 가능성도 매우 크고요. 예를 들어 아무 죄도 없는, 여기 있는 제 조카딸의 경우처럼 말입니다. 당신의 입장이야말로 도덕적으로는 극도로 나쁜 겁니다, 데카드 씨. 우리의 입장은 그렇지 않습니다만."

"달리 말하자면." 릭은 뜨끔했다. "결국 제가 오늘 넥서스-6을 검사할 기회는 단 한 번도 없었을 거라는 이야기로군요. 당신들은 이 정신분열 상태의 젊은 여자를 미리 제 앞에 놓아두었으니까요." 그리고 내 검사는 완패하고 말았지. 그는 이제야 깨달았다. 그렇게 하는 게 아니었는데. 그는 속으로 말했다. 하지만 이제는 너무 늦었어.

"당신은 저희한테 걸려든 거예요, 데카드 씨." 레이철 로즌이

나지막하고 차분한 목소리로 말했다. 그러더니 그를 바라보고 미소를 지었다.

아직까지도 그는 로즌 조합이 어떻게 해서, 그것도 이렇게 손쉽게 자신에게 올가미를 씌우는 데 성공했는지 이해할 수가 없었다. 전문가들이로군. 그는 깨달았다. 이런 매머드급의 기업이라면. 무척이나 경험이 많았을 거야. 실제로 이런 회사는 일종의 집단정신을 보유하고 있는 셈이지. 엘든과 레이철 로즌은 이 기업체의 대변인들로 이루어져 있는 거야. 그의 실수는 이들을 개인으로 바라본 것임이 분명했다. 이것이야말로 그가 두 번 다시는 저지르지 않을 법한 실수였다.

"당신 상관인 브라이언트 씨는." 엘든 로즌이 말했다. "저희가 어떻게 해서 당신이 검사를 시작하기도 전에 당신네 검사 장비를 무력화시켰는지를 이해하기가 힘들 겁니다." 그는 천장을 손으로 가리켰다. 릭은 카메라 렌즈를 보았다. 두 명의 로즌을 대하면서 그가 저지른 어마어마한 실수가 거기 기록되어 있었다. "제가 생각하기에, 이제 우리 모두에게 적절한 일은." 엘든이 말했다. "일단 자리에 앉아서―" 그가 친절하게 손짓을 했다. "뭔가 합의를 도출해내는 것이겠지요, 데카드 씨. 걱정할 필요는 전혀 없습니다. 넥서스-6 기종의 안드로이드는 이미 기정사실이에요. 이곳 로즌 조합에 있는 모두는 그런 사실을 인식하고 있고, 이제는 당신도 그걸 인식하셨으리라 봅니다."

레이철이 릭 쪽으로 몸을 숙이며 물었다. "혹시 올빼미 한 마리 갖고 싶지 않으세요?"

"제가 올빼미를 갖게 될 가능성은 없어 보이는데요." 하지만 그는 지금 그녀가 무슨 말을 하는지 알고 있었다. 로즌 조합이 그에게 원하는 거래가 무엇인지를 이해했다. 전에는 한 번도 느껴보지 못한 긴장감이 그의 내부에서 모습을 드러냈고, 서서히 몸 곳곳에서 폭발했다. 그는 긴장했다. 지금 무슨 일이 벌어지고 있는지에 대한 인식이 그를 완전히 사로잡았다.

"하지만 올빼미야말로." 엘든 로즌이 말했다. "당신이 원하시는 것 아니겠습니까." 그는 마치 뭔가를 묻는 듯한 표정으로 조카딸을 흘끗 바라보았다. "내 생각에 이분은 그게 무슨 뜻인지를 전혀 모르시는—"

"아니에요, 잘 알고 있어요." 레이철이 그의 말에 반박했다. "그는 지금 이 이야기가 어떤 결론으로 향하고 있는지 알고 있어요. 안 그래요, 데카드 씨?" 그녀는 다시 한번 그를 향해 몸을 굽혔다. 이번에는 아까보다 더 가까웠다. 그녀에게서 연한 향수 냄새가 났다. 그 향은 마치 온기처럼 느껴졌다. "당신은 이미 그 결론에 도달해 있어요, 데카드 씨. 당신은 사실상 올빼미를 이미 가진 거라고요." 그녀는 엘든 로즌에게 말했다. "이 사람은 현상금 사냥꾼이에요, 아시죠? 그러니 이 사람은 봉급이 아니라 현상금으로 먹고 사는 거라고요. 그렇지 않나요, 데카드 씨?"

그가 고개를 끄덕였다.

"이번에는 안드로이드가 몇이나 도주했나요?" 레이철이 물었다.

그는 곧바로 대답했다. "여덟이었죠. 원래는. 그중 둘은 이미 퇴역시켰고요. 다른 사람이 했죠. 제가 아니라."

레이철이 말했다. "당신은 이용할 수 있는 검사법이 전혀 없는 상황이라면, 안드로이드를 확인할 방법이 없는 셈이죠. 안드로이드를 확인할 방법이 없다면 현상금을 벌 방법도 없는 거고요. 그러니 만약 보이트 캠프 척도를 폐기해야 하는 상황이 된다면―"

"새로운 척도로 대체되겠지요." 릭이 말했다. "전에도 그랬으니까요." 정확히 말하자면 지금껏 세 번이나 그랬다. 하지만 예전에는 새로운 척도나 더 현대적인 분석 장비가 나와 있던 상황이었다. 대체하는 속도가 늦어진 적은 한 번도 없었다. 하지만 지금은 상황이 전혀 달랐다.

"물론 언젠가는 보이트 캠프 척도도 쓸모가 없어지고 말 거예요." 레이철이 동의했다. "하지만 지금 당장은 아니죠. 저희는 이 검사법이 넥서스-6 기종의 윤곽 확인에 계속 사용될 수 있다면 만족스러울 거예요. 아울러 우리는 당신이 계속 이 방법을 사용해서 당신의 특수하고도 특별한 업무를 진행하길 바라는 거예요." 팔짱을 낀 상태로 몸을 앞뒤로 흔들며 그녀가 그를 유심히 바라보았다. 그의 반응을 헤아리려는 것이었다.

"그냥 이 양반한테 올빼미를 가질 수도 있다고 말해." 엘든 로즌이 투덜거렸다.

"당신은 그 올빼미를 가질 수도 있어요." 레이철이 여전히 그를 주시하며 말했다. "바로 우리 옥상에 있는 녀석을 말이에요. '스크래피'를요. 하지만 저희가 수컷을 확보하고 나면, **그것**과 짝짓기를 원할 거예요. 그렇게 해서 나오는 새끼는 모두 저희 것이 될 거고요. 그건 확실히 합의하고 넘어가야 할 거예요."

릭이 말했다. "새끼도 나눠 가졌으면 하는데."

"안 돼요." 레이철이 곧바로 대답했다. 그녀의 뒤에서 엘든 로즌이 고개를 저으며 덧붙였다. "그렇게 한다면, 당신은 올빼미의 혈통 하나에 대해 앞으로 영원히 소유권을 주장하게 되는 겁니다. 그리고 또 한 가지 조건이 있어요. 당신은 그 올빼미를 다른 누구에게도 유산으로 물려줄 수 없습니다. 당신이 사망하면 **그것**은 저희 회사로 돌아오게 되는 겁니다."

"듣고 보니." 릭이 말했다. "마치 당신네가 나를 찾아와서 죽이기라도 하겠다는 뜻 같군요. 즉 당신네 올빼미를 곧바로 도로 찾아가기 위해서요. 그런 조건에는 동의할 수 없어요. 너무 위험하니까."

"당신은 현상금 사냥꾼이잖아요." 레이철이 말했다. "레이저 총을 다룰 수도 있고요. 실제로 당신은 지금도 그런 총을 하나 갖고 있죠. 만약 자기 몸 하나 보호할 수 없는 사람이라면, 아직 남아 있는 넥서스-6 앤디 여섯을 어떻게 퇴역시킬 작정이죠? 그들은 그로지 사의 구형 W-4보다 훨씬 더 똑똑한데."

"그건 제가 **그들**을 사냥하는 거니까요." 그가 말했다. "하지만 올빼미를 다시 내놓는다는 조항이 있을 경우, 이번에는 누군가가 저를 사냥하기 위해 돌아다니겠지요." 그는 누군가에게 감시를 받는다는 생각 자체가 마음에 들지 않았다. 그는 감시가 안드로이드에게 끼치는 영향을 직접 본 적이 있었다. 감시는 하다못해 그들에게도 뭔가 주목할 만한 변화를 불러왔다.

레이첼이 말했다. "좋아요. 그 문제는 저희가 양보하죠. 올빼미는 당신 상속인에게 물려주어도 좋아요. 하지만 새끼는 저희가 모조리 가져올 거예요. 거기에도 동의할 수 없다면, 어디, 샌프란시스코로 돌아가서 경찰서에 있는 당신 상관에게 보고해봐요. 적어도 당신이 실시한 결과에 따르면 보이트 캠프 척도를 가지고는 앤디와 인간을 제대로 구분할 수 없었다고요. 그런 다음에 다른 일자리를 찾아보시면 되겠죠."

"생각할 시간을 좀 주시죠." 릭이 말했다.

"좋아요." 레이첼이 말했다. "잠시 여기 혼자 있게 해드리죠. 편안히 계시게 말이에요." 그녀는 손목시계를 들여다보았다.

"반 시간 드리겠습니다." 엘든 로즌이 말했다. 그와 레이첼은 아무 말 없이 문 쪽으로 걸어갔다. 그들은 애초에 의도했던 걸 말했을 뿐이야. 그는 깨달았다. 그다음은 이제 그의 무릎 위에 놓여 있었다.

레이첼이 숙부와 함께 밖으로 나가서 문을 닫으려는 순간 릭이 굳은 목소리로 말했다. "당신들은 나를 함정에 빠트리는 데 성공했군요. 당신들은 내 실수를 테이프에 고스란히 담아놨죠. 내 업무가 보이트 캠프 척도 사용에 의존한다는 것도 알고 있었고요. 그리고 그 빌어먹을 올빼미도 갖고 있고요."

"이젠 당신의 올빼미겠죠, 친애하는 데카드 씨." 레이첼이 말했다. "아직 모르시겠어요? 저희는 이미 **그것**의 다리에 당신의 집 주소를 적어 달았고, 항공 운송으로 그것을 샌프란시스코로 보냈어요. 아마 당신이 퇴근하면 도착해 있을 거예요."

그것이라. 그는 생각했다. **그녀는 그 올빼미를 줄곧 '그것'이라고 부르고 있어.** 그 동물이나 짐승이 아니라. "잠깐만 저 좀 보시죠." 그가 말했다.

레이철이 문간에 멈춰 섰다. "결정을 하셨나요?"

"그게 아니라." 그는 이렇게 말하며 서류가방을 열었다. "보이트 캠프 척도를 가지고 당신한테 한 가지만 더 질문을 하고 싶어서요. 자리에 좀 앉으시죠."

레이철은 숙부를 흘끗 쳐다보았다. 그가 고개를 끄덕이자 그녀는 투덜거리며 돌아와서 자리에 앉았다. "이번에는 또 뭘 알아보려는 거죠?" 그녀가 물었다. 불쾌한 듯, 그리고 넌더리가 난다는 듯, 눈을 치켜뜬 채였다. 그는 그녀의 몸이 긴장되는 것을 인식하고, 전문가답게 그 부분에 유의했다.

곧바로 그는 광선을 그녀의 오른쪽 눈에 발사하고, 그녀의 한쪽 뺨에 원반을 붙였다. 레이철은 굳은 표정으로 불빛을 쳐다보고 있었다. 표정에는 여전히 극도의 혐오감이 드러나 있었다.

"제 서류가방 말인데요." 릭은 보이트 캠프 질문지를 찾으려고 가방을 뒤지며 말했다. "멋지죠, 안 그래요? 경찰서에서 지급한 거죠."

"그래요, 그러네요." 레이철이 심드렁하게 말했다.

"갓난아기 가죽으로 만든 거예요." 릭이 말했다. 그는 서류가 방의 검은 가죽 표면을 손으로 쓰다듬었다. "1백 퍼센트 진품 인간 갓난아기 가죽으로요." 그는 두 개의 눈금판 표시기에서 바늘이 미친 듯이 빙빙 도는 것을 보았다. 하지만 그 전에 잠시 머뭇거림이 있었다. 반응이 나오기는 나왔지만 너무 늦게 나온 것이다. 그는 1초도 되지 않는 반응 시간까지도 속속들이 알고 있었다. 즉 정확한 반응 시간을 알고 있었던 것이다. 원래는 이런 지연이 전혀 없어야만 했다. "고맙습니다, 로즌 양." 그는 이렇게 말하고 나서 장비를 도로 챙겼다. 그는 재검사에 대한 결론을 내렸던 것이다. "다 됐습니다."

"지금 가시는 거예요?" 레이철이 물었다.

"그래요." 그가 말했다. "이제는 만족했으니까."

레이철이 조심스레 물었다. "그러면 나머지 아홉 명의 실험 대상자는요?"

"당신의 경우에는 이 척도가 적절했어요." 그가 말했다. "이 사실로부터 추론할 수 있으니까요. 즉 이 검사법은 여전히 효과가 있다는 거죠." 문 앞에 시무룩한 채 어깨를 늘어트리고 서 있는 엘든 로즌에게 그가 말했다. "그녀도 알고 있습니까?" 때로는 모르는 경우도 있었다. 가짜 기억을 이용하는 시도도 여러 차례 있었으니까. 혹시나 그렇게 하면 검사에 대한 반응도 바뀌지 않을까 하는 헛된 기대에서 이루어지는 일들이었다.

엘든 로즌이 말했다. "아닙니다. 저희는 저 아이를 완전하게 프로그래밍했어요. 하지만 막판에 가서는 저 아이도 의심을 하지 않았나 생각합니다." 젊은 여자에게 그가 말했다. "이 양반이 한 번 더 검사를 해보자고 했을 때 너도 아마 짐작했을 거다."

레이철은 창백한 표정으로 뻣뻣하게 고개를 끄덕였다.

"이 사람을 겁낼 필요는 없다." 엘든 로즌이 그녀에게 말했다. "너는 지구로 불법 도주한 안드로이드가 아니니까. 너는 로즌 조합의 재산이고, 어디까지나 이민 고려 대상자들을 상대하는 판매 촉진용 장비로 사용되는 것뿐이니까." 그가 그녀에게 다가가 안심시키려는 듯 한 손을 그녀의 어깨에 올려놓았다. 손이 닿자마자 그녀가 몸을 움찔했다.

"이분 말이 맞아요." 릭이 말했다. "당신을 퇴역시키지는 않을 겁니다, 로즌 양. 그럼 안녕히." 그는 문 쪽을 향해 걷다 말고 잠시 걸음을 멈추었다. 두 사람에게 그가 물었다. "그 올빼미는 진짜였나요?"

레이철은 나이 많은 로즌 씨를 흘끗 바라보았다.

"저 양반은 어쨌거나 떠날 작정이니까." 엘든 로즌이 말했다. "아무래도 상관없겠지. 그 올빼미도 인공품이었습니다. 여기에는 올빼미가 없어요."

"흐음." 릭은 이렇게 중얼거리며 멍한 상태에서 방을 빠져나와 복도로 들어섰다. 두 사람은 그가 가는 모습을 바라보고 있었다. 아무도 말이 없었다. 아무것도 할 말이 남지 않았다. 안드로이드 업계에서 가장 큰 제조업체의 실상이 이렇단 말이군. 릭은 속으로 말했다. 교활했다. 그것도 그가 이제껏 한 번도 겪어보지 못한 방식으로. 기묘하고도 복잡하기 그지없는 신형 인격 기종이었다. 법 집행 기관들이 넥서스-6 때문에 골치를 앓는 것도 놀랄 일은 아니었다.

넥서스-6. 그는 이제 그놈들을 상대하는 셈이었다. 레이철. 그는 깨달았다. **그녀도 분명히 넥서스-6이었을 거야.** 나는 그중 하나를 난생 처음으로 본 셈이 되었군. 그들은 거의 성공할 뻔 했어. 우리가 그들을 감지하는 데 사용하는 유일한 방법인 보이트 캠프 척도를 훼손한다는 목표에 놀라우리만치 가까이 다가갔었어. 자사의 제품을 보호하기 위한 노력만 놓고 본다면 로즌 조합은 정말 훌륭한 일을 해냈군. 적어도 시도는 훌륭했다고 봐야겠지.

그리고 이제 나는 그들을 여섯이나 더 마주해야 하는 거군. 그는 생각했다. 일을 완전히 끝내기 전에 말이야.

그는 현상금을 얻을 수 있을 것이다. 한 푼도 남김없이.

적어도 그가 살아남는다고 가정하면 말이다.

06

 TV 세트가 요란한 소리를 내뿜었다. 거대하고도 텅 빈 아파트 건물의 먼지 수북한 계단을 내려가 아래층으로 가면서, 존 이지도어는 이제 친숙해진 버스터 프렌들리가 성계 전체에 걸친 수많은 관객에게 즐겁게 떠들어대는 목소리를 알아들었다.
 "—호, 호, 여러분! 지익, 딸깍, 지익 오늘 날씨에 관해 간략히 알려드리겠습니다. 몽구스 위성이 보고한 바에 따르면 미국 동부 연안에서는 낙진은 오전에 확실히 예상되고, 정오 이후에는 줄어들 것이라고 합니다. 그러니 여러분 가운데 혹시나 밖에 나갈 분이 계시다면, 오후까지 기다리셔야겠죠, 예? 그리고 기다린다는 이야기가 나왔으니 말인데, 이제 그 대단한 뉴스가 발표되기까지 겨우 10시간밖에 남지 않았습니다! 저의 특별 폭로 보도 말이죠! 친구분들에게도 꼭 보라고 이야기해주세요!

정말 여러분이 깜짝 놀랄 만한 뭔가를 밝혀드릴 겁니다. 어쩌면 여러분이 짐작하기에는 그것도 단지 평소와 똑같은—"

이지도어가 문을 두드리자마자 곧바로 TV 소리가 무無로 변했다. 단순히 조용해진 것이 아니었다. 아예 존재하기를 멈췄고, 그가 문을 두드린 소리에 놀란 나머지 무덤 속으로 들어가버린 것이었다.

그는 닫힌 문 뒤에서 생명체의 현존을 감지했다. TV에 나오는 생명체의 현존 외의 것을 말이다. 긴장된 그의 기관은 지금 자신으로부터 뒷걸음치는 누군가가 발산하는, 마치 허깨비 같고 말도 없는 두려움을 만들어내고 있거나 또는 포착하고 있었다. 그 누군가는 그를 피하기 위해서 이 아파트에서도 가장 먼 벽으로 도망치고 있었다.

"저기요." 그가 외쳤다. "저는 위층에 사는 사람입니다. 여기서 나오는 TV 소리를 들었어요. 한번 직접 뵜으면 하는데요. 괜찮으세요?" 그는 가만히 서서 기다리며 귀를 기울였다. 소리도 없고, 움직임도 없었다. 그의 말만으로는 상대방의 경계심이 풀리지 않은 모양이었다. "제가 마가린도 한 조각 가져왔어요." 그는 이렇게 말하면서 두꺼운 문 너머까지 소리가 잘 들리게 하려고 문에 바짝 다가섰다. "저는 J. R. 이지도어라고 합니다. 유명한 동물 전문 수의사인 해니발 슬로트 씨 밑에서 일해요. 아마 그 양반 이름을 들어보셨을 거예요. 전 이상한 사람이 아니라고요. 직업도 버젓이 있어요. 슬로트 씨 밑에서 트럭을 운전하거든요."

문이 아주 살짝 열렸다. 그 틈으로 집 안에 있는, 어딘가 흐트러지고 비뚜름한 작은 체구의 사람이 보였다. 젊은 여자가 몸을 움츠린 채 가만히 서 있었다. 문을 계속 붙잡고 있는 모습이 마치 거기에 몸을 의지하고 있는 듯 보였다. 두려움으로 인해 병이 난 것 같았다. 두려움이 그녀의 몸매를 왜곡시켰다. 누군가가 그녀를 산산조각 낸 다음 악의적으로 대강 도로 맞춰놓은 것 같은 외모였다. 그가 미소를 지으려 시도하는 사이, 그녀의 커다란 눈이 그를 뚫어져라 들여다보고 있었다.

그는 문득 뭔가를 깨달았다. "이 건물에 아무도 살지 않는다고 생각하셨나 보군요. 여기가 완전히 비었을 줄 아셨나 봐요."

젊은 여자가 고개를 끄덕이며 속삭이듯 말했다. "그래요."

"하지만." 이지도어가 말했다. "이웃이 있다는 건 좋은 일이죠. 젠장, 당신이 오기 전까지만 해도 저한테는 이웃이 아무도 없었거든요." 그건 전혀 즐겁지가 않았어, 진짜라고.

"그럼 여기에는 당신 혼자뿐인가요?" 젊은 여자가 물었다. "그러니까 저를 제외하면 이 건물에는 당신뿐인 건가요?" 이제 그녀는 아까보다는 덜 소심해 보였다. 몸을 똑바로 펴고, 한 손을 들어 검은 머리카락을 매만졌다. 이제 그는 상대방이 비록 체구는 작지만 멋진 외모를 갖고 있음을 깨달았다. 길고 검은 속눈썹이 붙어 있는 멋진 눈도 있었다. 갑작스러운 방문 때문인지 젊은 여자는 잠옷 바지만 입고 있었다. 그녀의 등 뒤로 완전히 어질러진 집 안이 보였다. 여행용 가방도 여기저기 흩어져 있었다. 하지만 자연스러운 일이었다. 그녀는 이제 겨우 이곳에 도착한 셈이니까.

"당신 말고는 저밖에 없어요." 이지도어가 말했다. "그리고 저는 당신을 괴롭히지 않을 거예요." 그는 기분이 침울해졌다. 전쟁 전에 있었던 의례의 성격을 그대로 갖춘 자신의 선물을 상대방이 선뜻 받아들이지 않았기 때문이다. 어쩌면 이 젊은 여자는 그 선물이 뭔지 깨닫지 못하는지도 몰랐다. 아니면 마가린이 무엇에 쓰는 물건인지 모르는 것일 수도 있었다. 아마 그런 것 같다는 직감이 들었다. 무엇보다 젊은 여자는 당황한 듯했다. 자기 힘으로는 어쩔 도리가 없는 상황에서, 이제는 점점 줄어드는 두려움의 원 속을 무기력하게 둥둥 떠다니는 것만 같았다. "저 버스터란 친구 말이죠." 그는 그녀의 굳은 자세를 풀어주고자 말을 꺼냈다. "저 친구 좋아하세요? 저도 매일 아침 보고, 집에 돌아오면 밤에 또 보거든요. 저녁을 먹으면서 보고, 자기 전까지 심야 쇼도 본다니까요. 최소한 제가 가진 TV 세트가 망가지기 전까지는 그랬죠."

"그게 누구―" 젊은 여자는 말을 꺼내다 말고 갑자기 멈추었다. 그러더니 마치 크게 화가 난 것처럼 입술을 깨물었다. 분명 스스로에 대해 화가 난 모양이었다.

"그러니까 버스터 프렌들리 말이에요." 그가 설명했다. 이 젊은 여자가 지구에서 가장 많은 웃음을 이끌어내는 장본인을 모르고 있다는 사실이 그에게는 뭔가 좀 이상하게 느껴졌다. "그러면 여기 오기 전에는 어디 사셨어요?" 그는 호기심이 생겨 물어보았다.

"지금 그게 왜 중요한지는 잘 모르겠는데요." 그녀는 흘끗 그를 한 번 올려다보았다. 그의 어떤 모습이 결국 걱정을 누그러트린 모양인지 그녀의 몸이 눈에 띄게 이완되었다. "나중에는 저도 친구를 받아들이는 게 기쁠 거예요." 그녀가 말했다. "그러니까 나중에, 제가 좀 더 이사를 다닌 다음에는 말이에요. 하지만 지금 당장은 전혀 생각할 필요조차 없는 문제죠."

"왜 생각할 필요조차 없는 문제라는 거죠?" 그는 어리둥절해졌다. 그녀의 모든 것이 그저 어리둥절하기만 했다. 어쩌면. 그는 생각했다. 내가 여기서 너무 오래 혼자 살았나 봐. 내가 뭔가 좀 이상해진 거야. 닭대가리는 원래 그런 법이라고들 하니까. 이런 생각을 하자마자 그는 전보다 더 우울해졌다. "그러면 짐 푸는 걸 도와드릴게요." 그가 시험 삼아 제안했다. 이제 그 문은 사실상 그의 코앞에서 닫힌 것이나 매한가지였다. "가구 옮기는 것도요."

젊은 여자가 말했다. "전 가구가 없어요. 여기 있는 것들은." 그녀가 자기 뒤쪽, 집 안을 가리켰다. "원래 여기 있던 거고요."

"그것만 가지고는 안 될 텐데." 이지도어가 말했다. 흘끗 본 것만으로도 알 수 있었다. 의자 몇 개, 카펫, 탁자 몇 개. 모두가 이미 썩어버린 상태였다. 모두 폐허 상태로 축 늘어져 있었다. 시간이 지닌 횡포한 힘의 희생물이 된 상태였다. 또한 유기遺棄의 희생물이기도 했다. 벌써 몇 년째 이 아파트에는 사람이 살지 않았다. 이 폐허는 거의 완전한 상태에 도달해 있었다. 그녀가 이런 환경 속에서 어떻게 살아갈 생각인지, 그는 미처 상상이 되지 않았다. "저기요." 그가 진심을 담아 말했다. "우리 둘이 이 건물을 모조리 돌아보면, 저렇게 낡지 않은 물건들 중에서 당신이 쓸 만한 것들을 찾을 수 있을 거예요. 이 집에서는 램프를 가져오고, 저 집에서는 탁자를 가져오고."

"그렇게 하죠." 젊은 여자가 말했다. "저 혼자서요. 어쨌거나 고마워요."

"집집마다 **혼자** 들어가보겠다고요?" 그는 차마 믿을 수가 없었다.

"왜요, 안 되나요?" 그녀는 다시 한번 신경이 곤두선 듯 오싹 몸을 떨었고, 자기가 뭔가 잘못 말했다는 사실을 깨달은 듯 인상을 찡그렸다.

이지도어가 말했다. "저도 그렇게 해봤거든요. 딱 한 번이지만요. 하지만 한 집에 들어갔다 나오자마자 저는 제 집으로 달려갔어요. 저만의 공간으로 들어가자마자 나머지 집들에 관해서는 아예 생각도 안 하게 되었죠. 아무도 살지 않는 집. 여기는 그런 게 수백 가구나 돼요. 하나같이 사람들이 예전에 소유했던 물건들이 가득하죠. 예를 들어 가족사진이나 옷 같은 것들요. 주인이 죽고 나서 방치되었거나 이민을 떠난 사람들이 버려두고 간 물건들이죠. 제가 사는 집을 제외하면 이 건물은 온통 키플되어 있어요."

"**키플되어** 있다고요?" 그녀는 무슨 말인지 알아듣지 못했다.

"키플이란 쓸모없는 물건을 말해요. 홍보용 우편물이라든가, 성냥을 다 쓰고 남겨진 종이 껍데기라든가, 아니면 껌 포장지라든가, 아니면 어제 날짜의 자가自家 출력 신문처럼요. 사람이 아무도 없을 때면 키플은 자체적으로 번식하죠. 예를 들어 당신이 집 안에 키플을 조금이라도 남겨두고 잠을 자면, 다음 날 아침에 일어났을 때 그게 두 배로 늘어나 있는 거예요. 그건 항상 점점 더 많아지죠."

"그렇군요." 젊은 여자는 뭔가 잘 모르겠다는 듯 그를 바라보았다. 과연 그의 말을 믿어야 할지 말아야 할지 몰랐기 때문이다. 그가 정말 진지하게 말하고 있는 건지도 알 수가 없었다.

"키플의 제1법칙이란 게 있어요." 그가 말했다. "키플은 비非키플을 몰아낸다. 이른바 악화惡貨에 관한 그레셤의 법칙*과 마찬가지죠. 그리고 이 아파트에는 키플과 싸울 사람이 아무도 없었거든요."

"그러니까 그게 이곳을 완전히 점령했다는 거군요." 여자가 대신 이야기를 끝내주었다. "이제는 무슨 뜻인지 이해했어요."

"당신이 사는 곳, 여기 말이에요." 그가 말했다. "당신이 고른 이 집요. 여기도 지나치게 키플되어 있어서 살기에는 좋지가 않아요. 물론 우리 둘이서 키플 요소들을 후퇴시킬 수는 있죠. 아까 말한 것처럼, 우리가 다른 집들을 돌아다니며 물건을 챙겨 올 수도 있고요. 하지만ㅡ" 그가 말을 끊었다.

"하지만 뭐요?"

---

* "악화惡貨가 양화良貨를 구축驅逐한다." 16세기 영국 경제 관료 토머스 그레셤의 말로, 품질이 나쁜 주화가 도리어 품질이 좋은 주화를 몰아내는 현상을 가리킨다.

이지도어가 말했다. "우리가 이길 수는 없어요."

"왜 안 된다는 거죠?" 그녀는 복도로 걸어 나오더니 등 뒤로 문을 닫았다. 그녀는 작지만 봉긋 솟아난 가슴 앞으로 수줍게 팔짱을 끼고 그를 마주 보았다. 그 이유를 무척 이해하고 싶은 모양이었다. 아니 그의 눈에 그렇게 보이는 것뿐인지도 몰랐다. 그녀는 최소한 귀를 기울이고는 있었다.

"어느 누구도 키플과 싸워 이길 수는 없어요." 그가 말했다. "단지 일시적으로, 한 장소에서만 이길 수 있을 뿐이죠. 제 집 같은 경우가 그래요. 저는 그곳에 키플과 비非키플의 압력 사이에 일종의 평형 상태를 만들어놓았죠. 한동안은 유지되도록 말이에요. 하지만 결국 저는 죽거나 다른 곳으로 떠나겠죠. 그러면 키플이 다시 한번 그곳을 점령할 거예요. 그건 우주 전체를 움직이는 보편적인 원칙이죠. 우주는 전체적이고도 절대적인 키플화라는 최종 상태를 향해 움직이고 있으니까요." 그가 덧붙였다. "물론 윌버 머서의 '오르기'는 예외로 봐야겠지만요."

여자가 그를 쳐다보았다. "전 아무런 연관성도 찾을 수가 없는데요."

"머서교라는 게 따지고 보면 결국 그거잖아요." 그는 다시 한번 어리둥절해졌다. "혹시 당신은 융합에 참여하지 않는 건가요? 감정이입 장치를 갖고 있지 않은 건가요?"

잠시 적막이 흐르고 나서야 젊은 여자가 조심스럽게 말했다. "제가 원래 갖고 있던 건 여기 가져오지 않았어요. 여기서 새로 하나 마련할 수 있다고 생각했거든요."

"하지만 감정이입 장치는." 그는 흥분한 나머지 말을 더듬거렸다. "가장 개인적인 소유물이잖아요! 그건 당신 신체의 연장이라고요. 당신이 다른 사람과 접촉하는 방법이고, 당신이 혼자 있는 걸 중지할 수 있는 방법이고요. 당신은 그걸 알고 있잖아요. 모두가 그걸 알고 있다고요. 머서는 심지어 저 같은 사람까지도 그걸 알도록 해주었—" 그는 말을 하다 말았다. 하지만 너무 늦었다. 그는 그녀에게 사실을 이야기해버린 셈이었다. 상대방이 그 사실을 알고 있다는 것 때문에 갑자기 혐오감이 치밀었고, 이제는 차마 그녀의 얼굴을 바라볼 수가 없었다. "저는 지능 검사를 간신히 통과했어요." 그의 목소리가 나지막해지고 떨렸다. "하지만 아주 특수하지는 않아요. 단지 조금 특수할 뿐이죠. 당신이 본 그런 사람들하고는 그다지 비슷하지도 않아요. 하지만 머서는 그런 걸 전혀 개의치 않으니까요."

"제가 알기로는." 젊은 여자가 말했다. "그거야말로 머서교에 대한 크나큰 위반이라고 볼 수도 있을 텐데요." 그녀의 목소리가 맑고도 무심했다. 그녀가 오로지 사실을 말하고 있을 뿐임을 그는 깨달았다. 닭대가리들을 향한 그녀의 태도에 관한 사실을.

"이제 그만 올라가볼게요." 그는 마가린 조각을 손에 움켜쥔 채 그녀로부터 멀어지기 시작했다. 마가린이 그의 손 안에서 점점 물렁물렁해지고 축축해졌다.

여자는 그가 멀어지는 모습을 지켜보았다. 표정은 여전히 무심했다. 그러다가 그녀가 그를 불렀다. "잠깐만요."

그가 돌아서서 물었다. "왜요?"

"당신이 필요할 것 같아서요. 적당한 가구를 구해 와야 할 것 같네요. 당신 말마따나, 다른 집에서요." 그녀가 그를 향해 다가왔다. 벌거벗은 상체는 매끄럽고 잘 다듬어져 있었으며, 불필요한 지방질이라곤 전혀 없었다. "일이 끝나고 집에 돌아오면 몇 시쯤 되죠? 그때쯤 도와주시면 돼요."

이지도어가 말했다. "혹시 우리 둘이 먹을 수 있도록 저녁을 준비할 수 있겠어요? 재료는 제가 퇴근할 때 가져올 테니까요."

"아뇨, 할 일이 너무 많아서요." 그녀는 상대방의 요청을 딱 잘라 거절했다. 그는 뭔가를 깨달았다. 즉 이해하기 전에 인식해버린 것이다. 이제 그녀가 드러낸 처음의 두려움은 감소했으며, 다른 뭔가가 그녀로부터 나타나기 시작했다. 뭔가 더 이상한 것. 그것도 뭔가 애처로운 것. 어떤 냉담함. 마치 사람 사는 세상들 사이의 진공으로부터 나온 입김 같다고 그는 생각했다. 무無, nowhere로부터 나온 입김 같다고. 그녀의 행동이나 말 때문에 그런 것이 아니라 그녀가 **하지 않은** 행동과 말 때문이었다. "그건 나중에 언젠가 하도록 하죠." 그녀는 이렇게 말하더니 도로 자기 집 문을 향해 걷기 시작했다.

"제 이름은 기억하시죠?" 그가 열의를 드러내며 말했다. "존 이지도어예요. 그리고 제가 어디서 일하느냐면—"

"당신이 누구 밑에서 일하는지는 이미 말했어요." 그녀는 문간에서 잠깐 멈춰 섰다. 그리고 문을 밀어서 열고는 이렇게 말했다. "해니발 슬로트라는 어떤 믿을 수 없이 대단한 인물이라고 했죠. 오로지 당신의 상상 속에서만 존재하는 인물이라고 생각되지만요. 그리고 제 이름은―" 그녀는 집으로 들어가기 전에 마지막으로 그를 싸늘한 눈빛으로 쳐다보더니, 잠시 머뭇거리다가, 이렇게 덧붙였다. "레이첼 로즌이에요."

"로즌 조합의 **그** 로즌요?" 그가 물었다. "우리의 식민화 프로그램에서 사용되는 인간형 로봇을 제조하는, 성계에서 가장 큰 업체 말이에요?"

곧바로 그녀의 얼굴에 복잡한 표정이 스쳐 지나갔다. 아주 순식간이었다. 나타남과 동시에 사라진 것이다. "아니에요." 그녀가 말했다. "그런 회사는 전혀 들어본 적이 없어요. 거기에 관해서는 아무것도 모르겠는걸요. 그것 역시 당신네 닭대가리 특유의 상상 같네요, 제 생각에는요. 존 이지도어와 그의 개인적이고 사적인 감정이입 장치. 불쌍한 이지도어 씨."

"하지만 당신의 이름만 놓고 보면―"

"제 이름은." 그녀가 말했다. "프리스 스트래턴이에요. 결혼한 뒤의 이름이죠. 전 항상 그 이름을 썼어요. 다른 이름 말고 '프리스'라고만요. 당신도 프리스라고 부르면 돼요." 그러고는 뭔가를 생각하더니 이렇게 덧붙였다. "아니, '스트래턴 양'이라고 부르는 게 좋겠어요. 우리는 아직 서로를 잘 모르니까요. 적어도 전 당신을 잘 모르겠어요." 그녀가 들어가고 문이 닫혔다. 그는 먼지가 수북하고 어두침침한 복도에 혼자 남아 있었다.

07

음. 다 그런 거지. J. R. 이지도어는 물렁물렁해진 마가린 조각을 움켜쥐고 서서 이렇게 생각했다. 나더러 자기를 프리스라고 부르라고는 했지만, 어쩌면 그녀도 나중에는 마음을 바꿀지 몰라. 그리고 내가 만약 전쟁 전에 나온 야채 통조림을 하나 가져가기라도 하면, 저녁 식사에 관해서도 마음을 바꿀지 몰라.

하지만 어쩌면 그녀가 요리하는 법을 모를 수도 있어. 그는 문득 이런 생각을 떠올렸다. 좋아, 내가 대신 해도 되니까. 우리 둘이 먹을 저녁 식사를 내가 마련하면 되지. 혹시 그녀가 배우고 싶어 한다면 나중에라도 혼자서 요리할 수 있도록 내가 가르쳐주면 되고. 일단 방법을 보여주고 나면 그녀도 배우고 싶어 할지 몰라. 내가 알기로 대부분의 여자들은, 심지어 그녀처럼 젊은 여자조차도, 요리하기를 좋아하니까. 그건 일종의 본능이야.

어두운 계단을 올라가서 그는 자기 집으로 돌아왔다.

그녀는 정말 세상 돌아가는 걸 모르는군. 그는 흰색 작업복을 입으면서 생각했다. 이제는 서두른다 하더라도 출근 시간에 늦게 생겼고, 슬로트 씨도 화를 내게 생겼군. 하지만 그게 뭐? 예를 들어 그녀는 버스터 프렌들리에 대해 들어본 적도 없었어. 그건 불가능한 일이야. 버스터는 현존하는 인류 중에서도 가장 중요한 인물인데. 물론 윌버 머서에는 미치지 못하겠지만……하지만 머서는 인간이 아니잖아. 그는 생각했다. 그는 분명히 별에서 내려온 원형적인 실체, 우주의 주형鑄型이 우리 문화에 중첩시킨 자니까. 적어도 사람들이 하는 이야기로는 그래. 슬로트 씨가 한 말도 그거였어. 그리고 해니발 슬로트라면 뭐든지 알게 마련이지.

하지만 그녀가 자기 이름에 관해서조차 모순을 범하는 건 이상해. 그는 곰곰이 생각했다. 어쩌면 그녀에게는 도움이 필요할지도 몰라. 내가 그녀에게 도움을 줄 수 있을까? 그는 속으로 물었다. 특수인, 닭대가리. 이런 내가 아는 게 도대체 뭐라고? 나는 결혼도 할 수 없고, 하다못해 이민도 갈 수 없고, 결국 낙진 때문에 죽게 될 텐데. 나는 그녀에게 줄 것이 하나도 없어.

옷을 입고 떠날 준비가 되자 그는 집을 나섰고, 낡아빠진 중고 호버카가 주차되어 있는 옥상으로 올라갔다.

1시간 뒤 그는 회사 트럭을 몰고 오늘의 첫 번째 오작동 동물을 수거했다. 전기 고양이였다. 그놈은 트럭 짐칸에 설치된 플라스틱제 낙진 방지식 운반용 우리 안에 누워서 괴이한 소리로 헐떡이고 있었다. 누가 들으면 거의 진짜라고 생각하겠구먼. 이지도어는 이런 생각을 하면서, 밴 네스 동물병원으로 향했다. 신중을 기해 지어낸 가짜 이름으로 행세하는 이 작은 기업은, 가짜 동물 수리라는 험난하고 경쟁이 심한 분야에서 간신히 명맥을 유지하고 있었다.

고양이가 고통에 못 이겨 신음 소리를 냈다.

우와. 이지도어는 속으로 말했다. 진짜로 죽어가는 것 같은 소리를 내잖아. 어쩌면 10년짜리 배터리의 수명이 예상보다 일찍 끝나는 바람에 모든 회로가 완전히 불탔는지도 몰랐다. 어마어마한 일이겠는데. 밴 네스 동물병원의 수리기사 밀트 보로그로브가 눈코 뜰 새 없이 바빠지겠군. 그런데 나는 저놈 주인한테 미처 견적도 뽑아주지 않고 왔지. 이런 생각에 이지도어는 우울해졌다. 그 남자는 나한테 무작정 고양이를 내밀면서 밤사이에 이상 증세가 나타나기 시작했다고 말했지. 그래서 나는 그 남자가 서둘러 출근하려나 보다 생각했고 말이야. 어쨌거나 잠시 동안의 대화는 갑자기 중단되고 말았지. 고양이 주인은 주문 제작으로 보이는 멋진 최신형 호버카에 올라타고 굉음과 함께 하늘로 날아올랐으니까. 게다가 그 사람은 신규 고객이었어.

이지도어는 고양이에게 말했다. "작업실에 도착할 때까지는 충분히 버틸 수 있겠지?" 고양이가 계속 낑낑거렸다. "가는 길

에 재충전해줄게." 이지도어는 결심했다. 그는 이용 가능한 옥
상 중 가장 가까운 곳으로 트럭을 몰았고, 시동을 걸어둔 채로
잠시 주차했다. 그리고 트럭 뒤로 기어 들어가서 플라스틱제
낙진 방지식 운반용 우리를 열었다. 그 우리에다 그의 흰 옷이
며 트럭에 쓰인 이름이 합쳐지면, 잘 모르는 사람에게는 진짜
수의사가 진짜 동물을 데려가는 것 같은 인상을 주게 마련이었
다.

　놀라우리만치 진짜 같은 회색 털가죽을 뒤집어쓴 그 전기 장
치는 꼴깍꼴깍 소리를 내며 거품을 뱉어냈다. 영상 렌즈는 탁
한 색깔이었고, 금속제 아가리는 꽉 다물려 있었다. 이런 모습
을 볼 때마다 그는 항상 감탄하지 않을 수 없었다. 가짜 동물들
에게는 이렇듯 **질병** 회로까지 장착되어 있었던 것이다. 그가 지
금 무릎 위에 안고 있는 이 구조물은 그런 방식으로 조립되어
서, 주요 부품 하나가 오작동을 하게 되면 겉으로 보기에는 기
계가 고장 난 게 아니라 유기체가 병든 모습으로 보이게 되었
다. 이놈의 모습에는 나조차도 속겠는걸. 이지도어는 고양이
의 배에 달린 모조 털가죽을 더듬으면서 거기 감춰져 있을 법
한 제어판과(이런 종류의 가짜 동물은 제어판도 상당히 작았
다) 급속 충전 배터리 삽입구를 찾아보았다. 하지만 그는 둘 중
어느 것도 찾을 수가 없었다. 그렇다고 해서 마냥 그걸 찾고 앉
아 있을 수도 없었다. 이 기계 장치는 거의 작동이 멈춰 있었다.
만약 이게 합선으로 인한 고장이라면. 그는 생각했다. 지금 한
창 회로가 불타고 있겠지. 그러면 지금 나라도 일단 배터리 케

이블 가운데 하나를 연결하려는 시도 정도는 해봐야 하지 않을까. 그렇게 해놓으면 전원이 꺼지더라도 더 이상의 해악이 생기지는 않을 테니까. 그렇게 해두었다가 작업실로 돌아가서 밀트에게 이걸 다시 충전하라고 하면 되는 거지.

그는 고양이의 앙상한 가짜 척추를 손가락으로 능숙하게 더듬었다. 원래는 케이블이 이 근처에 있어야 하는데. 전문가적인 솜씨 따위는 엿이나 먹으라지. 아니, 이렇게 진짜 완벽한 모조품을 만들면 어쩌라는 거야. 아무리 잘 찾아봐도 케이블은 눈에 띄지 않았다. 십중팔구 횔라이트 앤드 카펜터 제품일 거야. 가격은 엄청나게 비쌌겠지만, 덕분에 어떤 놀라운 작품이 만들어졌는지 좀 보라고.

그는 결국 포기하고 말았다. 가짜 고양이는 이미 동작을 멈춘 다음이었다. 십중팔구 합선으로 인해 전력 공급 장치와 기본 동력 전달 장치까지도 작살난 모양이었다. 그렇다면 수리비도 만만찮게 깨지겠는데. 이렇게 생각하자 침울한 기분이 들었다. 음, 그 남자는 매년 세 차례씩 하는 고장 예방용 소제 및 윤활유 주입 서비스를 받지 않았던 게 분명해. 그것만 받았더라도 이런 지경까지는 오지 않았을 텐데. 여하간 그 주인이란 사람도 이번 일로 배우는 게 있겠지. 뼈아픈 교훈을.

운전석으로 도로 기어 나온 그는 운전대를 상승 위치에 놓았다. 그리고 다시 한번 하늘로 솟아올라 수리점으로 날아서 돌아갔다.

어쨌거나 저 기계 장치에서 흘러나오던 신경에 거슬리는 낑

낑거림을 더 이상 듣지 않아도 되기는 했다. 그는 비로소 안도했다. 우스운 일이지. 그가 생각했다. 나도 머리로는 그게 가짜라는 걸 알고 있지만, 정작 그 가짜 동물의 동력 전달 장치와 전원 공급 장치가 타오르면서 나오는 소리를 듣고 있자니 실제로 속이 다 뒤틀렸으니 말이야. 차라리 다른 직업을 얻을 수 있으면 좋겠다니까. 그는 생각했다. 그놈의 지능 검사에서 떨어지지만 않았더라도 이렇게 창피스러운 일을 하면서, 거기에 수반되는 감정적인 부작용까지 겪는 신세로 전락하지는 않았을 텐데. 반면 밀트 보로그로브나 해니발 슬로트는 가짜 동물들의 합성된 고통 앞에서 눈 하나 깜짝하지 않았다. 그래, 어쩌면 내가 문제인지 몰라. 존 이지도어는 속으로 말했다. 어쩌면 내가 그랬던 것처럼 진화의 사다리를 도로 내려가는 악화된 상태일 때, 즉 특수인이 된다는 진창의 무덤 세계로 가라앉을 때— 음, 그쪽의 실분은 포기하는 게 최선이지. 그 무엇보다도 그를 낙담하게 만드는 때가 있다면 바로 자신의 현재 정신 능력을 이전의 능력과 비교하는 순간이었다. 하루하루 명민함과 활력이 쇠약해졌다. 그는 물론이고 테라* 전역에 있는 수천 명의 다른 특수인들도 마찬가지였다. 이들 모두는 잿더미를 향해 움직이고 있었다. 결국 살아 있는 키플로 변하는 것이었다.

적적한 기분을 떨치기 위해 그는 트럭의 라디오를 켜고 버스터 프렌들리의 라디오 쇼에 채널을 맞추었다. 이 프로그램은

---

* Terra, 지구.

116

TV판과 마찬가지로, 하루에 23시간 연속으로 방송되었고……
나머지 1시간 동안에는 종교적인 내용의 방송 종료 신호가 나
가다 10분 동안의 적막이 이어지고, 다시 종교적인 내용의 방
송 시작 신호가 나왔다.

"—쇼를 다시 찾아주신 여러분께 감사드립니다." 버스터 프
렌들리가 말하고 있었다. "어디 볼까요, 아만다. 우리가 당신을
만난 지 이틀이 꼬박 지났군요. 혹시 새로운 촬영을 시작했나
요, 자기?"

"음, 어쩨 촬영을 하려꼬 했어요. 끄런데, 음, 끄 싸람들이 쩌
더러 7씨에 씨작하자고 해써—"

"오전 7시요?" 버스터 프렌들리가 끼어들었다.

"예, **맞아요**. 뿌스터. 무려 오쩐 7씨였다고요!" 아만다 베르너
가 특유의 웃음을 터트렸다. 버스터의 웃음만큼이나 가짜인 웃
음이었다. 아만다 베르너와 다른 몇 명의 아름답고, 우아하고,
가슴이 불룩한 외국인 아가씨들은 딱 꼬집어 말하기 힘들고 모
호하게만 정의된 여러 국가 출신들이었다. 거기에다가 이른바
유머 작가라는 몇몇 촌스러운 작자들이 더해지면서, 이들은 버
스터의 초대 손님들 중에서도 핵심을 차지하게 되었다. 아만다
베르너 같은 여자들은 영화를 찍은 적도, 연극에 출연한 적도
없었다. 그들은 버스터의 끝나지 않는 쇼에 초대 손님으로 출
연하면서 기묘하고도 멋진 삶을 살아갔다. 버스터가 언젠가 계
산해본 바에 따르면, 이들은 일주일에 70시간이나 방송에 출연
했다.

도대체 버스터 프렌들리는 무슨 수로 라디오와 TV 쇼를 녹화할 시간을 얻는 걸까? 이지도어는 궁금해졌다. 그리고 아만다 베르너는 도대체 무슨 수로 하루걸러 한 번씩, 심지어 매달, 매년에 걸쳐서 초대 손님으로 출연할 시간을 얻는 걸까? 도대체 그들은 어떻게 계속 이야기를 하는 걸까? 그들은 결코 같은 이야기를 반복하지 않았다. 그가 판단하는 한에는 그러했다. 그들의 말은 언제나 재기 넘치고, 언제나 신선했다. 게다가 리허설도 하지 않은 상태에서 나왔다! 아만다의 머리는 윤기가 흘렀고, 눈은 반짝였으며, 이빨은 눈부셨다. 그녀는 결코 멈추지도, 지치지도 않았으며, 심지어 버스터의 요란한 재담과 농담과 날카로운 고찰에 똑똑하게 항변하는 와중에도 결코 말문이 막히는 법이 없었다. 〈버스터 프렌들리〉 쇼는 위성을 통해 지구 전역에 방송되었으며, 식민 행성의 이민자들에게도 마찬가지로 전파의 세례를 퍼부었다. 프록시마를 향한 시험 송신도 시도됐었는데, 혹시 인간의 식민화가 그곳까지 도달했을지도 모른다는 기대 때문이었다. 아마 샐랜더 3호가 목적지에 도달했다면, 선상의 여행자들은 〈버스터 프렌들리〉 쇼가 이미 그곳에서 자신들을 기다리고 있는 모습을 발견했을 것이다. 그리고 그들 역시 기뻤을 것이다.

하지만 버스터 프렌들리의 어떤 면이 존 이지도어에게 짜증을 불러일으켰다. 구체적으로, 한 가지 면에서 그랬다. 뭔가 미묘하게, 거의 눈에 잘 띄지 않는 방식으로 버스터는 감정이입 장치를 비웃었다. 그것도 매우 여러 번. 사실은 지금도 그랬다.

"—저는 돌멩이에 긁히는 일도 없죠." 버스터가 아만다 베르너에게 수다를 떨어댔다. "그리고 산의 한쪽 경사면을 다 오르고 나면, 버드와이저 맥주나 두 병 마시고 말겠어요!" 녹화장에 모여 있던 청중이 웃음을 터트렸고, (이지도어의 귀에는) 박수 소리도 간간이 들렸다. "그리고 저는 꼼꼼하게 취재된 제 스캔들을 **그 위에서** 밝히겠습니다! 지금부터 바로 10시간 뒤에 그걸 폭로할 겁니다!"

"끄리고 쩌두요, 여러뿐!" 아만다가 소리쳤다. "쩌도 땅신이랑 깔래요! 쩌도 같이 까서, 끄들이 땅신에게 똘멩이를 떤지면, 쩨가 땅신을 뽀호해쭐께요!" 다시 한번 청중이 환호성을 올렸다. 존 이지도어는 당혹감을 느꼈고, 동시에 목 뒤로 무기력한 분노가 스멀스멀 기어 올라왔다. 왜 버스터 프렌들리는 항상 머서교를 깎아내리지 못해 안달인 걸까? 그를 제외하면 누구도 이런 사실에 불편함을 느끼진 않는 모양이었다. 심지어 UN도 승인했다. 그리고 미국과 소비에트의 경찰은 머서교 덕분에 시민들이 이웃의 곤경에 관해 더욱 신경 쓰게 되었고, 결과적으로는 범죄가 감소되는 효과가 나타났다고 공개적으로 언급하기도 했다. UN 사무총장 타이터스 코닝도 인류에게는 더 많은 감정이입이 필요하다고 이미 여러 번 이야기했다. 어쩌면 버스터는 질투가 났는지도 몰라. 이지도어가 추측했다. 물론, 그게 이런 현상을 설명해줄 거야. 그와 윌버 머서는 경쟁 중인 거지. 하지만 무엇을 놓고 벌이는 경쟁일까?

우리의 정신이겠지. 이지도어는 결론을 내렸다. 그들은 서로 우리의 영적 자아를 장악하려고 싸우는 거야. 한편에는 감정이입 장치가, 다른 한편에는 버스터의 너털웃음과 즉석 조소가 있는 거지. 해니발 슬로트에게 그 이야기를 해봐야겠어. 그는 결심했다. 그게 사실인지 해니발 씨에게 물어보는 거야. 그라면 알겠지.

  밴 네스 동물병원 옥상에 트럭을 주차시키고 그는 비활성 상태인 가짜 고양이가 든 플라스틱 우리를 재빨리 아래층에 있는 해니발 슬로트의 사무실로 가져갔다. 그가 문에 들어서자마자 슬로트 씨가 부품명세서를 보다 말고 그를 흘끗 올려보았다. 주름이 가득한 슬로트의 회색 얼굴에는 마치 풍랑 치는 바다처럼 물결이 생겨나 있었다. 너무 나이가 많아서 이민을 가지 못한 해니발 슬로트는 비록 특수인까지는 아니었지만, 결국 남은 생애를 지구상에서 돌아다닐 운명에 처해져 있었다. 여러 해에 걸친 낙진이 그를 좀먹었다. 낙진 때문에 그는 외모도 회색으로 변했으며, 생각도 회색으로 변했다. 낙진은 그를 쪼그라들게 만들었고, 그의 다리를 허약하게 만들었으며, 걷는 모양도 뒤뚱거리게 만들었다. 그는 말 그대로 낙진으로 희뿌연 안경 너머로 세상을 바라보았다. 왜인지 슬로트는 안경을 절대로 닦지 않았다. 그는 포기한 것만 같았다. 그는 방사능 재를 받아들였고, 방사능 재는 오래전부터 그를 파묻는 데 착수했다. 낙진으로 인해 시야는 이미 흐려져 있었다. 앞으로 몇 년이 지나면 아직 괜찮은 다른 감각들 역시 망가져서, 결국에는 마치 새가 지저귀는 것 같은 날카로운 목소리만이 남을 것이고, 그다음에는 그것 역시 사라지고 말 것이었다.

"그 안에는 뭐가 들어 있는 거야?" 슬로트 씨가 물었다.

"고양이예요. 전력 공급 장치가 합선되었어요." 이지도어는 각종 문서가 잔뜩 쌓여 있는 상사의 책상 위에 우리를 내려놓았다.

"그걸 왜 나한테 보여주려고?" 슬로트가 말했다. "작업실로 가져가서 밀트한테 줘." 하지만 그는 무의식적으로 우리를 열었고, 그 안에 들어 있던 가짜 동물을 밖으로 꺼내 살펴보았다. 한때는 그 역시 수리기사였기 때문이다. 그것도 아주 뛰어난 수리기사였다.

이지도어가 말했다. "제 생각에는 버스터 프렌들리와 머서교가 우리의 영적 자아를 지배하기 위해 서로 싸우는 것 같아요."

"그게 사실이라면." 슬로트는 고양이를 살펴보며 말했다. "결국 버스터가 이기고 있는 셈이로군."

"지금은 그가 이기고 있죠." 이지도어가 말했다. "하지만 궁극적으로는 그가 질 거예요."

슬로트가 고개를 들고 그를 바라보았다. "어째서?"

"왜냐하면 윌버 머서는 항상 다시 새로워지니까요. 그는 영원해요. 언덕 꼭대기에 도달하면 그는 또다시 쓰러지죠. 무덤 세계로 가라앉지만, 그래도 그는 불가피하게 일어서요. 그리고 우리가 그와 함께 있어요. 그러니 우리 역시 영원한 거예요." 그는 기분이 좋아졌고, 무척 말을 잘했다. 평소에 슬로트 씨 옆에 있으면 그는 말을 더듬곤 했다.

슬로트가 말했다. "버스터 역시 불멸이야. 머서와 마찬가지로. 둘 사이에는 아무런 차이가 없어."

"어떻게 그럴 수 있죠? 그 역시 사람이잖아요."

"그거야 나도 모르지." 슬로트가 말했다. "하지만 그건 사실이야. 물론 그들이야 그 사실을 결코 시인하지 않지만."

"버스터 프렌들리가 하루에 무려 46시간이나 되는 쇼를 진행할 수 있는 것도 바로 그래서인가요?"

"바로 그거지." 슬로트가 말했다.

"그렇다면 아만다 베르너와 다른 여자들은요?"

"그들 역시 불멸이지."

"그렇다면 그들은 다른 성계에서 온 고등한 생명체인가요?"

"그 문제에 대해서는 나도 결코 확실히 판단할 수가 없어." 슬로드 씨는 이렇게 말하며 고양이를 여전히 살펴보고 있었다. 이제 그는 낙진이 자욱하게 낀 안경을 벗었고, 반쯤 벌어진 고양이의 입안을 맨눈으로 들여다보고 있었다. "내가 윌버 머서의 경우에 대해 결론을 내렸던 것처럼 확실하게까지는 말이야." 이 마지막 말은 거의 들리지 않을 정도로 작았다. 잠시 후에 그는 갖가지 욕설을 한꺼번에 내뱉었다. 이지도어에게는 그 순간이 1분이나 지속된 것처럼 느껴졌다. "이 고양이." 슬로트가 마침내 입을 열었다. "이놈은 가짜가 아니야. 내 언젠가는 이런 일이 벌어질 줄 알았지. 게다가 이놈은 죽어버렸다고." 그는 고양이의 시체를 물끄러미 바라보았다. 그리고 또다시 욕설을 피부였다.

육중한 체구에 자갈색 피부의 밀트 보르그로브가 때 묻은 푸른색 범포 앞치마를 두른 채 사무실 문 앞에 나타났다. "도대체 무슨 일인데 그래요?" 그가 말했다. 고양이를 보자마자 그가 안으로 들어와 동물을 집어 들었다.

"이 닭대가리가." 슬로트가 말했다. "이놈을 데려왔어." 이전까지만 해도 그는 이지도어 앞에서 그런 모욕적인 표현을 쓴 적이 없었다.

"이놈이 아직 살아 있기만 했어도." 밀트가 말했다. "우리가 진짜 수의사한테 데려갈 수 있었을 텐데요. 이놈의 가격이 얼마나 될지 궁금하네요. 혹시 누구 시드니 카탈로그 있어요?"

"호, 혹시 사, 사장님 보험으로 이, 이걸 처, 처리할 수는 없나요?" 이지도어가 슬로트 씨에게 물었다. 그는 다리가 후들거렸고, 갑자기 방 안이 짙은 고동색으로 변하면서 군데군데 초록색 반점이 나타나는 듯한 기분이 들었다.

"할 수야 있지." 슬로트가 마침내 말했다. 반쯤 으르렁거리는 목소리였다. "하지만 내가 정말 화를 내는 까닭은 생명을 헛되이 낭비했기 때문이야. 살아 있는 생물 한 마리가 또 사라졌다는 거지. 자네 정말 몰랐나, 이지도어? 그 차이를 **깨닫지** 못한 거야?"

"저는 이렇게만 생각했어요." 이지도어가 가까스로 입을 열었다. "정말 뛰어난 작품이라고 말이에요. 워낙 뛰어나기 때문에 저조차도 속겠다고 말이에요. 그러니까 이게 정말로 살아 있는

123

것처럼 보였기 때문에, 아주 뛰어난 솜씨라고 하면—"

"제 생각에도 이지도어가 그 차이를 알았을 것 같지는 않아요." 밀트가 부드럽게 말했다. "이 녀석한테는 모두가 다 살아있는 거잖아요. 가짜 동물까지도 포함해서요. 이 녀석은 아마 이놈을 살리려고 노력했을 거예요." 그가 이지도어에게 물었다. "너 솔직히 이놈을 만지작거렸지? 혹시 이놈의 배터리를 재충전하려고 하지 않았어? 아니면 그 안에 합선을 찾아내려고 하거나?"

"마, 맞아." 이지도어가 시인했다.

"워낙 상태가 좋지 않아서 어차피 살아나지 못했을 거예요." 밀트가 말했다. "그러니 닭대가리를 너무 나무라지는 마세요, 핸. 이 녀석의 말도 일리는 있어요. 이제는 가짜조차도 터무니없이 진짜에 가깝게 만들어지기 시작했잖아요. 게다가 신제품에 장착되는 그 실병 회로라는 것 좀 보세요. 또 살아 있는 동물이란 죽게 마련이잖아요. 그거야말로 이런 놈들을 갖고 소유하는 데 따르는 위험 가운데 하나죠. 우리는 줄곧 가짜들만 봐왔기 때문에, 이런 일에 익숙하지 않을 뿐이에요."

"빌어먹을, 생명을 이렇게 헛되이 낭비하다니." 슬로트가 말했다.

"머, 머서의 말에 따르면요." 이지도어가 지적했다. "모, 모든 생물은 다시 돌아온대요. 그 주기가 도, 동물에게는 와, 완벽하대요. 제 말은, 우리 모두가 그와 함께 위로 올라가고, 죽는 것은—"

"이 고양이의 주인이라는 사람한테 직접 그런 이야기를 해보시지." 슬로트가 말했다.

이지도어는 지금 자기 상사가 한 말이 진담인지 농담인지 알 수 없었다. "제가 정말 그래야만 한다는 말씀이세요? 하지만 영상전화는 항상 사장님이 하셨잖아요." 그는 영상전화에 대한 공포증이 있었다. 전화를 건다는 것, 특히 낯선 사람에게 전화를 건다는 것은 사실상 불가능했다. 슬로트 씨 역시 이런 사실을 잘 알았다.

"이 녀석한테는 시키지 마세요." 밀트가 말했다. "제가 대신할게요." 그가 송수화기로 손을 뻗었다. "그 사람 전화번호가 어떻게 돼?"

"여기 어디다 적어뒀는데." 이지도어는 작업복 주머니를 뒤졌다.

슬로트가 말했다. "이 닭대가리보고 직접 하라고 해."

"저, 저는 영상전화 쓸 줄 몰라요." 이지도어가 반발했다. 심장이 쿵쾅거렸다. "왜냐하면 저는 털도 많고, 못생기고, 지저분하고, 구부정하고, 뻐드렁니이고, 회색이니까요. 그리고 전자파 때문에 속도 울렁거린다고요. 그러다가 제가 죽어버릴 수도 있어요."

밀트는 씩 웃으며 슬로트에게 말했다. "이 녀석한테 그런 부작용이 나타난다면 저 역시 겁이 나서 영상전화를 쓰지 말아야겠네요. 얼른 줘봐, 이지도어. 네가 고양이 주인 전화번호를 주지 않으면, 내가 전화를 걸 수 없을 거고, 결국 네가 대신 걸어야 할 테니까." 그는 쾌활한 태도로 한 손을 내밀었다.

"이 닭대가리보고 직접 하라고 해." 슬로트가 말했다. "안 하면 잘라버릴 테니까." 그는 이지도어와 밀트 어느 누구도 쳐다보고 있지 않았다. 그저 멍하니 앞만 바라보고 있을 뿐이었다.

"아이고, 왜 그러세요." 밀트가 이의를 제기했다.

이지도어가 말했다. "저, 저, 저는 남들이 다, 다, 닭대가리라고 부르는 게 싫어요. 무슨 말이냐 하면, 나, 나, 낙진이 두 분 모두에게 뭔가 여, 여, 영향을 끼쳤을 거라고요. 신체적으로요. 비, 비, 비록 제 경우처럼 두 분의 두, 두, 두뇌까지는 아니겠지만요." 나는 잘린 거구나. 그는 깨달았다. 나는 전화를 걸 수가 없어. 그러다가 갑자기 그는 고양이의 소유주가 일하러 갔다는 사실을 깨달았다. 지금쯤 집에는 아무도 없을 것이었다. "그, 그럼 제가 그 사람한테 전화를 걸게요." 그는 이렇게 말하며 정보가 적혀 있는 꼬리표를 찾아서 꺼냈다.

"봤지?" 슬로트 씨가 밀트에게 말했다. "이 녀석도 해야 한다면 할 수 있다고."

영상전화 앞에 앉아서, 송수화기를 손에 들고, 이지도어가 다이얼을 돌렸다.

"그러네요." 밀트가 말했다. "하지만 이 녀석이 안 하는 게 더나을 텐데요. 그리고 한편으로는 이 녀석 말이 맞기도 해요. 낙진이 사장님한테 영향을 끼쳤으니까요. 사장님은 이제 거의 앞이 안 보이시게 됐고, 앞으로 2년쯤 뒤에는 아예 듣지도 못하시게 될 거라고요."

슬로트가 말했다. "그놈의 것은 자네도 망가트리고 있다고, 보로그로브. 지금 자네 피부는 완전히 개똥 색깔이잖아."

영상전화의 화면에 사람 얼굴이 나타났다. 중부 유럽인으로 보이는, 머리를 위로 틀어 올린 신중해 보이는 인상의 여성이었다. "여보세요?" 그녀가 말했다.

"피, 피, 필젠 여사님이신가요?" 이지도어가 말했다. 그의 몸에서 공포가 뿜어져 나왔다. 그는 당연히 이 사실을 미처 생각하지 못했지만, 고양이의 주인에게는 아내가 있었으며, 당연히 이 시간에는 집에 있었던 것이다. "저, 저, 전화드린 것은 다름이 아니라, 댁의 고, 고, 고, 고, 고ー" 그는 차마 말을 잇지 못하고, 신경질적으로 턱을 문질렀다. "댁의 고양이 때문입니다."

"아, 예, 아까 호러스를 데려가신 분이시군요." 필젠 여사가 말했다. "혹시 폐렴으로 판명이 된 건가요? 제 남편은 아마 그 병일 거라고 생각했거든요."

이지도어가 말했다. "댁의 고양이가 죽었습니다."

"오, 이런, 세상에 그럴 리가."

"저희가 다른 놈으로 대체해드리겠습니다." 그가 말했다. "저희가 보험을 들어놨거든요." 그는 슬로트 씨를 흘끗 쳐다보았다. 사장 역시 동의하는 것처럼 보였다. "저희 회사의 대표이신 해니발 슬로트 씨께서ー" 그는 말이 막혔다. "그분께서 직접ー"

"아니야." 슬로트가 말했다. "우리는 그 양반들한테 수표를 줄 거야. 시드니 카탈로그에 나온 가격대로."

"—직접 대체용 고양이를 여사님 대신에 골라주실 겁니다."
이지도어는 자기도 모르게 이렇게 말하고 있었다. 그로선 차마
견딜 수가 없는 대화를 시작해놓고 나서, 이제는 거기서 뒤로
물러설 수 없는 상황에 처한 것이었다. 지금 그가 하고 있는 말
은 고유한 논리를 지니고 있었고, 그로선 여기서 중단할 방법
이 없었다. 결국 그 자체의 결론을 향해 나아가는 수밖에 없었
다. 그가 떠들어대는 동안 슬로트 씨와 밀트 보로그로브는 그
를 빤히 바라보고 있었다. "여사님께서 원하시는 고양이의 구
체적인 모습을 저희한테 알려주시죠. 색깔, 성별, 아종亞種, 예를
들어 맹크스, 페르시아, 애버시니언—"
"호러스가 죽었단 말이죠." 필젠 여사가 말했다.
"폐렴에 걸렸더군요." 이지도어가 말했다. "병원으로 옮기는
도중에 죽었습니다. 저희 병원의 선임 수의사이신 해니밸 슬로
트 박사님께서는, 이미 어떤 방법으로도 손을 쓸 수 없는 지점
까지 왔다고 말씀하시더군요. 그래도 다행이 아니겠습니까, 필
젠 여사님? 저희가 그 고양이를 대체하도록 도와드릴 테니까
요. 제 말이 맞지 않습니까?"
필젠 여사는 두 눈에 눈물이 그렁그렁 맺힌 채로 말했다. "우
리 호러스 같은 고양이는 이 세상에 단 한 마리뿐이에요. 그 녀
석은 새끼였을 때부터 벌떡 일어나서 마치 질문이라도 던지듯
이 우리를 빤히 바라보곤 했죠. 우리는 그 녀석의 질문이 뭔지
결코 이해하지 못했어요. 이제는 그 녀석도 답변을 알게 되었
겠지요." 막 터진 눈물이 보였다. "제 생각에는 우리 모두 결국

에는 그렇게 될 거고요."

문득 이지도어의 머릿속에 한 가지 영감이 떠올랐다. "그렇다면 죽은 고양이와 완전히 똑같은 전기 복제품을 만드시는 건 어떨까요? 휠라이트 앤드 카펜터에서 탁월한 수작업으로 만들어낸 제품을 저희가 입수할 수 있는데요. 예전의 동물 모습을 속속들이 충실하게 재현해내고, 게다가 영구적으로—"

"오, 그건 너무 끔찍해요!" 필젠 여사가 이의를 제기했다. "도대체 그게 무슨 말씀이세요? 제 남편한테는 혹시라도 그런 말씀은 하지 마세요. 에드에게는 그런 말씀 마시라고요. 그랬다가는 남편이 펄펄 뛸 테니까요. 그이는 호러스를 지금까지 기른 그 어떤 고양이보다도 더 사랑했어요. 남편은 어린 시절부터 줄곧 고양이를 길렀으니까요."

밀트는 이지도어가 들고 있던 송수화기를 빼앗아 들고 그 여자에게 이렇게 말했다. "그러시면 저희가 시드니 카탈로그에 나온 액수만큼 수표로 지불해드리겠습니다. 아니면 이지도어 씨가 말씀드린 대로, 저희가 대신 새로운 고양이를 골라드릴 수도 있고요. 댁의 고양이가 죽은 것에 대해서는 저희도 무척 죄송스럽게 생각합니다만, 이지도어 씨가 말씀드린 대로, 그 고양이는 폐렴에 걸린 상태였습니다. 거의 대부분은 치명적이게 마련이죠." 그의 말은 전문가답게 술술 흘러나왔다. 밴 네스 동물병원에 있는 세 사람 중에서도, 사업 문제에 대한 통화라면 밀트가 가장 잘했다.

"남편한테는 차마 말을 못하겠네요." 필젠 여사가 말했다.

"좋습니다, 여사님." 밀트가 이렇게 말하더니 약간 얼굴을 찡그렸다. "그럼 저희가 남편분께 대신 연락을 드리도록 하겠습니다. 그러면 남편분께서 일하시는 곳의 전화번호를 알려주시겠습니까?" 그는 펜과 종이를 찾으려고 손을 더듬었다. 슬로트 씨가 그걸 찾아서 그에게 건네주었다.

"저기요." 필젠 여사가 말했다. 그녀는 이제 다시 정신을 차린 것 같았다. "어쩌면 아까 다른 분이 말씀하신 게 맞을지도 모르겠네요. 호러스의 전기 대체품을 주문하는 게 낫겠어요. 대신 남편이 전혀 모르게요. 우리 남편이 전혀 알지 못하게끔 충실한 복제가 정말 가능할까요?"

밀트는 회의적인 투로 말했다. "고객님께서 원하신다면 그렇게 해드려야죠. 하지만 경험으로 미루어 보건대, 동물의 주인이셨던 분들은 끝까지 속지는 않으시더군요. 단지 흘끗 보고 지나가는 사람들, 예를 들어 이웃 같은 경우에만 속아 넘어가고요. 아시다시피, 고객님께서 가짜 동물 옆에 아주 가까이 다가가보시면—"

"에드는 한 번도 호러스를 몸에 가까이한 적이 없어요. 비록 그 녀석을 사랑하기는 했지만요. 호러스가 필요로 하는 것들, 예를 들어 모래상자 같은 것을 챙겨주는 일은 모두 제가 담당했죠. 제 생각에는 가짜 동물을 한번 써보는 것도 나쁘지 않을 듯해요. 그러다가 혹시 효과가 없으면, 그때는 그쪽에서 호러스를 대신할 진짜 고양이를 찾아주시면 되겠죠. 저는 다만 남편이 이 사실을 알게 되는 걸 바라지 않을 뿐이에요. 남편이 이 사실을 견뎌낼 수 있을 것 같지가 않거든요. 그이가 호러스랑 가까이하지 않았던 것도 바로 그래서였어요. 두려웠던 거죠. 그러다가 호러스가 병에 걸리니까, 아까 그쪽에서 말씀하신 것처럼 폐렴에 말이에요. 에드는 공포에 사로잡힌 나머지 차마 그 사실을 직시하지 못했어요. 우리가 그쪽에 바로 연락을 하지 못하고 지체했던 것도 그래서였어요. 너무 오래 지체했죠……. 그쪽에서 전화가 걸려오기 전부터 저는 알고 있었어요. 알고 있었다고요." 그녀는 고개를 끄덕였다. 이제는 눈물도 억제하고 있었다. "그럼 얼마나 걸릴까요?"

밀트가 곰곰이 따져보았다. "열흘 정도면 준비해드릴 수 있습니다. 남편께서 출근해 계시는 낮 동안에 배달해드리도록 하죠." 그는 통화를 마치고 안녕히 계시라고 인사한 다음 전화를 끊었다. "남편도 단번에 알아챌 거예요." 그가 슬로트 씨에게 말했다. "5초도 안 걸릴걸요? 하지만 저 여자가 원하는 게 바로 그거죠."

"자기가 가진 동물을 사랑하게 된 주인들은." 슬로트가 음침한 어조로 말했다. "몸과 마음이 산산조각 나지. 나는 우리가 대개는 진짜 동물과 관련이 없다는 게 기쁠 지경이라니까. 진짜 수의사들은 늘 이런 전화를 걸어야 하잖아?" 그는 존 이지도어를 유심히 바라보았다. "어떤 면에서 자네는 그렇게 멍청하지는 않은 것 같군, 이지도어. 이번 일은 상당히 잘 해치웠어. 비록 밀트가 중간에 끼어들어서 도와주긴 했지만 말이야."

"이 친구, 상당히 잘했어요." 밀트가 말했다. "아이고, 진짜 아슬아슬했고요." 그는 죽은 호러스를 집어 들었다. "저는 이 녀석을 데리고 작업실로 내려갈게요. 핸, 휠라이트 앤드 카펜터에 전화하셔서 그쪽의 제작자더러 치수도 재고 사진도 찍어 가라고 하세요. 하지만 그 친구들이 이 녀석을 자기네 작업실로 데려가게 하진 마세요. 복제품하고 실물을 직접 비교해보고 싶으니까요."

"내 생각에는 이번에도 이지도어를 시켜서 그 친구들한테 얘기하면 되겠는데." 슬로트 씨가 결심했다. "이미 시작한 거니까. 필젠 여사를 상대하던 솜씨라면 휠라이트 앤드 카펜터도 상대할 수 있겠지."

밀트가 이지도어에게 말했다. "그 친구들이 실물을 가져가게만 하지 않으면 돼." 그가 호러스를 집어 들었다. "그 친구들은 가져가고 싶어 하겠지. 그러면 자기네가 할 일이 겁나게 쉬워지니까 말이야. 물러서지 말라고."

"음." 이지도어는 눈을 깜박이며 말했다. "알았어요. 그러면 지금 당장 그쪽에 전화를 걸어야겠네요. 고양이가 썩기 시작하기 전에 말이에요. 시체는 원래 썩는다거나 뭐 그렇지 않던가요?" 그는 의기양양한 기분이 들었다.

08

경찰서 소속의 강화 재질 고속 호버카를 롬바드 가에 있는 샌프란시스코 경찰본부의 옥상에 주차한 뒤, 현상금 사냥꾼 릭 데카드는 서류가방을 손에 들고 해리 브라이언트의 사무실로 내려갔다.

"상당히 빨리 돌아왔군." 그의 상관이 이렇게 말하더니 의자 등에 허리를 기대며, '스퍼시픽 넘버원' 코담배를 손가락으로 집어 들이마셨다.

"저를 보내신 목적을 달성했으니까요." 릭은 책상 맞은편에 앉았다. 그는 서류가방을 내려놓았다. 지쳤어. 그는 깨달았다. 무사히 돌아오고 나서야 비로소 그런 느낌이 들었다. 앞으로 남은 일을 위해서라도 자신이 충분히 기력을 회복할 수 있을지 궁금한 생각도 들었다. "데이브는 좀 어떻습니까?" 그가 물었다. "제가 찾아가서 직접 이야기를 해도 될 정도는 되나요? 그 앤디들을 처리하러 나가기 전에 그를 먼저 만나고 싶어서요."

브라이언트가 말했다. "자네는 우선 폴로코프를 잡도록 노력하게. 데이브를 쏜 녀석 말이야. 그놈은 당장에 잡아들이는 것이 최상이야. 그놈도 자기가 수배 명단에 올랐다는 것을 알 테니까."

"제가 데이브랑 직접 이야기하기 전에 말입니까?"

브라이언트는 손을 뻗어서 반투명지를 한 장 집어 들었다. 글자가 번진 것으로 보아 세 번째나 네 번째 먹종이를 대고 찍은 사본 같았다. "폴로코프는 도시에서 쓰레기 수거 인력으로, 즉 폐품수집원으로 일자리를 얻었어."

"그런 종류의 일은 특수인만 할 수 있는 것 아닌가요?"

"폴로코프는 특수인, 즉 '개미대가리' 흉내를 내고 있어. 매우 악화된 상태시. 음, 악화된 상태인 척한다고 해야겠지만. 데이브가 당한 것도 바로 그것 때문이었지. 폴로코프가 외모나 행동이나 개미대가리를 워낙 많이 닮아서 데이브조차도 깜박 잊어버렸던 거야. 그나저나 자네도 이제 보이트 캠프 척도에 대해서 확신을 갖게 되었나? 시애틀에서 있었던 일 덕분에 자네도 분명히 확신하겠군. 그러니까—"

"그렇습니다." 릭은 짧게 대답했다. 굳이 자세히 말하지는 않았다.

브라이언트가 말했다. "자네 말을 곧이듣도록 하지. 하지만 실수가 한 번이라도 있어서는 안 돼."

"지금까지의 앤디 사냥에서는 결코 그런 일이 없었습니다. 이번에도 다를 바가 없지요."

"넥서스-6은 분명히 달라."

"저도 이미 하나를 찾아냈습니다." 릭이 말했다. "그리고 데이브는 둘을 찾아냈고요. 폴로코프까지 포함한다면 셋이군요. 좋습니다. 제가 오늘 폴로코프를 퇴역시키겠습니다. 그러면 오늘이나 내일쯤에는 데이브와 이야기할 수 있겠죠." 그는 흐리게 인쇄된 먹종이 사본 쪽으로 손을 뻗었다. 안드로이드 폴로코프에 관한 정보 문서였다.

"한 가지가 더 있네." 브라이언트가 말했다. "W.P.O.에서 보낸 소비에트 경찰이 이리로 오고 있는 중이야. 자네가 시애틀에 있는 동안 그에게서 전화를 받았지. 아에로플로트 사 로켓을 타고 있는데, 앞으로 1시간 안에 공공 착륙장에 내릴 거야. 산도르 카달리라더군. 그의 이름이."

"뭘 원하는 걸까요?" W.P.O. 경찰이 샌프란시스코에 나타나는 일은 원체 없었으며, 설령 있다 하더라도 매우 드물었다.

"W.P.O.는 넥서스-6 기종에 관심을 갖고 있어. 그러니 자기네 요원이 자네와 함께 움직이길 바라는 거지. 일종의 참관인으로. 또 가능하다면 그가 자네를 돕기도 하겠지. 그가 과연 언제쯤, 아니 과연 실제로 가치를 드러낼지는 자네가 알아서 결정할 문제지만. 여하간 나는 이미 그에게 자네를 따라다녀도 된다는 허가를 내주었다네."

"그러면 현상금은 어떻게 되는 거죠?" 릭이 물었다.

"자네는 물론 그걸 나눠 갖고 싶진 않겠지." 브라이언트가 키득거리며 미소를 지었다.

"저는 다만 그게 경제적으로 공정하다고 볼 수 없다는 겁니다." 그는 자신이 번 현상금을 W.P.O.에서 온 자객 따위와 나눌 의향은 전혀 없었다. 그는 폴로코프에 관한 문서를 살펴보았다. 그 남자의(또는 그 앤디의) 외모 묘사와 함께 현재 주소와 직장 위치도 쓰여 있었다. 기어리 대로에 사무실을 두고 있는 '베이 지구 폐품 수집 회사'였다.

"그럼 폴로코프를 퇴역시키는 일은, 일단 그 소비에트 경찰이 여기 와서 자네를 도울 때까지 기다렸다 하고 싶은가?" 브라이언트가 말했다.

릭이 짜증을 부렸다. "저는 항상 혼자서 일했습니다. 물론 이번 일은 경위님께서 결정하신 거죠. 지시하시는 대로 따르겠습니다. 하지만 지금 당장은 폴로코프를 처리하고 싶군요. 카달리가 시내에 도착할 때까지 기다리지 않고요."

"그럼 이 건은 일단 자네가 알아서 진행하도록 하게." 브라이언트가 결정을 내렸다. "하지만 다음 건부터, 그러니까 루바 루프트 양의 건부터 말이야. 자네가 갖고 있는 정보 문서에도 그여자에 관한 내용이 들어 있을 걸세. 여하간 그것부터는 카달리와 함께 다니도록 하게."

정보 문서를 서류가방에 집어넣고 릭은 상관의 사무실을 나와서 자신의 호버카가 주차된 옥상으로 올라갔다. 이제는 폴로코프 씨를 찾아가보자고. 그는 속으로 말했다. 그러면서 휴대하고 있는 레이저 튜브를 손으로 툭툭 두드려보았다.

일단 안드로이드 폴로코프를 만나보고자 릭은 베이 지구 폐품 수집 회사의 사무실에 들렀다.

"이곳 직원 가운데 한 명을 찾고 있는데요." 그는 무뚝뚝해 보이는 반백의 여성 전화교환원에게 말했다. 폐품 수집 회사의 건물은 그가 보기에도 상당히 인상적이었다. 크고도 현대식이었으며, 세련되고도 순수한 사무직 사원들이 상당히 많이 근무하고 있었다. 폭신한 카펫이며 값비싼 진품 목재 책상을 보고 있으니, 전쟁 이후로는 폐품 수집과 쓰레기 처리야말로 지구의 주요 산업 가운데 하나가 되었다는 사실이 새삼스럽게 상기되었다. 행성 전체가 쓰레기로 붕괴되기 시작했기 때문에, 이 행성을 아직 남은 인구에게 거주 가능한 곳으로 만들려면, 때때로 쓰레기를 치워주어야만 했다……. 버스터 프렌들리가 종종 주장하는 것처럼, 지구는 훗날 방사능 낙진 층에 파묻혀서가 아니라 키플의 층에 파묻혀 죽을지도 몰랐다.

"액커스 씨하고 이야기하세요." 전화교환원이 그에게 알려주었다. "저분이 인사 담당이십니다." 그녀는 상당히 인상적이지만 복제품인 오크목 책상을 손으로 가리켜 보였다. 책상 앞에는 어딘가 신경질적으로 보이는 작은 체구의 안경 낀 남자가 한 명 앉아 있는데, 수북한 서류 더미에 파묻혀 거의 분간이 되지 않을 지경이었다.

릭은 경찰 신분증을 꺼내 보였다. "이 회사 직원 중에 폴로코

137

프라고 있을 텐데요. 지금 어디 있습니까? 회사인가요, 아니면 집인가요?"

뭔가 내키지 않은 듯한 모습으로 기록을 확인한 뒤에 액커스 씨가 말했다. "폴로코프는 지금 출근했어야 하는군요. 댈리 시에 있는 우리 공장에 가서, 호버카를 납작하게 찌그러트린 다음에 샌프란시스코 만에 풍덩 하고 던져 넣는 임무죠. 그런데—" 인사 담당자는 서류를 하나 더 살펴보더니 영상전화 송수화기를 들고 건물 내의 누군가에게 구내전화를 걸었다. "지금은 거기에도 없군요." 그가 이렇게 말하며 전화를 끊었다. 송수화기를 내려놓으며 그가 릭에게 말했다. "폴로코프는 오늘 일하러 나오지 않았다는군요. 아무런 설명도 없이요. 그 친구, 무슨 짓을 한 겁니까, 경관님?"

"혹시 그 사람이 뒤늦게 나오더라도." 릭이 말했다. "제가 여기 와서 뭘 물어봤다는 이야기는 절대 하지 마십시오. 아시겠습니까?"

"예, 알겠습니다." 액커스는 시무룩한 목소리로 말했다. 경찰 문제에 대한 자신의 풍부한 경험이 묵살되어서 기분이 상한 듯했다.

경찰서의 강화 재질 호버카에 올라탄 릭은 다음으로 텐더로 인 지역에 있는 폴로코프의 아파트로 날아갔다. 우리는 절대 그를 잡지 못할 거야. 그는 속으로 말했다. 브라이언트와 홀든 은 너무 오래 기다렸어. 브라이언트는 나를 시애틀에 보내는 대신 폴로코프에게 보냈어야 했어. 어젯밤에 그랬더라면 더 나았을 텐데. 데이브 홀든이 놈들에게 당하자마자 그랬더라면.

정말 지저분한 곳이로군. 그는 옥상에서 엘리베이터 쪽으로 걸어가면서 주위를 둘러보았다. 버려진 동물 우리가 여러 개 있었고, 몇 달치의 먼지로 뒤덮여 있었다. 한 우리에는 더 이상 작동하지도 않는 가짜 닭이 한 마리 들어 있었다. 엘리베이터를 타고 그는 폴로코프가 사는 층으로 내려갔다. 복도는 불이 켜지지 않아 마치 지하 동굴 같았다. 그는 경찰용 A전원 실드빔 손전등으로 복도를 비춘 다음 다시 한번 가지고 있는 정보 문서를 흘끗 바라보았다. 폴로코프에게는 보이트 캠프 검사를 **이미** 실시한 바 있었다. 그러니 검사 부분은 이제 넘어가고, 곧장 안드로이드를 파괴하는 임무를 수행하면 그만이었다.

폴로코프를 여기, 바깥에서 쓰러트리는 게 최선이라고 릭은 결정했다. 무기 주머니를 내려놓고 뒤진 끝에, 그는 펜필드 파동 발신기를 꺼냈다. 그리고 강경증强硬症 작동 명령을 입력했다. 이런 기분을 일으키는 파동이 방출되는 것으로부터 몸을 보호하는 수단도 물론 있었다. 그리고 발신기의 금속제 몸통을 통해 발산되는 차단파는 오로지 그에게만 맞춰져 있었다.

이제는 모조리 뻣뻣하게 굳어 있겠지. 그는 발신기를 끄면서 속으로 말했다. 인간이고 앤디고 간에 이 근처에서는 모조리 말이야. 나한테야 아무 위험이 없지. 이제 할 일은 안으로 들어가서 그놈을 레이저로 쏘는 것뿐이야. 물론 그놈이 제 아파트 안에 있어야 하겠지만. 어쩐지 그럴 가능성은 없어 보이는데.

기존의 모든 자물쇠 형태를 분석해서 열어주는 무한 열쇠를 이용해 그는 레이저 빔을 손에 든 채 폴로코프의 아파트 안으로 들어갔다.

폴로코프는 없었다. 반쯤 망가진 가구만 남아 있는 그 안은 키플과 부패의 장소였다. 개인 물품도 전혀 없었다. 그를 반기는 것이라고는 폴로코프가 이 아파트에 들어왔을 때 물려받은, 그리고 이곳을 떠나면서 다음 세입자에게(물론 다음 세입자가 있다고 가정할 경우) 내버린, 애초에 원하지도 않았던 잡동사니뿐이었다.

그럴 줄 알았어. 그가 속으로 말했다. 음, 이렇게 해서 첫 번째 1천 달러 현상금이 날아갔군. 어쩌면 남극권까지 도망쳤을지도 몰라. 내 관할권 밖으로 말이야. 다른 경찰서 소속의 다른 현상금 사냥꾼이 폴로코프를 퇴역시키고 현상금을 챙겨 먹겠지. 이제 아직 경고를 듣지 못했을 법한 다른 앤디들을 찾아봐야겠군. 루바 루프트를 말이야.

옥상으로 올라와서 호버카에 탄 그는 전화로 해리 브라이언트에게 보고했다. "폴로코프를 상대로는 운이 없었습니다. 아마도 데이브에게 레이저를 쏜 직후에 이곳을 떠난 모양입니다." 그는 손목시계를 살펴보았다. "착륙장에 도착한 카달리 씨를 제가 데리러 가면 될까요? 그러면 시간도 절약될 테고, 무엇보다 루프트 양에 관한 건을 시작하고 싶어 죽겠는데 말입니다." 벌써 그녀에 관한 정보 문서를 철저하게 살펴본 후였다.

"좋은 생각이군." 브라이언트가 말했다. "다만 문제는 카달리 씨가 이미 여기 와 계시다는 거지. 아에로플로트 로켓이 (이 양반 말로는 늘 그렇듯이) 예정보다 일찍 도착했다는 거야. 잠깐 기다리게." 그의 눈에는 보이지 않는 논의가 벌어졌다. "카달리 씨가 직접 가겠다고, 그러니까 자네가 지금 있는 곳에서 만나자고 하는군." 브라이언트가 이렇게 말하며 화면에 다시 모습을 드러냈다. "그사이에 루프트 양에 관한 문서나 살펴보게."

"오페라 가수더군요. 독일에서 온 것으로 행세하고요. 지금은 샌프란시스코 오페라단 소속이네요." 그는 반사적으로 동의하듯 고개를 끄덕였다. 그의 정신은 문서에 집중되어 있었다. "목소리가 상당히 좋은 모양이군요. 이렇게 빨리 그쪽과 관계를 맺은 것을 보니까요. 알겠습니다. 그럼 여기서 카달리 씨를 기다리도록 하죠." 그는 자신의 위치를 브라이언트에게 알려주고 전화를 끊었다.

그러면 나는 오페라 팬으로 가장하면 되겠군. 릭은 내용을 계속 읽어가면서 결심했다. 특히 〈돈 조반니〉에 나오는 돈나 안나를 그녀가 연기하는 것을 한 번쯤 봤으면 싶은데. 내가 가진 수집품 중에는 엘리자베트 슈바르츠코프와 로테 레만과 리사 델라 카사 같은 위대한 옛 가수들의 테이프도 있지.* 이 정도면 내가 보이트 캠프 장비를 설치하는 사이에 우리끼리 뭔가 이야기할 거리가 될 거야.

카폰이 울렸다. 그는 송수화기를 들었다.

경찰 소속 전화교환원이 말했다. "데카드 씨, 시애틀에서 온

---

* 엘리자베트 슈바르츠코프(1915~2006)와 로테 레만(1888~1976), 리사 델라 카사(1919~2012)는 20세기를 풍미한 여성 소프라노들이다.

전화입니다. 브라이언트 씨께서 연결해드리라고 지시하셔서요. 로즌 조합에서 온 전화입니다."

"알겠습니다." 릭은 이렇게 말하고 기다렸다. 그들이 뭘 원하는 걸까? 그는 궁금해졌다. 그가 아는 한, 로즌 조합이라는 이름은 이미 좋지 못한 소식으로 판명된 상태였다. 그리고 앞으로도 계속 그러할 것이었다. 그들이 무엇을 의도하든.

작은 화면에 레이철 로즌의 얼굴이 나타났다. "안녕하세요, 데카드 경관님." 뭔가 회유하는 듯한 어조였다. 그 사실이 그의 눈길을 끌었다. "지금 바쁘신가요, 아니면 저와 잠깐 이야기 좀 나누실 수 있을까요?"

"말씀하세요." 그가 말했다.

"저희 로즌 조합에서는 도주 중인 넥서스-6 기종들과 관련한 당신의 상황을 논의해봤어요. 저희가 그 기종에 관해 잘 알고 있으니 저희의 협조를 받으면 당신에게도 더 많은 행운이 따를 것 같더군요."

"어떻게 협조를 하겠다는 거죠?"

"음, 저희 측 사람 한 명이 당신하고 같이 다니는 거죠. 당신이 그들을 찾으러 나갈 때 말이에요."

"왜죠? 당신들이 무슨 도움을 줄 수 있는데요?"

레이철이 말했다. "넥서스-6의 경우 인간의 접촉을 경계하죠. 반대로 더욱 원활하게 접촉하려면 똑같은 기종인 넥서스-6이 함께—"

"구체적으로 당신을 말하는 거군요."

"맞아요." 그녀는 태연한 표정으로 고개를 끄덕였다.

"저는 이미 너무 많은 도움을 받은 셈인데요."

"하지만 제 생각에는 진짜로 당신에게 제가 필요한 것 같아서요."

"제 생각에는 그렇지 않은 것 같은데요. 한번 생각해보고 다시 연락드리죠." 한참 뒤에, 그러니까 언제인지 알 수도 없는 나중에 말이야. 그는 속으로 말했다. 아니, 아예 연락을 안 할 가능성이 더 크지. 내게 필요한 건 그것뿐이야. 낙진 위를 걸어갈 때마다, 발자국마다 레이철 로즌이 하나씩 툭툭 튀어나오는 것 말이야.

"진심으로 하는 말이 아니로군요." 레이철이 말했다. "당신은 내게 전화하지 않을 거예요. 당신은 불법으로 도주한 넥서스-6이 얼마나 날렵한지 깨닫지 못하고 있어요. 당신이 보기에도 정말 믿을 수 없을 정도일 텐데 말이죠. 저희가 당신에게 뭔가 빚지고 있다고 생각하는 까닭은— 아시잖아요. 저희가 한 일 때문이에요."

"그냥 조언으로만 들어두죠." 그는 전화를 끊으려고 했다.

"제가 곁에 없다면." 레이철이 말했다. "당신이 그중 하나를 쓰러트리기 전에 그가 당신을 쓰러트리고 말 거예요."

"끊습니다." 그는 이렇게 말하고 송수화기를 내려놓았다. 도대체 어떻게 된 놈의 세상인 거야? 그는 속으로 물었다. 안드로이드가 먼저 현상금 사냥꾼에게 전화를 걸어서 안드로이드 사냥을 도와주겠다고 하다니. 그는 경찰 전화교환원에게 다시 전화를 걸었다. "시애틀에서 오는 전화는 더 이상 나한테 연결하지 말아요." 그가 말했다.

"알겠습니다, 데카드 씨. 혹시 카달리 씨는 도착하셨던가요?"

"아직 기다리는 중이에요. 그 양반도 서두르는 게 좋을 거예요. 여기서 오래 기다리지는 않을 거니까." 그는 다시 전화를 끊었다.

루바 루프트에 관한 문서를 다시 읽기 시작할 무렵, 호버카택시 한 대가 선회하여 내려오더니 그에게서 몇 미터 떨어진 옥상에 착륙했다. 얼굴이 붉고, 귀여운 인상의 남자가 택시에서 내렸다. 50대 중반이 확실해 보이는 남자는 육중하고도 인상적인 러시아 스타일의 방한 외투를 걸치고 있었다. 그는 미소를 짓고 한 손을 내밀면서 릭의 자동차로 다가왔다.

"데카드 씨?" 슬라브어 억양이 섞인 말투였다. "샌프란시스코 경찰서 소속 현상금 사냥꾼, 맞으시죠?" 빈 택시가 하늘로 솟아오르자 러시아인이 멍하니 그 뒷모습을 눈으로 좇았다. "저는 산도르 카달리라고 합니다." 남자가 이렇게 말하고는 자동차 문을 열고 들어와 릭의 옆자리에 앉았다.

카달리와 악수를 나누면서 릭은 W.P.O.의 파견인이 뭔가 유별난 유형의 레이저 튜브를 갖고 있음을 깨달았다. 한 번도 본 적 없는 하위 기종이었다.

"아, 이거요?" 카달리가 말했다. "흥미롭게 생겼죠, 안 그렇습니까?" 그가 권총집에서 그걸 꺼냈다. "화성에서 구한 거죠."

"지금까지 나온 권총은 모조리 알고 있다고 생각했는데 말이죠." 릭이 말했다. "식민지에서 제조되고 사용되는 종류까지 모두요."

"우리가 직접 만든 겁니다." 카달리가 이렇게 말하며 마치 슬라브인 산타처럼 환하게 웃었다. 그의 불그스름한 얼굴에 자부심이 드러났다. "마음에 드십니까? 이 물건의 다른 점은, 그러니까 기능적으로 말이죠— 여기요, 받아보세요." 그에게서 총을 건네받고 릭은 다년간의 경험을 이용해 전문가답게 살펴보았다.

"기능적으로 어떻게 다르다는 건가요?" 릭이 말했다. 그로서도 알 수가 없었다.

"방아쇠를 당겨보세요."

릭은 차창 밖으로 하늘을 겨냥해서 무기의 방아쇠를 잡아당겼다. 하지만 아무런 일도 일어나지 않았다. 광선이 나가지 않았던 것이다. 그가 어리둥절한 표정으로 카달리를 바라보았다.

"방아쇠 회로가." 카달리는 쾌활하게 말했다. "달려 있지 않거든요. 그건 바로 제가 갖고 있습니다. 보이시죠?" 그는 한 손을 펴서 작은 부품을 보여주었다. "그리고 제가 그 총을 조종할 수도 있죠. 어느 정도 한계는 있지만요. 그 총이 어디를 겨냥하는지와 무관하게 말이에요."

"당신은 폴로코프가 아니야. 당신이 바로 카달리로군." 릭이 말했다.

"혹시 반대로 말하려고 했던 것 아닌가요? 약간 당황하신 것 같은데."

"그러니까 내 말은, 당신이 안드로이드 폴로코프라는 거야. 당신은 소비에트 경찰에서 온 사람이 아닌 거지." 릭은 발끝으로 자동차 바닥에 있는 비상 버튼을 눌렀다.

"그런데 어째서 내 레이저 튜브가 발사되지 않은 거지?" 카달리-폴로코프가 말했다. 그는 손바닥에 갖고 있던 소형 방아쇠 겸 겨냥 장치의 스위치를 연이어 켰다 껐다 했다.

"사인파波 때문이지." 릭이 말했다. "레이저 방출을 무력하게 만들고 그 광선을 일반적인 빛으로 변화시켜 확산시키는 거야."

"그러면 대신 네놈의 약해빠진 목을 부러트리면 되겠군." 안드로이드가 갖고 있던 장비를 내던지더니 으르렁거리는 소리와 함께 양손으로 릭의 목을 움켜쥐었다.

안드로이드의 두 손이 목을 파고드는 순간, 릭은 어깨의 권총집에 들어 있던 (현행법상으로는 규제 대상인) 구식 권총을 발사했다. 38구경 매그넘 총탄이 안드로이드의 머리에 맞고 두뇌 장치를 터트렸다. 안드로이드를 작동하던 넥서스-6 장치가 산산조각 나면서, 자동차 안에 거세고도 맹렬한 바람이 휘몰아쳤다. 그 파편 일부가 방사능 낙진처럼 릭을 덮쳤다. 퇴역당한 안드로이드의 잔해가 뒤로 쓰러지면서 자동차 문에 부딪혔고, 그 반동으로 다시 그의 몸 위로 육중하게 쓰러졌다. 그는 정신없이 몸부림치며 안드로이드의 꿈틀거리는 파편을 털어냈다.

그는 부들부들 몸을 떨면서 카폰으로 손을 뻗어서 경찰서로 연락을 취했다. "보고 좀 할까 하는데요?" 그가 말했다. "해리 브라이언트 경위님께 전해주세요. 제가 폴로코프를 잡았다고요."

"'폴로코프를 잡았다.' 그렇게만 말씀드리면 이해하실까요?"

"예." 릭은 이렇게 말하고 전화를 끊었다. 빌어먹을, 이렇게 가까이에 있었다니. 그는 속으로 말했다. 레이철 로즌의 경고 때문에 내가 일부러 지나치게 행동한 게 분명해. 나는 오히려 그녀의 경고와 반대로 행동했고, 그러다가 이놈한테 거의 끝장 날 뻔했어. 하지만 어쨌거나 폴로코프를 잡았군. 그는 속으로 말했다. 혈액 속으로 몇 가지 분비액을 뿜어대던 그의 부신도 점차 동작을 멈추었다. 심장 박동도 느려지더니 정상으로 돌아왔고, 호흡도 이전보다는 덜 가빴다. 하지만 그는 여전히 몸을 떨고 있었다. 어쨌거나 이제 나는 1천 달러를 벌었어. 그는 속으로 말했다. 그러니 이럴 만한 가치는 분명히 있었지. 그리고 나는 데이브 홀든보다는 더 빨리 대응한 거야. 물론 데이브의 경험 때문에 내가 대비할 수 있었던 게 분명하지만. 그건 솔직히 인정해야만 해. 데이브는 이런 경고를 전혀 받지 못했으니까.

그는 다시 한번 송수화기를 들고 집으로, 집에 있는 아이랜에게 전화를 걸었다. 그리고 신호가 가는 도중에 담배를 한 대 꺼내 불을 붙였다. 몸의 떨림이 점차 가시기 시작했다.

영상전화 화면에 아내의 얼굴이 나타났다. 그녀의 말마따나 6시간 동안의 자책성 우울에 흠뻑 빠진 모습이었다. "오, 웬일이야, 릭."

"내가 나오기 전에 당신을 위해 맞춰준 594번은 어떻게 된 거야? 그 기쁨에 관한—"

"내가 다이얼을 새로 맞췄어. 당신이 나가자마자 곧바로. 그런데 무슨 일이야?" 목소리가 낙담과 울적함으로 가라앉아 있었다. "나는 너무 지쳤고, 매사에 희망이라곤 전혀 남아 있지가 않아. 우리의 결혼도 그렇고, 당신이 앤디에게 살해될지 모른다는 불안감도 그렇고 말이야. 혹시 그 이야기를 나한테 해주고 싶어서 그러는 거야, 릭? 그러니까 당신이 이미 앤디한테 당했다는 이야기를?" 갑자기 전화 저편에서 버스터 프렌들리의 요란한 소리가 왕왕거리고 울려 퍼져, 그녀의 말이 아예 들리지 않았다. 그녀의 입이 움직였지만 들리는 것은 TV 소리뿐이었다.

"있지." 그가 그녀의 말을 끊었다. "내 말 들려? 내가 지금 하고 있는 일이 있어. 새로운 기종의 안드로이드를 처리하는 건데, 이건 오로지 나밖에는 다루지 못하는 물건이라고. 벌써 한 대 퇴역시켰는데, 시작부터 성과가 대단한 거라고. 내가 이걸 다 끝낼 즈음이면 우리가 뭘 갖게 될지 알아?"

아이랜이 멍한 표정으로 그를 바라보았다. "어." 그녀가 고개를 끄덕였다.

"대답을 하려면 내 말이나 끝까지 듣고 해!" 그는 이제 분명히 알 수 있었다. 그녀는 지금 우울이 워낙 어마어마해서 그의 말을 제대로 들을 수조차 없는 것이었다. 지금 그는 허공에 대고 말하는 셈이었다. "이따 저녁에 봐." 그는 씁쓸한 기분으로 통화를 마치고, 송수화기를 쾅 하고 내려놓았다. 빌어먹을 여편네. 그가 속으로 말했다. 이게 도대체 무슨 소용이지? 목숨까지 걸고 일해봤자? 아내는 우리가 타조를 갖게 될지에 대해서는 전혀 관심이 없어. 아무 말도 먹혀들지가 않잖아. 차라리 2년 전에 내 눈앞에서 싹 없애버릴걸 그랬어. 헤어질까 하고 생각하던 시절에 말이야. 물론 지금이라도 그렇게 하려면 할 수 있지만. 그는 문득 상기했다.

뭔가를 곰곰이 생각하면서 그는 몸을 굽혀 자동차 바닥에 흩어져 있던 구겨진 서류를 주섬주섬 모았다. 그중에는 루바 루프트에 관한 문서도 있었다. 아내에게서선 아무런 도움도 못 받겠어. 그가 속으로 말했다. 내가 아는 대부분의 안드로이드만 해도 그 활력으로 보나, 살려는 열망으로 보나 내 아내보다는 훨씬 낫지. 아내는 내게 줄 것이 아무것도 없어.

생각이 여기에 미치자 그는 문득 레이철 로즌을 다시 떠올렸다. 넥서스-6의 정신력에 대해 그녀가 한 조언이야말로 정확한 것으로 판명되었군. 그는 깨달았다. 그녀가 현상금만 원하지 않는다면 그녀를 이용할 수도 있겠어.

카달리-폴로코프와의 만남 때문에 그는 생각이 제법 크게 바뀌어 있었다.

그는 호버카의 시동을 걸고 재빨리 하늘로 솟구쳐 올랐다. 그리고 구舊 전쟁 기념 오페라 극장 쪽으로 방향을 잡았다. 데이브 홀든의 기록에 따르면 이곳이야말로 루바 루프트가 하루 중 지금 시간을 보내고 있는 장소였다.

이제 그는 그녀에 관해서도 궁금한 생각이 들었다. 일부 여성 안드로이드는 그가 보기에도 예뻤다. 과거에 육체적인 매력을 느꼈던 안드로이드도 몇 있었다. 그것이야말로 기묘한 감각이 아닐 수 없었다. 머리로는 그들이 기계라는 것을 알았지만, 그럼에도 감정적으로 반응이 왔던 것이다.

예를 들어 레이철 로즌이 그랬다. 아니야. 그는 결정했다. 그녀는 너무 말랐어. 발육도 제대로 되지 않았고. 특히 가슴이 말이야. 어린아이 같은 몸매지. 납작하고 밋밋하고. 그의 눈에는 차지 않았다. 그나저나 문서에는 루바 루프트가 몇 살이라고 나왔지? 운전을 하는 도중이었지만, 그는 구겨진 문서를 꺼내서 그녀의 이른바 **나이**를 확인했다. 스물여덟. 문서에는 이렇게 나와 있었다. 외모로 판단한 결과였다. 앤디의 경우에는 그것만이 유용한 판단 기준이니까.

내가 오페라에 관해 조금이나마 아는 게 있어서 다행이군. 릭이 생각했다. 그거야말로 내가 데이브보다 더 나은 또 한 가지이기도 하지. 나는 더 문화 지향적이거든.

이번에 한 대만 더 시도해보고서 그다음부터는 레이철에게 도와달라고 해야지. 그는 결심했다. 혹시 루프트 양이 예외다 싶을 정도로 힘들다면 어떻게 할까. 하지만 그렇지는 않을 것 같다는 직감이 들었다. 폴로코프는 확실히 힘든 경우였어. 반면 다른 앤디들은 누군가가 적극적으로 자기네를 사냥하고 다닌다는 사실을 모르고 있을 테니, 연이어 무너지게 될 거고, 한 떼의 오리마냥 손쉽게 잡힐 거야.

널찍하고 장식이 가득한 오페라 극장 옥상을 향해 내려가는 동안 그는 큰 소리로 오페라 아리아를 이것저것 불러댔고, 즉석에서 가짜 이탈리아어 단어를 주워섬기며 가사를 바꿔 불렀다. 비록 펜필드 기분 조절 오르간은 없었지만, 기분이 밝아지고 낙관주의가 들어섰다. 열망과 기쁨이 가득한 기대가 들어섰다.

09

오랫동안 유지된 건물인 구 오페라 극장의 내부는 강철과 깎아낸 석재로 만든 거대한 고래 배 속이나 다름없었다. 극장에서는 리허설이 진행되고 있었는데, 메아리치는 소리들은 요란했지만 그리 어색하지는 않았다. 안으로 들어서면서 그는 들려오는 음악이 무엇인지 깨달았다. 모차르트의 〈마술 피리〉의 1막에서 마지막 장이었다. 무어인의 노예들(다시 말해 코러스)은 노래를 약간 빠르게 불렀고, 그로 인해 마술 종의 단순한 리듬이 오히려 무효로 돌아가버렸다.

무척이나 즐거웠다. 그는 〈마술 피리〉를 좋아했다. 그는 특별석의 한 자리를 차지하고(아무도 그의 존재를 눈치챈 것 같지는 않았다) 편안하게 앉았다. 환상적인 깃털 옷을 걸친 파파게노가 파미나와 함께 노래를 부르고 있었다. 이 노래의 가사를 생각만 해도 릭의 눈에는 늘 눈물이 고였다.

> 용감한 사람 누구든
> 그 종을 찾기만 하면
> 그의 적은 누구라도
> 손쉽게 사라져버리리.[*]

글쎄. 릭은 생각했다. 현실 생활에서는 적들을 손쉽게 사라지게 만드는 마술 종 따위는 존재하지 않아. 모차르트가 〈마술 피리〉를 완성하고 얼마 지나지 않아 (불과 30대에) 신장 질환으로 사망했다는 것은 정말 안타까운 일이었다. 심지어 그는 빈민 묘지에 비석도 없이 묻히고 말았다.

이런 생각을 하다가 그는 문득 궁금해졌다. 혹시 모차르트는 자신에게 미래가 없다는 사실, 즉 자기가 짧은 생애를 이미 다 써버렸다는 사실을 직관적으로 알았던 게 아니었을까. 어쩌면 나도 그런지 몰라. 릭은 리허설을 지켜보며 이렇게 생각했다. 이 리허설은 끝날 것이고, 공연 역시 끝날 것이며, 가수들 역시 죽을 것이고, 결국에 가서는 이 음악의 마지막 악보조차도 이런저런 식으로 파괴될 거야. 마지막으로 '모차르트'라는 이름도 사라질 것이고, 낙진이 최종적인 승리를 거두겠지. 만약 이 행성에서는 그렇지 않더라도, 또 다른 행성에서는 그럴 거야.

---

[*] 〈마술 피리〉의 1막 3장에 등장하는 노래의 일부.

우리도 잠깐 동안은 이를 회피할 수 있었지. 마치 그 앤디들이 나를 회피하고, 유한하게나마 조금 더 존재할 수 있었듯이. 하지만 내가 그들을 잡거나 아니면 다른 현상금 사냥꾼들이 그들을 잡게 되겠지. 그는 문득 깨달았다. 어떤 면에서는 나 역시 엔트로피라는 형상 파괴 과정의 일부인 셈이야. 로즌 조합은 창조하고, 나는 파괴하지. 어쨌거나 그들이 보기에는 그럴 거야.

무대 위에서는 파파게노와 파미나가 대화를 나누고 있었다. 그는 자기 성찰을 멈추고 귀를 기울였다.

> 파파게노: 공주님, 이제 우리는 무슨 말을 해야 할까요?
> 파미나: 진실. 그게 바로 우리가 할 말이에요.[*]

몸을 앞으로 숙이고 릭은 파미나를 유심히 관찰했다. 어기수는 천이 둘둘 감긴 모양의 육중해 보이는 예복을 입고 있었는데, 두건에서 늘어진 베일이 어깨와 얼굴을 가리고 있었다. 그는 문서를 다시 살펴본 다음 의자에 등을 기대고 만족스러운 기분을 느꼈다. 지금 나는 세 번째의 넥서스-6 안드로이드를 본 셈이로군. 그는 깨달았다. 저 여자가 루바 루프트였다. 그녀의 배역이 불러일으키는 감정은 약간 아이러니했다. 제아무리 활력이 넘치고, 적극적이고, 외모가 훌륭해도, 도주한 안드로이드는 진실을 말하는 법이 거의 없었다. 어쨌거나 그것 스스로

---

* 〈마술 피리〉 1막 3장에 나오는 대사의 일부.

에 대해서는 말이다.

무대 위에서 루바 루프트가 노래를 불렀다. 그는 그녀의 뛰어난 목소리에 깜짝 놀라고 말았다. 그야말로 최상급 목소리라고, 심지어 그가 가진 역사적 명연 테이프에서도 특히 주목할 만한 목소리에 버금간다고 할 만했다. 로즌 조합이 그녀를 상당히 잘 만든 거지. 그는 인정하지 않을 수 없었다. 그리고 또다시 그는 자기 자신을 '영원의 상相 아래에서'* 인식했다. 그는 지금 여기서 보고 들리는 것 때문에 소환된 형상 파괴자였다. 어쩌면 그녀가 더 잘 기능할수록, 그녀가 더 뛰어난 가수일수록, 나 같은 사람은 더 절실히 필요할지도 몰라. 만약 안드로이드가 여전히 기준 이하라면, 즉 드레인 조합이 만든 옛날의 큐-40 같기만 하다면 어떨까. 그러면 아예 문제 자체가 없을 것이고, 내 기술도 필요가 없겠지. 언제쯤 시작해야 하는 건지 궁금한데. 그는 속으로 물었다. 빠르면 빠를수록 좋겠지, 아마. 리허설이 끝날 무렵, 그녀가 분장실로 들어갈 때로 해야지.

막이 끝나고 리허설이 잠시 중단되었다. 앞으로 1시간 반 뒤에 다시 시작하겠다고, 지휘자가 영어와 프랑스어와 독일어로 말하고 자리를 떴다. 연주자들도 각자 악기를 놓아두고 그곳을 떠났다. 릭은 자리에서 일어나 무대 뒤편 분장실로 향했다. 그는 출연진의 꽁무니를 따라가면서 여유를 갖고 생각에 잠겼다.

---

* sub specie aeternitatis, 스피노자의 말. 현실의 일면에 의거하여 변화하는 것과 대조적으로 보편적이고 영원히 진리인 것을 일컫는 표현이다. 즉 일시적인 것이 아니라 '영원한 것의 관점에서' 또는 '객관적인 관점에서'라고도 이해할 수 있다.

이렇게 하는 편이 더 나아. 즉시 끝내버리는 거야. 그녀에게 말을 하고, 그녀를 검사하는 일에는 가급적 시간을 조금만 사용하는 거지. 일단 확신이 들기만 한다면— 하지만 엄밀히 말해서 검사가 끝나기 전까지는 그도 확신이 들 수가 없었다. 데이브가 그녀에 관해 잘못 추측했을 수도 있잖아. 그가 생각했다. 나는 맞다고 봐. 하지만 데이브는 미심쩍어 했지. 본능적으로 그의 전문가적인 감각이 반응하고 있었다. 물론 그가 실수할 가능성은…… 경찰서에서 근무한 여러 해 동안에 걸쳐 여전히 남아 있었다.

그는 한 단역 출연자를 멈춰 세우고 루프트 양의 분장실이 어디냐고 물었다. 무대 화장을 하고, 창을 든 이집트인 복장을 걸친 그 출연자가 손으로 문 하나를 가리켰다. 릭은 방금 그 사람이 지목한 문에 도착했고, '루프트 양 분장실'이라고 적힌 쪽지가 붙어 있는 것을 확인하고 나서 똑똑 문을 두드렸다.

"들어오세요."

그는 안으로 들어갔다. 젊은 여자가 화장대 앞에 앉아 상당히 손때가 묻은 천 양장본 악보를 무릎 위에 펼쳐놓고 볼펜으로 여기저기 표시를 하고 있었다. 아직 무대 의상 차림에 분장도 지우지 않았지만 두건은 벗어서 선반 위에 둔 상태였다. "네?" 그녀가 위를 올려다보았다. 분장 때문에 눈이 더 커 보였다. 커다란 갈색 눈동자가 그에게 고정되더니 전혀 흔들리지 않았다. "제가 지금 바쁘거든요, 보시다시피." 그녀의 영어에는 외국어의 억양이 전혀 없었다.

릭이 말했다. "당신의 목소리는 슈바르츠코프에 비견될 만하더군요."

"누구시죠?" 그녀의 어조에 차가운 기운이 담겼다. 그 색다른 차가움이야말로 그가 수많은 안드로이드들에게서 접했던 것 그대로였다. 항상 똑같았다. 높은 지능, 많은 것을 성취할 수 있는 능력, 그리고 지금 느끼는 특징이 있었다. 그는 그 사실이 한탄스러웠지만 이런 단서가 없었다면 안드로이드를 추적할 수 없었을 것이다.

"샌프란시스코 경찰서에서 왔습니다." 그가 말했다.

"네?" 크고도 강렬한 두 눈이 깜박이지도, 반응하지도 않았다. "그런데 여기서 뭘 하고 계신 거죠?" 기묘하게도 그녀의 어조는 뭔가 호의적인 투였다.

그는 가까운 데 놓인 의자에 앉아 서류가방을 열었다. "당신에게 표준 인성 윤곽 검사를 실시하기 위해서 이곳에 파견된 거죠. 몇 분이면 충분할 겁니다."

"이걸 꼭 해야만 하나요?" 그녀는 커다란 악보를 손으로 가리켜 보였다. "지금은 제가 해야 하는 일이 너무 많아서요." 이제야 그녀는 무슨 영문인지 이해하기 시작한 모습이었다.

"꼭 하셔야 합니다." 그는 보이트 캠프 장비를 꺼내 설치하기 시작했다.

"혹시 지능 검사인가요?"

"아뇨, 감정이입 검사죠."

"그럼 일단 안경을 써야 되겠네요." 그녀는 화장대의 서랍 가운데 하나로 손을 뻗었다.

"안경 없이도 악보에 메모를 할 수 있었다면, 이 검사도 안경 없이 받을 수 있겠지요. 제가 몇 가지 그림을 보여드리고, 또 몇 가지 질문을 드릴 겁니다. 그사이에—" 그는 자리에서 일어나 그녀에게 다가갔다. 그리고 상체를 굽혀 접착식 감지용 격자 장치를 진하게 화장된 그녀의 뺨에 붙였다. "그리고 이 빛도요." 그는 이렇게 말하며 연필 모양의 손전등에서 나오는 광선의 각도를 조절했다. "이제 준비가 다 됐습니다."

"그럼 당신은 제가 안드로이드라고 생각하는 건가요? 정말 그래요?" 그녀의 목소리가 거의 들리지 않을 정도로 잦아들었다. "저는 안드로이드가 아니에요. 저는 화성에 간 적도 없어요. 심지어 안드로이드를 **본** 적조차 없다고요!" 그녀의 긴 속눈썹이 무의식적으로 떨렸다. 그는 그녀가 침착해 보이도록 노력하고 있음을 눈치챘다. "혹시 출연진 중에 안드로이드가 있다는 정보를 입수하신 건가요? 그럼 제가 기꺼이 도와드릴게요. 제가 정말 안드로이드라면 어떻게 당신을 도와드린다는 소리를 하겠어요?"

"안드로이드는." 그가 말했다. "자기 말고 다른 안드로이드에게 무슨 일이 생기는지에 대해 전혀 관심이 없죠. 그것 역시 안드로이드를 찾아내는 지표 가운데 하나고요."

"그렇다면." 루프트 양이 말했다. "당신이야말로 안드로이드 겠네요."

이 말에 그는 동작을 멈추었다. 그리고 그녀를 빤히 바라보왔다.

"왜냐하면." 그녀가 말을 이었다. "당신의 임무는 안드로이드를 죽이는 거니까요, 안 그래요? 당신은 바로 흔히들 말하는—" 그녀는 기억을 더듬는 듯했다.

"현상금 사냥꾼이죠." 릭이 말했다. "하지만 저는 안드로이드가 아니에요."

"당신이 저한테 하고 싶다는 검사 말이에요." 그녀의 목소리가 조금 전의 상태를 회복하기 시작했다. "당신도 받아본 적이 있나요?"

"네." 그가 고개를 끄덕였다. "아주, 아주 오래전에요. 제가 경찰서에서 처음 일하기 시작했을 때요."

"어쩌면 그것도 가짜 기억일 수 있어요. 가짜 기억을 갖고 돌아다니는 안드로이드도 있다고 하지 않던가요?"

릭이 말했다. "제 상관들이 그 검사에 관해 알고 있어요. 그건 의무 사항이니까요."

"어쩌면 한때 당신처럼 생긴 사람이 실제로 있었는지도 몰라요. 그러다가 어느 순간에 당신이 그 사람을 죽이고, 그 자리를 차지한 거죠. 당신의 상관들도 그 사실까지는 모르고 있는 거예요." 그녀는 미소를 지었다. 자기 주장에 동조하라고 권하기라도 하듯이.

"일단 검사나 받으시죠." 그는 질문지를 꺼냈다.

"검사는 받을게요." 루바 루프트가 말했다. "당신이 먼저 이 검사를 받고 나면 말이에요."

159

다시 한번 동작을 멈춘 그는 그녀를 빤히 바라보았다.

"그렇게 해야 더 공평하지 않나요?" 그녀가 물었다. "그러면 저도 당신에 관해 확신을 가질 수 있잖아요. 저는 잘 모르겠어요. 당신은 워낙 특이하고 강인하고 기이하게 보이거든요." 그녀가 몸을 부르르 떨더니 다시 한번 미소를 지었다. 희망에 부푼 미소를.

"당신은 이 보이트 캠프 검사를 제대로 진행할 수도 없을 겁니다. 거기에는 상당한 경험이 필요하니까요. 그러니 지금부터 제 말을 잘 듣도록 하세요. 이 질문은 당신이 경험할 수 있는 사회적 상황을 다루고 있습니다. 제가 당신한테 원하는 것은 대답입니다. 당신이라면 어떻게 하겠다는 식으로요. 그리고 답변은 가능한 한 빨리 내놓으셔야 합니다. 제가 기록할 요소들 가운데 하나는 바로 시간차니까요. 물론 그런 게 조금이라도 있다면 말이에요." 그는 첫 번째 질문을 선택했다. "당신은 앉아서 TV를 보고 있습니다. 그런데 갑자기 당신의 손목 위에 말벌 한 마리가 돌아다니는 것을 발견합니다." 그는 자기 시계를 보면서 몇 초가 지나는지 세었다. 그리고 두 개의 눈금판도 확인했다.

"그런데 말벌이 뭐죠?" 루바 루프트가 물었다.

"하늘을 날아다니고 사람을 쏘는 곤충이죠."

"오, 정말 특이하네요." 마치 아이가 뭔가를 납득하듯 그녀의 눈이 커졌다. 그가 창조의 기본적인 비밀 중 하나를 밝혀주기라도 한 것 같은 모습이었다. "그럼 그게 아직도 있나요? 저는 한 번도 본 적이 없어요."

"낙진 때문에 모조리 죽어버렸죠. 말벌이 뭔지 정말로 모른다는 건가요? 당신이 태어났을 때만 해도 말벌이 아직 남아 있었을 텐데요. 그게 없어진 건 겨우—"

"독일어로는 그걸 뭐라고 하나요?"

그는 말벌에 해당하는 독일어 단어를 떠올리려고 애썼지만 결국 해내지 못했다. "당신은 영어가 완벽하잖아요." 그가 화난 듯 말했다.

"완벽한 건 제 억양뿐이죠." 그녀가 그의 말을 바로잡았다. "그럴 수밖에 없잖아요. 배역 때문에, 퍼셀과 월턴과 본 윌리엄스 때문에요.* 하지만 제가 아는 어휘는 그리 많지가 않아요." 그녀는 수줍은 듯 그를 흘끗 쳐다보았다.

"Wespe(말벌)." 그가 말했다. 비로소 독일어를 생각해낸 것이었다.

"Ach(아), 맞아요. eine Wespe(말벌)." 그녀는 웃었다. "그런데 질문이 뭐였죠? 벌써 까먹었네요."

"다른 질문을 해보죠." 이제는 유의미한 반응을 이끌어내기가 불가능했다. "당신은 TV에서 옛날 영화를 보고 있습니다. 그러니까 전쟁 전에 나온 영화죠. 그 영화에서는 연회가 한창 진행 중입니다. 주요리는—"

그는 두 부분으로 이루어진 이 질문의 첫 번째 부분을 건너뛰었다. "속에 쌀을 넣고 푹 삶은 개고기였습니다."

---

* 헨리 퍼셀(1659~1695)과 윌리엄 월턴(1902~1983)과 랠프 본 윌리엄스(1872~1958)는 모두 영국의 작곡가이다.

"개를 죽여서 먹을 사람은 아무도 없을 거예요." 루바 루프트가 말했다. "그 가격만 해도 한 재산 되니까요. 그러니 그건 가짜 개 같은데요. 모조품요. 맞죠? 하지만 그런 개라면 전선과 모터로 만들어져 있잖아요. 그러니 먹을 수가 없겠죠."

"전쟁 전이라고 했잖습니까." 그가 짜증스레 말했다.

"저는 전쟁 전에 태어나지도 않았다고요."

"하지만 TV에서 옛날 영화는 봤을 텐데요."

"그럼 그 영화는 필리핀에서 만든 건가요?"

"왜요?"

"왜냐하면." 루바 루프트가 말했다. "필리핀에서는 쌀로 속을 채워서 삶은 개를 예전에 먹었다고 하니까요. 그런 이야기를 읽은 기억이 나네요."

"하지만 당신의 반응은요." 그가 말했다. "저는 지금 당신의 사회적, 정서적, 도덕적 반응을 살펴보고 싶은 겁니다."

"그 영화에 대한 반응요?" 그녀는 뭔가를 생각했다. "저라면 차라리 채널을 다른 데로 돌려서 〈버스터 프렌들리〉를 보겠어요."

"왜 다른 데로 돌리려는 거죠?"

"글쎄요." 그녀가 열띤 목소리로 말했다. "필리핀을 배경으로 한 옛날 영화 따위를 도대체 누가 보고 싶어 하겠어요? 필리핀에서 일어났던 일이라고 해야 '바탄 죽음의 행진'* 말고는 없을 거잖아요. 당신이라면 그걸 보고 싶겠어요?" 그녀는 화난 듯 그를 노려보았다. 눈금판에서 바늘이 사방으로 흔들리고 있었다.

잠시 멈추었다가 그가 조심스레 말했다. "당신은 산에 있는 오두막을 하나 빌렸습니다."

"Ja(예)." 그녀가 고개를 끄덕였다. "계속하세요. 기다리고 있으니까."

"그곳은 아직 녹음이 짙은 지역이었죠."

"뭐가 짙어요?" 그녀는 손을 펴서 한쪽 귀에 갖다 댔다. "방금 그 단어는 한 번도 들어본 적이 없는데요."

"그러니까 아직 나무와 덤불이 자라는 지역이라고요. 오두막은 오래되고 옹이 진 소나무로 만들어졌고, 그 안에는 커다란 벽난로가 있습니다. 벽에는 오래된 지도 한 장을 비롯해 커리어 앤드 아이브스의 석판화 몇 장이 걸려 있고, 벽난로 위에는 박제된 사슴 머리가 하나 걸려 있습니다. 뿔까지 발달한 것이 다 자란 수사슴입니다. 여러분과 함께 있던 사람들이 그 오두막의 데코르(실내장식)를 보고 감탄하자—"

"그런데 저는 '커리어'인지, '아이브스'인지, '데코르'인지 하는 단어들을 하나도 이해 못 하겠거든요." 루바 루프트가 말했다. 그녀는 이 단어들의 의미를 파악하기 위해 애쓰는 것 같았다. "잠깐만요." 그녀가 진지한 표정으로 한 손을 내밀었다. "그건 아마 쌀을 가지고 뭘 하는 거겠네요. 아까 그 개의 속을

---

* 태평양 전쟁 당시인 1942년에 필리핀의 바탄 반도에서 일어난 일본군의 전쟁 범죄. 미군 및 필리핀 군 포로 7만 명이 사흘간 120킬로미터를 걸어서 새로운 포로 수용소로 옮겨가는 과정에서 약 1만 명의 사망자가 나온 것으로 알려져 있다.

채웠다는 것처럼요. 그러니까 '커리어Currier'에다가 '라이스(rice, 쌀밥)'를 섞으면 '커리어 라이스'가 되는 거죠. 독일어에 있는 '커리(curry, 카레)'처럼요."

만약 루바 루프트가 발산하는 의미론의 안개에 뭔가 목적이 있다 해도, 그로선 평생이 걸려도 짐작하지 못할 것이었다. 궁리해본 끝에 그는 다른 질문을 시도하기로 작정했다. 그것 말고 그가 할 수 있는 일이 뭐가 있겠는가? "당신은 어떤 남자와 데이트를 하고 있는데." 그가 말했다. "그 남자가 당신을 자기 아파트로 초대했습니다. 당신이 거기 있는 동안—"

"O nein(오, 아니요)." 루바가 말을 끊었다. "저는 거기 있지 않을 거예요. 그건 대답하기가 쉽네요."

"그건 질문이 아닙니다!"

"혹시 질문지를 잘못 가져오신 것 아니에요? 하지만 지도 이해는 돼요. 그런데 왜 제가 이해할 수 있는 질문은 틀린 질문뿐인 거죠? 원래 이 질문들은 제가 이해할 수 있다고 '가정된' 것들 아닌가요?" 그녀는 신경질적으로 눈을 깜박거리며 한쪽 뺨을 손으로 문질렀다. 그러다가 접착식 원반이 떨어졌다. 원반은 바닥에 떨어져 데굴데굴 굴러가 화장대 아래로 들어갔다. "Ach Gott(어머, 이런)." 그녀가 중얼거리며 그걸 주우려고 몸을 굽혔다. 뭔가가 찢어지는 소리가, 천이 찢어지는 소리가 들렸다. 그녀가 걸친 정교한 의상에서 나는 소리였다.

"제가 줍도록 하죠." 그는 이렇게 말하며 그녀를 일으켜서 옆으로 비켜서게 했다. 그는 무릎을 꿇고, 화장대 아래를 더듬어 손가락으로 원반을 찾아냈다.

그가 몸을 똑바로 일으키자 눈앞에 레이저 튜브가 보였다.

"당신의 질문은." 루바 루프트가 또박또박 의례적인 목소리로 말했다. "섹스와 관련된 내용이 되기 시작했더군. 그렇잖아도 결국에 가서는 그렇게 되지 않을까 의심했더니만. 당신은 경찰서에서 나온 사람이 아니야. 변태일 뿐이지."

"제 신분증을 확인해보면 되지 않습니까." 그는 외투 주머니로 한 손을 뻗었다. 자신의 손이 다시 한번 떨리기 시작한 게 눈에 보였다. 앞서 폴로코프를 상대했을 때와 마찬가지였다.

"어디 주머니에 손을 집어넣기만 해봐." 루바 루프트가 말했다. "바로 쏴버릴 테니까."

"어쨌거나 당신은 나를 쏠 것 아닙니까." 릭은 문득 궁금해졌다. 레이철 로즌이 합류할 때까지 기다렸더라면, 과연 이번 일이 어떻게 해결되었을까 하는 생각이. 음, 지금은 그 생각에 매달려봤자 소용이 없었다.

"그럼 어디 당신의 질문들을 좀 더 살펴보도록 할까." 그녀가 한 손을 내밀자 그는 어쩔 수 없이 질문지를 건네주고 말았다. "당신은 잡지를 읽던 중에 두 면에 걸쳐 나와 있는 여성의 컬러 누드 사진을 발견합니다.' 그래, 여기 또 하나 있군. '당신은 임신을 하게 되었습니다. 상대는 당신과 결혼을 약속한 사람이었죠. 그런데 이 남자는 당신의 가장 친한 친구와 눈이 맞았습니다. 당신은 낙태를 했고.' 당신의 질문에 드러나는 패턴은 분명하군. 경찰에 신고해야겠어." 그녀는 레이저 튜브를 그가 있

165

는 방향으로 겨눈 채 방을 가로질러 가서 영상전화 송수화기를 들고 다이얼을 돌려 전화교환원을 불러냈다. "샌프란시스코 경찰서 연결해주세요." 그녀가 말했다. "경찰을 좀 보내주세요."

"지금 당신이 하는 일이야말로." 릭은 안도하며 말했다. "현재로선 최선의 생각이군요." 하지만 그는 루바의 행동이 약간 기이하게 느껴졌다. 왜 그녀는 간단하게 나를 쏴 죽이지 않은 걸까? 경찰관이 도착하면 그녀에게 도주 기회는 사라질 것이고, 만사가 그에게 유리하게 될 것이었다.

그녀는 지금 자기가 인간이라고 확신하는 것이 분명해. 그는 이런 결론을 내렸다. 확실히 그녀는 전혀 모르고 있어.

몇 분이 흘렀다. 그사이에도 루바는 신중하게 레이저 튜브로 그를 겨냥하고 있었다. 덩치 큰 제복 경찰관이 고색창연한 푸른색 제복 차림에 총과 별 모양 배지를 착용하고 나타났다. "이제 됐습니다." 제복 경찰이 루바에게 말했다. "그 물건은 치워두시죠." 그녀가 레이저 튜브를 내려놓자 경찰관이 집어 들고 살펴보았다. 장전이 되어 있는지 알아보는 것이었다. "지금 여기서 무슨 일이 일어난 겁니까?" 그가 물었다. 그리고 그녀가 미처 대답을 하기도 전에 릭을 돌아보았다. "당신은 누굽니까?"

루바 루프트가 말했다. "이 사람이 다짜고짜 제 분장실에 쳐들어왔어요. 제 평생 처음 보는 사람이에요. 그러면서 무슨 설문조사인지 뭔지를 한답시고 저한테 질문을 던지겠다고 하는 거예요. 나쁠 것 없다고 생각해서 그러라고 했더니만, 결국 저한테 외설적인 질문을 하기 시작하더군요."

"신분증 좀 봅시다." 제복 경찰관이 릭에게 말하며 한 손을 내밀었다.

신분증을 꺼내며 릭이 말했다. "저는 경찰서 소속 현상금 사냥꾼입니다."

"현상금 사냥꾼이라면 내가 모조리 알고 있는데." 릭의 지갑을 살펴보던 제복 경찰관이 말했다. "그러니까 샌프란시스코 경찰서를 말하는 거요?"

"제 상관이 바로 해리 브라이언트 경위님입니다." 릭이 말했다. "저는 데이브 홀든이 담당하던 목록을 인계받았고요. 데이브는 지금 병원에 있거든요."

"방금 내가 그랬잖아요. 현상금 사냥꾼은 내가 모조리 알고 있다고." 제복 경찰관이 말했다. "그런데 당신에 관해서는 전혀 들어본 적이 없다니까." 그가 릭의 신분증을 돌려주었다.

"그럼 브라이언트 경위님께 전화를 걸어보시죠." 릭이 말했다.

"브라이언트 경위란 사람도 없다니까." 제복 경찰관이 말했다.

릭은 무슨 일이 벌어지고 있는지 비로소 깨달았다. "당신도 안드로이드군." 그가 제복 경찰관에게 말했다. "루프트 양과 마찬가지로." 그는 영상전화로 다가가서 직접 송수화기를 들어 올렸다. "내가 직접 경찰서로 전화를 걸지." 릭은 두 안드로이드가 자신을 저지하기 전에 얼마나 멀리까지 갈 수 있을지 궁금해졌다.

"전화번호가." 제복 경찰관이 말했다. "뭐냐 하면—"

"전화번호는 나도 알고 있지." 릭이 다이얼을 돌리자 곧바로 경찰서 전화교환원과 연결되었다. "브라이언트 경위님 부탁합니다."

"죄송합니다만, 누구십니까?"

"릭 데카드입니다." 그는 가만히 서서 기다렸다. 그사이에 방 한편에서는 제복 경찰관이 루바 루프트에게서 진술을 듣고 있었다. 둘 중 누구도 그에게 관심을 쏟지 않았다.

잠시 적막이 흐르더니 해리 브라이언트의 얼굴이 영상전화 화면에 나타났다. "무슨 일인가?" 그가 릭에게 물었다.

"문제가 좀 생겼습니다." 릭이 말했다. "데이브의 목록에 있는 용의자 가운데 하나가 경찰에 신고해서 자칭 경찰관이라는 사람이 한 사람 여기 나와 있어요. 그런데 제가 누군지 이 사람에게 납득시키기가 힘듭니다. 자기가 경찰서의 현상금 사냥꾼은 모두 알고 있다면서 유독 저에 관해서는 전혀 들어본 적이 없다고 하거든요." 그가 덧붙였다. "심지어 경위님에 관해서도 들어본 적이 없답니다."

브라이언트가 말했다. "그 사람 좀 바꿔주게."

"브라이언트 경위님께서 당신을 바꿔달라시는군요." 릭이 영상전화 송수화기를 내밀었다. 제복 경찰관은 루프트 양에게 하던 질문을 멈추고 전화를 받으러 다가왔다.

"크램스 경관입니다." 제복 경찰관이 또박또박 말했다. 잠시 적막이 흘렀다. "여보세요?" 그는 가만히 귀를 기울이더니, 여보세요 하고 몇 번쯤 더 말하고, 잠시 기다리다가 도로 릭을 바라보았다. "저편에는 아무도 없는데. 화면에도 아무도 없고." 그가 영상전화 화면을 손으로 가리켰다. 릭이 보기에도 화면은 텅 비어 있었다.

제복 경찰관으로부터 수화기를 건네받은 릭이 말했다. "브라이언트 경위님?" 그는 귀를 기울이고 잠시 기다렸다. 아무 소리도 나오지 않았다. "내가 다시 걸어보죠." 그는 송수화기를 내려놓고, 잠시 기다렸다가, 그 익숙한 번호로 다시 한번 다이얼을 돌렸다. 신호는 갔지만, 아무도 받지는 않았다. 신호가 가고 또 갔다.

"내가 한번 해보죠." 크램스 경관이 이렇게 말하며, 릭이 들고 있던 송수화기를 빼앗았다. "당신이 아마 다이얼을 잘못 돌린 모양이지." 그가 다이얼을 돌렸다. "번호가 842에 —"

"그건 나도 알고 있다니까." 릭이 말했다.

"크램스 경관입니다." 제복 경찰관이 전화 송수화기에 대고 말했다. "혹시 우리 경찰서에 브라이언트 경위라는 분이 계십니까?" 잠시 적막이 흘렀다. "음, 그렇다면 릭 데카드라는 이름의 현상금 사냥꾼은 있습니까?" 다시 한번 적막이 흘렀다. "확실한 겁니까? 혹시 그 사람이 최근에 — 오, 알겠습니다. 됐습니다, 감사합니다. 아닙니다, 제가 알아서 처리하고 있습니다." 크램스 경관이 전화를 끊더니 릭을 돌아보았다.

"내가 방금 전에 그분과 통화를 했습니다." 릭이 말했다. "내가 직접 이야기를 나누었다고요. 그분이 당신한테 직접 이야기하겠다고 하셨죠. 아마 전화에 말썽이 생긴 모양이군요. 통화 도중에 어디선가 연결이 끊어진 게 분명합니다. 혹시 못 보셨습니까? 브라이언트 경위님의 얼굴이 처음에는 화면에 나타났다가 나중에는 나타나지 않았는데."그는 어리둥절한 상태였다.

크램스가 말했다."난 루프트 양의 진술을 듣고 있었죠, 데카드 씨. 그러면 경찰서 건물로 같이 갑시다. 그래야 당신을 입건할 수 있으니까."

"좋습니다."릭이 말했다. 루바 루프트에게는 이렇게 말했다. "금방 돌아올 겁니다. 당신을 검사하는 일이 아직 안 끝났으니까."

"이 사람 변태라니까요."루바 루프트가 크램스 경관에게 말했다."정말 이 사람 때문에 소름이 쫙 끼쳤어요."그녀가 부르르 몸을 떨었다.

"그나저나 지금 연습하는 공연은 뭡니까?"크램스 경관이 그녀에게 물었다.

"〈마술 피리〉더군요."릭이 대답했다.

"당신한테 물어본 게 아닙니다. 이분한테 물어본 거지."제복 경찰관이 그를 향해 혐오스러운 눈길을 보냈다.

"한시바삐 경찰서에 도착했으면 좋겠군요."릭이 말했다."이 문제는 분명히 해결해야 하니까요."그는 서류가방을 들고 분장실 문 쪽으로 걷기 시작했다.

"일단 몸수색이나 좀 합시다."크램스 경관이 능숙하게 몸수색을 했고, 릭의 업무용 권총과 레이저 튜브를 찾아냈다. 권총

구멍에 코를 갖다 대고 킁킁 냄새를 맡더니 양쪽 모두를 압수했다. "이건 최근에 발사한 것 같은데." 그가 말했다.

"방금 전에 앤디 하나를 퇴역시켰으니까요." 릭이 말했다. "그 잔해는 옥상에 있는 내 자동차 안에 아직 남아 있죠."

"좋아요." 크램스 경관이 말했다. "같이 올라가서 살펴보면 되겠군요."

두 사람이 분장실에서 나가자 루프트 양도 문가까지 이들을 따라왔다. "저 사람이 다시 오지는 않겠죠, 경관님? 저 사람 진짜 무서워요. 너무 이상하잖아요."

"이 사람이 죽였다는 누군가의 시신이 저 위에 있는 이 사람 자동차 안에 있다고 하면." 크램스가 말했다. "이 사람은 절대로 여기 다시 오지 못할 겁니다." 그는 릭을 떠밀어 앞으로 가게 했다. 두 사람은 나란히 엘리베이터를 타고 오페라 극장 옥상으로 올라갔다.

릭의 자동차 문을 열고 크램스 경관은 아무 말 없이 폴로코프의 몸을 살펴보았다.

"이건 안드로이드요." 릭이 말했다. "나는 그를 뒤쫓으러 파견되었고요. 하마터면 그가 나를 잡을 뻔했습니다. 어떻게 위장을 했느냐면—"

"경찰서에 도착하면 당신한테서 진술서를 받을 겁니다." 크램스 경관이 그의 말을 잘랐다. 그는 한편에 주차된, 표시가 뚜렷한 경찰차 쪽으로 릭을 떠밀었다. 그리고 폴로코프를 데려갈 만한 사람을 호출하고자 경찰 무전을 쳤다. "좋습니다, 데카드 씨." 그가 이렇게 말하고 통신을 끊었다. "그럼 출발합시다."

두 사람이 올라타자 순찰차는 옥상에서 떠올라 남쪽으로 방향을 잡았다.

뭔가가 평소와 같지 않았다. 릭은 문득 깨달았다. 크램스 경관은 엉뚱한 방향으로 차를 몰고 있었던 것이다.

"경찰서 건물은." 릭이 말했다. "북쪽인데요. 롬바드요."

"그건 옛날 경찰서 건물이죠." 크램스 경관이 말했다. "새로 지은 경찰서 건물은 미션 지구에 있어요. 옛날 건물은 무너져 가고 있죠. 폐허라고요. 거긴 벌써 몇 년째 사용되지 않았어요. 당신이 마지막으로 입건되었던 게 그렇게 오래전인 겁니까?"

"나를 거기로 데려다줘요." 릭이 말했다. "롬바드 가로요." 이제 그는 모든 것을 이해했다. 안드로이드들이 협동함으로써 어떤 결과를 성취했는지를 말이다. 이렇게 차를 타고 갔다간 그도 더 이상 살아남지 못할 것이었다. 그것이야말로 그에게는 끝장이었다. 데이브에게 그랬던 것처럼. 어쩌면 결국에는 그렇게 될 것만 같았다.

"아까 그 여자는 제법 매력적이더군요." 크램스 경관이 말했다. "물론 저런 의상을 입고 있으면, 그 몸매가 어떤지는 아무도 모르겠지만 말이에요. 하지만 내 생각에는 죽이게 괜찮아 보이더군요."

릭이 말했다. "당신이 안드로이드라고 순순히 시인하지 그럽니까."

"내가 왜요? 나는 안드로이드가 아니에요. 당신이 하는 일이 그겁니까? 여기저기 돌아다니면서 애꿎은 사람들을 죽이고, 그러면서 저 사람들은 안드로이드라고 중얼거리는 거요? 루프트 양은 겁에 질려 있더군요. 그 양반이 우리한테 전화를 했으니 다행이었죠."

"그럼 나를 롬바드에 있는 경찰서 건물로 데려가주든가요."

"아까 말했다시피—"

"겨우 3분이면 충분할 겁니다." 릭이 말했다. "직접 보고 싶어요. 매일 아침마다 나는 일을 하러 들어갔단 말입니다. 거기를요. 당신 말대로, 정말 거기가 몇 년째 버려진 상태인지 직접 보고 싶단 말입니다."

"어쩌면 당신이야말로 안드로이드인지 모르겠군요." 크램스 경관이 말했다. "누군가가 심어놓은 가짜 기억을 갖고 있는 안드로이드 말이에요. 혹시 그런 생각을 해본 적이 있나요?" 그는 냉담하게 씩 웃으며 계속 남쪽으로 차를 몰았다.

자신의 패배와 실패를 의식하며 릭은 등을 뒤로 기댔다. 그리고 무기력한 상태에서 다음에 닥칠 일을 기다렸다. 이 안드로이드들이 어떤 계획을 가지고 있는지는 몰라도 일단 그들은 자신을 물리적으로 구속했다.

하지만 나는 그들 중 하나를 처리하긴 했어. 릭은 속으로 말했다. 내가 폴로코프를 잡았지. 데이브가 둘을 잡았고.

크램스 경관의 경찰차가 미션 지구 상공에서 선회하면서 착륙을 위해 하강할 준비를 하고 있었다.

10

호버카는 미션 지구의 경찰서 건물 옥상으로 하강했다. 그곳에는 바로크 양식의 첨탑들이 줄줄이 솟아나 있었다. 복잡히고도 현대적인 멋신 구조물에 릭 데카드는 매력을 느꼈다. 하지만 이상한 부분이 하나 있었다. 이전에는 이 건물을 한 번도 본 적이 없었던 것이다.

경찰 호버카가 착륙했다. 몇 분 뒤에 그는 졸지에 경찰에 입건되는 신세가 되어 있었다.

"304조예요." 크램스 경관이 높은 책상에 앉아 있는 경사에게 말했다. "그리고 612조 4항하고요. 또 어디 보자. 자기가 보안 경찰관이라고 주장하고 있습니다."

"그럼 406조 7항이군." 책상 앞에 있던 경사가 이렇게 말하며 서식을 채웠다. 그는 느긋하게, 약간 지루한 듯한 태도로 글을

174

쓰고 있었다. 그의 자세와 태도가 이것이 일상적인 업무임을 말해주었다. 전혀 중요한 일도 아니라는 것을.

"이쪽으로 오시오." 크램스 경관이 작고 하얀 책상 앞으로 릭을 데려갔다. 거기서는 기술자 한 명이 뭔가 낯익은 장비를 작동하고 있었다. "당신의 두뇌 패턴을 파악하는 겁니다." 크램스가 말했다. "신분 확인 목적이죠."

릭이 퉁명스레 말했다. "나도 압니다." 예전에, 그러니까 그가 제복 경찰관이었던 시절에만 해도, 그는 이와 비슷한 책상 앞으로 여러 피의자를 끌고 갔었다. 이것과 **비슷한** 책상으로. 하지만 바로 이 책상은 아니었다.

두뇌 패턴 검사가 끝나자 릭은 마찬가지로 뭔가 낯익은 방으로 인도되었다. 반사적으로 그는 자신의 귀중품을 모아서 건네기 시작했다. 이건 전혀 이치에 닿지가 않아. 그는 속으로 말했다. 이 사람들은 대체 누구지? 이곳이 원래부터 늘 있던 곳이었다면, **왜 우리는 이곳에 대해서 전혀 몰랐던 거지?** 그리고 왜 이들은 우리에 관해 전혀 모르는 거지? 두 개의 경찰 기관이 평행으로 존재한다니. 그는 속으로 말했다. 우리 기관과 지금 이 기관. 하지만 지금까지 (내가 알기로는) 서로 접촉한 적이 한 번도 없다니. 아니면 이들도 접촉한 적이 있었는지도 몰라. 그는 생각했다. 어쩌면 이번이 처음은 아닌지도 몰라. 믿기가 힘들군. 그가 생각했다. 이런 일이 진즉에 일어나지 않았다는 사실이 말이야. 만약 이곳이 진짜로 경찰 조직이라면 말이야. 여기가. 이곳이 스스로 주장하는 바로 그곳이라면 말이야.

제복 차림이 아닌 한 남자가 줄곧 서 있던 자리에서 벗어났다. 그는 신중하고 침착한 걸음으로 릭 데카드에게 다가오더니 뭔가 호기심이 이는 듯 그를 바라보았다. "이 사람은 뭐지?" 그가 크램스 경관에게 물었다.

"살인 용의자입니다." 크램스가 대답했다. "이 사람 자동차 안에서 시신을 발견했습니다만, 이 사람은 그 시신이 안드로이드라고 주장하고 있습니다. 현재 확인 중으로, 실험실에서 골수 분석을 실시하고 있습니다. 그리고 이 사람은 자기가 경찰 소속 현상금 사냥꾼이라고 주장하고 있습니다. 한 여자 성악가의 분장실로 찾아가서 그녀에게 외설적인 질문을 던지고 있더군요. 그분이 이 사람이 과연 본인의 주장대로 경찰 소속인지 의심한 나머지 신고한 겁니다." 크램스는 뒤로 몇 걸음 물러나며 물었다. "그러면 직접 심문하시겠습니까, 경감님?"

"좋아." 제복을 입지 않은 고위 경찰관은 파란 눈동자에, 콧등은 좁고 콧구멍은 넓었으며, 감정 표현이 없는 입술을 지니고 있었다. 경찰관은 릭을 주시하더니 그의 서류가방으로 손을 뻗었다. "이 안에는 뭐가 들어 있습니까, 데카드 씨?"

릭이 말했다. "보이트 캠프 인성 검사에 사용되는 물건들입니다. 크램스 경관에게 체포되었을 당시 저는 용의자를 검사하고 있었습니다." 그는 경찰관이 서류가방의 내용물을 뒤적이고, 하나하나 살펴보는 모습을 보고 있었다. "제가 루프트 양에게 물어본 질문들은 표준 보이트 캠프 질문이었습니다. 질문지에 인쇄되어—"

"혹시 조지 글리슨과 필 레시를 알고 있습니까?" 경찰관이 물었다.

"아니요." 릭이 대답했다. 전혀 모르는 이름들이었다.

"두 사람은 캘리포니아 북부를 담당하는 현상금 사냥꾼이죠. 양쪽 모두 우리 경찰서 소속이고요. 어쩌면 당신도 여기 있는 동안 두 사람과 마주칠 수 있을지 모르겠군요. 당신은 안드로이드인가요, 데카드 씨? 이렇게 묻는 까닭은, 이전에도 몇 번인가 도주한 앤디가 마치 다른 주에서 용의자를 추적하러 온 현상금 사냥꾼인 척 가장한 적이 있어서입니다."

릭이 말했다. "저는 안드로이드가 아닙니다. 저한테 보이트 캠프 검사를 실시해보셔도 됩니다. 이전에도 검사를 받긴 했습니다만, 다시 받아도 상관없습니다. 그 결과가 어떨지는 저도 알고 있으니까요. 그나저나 집사람에게 전화 한 통 해도 되겠습니까?"

"외부로의 전화는 딱 한 번만 허용됩니다. 차라리 당신 변호사에게 전화를 거는 게 낫지 않을까요?"

"제 아내에게 걸겠습니다." 릭이 말했다. "그러면 아내가 변호사한테도 연락해줄 테니까요."

평상복 차림의 경찰관은 그에게 50센트 동전 하나를 건네주고 손으로 어딘가를 가리켰다. "영상전화는 저기 있습니다." 그는 릭이 방을 가로질러 전화 쪽으로 다가가는 모습을 지켜보았다. 그러다가 다시 릭의 서류가방 내용물을 검사하는 일로 돌아갔다.

동전을 집어넣고 릭은 자기 집 전화번호로 다이얼을 돌렸다. 가만히 서서 기다리는 시간이 마치 영원처럼 길게 느껴졌다.

한 여성의 얼굴이 영상전화 화면에 나타났다. "여보세요." 여자가 말했다.

아이랜이 아니었다. 한 번도 본 적이 없는 여자였다.

그는 전화를 끊고, 경찰관에게 천천히 다가갔다.

"잘 안 됐나요?" 경찰관이 물었다. "음, 그러면 전화를 한 통 더 쓰셔도 됩니다. 그 점에서 우리는 관대한 정책을 취하고 있으니까요. 다만 보석을 요청할 보증인에게는 전화할 수 없습니다. 당신의 혐의는 보석 대상이 아니니까요. 적어도 현재로선 말입니다. 하지만 법정에 출두하고 나면—"

"저도 압니다." 릭이 퉁명스레 말했다. "경찰 수사 절차에 대해서는 잘 알고 있다고요."

"일단 서류가방이나 받으시지요." 경찰관이 서류가방을 릭에게 건네주었다. "일단 제 사무실로 들어오시죠……. 당신과 좀 더 이야기를 나눠보고 싶으니까요." 그는 옆쪽 통로를 따라 앞서 가며 길을 안내했다. 릭은 그 뒤를 따랐다. 그 경찰관이 갑자기 걸음을 멈추고 뒤로 돌아섰다. "저는 갈랜드라고 합니다." 그가 한 손을 내밀었고, 두 사람은 악수를 나누었다. 짧게. "앉으시죠." 갈랜드가 사무실 문을 열고 들어섰다. 그러고는 말끔하게 정리된 큰 책상 앞에 앉았다.

릭은 책상 너머에서 그를 마주 보고 앉았다.

"이 보이트 캠프 검사라는 것." 갈랜드가 말했다. "그러니까 당신이 언급한 것 말입니다." 그는 릭의 서류가방을 손으로 가리켰다. "그리고 당신이 거기 넣어서 들고 다니는 물건들." 그는 파이프에 담배를 채워 넣고 불을 붙이더니 잠시 빨다가 연기를 뱉어냈다. "그게 바로 앤디를 감지하기 위한 분석 도구인 모양이죠?"

"우리가 사용하는 기본 검사법이죠." 릭이 말했다. "현재 우리가 채택하고 있는 유일한 검사법이기도 하고요. 신형 넥서스-6 두뇌 장치를 구분할 수 있는 유일한 검사법이기도 합니다. 혹시 이 검사법에 대해서 들어보신 적이 없는 겁니까?"

"안드로이드를 대상으로 사용하는 몇 가지 윤곽 분석법에 대해서는 들어봤습니다. 하지만 이건 들어보지 못했어요." 그는 계속해서 릭을 유심히 바라보았다. 그의 얼굴은 복잡해 보였다. 릭은 갈랜드가 무슨 생각을 하는지 판단할 수가 없었다. "그런데 그 지저분해진 서류 말입니다." 갈랜드가 말을 이었다. "당신 서류가방 안에 든 거요. 폴로코프, 루프트…… 당신의 임무로 할당된 용의자들의 명단요. 그다음에 바로 내 이름이 있더군요."

릭은 그를 빤히 바라보다가 서류가방을 움켜쥐었다.

곧바로 그는 서류를 펼쳐 보았다. 갈랜드의 말은 진실이었다. 릭은 서류를 자세히 들여다보았다. 두 사람(또는 '사람인 그와, 사람인지 아닌지 모르는 갈랜드'라고 해야 맞을지도 모르겠지만) 모두 한동안 말이 없었다. 잠시 후에 갈랜드가 흠흠 하고 목을 가다듬었다. 그는 신경이 곤두선 듯 헛기침을 했다.

"뭔가 불쾌한 기분일 겁니다." 그가 말했다. "갑자기 자신이 현상금 사냥꾼의 임무를 맡고 있었다는 사실을 깨닫게 된다는 거는요, 데카드 씨." 그는 책상에 놓인 구내전화에서 버튼을 하나 눌렀다. "현상금 사냥꾼 한 사람, 이리로 보내주게. 누구라도 상관없어. 좋아. 고맙네." 그는 누르고 있던 버튼에서 손을 뗐다. "1분쯤 뒤에 필 레시가 이리로 올 겁니다." 그가 릭에게 말했다. "계속하기 전에, 그 친구가 현재 갖고 있는 명단을 한번 보고 싶어서요."

"혹시 그 사람 명단에 제가 올라 있을 거라고 생각하는 건가요?" 릭이 말했다.

"가능한 일이죠. 금세 알게 될 겁니다. 이렇게 중대한 문제라면 확실히 해두는 게 최선이죠. 우연에 내맡기지 않는 게 최선이라고요. 나에 관한 이 문서를 보면." 그는 지저분해진 서류를 가리켰다. "여기에서는 나를 경감 직위의 경찰관이라고 설명하지 않았더군요. 부정확하게도 내 직업을 보험회사 손해사정관이라고 적어놓았죠. 그걸 제외하면 나머지는 정확합니다. 신체적 묘사라든지, 나이, 개인적 습관, 집 주소 같은 것은 말이에요. 그래요, 이건 나예요, 좋다고요. 직접 한번 보세요." 릭은 그가 건네준 서류를 집어 들고 훑어보았다.

사무실 문이 열리더니 키가 크고 살집이 없는 남자가 나타났다. 이목구비가 뚜렷한 용모에, 뿔테 안경을 쓰고, 밴다이크 수염*을 보풀 같이 기르고 있었다. 갈랜드가 자리에서 일어나더니 릭을 손으로 가리켰다.

"이쪽은 필 레시, 이쪽은 릭 데카드. 두 사람 모두 현상금 사냥꾼이니, 아마도 전에 만난 적이 있지 않을까 하는데."

릭과 악수를 나누면서 필 레시가 말했다. "어느 시에 소속되신 분이십니까?"

갈랜드가 릭 대신 대답했다. "샌프란시스코. 바로 여기지. 이 사람 일정표를 한번 보게. 바로 내가 다음 목표로 나온다니까." 그는 릭이 검토했던 서류를 필 레시에게 건네주었다. 바로 자신에 관한 묘사가 나와 있는 서류였다.

"저기요, 갈." 필 레시가 말했다. "여기 나온 건 당신인데요."

"나뿐만이 아니라 더 있지." 갈랜드가 말했다. "이 사람은 오페라 가수인 루바 루프트도 잡으려고 했다네. 그녀도 그 퇴역임무 할당서에 나와 있다네. 그리고 폴로코프라는 사람도. 폴로코프 기억하나? 그는 이미 죽었어. 현상금 사냥꾼인지, 안드로이드인지, 아니면 다른 무엇인지 알 수 없는 바로 이 양반이 잡았지. 그리고 우리는 지금 실험실에서 그의 골수 검사를 수행하고 있지. 혹시라도 어떤 가능한 근거가 있는지를—"

"제가 이야기했던 폴로코프 말입니까?" 필 레시가 말했다. "소비에트 경찰 소속이라는 그 덩치 큰 산타클로스요?" 그는 잠시 생각하며 삐져나온 턱수염을 잡아당겼다.* "제가 보기에도 그에게 골수 검사를 해보는 건 좋은 생각인 듯합니다."

"왜 그렇게 말하는 건가?" 갈랜드가 물었다. 분명히 짜증이

---

* 콧수염이나 턱수염 가운데 하나, 또는 둘 다를 기르는 대신 뺨에 난 수염을 모두 깎아내는 것을 말한다.

181

난 듯했다. "그 검사는 어디까지나 이 데카드라는 양반이 자기는 사람을 죽인 적이 없다고, 즉 자기는 단지 **안드로이드를 퇴역시켰다**고 주장할 수 있는 법적 근거를 제거하기 위한 것뿐이라네."

필 레시가 말했다. "폴로코프는 제가 보기에도 차가워 보였습니다. 극도로 지적이고 계산적이었죠. 초연하기도 하고요."

"소비에트 경찰들은 상당수가 원래 그런 식이지 않나." 갈랜드가 말했다. 그는 눈에 띄게 초조해하고 있었다.

"루바 루프트는 저도 직접 만난 적은 없습니다." 필 레시가 말했다. "물론 그녀의 음반은 들어봤지만요." 그가 릭에게 말했다. "혹시 그녀도 검사해봤습니까?"

"시작은 했었죠." 릭이 말했다. "하지만 정확하게 읽을 수가 없었어요. 그러다가 그 여자가 제복 경찰관을 불렀죠. 그래서 검사가 중단되었습니다."

"그러면 폴로코프는요?" 필 레시가 물었다.

"그를 검사할 기회도 역시나 없었습니다."

필 레시가 거의 혼잣말처럼 말했다. "그렇다면 당신은 여기 계신 갈랜드 경감님을 검사할 기회도 아직 얻지 못하셨겠군요."

"당연히 그렇지." 갈랜드가 끼어들었다. 그의 얼굴이 분노로 일그러져 있었다. 씁쓸하면서도 날카로운 어조였지만, 차마 말을 더 잇지 못했다.

"어떤 검사법을 사용하십니까?" 필 레시가 물었다.

"보이트 캠프 척도요."

"그런 검사법은 전혀 모르겠군요." 레시와 갈랜드 모두 신속하게 전문적인 생각 속에 푹 파묻힌 듯했다. 하지만 두 사람 모두 똑같은 생각은 아니었다. "저는 늘 그런 말을 했었죠." 레시가 이야기를 계속했다. "안드로이드가 침투해 있기 가장 좋은 장소는 바로 W.P.O. 같은 커다란 경찰 조직일 거라고요. 폴로코프를 만난 이래로 저는 그를 한번 검사해보고 싶었지만, 그럴 만한 구실이 생기지 않았어요. 어쩌면 끝까지 생기지 않았을지도 모르죠……. 모험심이 왕성한 안드로이드에게 그런 자리가 갖는 가치가 있다면, 바로 그것이겠죠."

갈랜드 경감이 천천히 자리에서 일어나더니 필 레시를 바라보며 말했다. "그러면 자네는 혹시 나도 검사해보고 싶었던 건가?"

필 레시의 얼굴에 신중한 미소가 스쳐 지나갔다. 그는 답변을 하려다 말고 어깨를 으쓱했다. 그러고는 침묵을 지켰다. 갈랜드가 뚜렷이 분노를 드러냈음에도, 그는 상관을 전혀 두려워하지 않는 것 같았다.

"지금 이 상황을 이해하지 못하는 것 같은데." 갈랜드가 말했다. "릭 데카드라는, 이 사람인지 안드로이드인지는, 자칭 롬바드에 있는 옛 경찰서 건물에 자리 잡고 있다는 허구의, 환상의, 존재하지 않는 경찰 기관에서 갑자기 툭 튀어나와서 우리 앞에 나타났어. 이 사람은 우리에 관해 전혀 들어본 적이 없고, 우리 역시 이 사람에 관해 들어본 적이 없지. 그런데도 외관상 우리는 같은 조직에서 일을 하고 있단 말이야. 그는 우리가 들어본 적도 없는 검사법을 사용하지. 그가 들고 다니는 명단은 안드로이드의 명단이 아니야. 인간의 명단이지. 그는 벌써 사람을 한 번 죽였어. 최소한 한 번은 말이야. 그리고 루프트 양이 전화를 걸지 않았더라면, 그는 결국 그녀를 죽이고 나서 결국 내 냄새를 맡고 쫓아다녔을 거야."

"흐음." 필 레시가 말했다.

"흐음." 갈랜드는 화가 치미는 듯 상대방의 말을 흉내 냈다. 이제 그는 뇌일혈을 일으키기 직전까지 간 표정이었다. "지금 자네가 할 수 있는 말은 그게 다인가?"

구내전화가 울리더니 여자의 목소리가 들려왔다. "갈랜드 경감님, 폴로코프의 시신에 대한 실험 보고서가 준비되었습니다."

"제 생각에는 우리 셋이서 같이 들어봐야 하겠는데요." 필 레시가 말했다.

갈랜드는 그를 흘끗 바라보았다. 분노가 들끓고 있었다. 곧이어 그는 몸을 숙이고 구내전화 버튼을 눌렀다. "어디 말해보게, 프렌치 양."

"골수 검사에서는." 프렌치 양이 말했다. "폴로코프 씨가 인간형 로봇이었다는 결과가 나왔습니다. 혹시 자세한 내용을 원하신다면—"

"아니, 그걸로 충분하네." 갈랜드는 자리에 도로 앉더니 굳은 표정으로 맞은편 벽을 응시했다. 릭에게나 필 레시에게도 아무 말을 하지 않았다.

레시가 말했다. "그나저나 당신이 사용하는 보이트 캠프 검사의 원리는 뭡니까, 데카드 씨?"

"감정이입 반응이죠. 다양한 사회적 상황에 대한 거요. 대개는 동물과 관련이 있는 내용입니다."

"우리가 쓰는 검사법은 그보다 더 간단합니다." 레시가 말했다. "척추의 위쪽 신경절에서 일어나는 반사궁反射弓 반응이 있는데, 인간형 로봇의 경우에는 인간의 신경계에서 일어나는 것보다 몇 마이크로 초쯤 더 오래 걸립니다." 그는 갈랜드 경감의 책상 쪽으로 다가가더니 메모장에서 종이를 한 장 뽑아냈다. 그러고는 볼펜을 가지고 스케치를 했다. "우리는 소리 신호나 손전등을 이용하죠. 검사 대상자가 버튼을 누르면, 그 사이에 경과한 시간이 측정됩니다. 우리는 여러 차례 시도해봤죠, 물론. 경과된 시간은 앤디와 인간 모두에서 다양하게 나타납니다. 하지만 반응을 열 번쯤 측정하고 나면, 충분히 믿을 만한 단서를 얻었다고 자신하게 됩니다. 그리고 폴로코프의 사례에서처럼 골수 검사가 그 결과를 뒷받침하죠."

잠시 적막이 흐르고 나서 릭이 말했다. "원하신다면 저를 검사해보시죠. 전 준비가 되어 있습니다. 물론 저 역시 당신을 검사해보고 싶고요. 혹시 그럴 의사가 있으시다면."

"당연히 그래야죠." 레시가 말했다. 하지만 그는 갈랜드 경감을 유심히 쳐다보고 있었다. "벌써 몇 년째 그런 말을 했었죠." 레시가 중얼거렸다. "보넬리 반사궁 검사를 경찰 조직 구성원들에게도 정기적으로 실시해야 한다고요. 검사 대상자는 명령

185

체계에서 위쪽에 있는 사람일수록 더 좋고요. 제가 그러지 않았습니까, 경감님?"

"맞아, 자네가 그랬었지." 갈랜드가 말했다. "그리고 나는 항상 거기 반대했었고. 자칫 경찰서 내부의 사기를 떨어트릴 수 있다는 근거에서 말이야."

"제가 생각하기에 이제는." 릭이 말했다. "당신도 거기 가만히 앉아 계셔야 할 것 같군요. 폴로코프에 관한 실험 보고서를 생각해보면 말입니다."

11

갈랜드가 말했다. "내가 봐도 그럴 것 같군." 그는 현상금 사냥꾼 필 레시를 향해 손가락질을 했다. "하지만 분명히 경고하겠네. 검사 결과가 별로 자네 마음에 들지 않을 거라고 말이야."

"결과가 어떨지 이미 알고 계신 겁니까?" 레시가 물었다. 확연히 놀라움이 묻어나는 말투였다. 그러나 그닥 즐거워 보이지는 않았다.

"그거야 속속들이 알고 있지." 갈랜드 경감이 말했다.

"좋습니다." 레시가 고개를 끄덕였다. "그럼 제가 위층에 가서 보넬리 장치를 가져오죠." 그는 사무실 문으로 성큼성큼 걸어가더니 문을 열고 복도로 나갔다. "3, 4분이면 돌아올 겁니다." 그가 릭에게 말했다. 그가 나가자 문이 닫혔다.

갈랜드 경감이 책상 오른쪽 맨 위 서랍으로 손을 뻗어 뭔가를 뒤지더니 레이저 튜브를 하나 꺼냈다. 그러고는 그걸 릭에게 겨냥했다.

"그렇게 해봤자 별 차이는 없을 겁니다." 릭이 말했다. "레시는 나를 부검하겠지요. 폴로코프처럼요. 그러고 나면 그는 계속해서 그 뭐더라, 보넬리 반사궁 검사인가 하는 것을 당신에게, 그리고 자기 자신에게 실시하자고 주장할 거고요."

레이저 튜브는 여전히 꼼짝도 하지 않았다. 곧이어 갈랜드 경감이 말했다. "오늘은 영 운수가 좋지 않았어. 특히 크램스 경관이 당신을 끌고 들어오는 걸 봤을 때부터 말이야. 뭔가 직감이 들더군. 그래서 내가 굳이 이 일에 간섭한 거였고." 그는 점차 레이저 빔을 아래로 내렸다. 그렇게 계속 그걸 붙잡고 있다가 갑자기 어깨를 으쓱하더니 그걸 책상 서랍에 도로 넣고, 서랍의 자물쇠를 잠근 다음, 열쇠를 자기 주머니에 집어넣었다.

"우리 세 명에 대한 검사에서 과연 어떤 결과가 나올까요?" 릭이 물었다.

갈랜드가 말했다. "레시, 그 멍청한 녀석이."

"그는 정말로 모르는 겁니까?"

"그는 정말로 모르고 있지. 그는 의심하지도 않아. 그는 털끝만큼도 몰라. 그렇지 않았더라면 현상금 사냥꾼으로 살 수가 없었겠지. 이건 인간의 직업이야. 안드로이드의 직업은 아니라고." 갈랜드는 릭의 서류가방을 가리키며 손짓했다. "그 서류에 나온 이들. 그러니까 당신이 검사하고 퇴역시켜야 하는 것으로 되어 있는 대상자들 모두. 하나같이 내가 아는 이들이더군." 그는 잠시 말을 멈추었다가 이어나갔다. "우리는 모두 화성에서 같은 우주선을 타고 여기까지 왔지. 하지만 레시는 아니었어. 그는 거기 일주일 더 머물러 있었지. 합성 기억 장치를 장착하려고 말이야." 이어서 그는 침묵을 지켰다.

또는 **그것**은 침묵을 지켰다.

릭이 말했다. "그가 이 사실을 안다면 어떻게 행동할까요?"

"그거야말로 전혀 알 수 없는 일이지." 갈랜드가 초연하게 말했다. "추상적이고 지적인 관점에서는 흥미로운 일이겠지. 그는 나를 죽이고, 자살할지도 몰라. 어쩌면 당신도 죽이고 말이야. 자기 힘이 닿는 한 모든 사람을 죽일 수도 있지. 인간과 안드로이드를 가리지 않고 말이야. 실제로 그런 일이 일어나기도 한다더군. 합성 기억 장치가 고장 나면. 그리고 자기가 인간이라고 생각하면."

"그렇다면 당신도 그렇게 했을 때에는, 결국 운에 맡겨본 거군요."

갈랜드가 말했다. "어차피 처음부터 운에 맡겼던 거니까. 도주해서 이곳 지구로 온 것부터가 말이야. 여기에서 우리는 동물만도 못하게 여겨지지. 심지어 온갖 벌레와 쥐며느리가 우리 모두를 합친 것보다는 더 바람직하게 여겨지니까." 갈랜드는 짜증스러운 듯 아랫입술을 깨물었다. "필 레시가 보넬리 검사를 통과한다면, 당신의 입장은 더 나아지겠지. 문제가 바로 나하나뿐이라면 말이야. 그런 식으로라면 결과도 예측이 가능해지겠지. 레시가 보기에 나는 최대한 빨리 퇴역시켜야 하는 또

189

하나의 앤디일 뿐일 거고. 그러니 당신도 별로 좋은 입장에 있는 건 아니야, 데카드. 거의 나만큼 좋지 못한 입장에 있다고 봐야겠지. 내 추측이 어디서 잘못되었는지 아나? 나는 폴로코프에 관해서 전혀 몰랐어. 그는 십중팔구 더 일찍 여기 왔을 거야. **분명히** 더 일찍 온 거라고. 전혀 다른 무리와 함께. 우리의 무리와는 접촉이 없던 무리 말이야. 그는 W.P.O.에서 단단히 자리를 잡고 있는 상태였어. 나는 실험실 결과도 운에 맡겨본 거였지. 하지만 그러지 말았어야 했어. 크램스도 물론 똑같이 운에 맡겨본 거였지만."

"폴로코프는 하마터면 제 마지막 사건이 될 뻔했죠." 릭이 말했다.

"맞아, 그에게는 뭔가가 있었으니까. 나는 그의 두뇌 장치가 우리와 똑같을 거라고는 생각하지 않아. 그는 성능을 높이거나 다른 조삭을 했던 게 분명해. 변형된 구조인 거지. 심지어 우리에게도 친숙하지 않은. 하지만 훌륭한 구조이기도 해. 충분히 훌륭해."

"제가 사는 아파트로 전화를 걸었을 때." 릭이 말했다. "왜 제 아내가 전화를 받지 않은 거죠?"

"여기 있는 영상전화 회선은 모조리 닫혀 있으니까. 그러니까 통화를 이 건물 안의 다른 사무실로 재순환시키는 거야. 우리가 여기서 운영하고 있는 것은 일종의 항상성 유지 사업이지, 데카드. 우리는 닫힌 고리이고, 샌프란시스코의 나머지 세계와는 단절되어 있어. 우리는 그들에 관해 알고 있지만, 그들은 우리에 관해 모르고 있지. 때로는 당신처럼 고립된 사람이 제 발로 이곳에 들어오기도 하고, 당신의 경우처럼 이리로 끌려오기도 하지. 우리의 안전을 위해서." 그는 사무실 문을 향해 발작적인 몸짓을 했다. "여기 일벌레 필 레시가 그만의 알아맞히기 휴대용 검사 장비를 가지고 돌아오고 있군. 그는 참 똑똑하지 않나? 자기 생명과 내 생명, 그리고 어쩌면 당신 생명까지도 파괴하려고 하니까."

"당신네 안드로이드들은." 릭이 말했다. "압박을 받을 때에는 확실히 서로를 감싸주려 하지 않는군요."

갈랜드가 쏘아붙이듯 말했다. "내 생각에도 당신 말이 맞아. 우리에게는 당신네 인간들이 보유한 그 특정한 재능이 결여되어 있는 것 같거든. 내가 보기에 그건 바로 감정이입이라고 부르는 거야."

사무실 문이 열렸다. 필 레시의 실루엣이 나타났다. 그는 전선이 아래로 길게 늘어진 장치를 하나 들고 있었다. "여기 가져왔습니다." 그가 안으로 들어와 문을 닫았다. 그러고는 자리에 앉아 장치의 플러그를 전기 콘센트에 꽂았다.

갈랜드가 오른손을 내뻗어 레시를 겨냥했다. 곧바로 레시는 (그리고 릭 데카드 역시) 앉아 있던 의자에서 몸을 날려 바닥에 굴렀다. 몸이 아래로 떨어짐과 동시에 레시는 레이저 튜브를 당겨서 갈랜드에게 발사했다.

여러 해 동안의 훈련에 근거하여 교묘하게 겨냥된 레이저 광선이 갈랜드 경감의 머리를 둘로 쪼갰다. 경감이 앞으로 풀썩 쓰러지자 손에 쥐여 있던 소형 레이저 빔이 책상 위에 떨어져 데굴데굴 굴러갔다. 시체가 의자 위에서 흔들거리다가 계란을 담은 자루처럼 한쪽으로 주르륵 미끄러지더니 바닥에 털썩하고 떨어졌다.

"저것이 까먹은 모양이네요." 레시가 자리에서 일어나며 물었다. "이게 바로 제 직업이라는 걸 말입니다. 제가 안드로이드가 뭘 하려고 하는지 거의 예상이 가능하단 걸요. 당신도 그러리라고 생각합니다만." 그는 레이저 빔을 치우고 상체를 숙여 호기심이 가득한 표정으로 이전의 상사였던 자의 시체를 살펴보았다. "제가 나가 있는 동안 그가 당신에게 무슨 말을 했나요?"

"저 사람, 아니 **저것**이 그러더군요. 자기는 안드로이드라고요. 그리고 당신은—" 릭은 대답을 하다 말았다. 그의 두뇌 속 도관이 웅웅 소리를 내고, 계산을 수행하고, 답변을 선택했다. 그는 말의 내용을 바꾸었다 "—그 사실을 감지할 거라고요." 그가 말을 끝맺었다. "앞으로 몇 분 안에 그럴 거라더군요."

"다른 이야기는요?"

"이 건물에는 안드로이드가 우글거리고 있다더군요."

레시는 뭔가를 숙고하듯 말했다. "그렇다면 우리가 이곳을 빠져나가기가 어려워지겠군요. 물론 저야 평소에도 언제든지 원하는 때에 이곳을 나갈 수 있지만요. 그리고 언제라도 죄수를 데리고 나갈 수도 있죠." 그는 가만히 귀를 기울였다. 사무실 밖에서는 아무 소리도 들리지 않았다. "제 생각에는 아무도 이곳에서 난 소리를 듣지 못한 것 같군요. 만사를 감시하는 도청기

192

도 여기만큼은 설치되지 않은 게 분명해요……. 원래는 있어야 하겠지만." 그는 조심스레 안드로이드의 시체를 발끝으로 밀었다. "정말 대단하더군요. 당신이 그 일을 하면서 터득한 정신 능력은 말이에요. 저는 사무실 문을 열기 전부터 그가 저를 쏘려 한다는 것을 알았거든요. 솔직히 말해서, 제가 위층에 가 있는 동안에 그가 당신을 죽이지 않았다는 게 놀랍습니다."

"거의 죽이기 직전까지 갔었지요." 릭이 말했다. "한동안 그가 대형 특수 레이저 빔을 저에게 겨냥하고 있었죠. 그걸 쓸까 말까 생각하는 모양이었어요. 하지만 그가 정말 걱정하는 상대는 당신이지 제가 아니었지요."

"안드로이드는 도망치게 마련이죠." 레시는 유머라고는 없는 말투로 대답했다. "현상금 사냥꾼이 추적하는 곳에서는 말이에요. 그나저나 아시죠? 어서 다시 오페라 극장으로 가서 루바 루프트를 잡아야 한다는 걸 말이에요. 여기 있는 누군가가 결국 들통났다는 사실을 그녀에게 경고해주기 전에 말이에요. 아니, **그것**에게 경고한다고 해야겠군요. 당신도 그들을 **그것**이라고 생각하나요?"

"한때 그런 적이 있었죠." 릭이 말했다. "때때로 제가 해야 하는 일이 양심을 괴롭힐 때는 말이에요. 저는 그들을 그렇게 생각함으로써 저 자신을 보호했지만, 이제는 더 이상 그런 태도가 필요하다고는 보지 않아요. 좋아요, 그럼 전 오페라 극장으로 곧장 달려가도록 하죠. 당신이 나를 여기서 나가게 해준다면 말이에요."

"일단 갈랜드를 책상에 똑바로 앉혀놓도록 하죠." 레시가 말했다. 그는 안드로이드의 시체를 들어 올려 의자에 도로 앉혀놓고, 시체의 팔과 다리를 움직여서 제법 자연스러운 자세를 취하게 만들었다. 누가 가까이서 쳐다보지 않는 한 그가 죽었다는 사실을 전혀 알지 못할 것이었다. 책상 위의 구내전화 버튼을 누른 다음, 필 레시가 말했다. "갈랜드 경감님의 지시입니다. 앞으로 반 시간 동안은 아무 전화도 연결하지 말라고 하셨습니다. 방해를 받으면 안 되는 중요한 업무를 처리하시는 중이라면서요."

"예, 알겠습니다, 레시 씨."

구내전화의 버튼에서 손을 뗀 뒤 필 레시가 릭에게 말했다. "일단 당신에게 수갑을 채우겠습니다. 우리가 이 건물 안에 있는 동안은 계속 그러고 있을 거예요. 하늘로 날아오르고 니면 당연히 풀어드릴 거고요." 그는 수갑을 한 벌 꺼내더니 릭의 손목에 한쪽을 채우고 다른 한쪽은 자기 손목에 채웠다. "어서요. 여기서 나가도록 합시다." 그는 어깨를 쭉 펴고 숨을 깊이 들이마신 다음 사무실 문을 밀어서 열었다.

구석구석에서 제복 차림의 경찰관이 서 있거나 앉아서 각자 임무를 수행하고 있었다. 필 레시가 릭을 데리고 로비를 지나 엘리베이터로 가는 사이에도 누구 하나 고개를 들어 쳐다보거나 관심을 보이지는 않았다.

"한 가지 걱정이 되는 건." 엘리베이터를 기다리며 레시가 말했다. "혹시나 놈에게 동작이 정지되는 걸 자동 감지하는 방식의 경보 장치가 내장되어 있지 않나 하는 겁니다. 하지만—"
그는 어깨를 으쓱했다. "지금쯤이면 그것도 꺼졌으리라 예상할
수 있겠지요. 그렇지 않다면 상황이 좋지 않을 겁니다."

엘리베이터가 도착했다. 경찰처럼 보이는 남자와 여자 몇 명
이 엘리베이터에서 내리더니 이야기를 나누면서 로비를 지나
각자 업무를 보러 갔다. 이들 역시 릭이나 필 레시에게는 아무
관심도 두지 않았다.

"당신네 경찰서에서 저를 받아줄 것 같은가요?" 레시가 물었
다. 엘리베이터 문이 닫히더니 두 사람을 안에 가두었다. 그가
옥상 버튼을 누르자 엘리베이터는 조용히 위로 올라갔다. "어
쨌거나 지금 이 시간부터 직장을 잃은 거니까요. 아무리 좋게
말해도요."

릭은 경계하는 말투로 대답했다. "딱히 안 될 이유를 찾지 못
하겠군요. 다만 우리 경찰서에는 현상금 사냥꾼이 벌써 두 명
이나 있어요." 이 사람에게 그 말을 해주어야만 해. 그는 속으로
말했다. 그 말을 하지 않는다는 건 비윤리적이고도 잔인한 일
이야. 레시 씨, 당신은 안드로이드야. 그는 속으로 생각했다. 당
신이 나를 이곳에서 빠져나가게 도와주었으니까, 이건 내가 당
신에게 주는 보답이지. 당신은 우리 둘이 공통적으로 혐오하는
바로 그것이야. 우리가 파괴하기 위해 전념하는 바로 그것 자
체라고.

"도무지 이해가 안 돼요." 필 레시가 말했다. "도저히 가능해
보이지 않는 일이라고요. 무려 3년 동안이나 전 안드로이드들

195

의 지시를 받으며 일한 거군요. 왜 한 번도 의심을 하지 않았을까요. 그러니까, 왜 뭔가 조치를 취할 수 있을 만큼 의심하지 않았던 걸까요?"

"어쩌면 이 일이 실제로는 그다지 오래되지 않았을 수도 있어요. 아주 최근에 와서야 안드로이드가 이 건물에 침투한 것일 수도 있죠."

"그들은 이전부터 줄곧 여기 있었어요. 갈랜드는 처음부터 제 상관이었다고요. 지난 3년 내내 말이에요."

"아까 그것이 한 말에 따르면." 릭이 말했다. "자기네들도 여럿이 모여서 지구로 함께 왔다더군요. 그런 일이 생긴 지는 아직 3년까지는 안 되었고요. 불과 몇 달 사이에 벌어진 일이라더군요."

"그렇다면 한때는 진짜 갈랜드가 있었다는 거군요." 필 레시가 말했다. "그러다가 어느 순간에 가짜로 대체된 거겠지요." 상어처럼 여윈 그의 얼굴이 씰룩거렸다. 그는 지금 상황을 이해하기 위해 애를 쓰고 있었다. "아니면— 저한테도 가짜 기억 장치가 장착되었는지도 모르죠. 그래서 저는 그 시간 내내 오로지 갈랜드만 기억하는 것일 수도 있고요. 하지만—"그의 얼굴이 점점 커지는 고뇌로 가득 찼고, 계속해서 씰룩거리면서 경련을 일으켰다. "가짜 기억 장치는 오로지 안드로이드만 가질 수 있는 건데, 그 장치는 인간에게 효과가 없다는 게 밝혀졌으니까요."

엘리베이터가 멈추었다. 문이 스르륵 열리자 두 사람 앞에 경찰서의 옥상 주차장이 나타났다. 텅 빈 채로 주차된 차량들을 제외하면 아무것도 없었다.

"제 차는 여기 있습니다." 필 레시가 근처에 있던 호버카의 문을 열고 릭을 재빨리 안으로 밀어 넣었다. 그가 운전석에 앉아서 시동을 걸었다. 순식간에 두 사람은 하늘로 날아올라 북쪽으로 방향을 잡았다. 전쟁 기념 오페라 극장 방향으로 돌아가는 것이었다. 필 레시는 일종의 반사작용에 의존해 차를 몰았다. 점점 더 우울해지는 생각들이 계속 떠올라 그의 머릿속을 지배하는 모양이었다. "저기요, 데카드." 그가 갑자기 말했다. "우리 둘이 루바 루프트를 퇴역시킨 다음에— 당신한테 한 가지 부탁할 게—" 그의 목소리는 거칠고도 괴로웠으며, 그마저도 중도에 끊어지고 말았다. "왜 있잖아요. 보넬리 검사라든지, 아니면 당신이 한다는 감정이입 척도든지, 그걸 저한테 해봐요. 제게 어떤 결과가 나오는지 봐달라고요."

"그 문제는 나중에 걱정해도 돼요." 릭이 둘러대듯 말했다.

"그걸 제게 해보고 싶지 않은 거군요, 그렇죠?" 필 레시가 그를 흘끗 쳐다보더니 문득 알았다는 표정을 지었다. "당신, 그 결과를 알고 있군요. 갈랜드가 당신에게 뭔가 이야기한 게 분명해요. 내가 미처 모르는 사실을요."

릭이 말했다. "우리는 둘이지만, 그래도 루바 루프트를 잡는 건 힘들 거예요. 그녀는 제가 다룰 수 있는 것 이상이거든요, 여하간. 일단 그쪽에 주의를 집중하도록 하죠."

"이건 단지 거짓 기억 구조만이 아니에요." 필 레시가 말했다.

"전 동물을 하나 키우고 있어요. 가짜가 아니라 진짜로요. 다람쥐죠. 전 그 다람쥐를 사랑해요, 데카드. 매일 아침마다 그놈 먹이를 주고, 깔개 종이를 갈아주죠. 그러니까 우리를 청소해준다고요. 뿐만 아니라 저녁에 일을 마치고 돌아가면, 집 안에서 그놈을 풀어주는데, 그러면 그놈이 사방으로 뛰어다니죠. 그놈 우리 안에는 쳇바퀴가 있어요. 다람쥐가 쳇바퀴를 돌리는 거 봤어요? 달리고 또 달리죠. 바퀴가 돌고요. 하지만 다람쥐는 똑같은 지점에서 멈춰요. 그래도 버피는 그걸 좋아하는 것 같아요."

"다람쥐는 매우 똑똑한 편은 아닐 것 같군요." 릭이 말했다.

이들은 하늘로 솟아올랐고, 곧이어 적막에 잠겼다.

12

오페라 극장에 도착한 릭 데카드와 필 레시는 리허설이 이미 끝났다는 이야기를 전해 들었다. 그리고 루프트 양도 떠났다는 것이었다.

"혹시 어디로 갈 예정이라고 이야기하지 않았습니까?" 경찰 신분증을 꺼내 보여주면서 필 레시가 무대 담당자에게 물었다.

"미술관으로 간다던데요." 무대 담당자는 신분증을 유심히 바라보며 말했다. "거기서 열리는 에드바르 뭉크의 전시회를 보러 가고 싶다고 하더군요. 전시회가 내일 끝나거든요."

루바 루프트도 마찬가지야. 릭은 이렇게 생각했다. 그녀도 오늘 끝나는 거지.

보도를 따라 나란히 미술관으로 걸어가는 사이에 필 레시가 말했다. "당신 추측은 어때요? 그녀는 이미 달아났어요. 우리는 미술관에 가도 그녀를 찾지 못할 거예요."

"그럴지도 모르죠." 릭이 말했다.

미술관 건물에 도착한 두 사람은 뭉크 전시회가 몇 층에서 열리는지 확인하고 위로 올라갔다. 잠시 후 두 사람은 회화와 목판화 들 사이를 돌아다니고 있었다. 전시회장에는 상당히 많은 사람들이 모여 있었는데, 그중에는 중학생들도 있었다. 선생님의 높은 목소리가 전시회가 열리고 있는 여러 개의 전시실을 모조리 관통했다. 릭은 문득 이런 생각이 들었다. 우리가 앤디에게서 기대할 수 있는 소리가(그리고 모습이) 바로 저런 거지. 물론 레이철 로즌과 루바 루프트는 제외하고. 그리고─지금 그의 옆에 있는 사람도. 아니면, 차라리 그의 옆에 있는 **그것**이라고 해야겠지만.

"혹시 앤디가 어떤 종류든지 간에 애완동물을 기른다는 이야기를 들어보셨나요?" 필 레시가 그에게 물었다.

이유는 알 수 없었지만, 그는 무지막지하게 정직한 태도를 취해야 한다고 느꼈다. 어쩌면 앞으로 펼쳐질 일에 스스로 대비하는 것인지도 몰랐다. "제가 알기로는 실제로 앤디가 동물을 기른 사례는 두 번 있었어요. 하지만 그런 경우는 드물어요. 그동안 터득한 사실로 미루어 보면, 그런 일은 대개 실패하죠. 앤디는 동물을 살아 있는 채로 계속 기를 수가 없어요. 동물이 잘 지내려면 따뜻한 환경이 필요하죠. 물론 파충류와 곤충은 빼고요."

"그럼 다람쥐한테도 그런 환경이 필요할까요? 사랑의 분위기가요? 왜냐하면 버피는 잘 지내고 있고, 수달처럼 윤기도 나거든요. 저는 그 녀석을 하루걸러 한 번씩 손질하고 털을 빗겨주죠." 필 레시는 한 유화 작품 앞에서 걸음을 멈추고 유심히 들여다보았다. 머리카락이 없고, 뭔가에 짓눌린 피조물이 묘사된 작품이었다. 머리는 뒤집어놓은 서양 배梨 같고, 공포로 인해 양손으로 양쪽 귀를 덮었으며, 입은 크게 벌려서 소리도 없는 비명을 지르고 있었다.* 그 피조물의 고통이 만들어낸 뒤틀린 잔물결, 그 울부짖음의 메아리가, 피조물 주위의 공기를 가득 채웠다. 남자인지 여자인지는 모르겠지만, 그 피조물은 자기 자신의 울부짖음으로 가득 차기에 이르렀고, 스스로의 소리를 막으려고 양손으로 귀를 덮었다. 그 피조물은 어느 다리 위에 서 있고, 주위에는 아무도 없다. 그 피조물은 고립 상태에서 비명을 지르는 것이다. 그리고 그 자신의 절규에 의해서(또는 절규에도 불구하고) 단절되어 있는 것이다.

"이 화가는 이 작품을 목판화로도 만들었다는군요." 릭이 말했다. 작품 아래에 붙어 있는 설명을 읽은 것이다.

"제 생각에는." 필 레시가 말했다. "이것이야말로 앤디가 느끼는 바가 틀림없어요." 그는 그림에 나타나 있는, 그 피조물의 외침이 만들어낸 공기 중의 소용돌이를 눈으로 좇았다. "전 이런 기분을 느끼지 않아요. 그러니 어쩌면 저도 사실은 안—" 그는 말을 끊었다. 몇 사람이 이 그림을 보러 걸어오고 있었다.

---

* 뭉크의 대표작 〈절규〉에 대한 묘사이다.

"저기 루바 루프트가 있어요." 릭이 손을 들어 가리키자 필 레시는 우울한 자기 성찰과 방어를 중지했다. 두 사람은 신중한 걸음으로 그녀에게 다가갔고, 아무것도 앞에 나타나지 않은 양 시간을 끌었다. 평소와 마찬가지로, 아무렇지도 않은 분위기를 유지하는 것이 필수였다. 자기들 사이에 안드로이드가 있다는 사실을 전혀 모르는 다른 인간들을 보호하는 것이야말로, 어떤 대가를 치르더라도 해야 할 일이었기 때문이다. 사냥감을 놓치는 한이 있더라도.

루바 루프트는 전시회 카탈로그를 손에 들고, 반짝이는 테이퍼드 팬츠에다, 역시나 반짝이는 금색 조끼 같은 윗도리를 걸치고, 앞에 걸린 그림에 푹 빠진 채 서 있었다. 양손을 한데 모으고, 침대 가장자리에 앉아서, 당혹스러운 놀라움과 함께 새롭고도 어리둥절한 두려움의 표정이 얼굴에 각인되어 있는, 한 이린 소녀의 그림이었다.[*]

"마음에 드시면 제가 사드릴까요?" 릭이 루바 루프트에게 말했다. 그는 그녀의 뒤에 서서 팔 위쪽을 살짝 붙잡았다. 그렇게 느슨하게 붙잡은 손을 통해, 당신을 붙잡았다는 사실을 내가 확실히 알고 있다고 그녀에게 통보하는 것이었다. 그녀의 다른 한편에서는 필 레시가 한 손을 그녀의 어깨에 올려놓았는데, 릭은 레시의 옷에서 불룩 튀어나온 레이저 튜브를 볼 수 있었다. 필 레시는 자기 일을 운에 맡길 의향이 없었다. 갈랜드 경

---

[*] 뭉크의 대표작 〈사춘기〉에 대한 묘사이다.

감을 상대로 자칫 위험할 뻔한 상황을 겪은 뒤에는 더욱 그러했다.

"이 그림은 판매하는 게 아닌데요." 루바 루프트는 느긋하게 그를 흘끗 바라보았다. 하지만 상대방이 누군지 알자마자 격한 반응을 보였다. 두 눈은 흐릿해지고, 안색은 창백해졌으며, 벌써부터 썩기 시작한 것처럼 시체 같은 느낌으로 변했다. 마치 내부에서 생명이 그 즉시 뒤로 훌쩍 물러나면서, 그녀의 몸을 자동적인 파괴의 상태로 남겨놓은 것만 같았다. "경찰이 당신을 체포했다고 생각했는데. 그들이 당신을 그냥 **보냈다는** 건가?"

"루프트 양." 릭이 말했다. "이쪽은 레시 씨입니다. 필 레시, 이쪽은 아주 유명한 오페라 가수인 루바 루프트 양이고요." 루바에게 그가 말했다. "저를 체포한 그 제복 경찰관은 안드로이드였어요. 그의 상관도 마찬가지였고요. 혹시 갈랜드 경감이라고 아십니까? 아니, 알고 계셨습니까? 그가 제게 그러더군요. 당신들은 한 우주선에 같이 타고 이곳까지 왔다고 말이에요."

"당신이 신고했던 경찰서." 필 레시가 그녀에게 말했다. "미션 지구에 있는 곳 말이에요. 거기는 당신네 무리가 서로 연락을 취할 수 있도록 하는 일종의 조직체 같더군요. 심지어 인간 현상금 사냥꾼을 직원으로 고용할 정도로 자신만만했고요. 분명히—"

"당신이었군?" 루바 루프트가 말했다. "당신도 인간은 아니지. 내가 인간이 아닌 것처럼 말이야. 당신도 나처럼 안드로이드니까.”

잠시 적막이 흐르더니 필 레시가 나지막하고도 억제된 목소리로 말했다. “좋아, 그 문제는 나중에 적당히 시간을 봐서 우리가 알아서 다루도록 하지.” 그가 릭에게 말했다. “일단 이 여자를 내 차로 데려가도록 합시다.”

두 사람은 그녀의 양옆에 나란히 서서 그녀를 데리고 미술관의 엘리베이터 쪽으로 향했다. 루바 루프트는 순순히 따라오려고 하지 않았지만, 그렇다고 해서 적극적으로 저항하지도 않았다. 얼핏 체념한 듯이 보이기도 했다. 릭은 이전에도 여러번 안드로이드에게서 이런 모습을 본 적이 있었다. 그것도 중대한 상황에서 말이다. 그들에게 활력을 불어넣는 인공적인 생명력조차도, 지나치게 압박을 받으면 마치 고장이라도 난 듯했다……. 최소한 일부는 분명히 그랬다. 하지만 모든 인드로이드가 그렇지는 않았다.

그리고 생명력은 갑자기 격렬하게 타오를 수도 있었다.

하지만 그가 알고 있는 것처럼, 안드로이드는 내재적으로 이목을 끌지 않으려는 열망을 갖고 있었다. 이 미술관에서처럼, 많은 사람들이 주위에 있는 상황이라면 루바 루프트 같은 안드로이드는 아무 일도 하지 않는 경향이 있었다. 그녀와의 진짜 대면은(사실상 그녀에게는 마지막 대면이 될 일은) 차 안에서 이루어질 것이었다. 그들 말고는 아무도 볼 수 없는 곳에서. 혼자 있을 경우, 섬뜩하리만치 갑작스러운 태도로, 그녀는 자신에게 가해진 구속을 벗어던질 수도 있었다. 그는 마음의 준비를 단단히 했다. 그리고 필 레시에 관해서는 생각하지 않으려 애썼다. 레시의 말마따나, 그 문제는 나중에 적당한 시간을 봐서 다룰 것이었다.

복도 끝, 그러니까 엘리베이터에 가까운 곳에는 작은 기념품 판매점이 설치되어 있었다. 그곳에서는 그림 복제품과 미술책을 판매하고 있었다. 루바 루프트는 그 앞에 멈춰 서서 머뭇거렸다. "저기요." 그녀가 릭에게 말했다. 그녀의 얼굴에 다소나마 안색이 돌아와 있었다. 다시 한번 그녀는 (비록 짧게나마) 살아 있는 것처럼 보였다. "아까 내가 보고 있던 그림의 복제품을 하나만 사줘요. 침대에 앉아 있던 여자아이 그림요."

잠시 후에 릭은 기념품 판매원에게 말했다. 판매원은 턱살이 늘어진 중년 여성으로, 반백의 머리에 그물망을 쓰고 있었다. "혹시 뭉크의 〈사춘기〉 복제품이 있습니까?"

"그건 이 도록에만 들어 있어요." 판매원이 번쩍이는 멋진 책을 하나 꺼내 보여주었다. "25달러고요."

"하나 주세요." 그가 지갑으로 손을 뻗었다.

필 레시가 말했다. "우리 서에서라면 백만 년이 지나더라도 이런 데 쓸 예산을 절대로—"

"개인 돈으로 사는 겁니다." 릭이 말했다. 그는 판매원에게 지폐를 건네고 루바에게 책을 주었다. "이제 됐으니까 갑시다." 그는 그녀와 필 레시에게 말했다.

"정말 친절하시네요." 두 사람과 나란히 엘리베이터 안에 들어서면서 루바가 말했다. "인간에게는 매우 이상하면서도 감동적인 뭔가가 있어요. 안드로이드라면 결코 하지 못하는 거죠."
그녀는 냉랭한 눈길로 필 레시를 바라보았다. "안드로이드라면
그런 생각을 절대로 떠올리지 못했을 테니까요. 본인의 말마따
나 백만 년이 지나더라도 말이에요." 그녀는 계속 레시를 쳐다
보았다. 이제는 여러 겹의 적대감과 혐오감을 드러내고 있었다.
"전 사실 안드로이드를 좋아하지 않아요. 화성을 떠나 이곳에
온 이후 내 삶은 인간을 모방하고, 인간 여자가 할 법한 행동을
하고, 인간이 가졌을 법한 생각과 충동을 가진 듯이 연기하는
것으로 이루어져 있었죠." 필 레시를 향해 그녀는 말했다. "당신
의 경우에도 그렇지 않았나요, 레시? 당신도 노력을—"

"더 이상 들어줄 수가 없군." 필 레시는 자기 외투 안으로 손
을 넣어 뭔가를 뒤졌다.

"안 됩니다." 릭이 말했다. 그는 필 레시의 한 손을 붙잡았나.
레시기 뒤로 물러서면서 그를 피했다. "보넬리 검사를 해봐야
죠." 릭이 말했다.

"이것이 자기가 안드로이드라고 시인하지 않았습니까." 필 레
시가 말했다. "우리도 굳이 기다릴 필요가 없어요."

"하지만 당신이 이것을 퇴역시키려는 이유는." 릭이 말했다.
"단지 이것이 당신을 괴롭히기 때문이잖아요. 그거 이리 줘요."
그는 필 레시에게서 레이저 튜브를 빼앗으려고 몸싸움을 벌였
다. 튜브는 여전히 필 레시의 손에 들려 있었다. 레시는 비좁은
엘리베이터 안에서 빙빙 돌면서 릭을 피했다. 그의 관심은 오
로지 루바 루프트에게만 쏠려 있었다. "좋아요." 릭이 말했다.

"그럼 퇴역시키세요. 당장 죽여버리라고요. 이것의 말이 옳았음을, 이것에게 증명해보라고요." 곧이어 그는 레시가 진심으로 그렇게 하려는 것임을 깨달았다. "잠깐만—"

필 레시는 레이저를 발사했다. 바로 그 순간 루바 루프트는 사냥을 당한다는 크나큰 두려움 때문인지, 경련을 일으키며 몸을 뒤틀고 빙그르르 돌면서 바닥에 주저앉았다. 처음에는 광선이 표적을 명중시키지 못했지만 레시가 튜브를 아래로 조준하자 그녀의 배에 아무 소리도 없이 작은 구멍이 뚫렸다. 그녀가 비명을 지르기 시작했다. 그녀는 엘리베이터 벽에 웅크리고 주저앉아 비명을 질렀다. 마치 저 그림 같군. 릭은 문득 생각했다. 그리고 자신의 레이저 튜브를 꺼내서 그녀의 고통을 덜어주었다. 루바 루프트의 몸이 앞으로 쏠리더니 바닥에 얼굴을 박고 쓰러졌다. 심지어 몸을 떨지도 않았다.

곧이어 릭은 레이저 튜브로 뭉크의 도록을 쏘았다. 불과 몇 분 전에 루바에게 직접 사주었던 그 책을, 종이 한 장 남기지 않고 모조리 시커먼 잿더미로 만들었다. 그 일을 하는 동안 처음부터 끝까지 그는 한마디도 입에 올리지 않았다. 필 레시는 그 모습을 지켜보면서도 무슨 일인지 이해하지 못했다. 그의 얼굴에는 당혹감이 고스란히 드러나 있었다.

"그 책은 당신이 대신 가져도 되었을 텐데요." 책이 모조리 불타자 레시가 말했다. "그 가격만 해도 만만치 않았—"

"당신 생각에는 안드로이드에게도 영혼이 있을 것 같아요?" 릭이 상대방의 말을 끊었다.

필 레시가 고개를 한쪽으로 갸웃거리며 그를 바라보았고, 아까보다 더 큰 당혹감을 드러냈다.

"그 정도 책값은 아무것도 아니에요." 릭이 말했다. "전 오늘 하루 동안에만 3천 달러를 벌었으니까. 그것도 임무는 아직 절반도 안 끝났는데 말이에요."

"혹시 갈랜드까지도 당신이 잡았다고 권리를 주장할 건가요?" 필 레시가 물었다. "하지만 그를 죽인 건 저죠. 당신이 아니라고요. 당신은 그냥 거기 엎드려 있었죠. 그리고 루바도 마찬가지고요. 제가 그녀를 잡았어요."

"당신은 현상금을 받을 수 없어요." 릭이 말했다. "당신이 소속된 경찰서에서도 그렇고, 제가 소속된 경찰서에서도 그렇고. 당신 차로 가면, 전 당신에게 보넬리 검사나 보이트 캠프 검사를 실시할 거예요. 그 결과가 어떨지 한번 보자고요. 비록 당신이 제 명단에 들어 있지는 않지만." 그의 양손이 떨렸다. 그는 서류가방을 열고 안을 뒤져서 잔뜩 구겨진 서류를 꺼냈다. "아니라고요, 당신은 이 명단에 없어요. 그러니 저는 법적으로 당신에 대해 권리를 주장할 수가 없어요. 그러니 뭐라도 받으려면, 전 루바 루프트와 갈랜드에 대해서 권리를 주장해야만 한다는 말이에요."

"그럼 당신은 제가 안드로이드라고 확신하는 건가요? 갈랜드가 한 말이 사실은 그거였던 건가요?"

"갈랜드가 한 말이 바로 그거였죠."

"어쩌면 그가 거짓말을 한 것일 수도 있죠." 필 레시가 말했다. "우리를 갈라놓기 위해서 말이에요. 지금 우리가 이렇게 된 것처럼요. 우리 둘 다 바보였어요. 그들이 우리를 갈라놓게 두다니. 루바 루프트에 관해서는 당신이 절대적으로 맞았어요. 그녀가 절 함부로 약 올리게 내버려두어서는 안 되는 거였는데. 제가 지나치게 민감했던 게 맞아요. 그거야 현상금 사냥꾼에게는 자연스러운 일이잖아요, 당신도 아마 마찬가지일 거라고 생각해요. 하지만, 보세요. 우리는 어쨌거나 루바 루프트를 퇴역시켜야만 했을 거예요. 지금부터 반 시간 안에는 그렇게 했을 거라고요. 겨우 반 시간 더 살려두는 것밖에 없었다고요. 그 정도면 당신이 사준 책을 한번 훑어볼 시간도 없었을 거라고요. 그나저나 전 당신이 그 책을 파괴하지 말았어야 했다고 생각해요. 그건 낭비니까요. 당신의 생각을 따라갈 수가 없군요. 그건 합리적인 행동이 아니에요. 그게 바로 이유예요."

릭이 말했다. "저는 이 일을 그만두려고 하고 있어요."

"그럼 앞으로 뭘 하게요?"

"뭐든지요. 보험회사라도 들어갈까요. 갈랜드도 그런 일을 한다고 위장하고 있었죠. 아니면 이민을 가든지요. 그래요." 그가 고개를 끄덕였다. "전 화성으로 갈 거예요."

"하지만 누군가는 이 일을 해야 하잖아요." 필 레시가 지적했다.

"안드로이드를 쓰면 되죠. 앤디가 한다면 훨씬 더 나을 거예요. 전 더 이상 못 하겠어요. 이제는 질렸다고요. 그녀는 훌륭한 가수였어요. 우리 행성에서 그녀를 이용할 수도 있었다고요.

이건 미친 짓이었어요."

"이 일은 필요해요. 잊지 말아요. 그들은 도주하기 위해서 인간을 죽였어요. 그리고 만약 제가 미션의 경찰서에서 당신을 데리고 나오지 않았더라면 그들은 결국 당신도 죽였을 거예요. 갈랜드가 제게 시키려는 일이 바로 그거였으니까요. 그가 절자기 사무실로 부른 이유도 그거였고요. 폴로코프도 당신을 거의 죽일 뻔하지 않았나요? 그들은 우리 행성에 와 있어요. 살인을 일삼는 불법 외계인 주제에 감히—"

"경찰로 가장하고 다녔죠." 릭이 말했다. "현상금 사냥꾼으로도요."

"알았어요. 그럼 제게 보넬리 검사를 해보라고요. 어쩌면 갈랜드가 거짓말을 했을지 몰라요. 분명히 그럴 거라고 생각해요. 가짜 기억은 그만큼 훌륭하지 않으니까. 그1 거저나 제 다람쥐는 어떻게 되는 거죠?"

"맞아요, 당신의 다람쥐. 당신의 다람쥐에 관해서는 저도 깜박 잊었군요."

"제가 만약 앤디로 판명된다면." 필 레시가 말했다. "그래서 당신이 저를 죽인다면 다람쥐는 당신이 가져요. 자요. 제가 직접 써 드릴게요. 당신에게 증여한다고 말이에요."

"앤디는 증여를 할 수 없어요." 릭이 말했다. 엘리베이터가 1층에 도달했다. 문이 열렸다. "당신은 여기 루바 옆에 있어요. 순찰차를 이리로 오라고 해서 그녀를 경찰서로 데려가게 하죠. 그녀에게도 골수 검사를 해야 하니까요." 그는 공중전화 박스를 찾아 그 안에 들어가서 전화에 동전을 집어넣은 다음 떨리는 손으로 다이얼을 돌렸다. 그사이에 엘리베이터를 기다리던 사람들이 필 레시, 그리고 루바 루프트의 시체 곁에 모여들었다.

그녀는 정말 탁월한 가수였어. 통화를 끝내고, 송수화기를 내려놓으며, 그는 속으로 말했다. 도무지 이해할 수가 없군. 저런 재능이 어떻게 우리 사회에 골칫거리가 될 수 있다는 걸까? 하지만 그건 재능의 문제가 아니잖아. 그는 속으로 말했다. 문제는 그녀 자신이지. 필 레시도 마찬가지야. 그는 생각했다. 그 역시 그녀와 똑같은 방식으로, 똑같은 이유로 이 사회에 위협이나 다름없어. 그러니 나는 지금 그만둘 수가 없어. 그는 공중전화 박스에서 나와 사람들 사이를 헤치고 앞으로 나아갔고, 레시와 엎드려 있는 안드로이드 여인의 시체에 다가갔다. 그녀의 시체는 누군가의 외투로 덮여 있었는데, 레시의 외투는 아니었다.

필 레시는 한쪽에 약간 떨어져 서서 작은 회색 시가를 열심히 빨고 있었다. 릭이 그에게 다가갔다. "솔직히 말해서, 검사 결과 당신이 안드로이드로 판명되었으면 좋겠군요."

"당신은 정말로 절 미워하는군요." 필 레시가 놀라워했다. "그것도 뜬금없이요. 아까 미션 지구에 있을 때만 해도 당신은 절 미워하지 않았는데. 적어도 제가 당신의 목숨을 구하던 상황에서는 말이에요."

"전 한 가지 패턴을 깨달았죠. 당신이 갤런드를 죽이는 방식,

이어서 루바를 죽이는 방식. 당신은 제가 하는 방식으로 죽이지 않아요. 당신은 차마 그러려는 시도조차도— 빌어먹을." 그가 말했다. "그게 뭔지 알아요. 당신은 죽이는 걸 좋아하죠. 당신에게 필요한 것은 단 하나, 구실뿐이에요. 구실만 있었다면 당신은 저까지 죽였을 거예요. 당신이 갈랜드가 안드로이드일지 모른다는 가능성을 선택한 이유도 그래서였죠. 그렇다면 그는 죽여도 되는 자가 될 테니까요. 당신이 보넬리 검사를 통과하지 못하면, 어떻게 행동할지 궁금해지는군요. 스스로를 죽이기라도 할 건가요? 때로는 안드로이드들도 그렇게 하더군요." 하지만 그런 상황은 매우 드물었다.

"그래요, 그건 제가 알아서 하죠." 필 레시가 말했다. "당신은 아무 일도 하지 않아도 될 거예요. 그냥 검사나 해요."

순찰차가 도착했다. 경찰관 두 명이 차에서 나와 그들을 향해 걸어왔고, 사람들이 모여 있는 곳에 도착하자 곧바로 자기들이 지나갈 길을 만들었다. 한 사람이 릭을 알아보고 고개를 끄덕였다. 이제 우리는 가도 되겠군. 릭은 깨달았다. 여기서 우리의 일은 끝난 거니까. 마침내.

그와 레시는 오페라 극장으로 향하는 길을 따라 걸어갔다. 그 건물 옥상에 호버카가 주차되어 있었기 때문이다. 레시가 말했다. "제 레이저 튜브도 당신이 갖고 있어요. 그러면 그 검사에 대한 제 반응을 굳이 걱정하지 않아도 되겠죠. 당신의 개인적 안전을 위해서요." 릭은 그가 내민 튜브를 받아 들었다.

"이게 없으면 어떻게 당신 자신을 죽일 거죠?" 릭이 물었다.

"당신이 검사에 통과하지 못할 경우에요?"

"숨을 멈추면 되죠."

"젠장." 릭이 말했다. "그게 될 리 없잖아요."

"미주신경迷走神經의 자동 작동 기능이 없으니까요." 필 레시가 말했다. "안드로이드의 경우에는 말이에요. 하지만 인간이라면 그런 게 있죠. 훈련을 받을 때 그런 건 안 가르쳐줬나 보죠? 전 꽤 오래전에 배웠는데요."

"하지만 그런 식으로 죽게 되면." 릭이 이의를 제기했다.

"고통은 없을 거예요. 어차피 죽는 마당에 그게 뭐 대수겠어요?"

"그건—" 릭이 손짓을 했다. 차마 적절한 단어를 찾을 수가 없었다.

"사실 제가 진짜로 그렇게 판명되리라고는 생각하지 않아요." 필 레시가 말했다.

두 사람은 나란히 오페라 극장의 옥상으로 올라가서 주차된 필 레시의 호버카로 다가갔다

운전석에 앉아서 문을 닫고 나자 필 레시가 말했다. "저로선 당신이 보넬리 검사를 해주면 더 고맙겠는데요."

"전 할 수가 없어요. 그걸로 점수를 매기는 방법을 모르니까." 그렇다면 결국 그 결과에 대한 해석을 당신에게 의존할 수밖에 없게 되니까. 그는 깨달았다. 그러니 그 방법은 아예 고려할 가치도 없지.

"제게 진실만 말해줄 거죠, 그렇죠?" 필 레시가 물었다. "제가

안드로이드라면, 그렇다고 말해줄 거죠?"

"당연하죠."

"전 정말로 알고 싶어요. 또 **알아야만** 하고요." 앞좌석에 앉은 필 레시가 다시 한번 시가에 불을 붙이더니 자세를 고쳐 앉았다. 좀 더 편안하게 있으려는 것이 분명했다. 하지만 분명히 그는 편안히 있을 수가 없었다. "루바 루프트가 보고 있던 그림. 정말 뭉크의 그 그림을 좋아했나요?" 그가 물었다. "전 관심도 없었어요. 사실주의 미술에 대해서는 흥미가 없으니까. 나는 피카소를 좋아하고, 또—"

"〈사춘기〉는 1894년에 나온 작품이죠." 릭이 짧게 대답했다. "그 당시에만 해도 사실주의라는 것은 있지도 않았어요. 그걸 염두에 두어야 해요."

"하지만 또 다른 그림, 그러니까 한 남자가 귀를 믹고 비명을 지르던 그림요. 그것은 구상주의적이지가 않았어요."

서류가방을 열고 릭이 검사 장비를 꺼냈다.

"정교하군요." 필 레시는 유심히 관찰했다. "판정이 나려면 질문을 몇 개쯤 던져보아야 하는 건가요?"

"여섯에서 일곱 개쯤." 그는 접착식 원반을 필 레시에게 건네주었다. "이걸 뺨에 붙여요. 단단하게. 그리고 이 빛은—" 그는 광선을 조준했다. "이건 당신의 눈에 계속 맞춰져 있을 거예요. 움직이지 말아요. 눈알을 최대한 가만히 둬요."

"반사적 변동을 측정하는 거로군요." 필 레시가 정확하게 지적했다. "하지만 물리적 자극에 대한 반응까지는 아니죠. 예를 들어 당신은 팽창 반응을 측정하고 있지는 않으니까요. 이건 언어적 질문에 대한 반응이 되겠군요. 우리가 '움찔 반응'이라고 부르는 거요."

릭이 말했다. "당신이 그런 반응을 조절할 수 있을 것 같아요?"

"사실은 그렇지 않아요. 어쩌면 결국에는 가능할 수도 있죠. 하지만 처음의 진폭에서는 아니에요. 그건 외부의 의식 조절이니까. 만약 제가—" 그는 말을 끊었다. "시작하세요. 좀 긴장했나 봐요. 제가 말을 너무 많이 했더라도 이해하세요."

"하고 싶으면 얼마든지 말해도 돼요." 릭이 말했다. 무덤으로 갈 때까지 계속 말해도 돼. 그는 속으로 말했다. 당신이 그러고 싶다면 말이야. 그거야 그에게는 아무 상관없었다.

"검사 결과 제가 안드로이드로 판정된다면." 필 레시가 중얼거렸다. "당신은 인류에 대해서 새로운 믿음을 얻게 되겠군요. 하지만 실제로 그런 일이 일어나지는 않을 테니, 차라리 당신에게 이데올로기를 하나 가지라고 제안하고 싶네요. 그것만 있으면 만사가 설명—"

"첫 번째 질문입니다." 릭이 말했다. 장비 설치가 끝났고, 두 개의 눈금판에 달린 바늘이 떨리고 있었다. "반응 시간이 중요한 요인이죠. 그러니 최대한 빨리 대답하세요." 기억을 더듬어 그는 첫 번째 질문을 골라냈다. 검사가 시작된 것이다.

검사가 끝나고 릭은 한동안 아무 말 없이 앉아 있었다. 잠시 후에 그는 장비를 도로 챙겨서 서류가방 안에 집어넣기 시작했다.

"얼굴을 딱 보니 알겠군요." 필 레시가 말했다. 그는 완전한, 무게가 없는, 거의 선회하는 듯한 안도의 한숨을 내쉬었다. "제 총이나 다시 돌려줘요." 그는 손을 뻗어 손바닥을 위로 하고는 가만히 기다렸다.

"당신 말이 맞았어요." 릭이 말했다. "갈랜드가 그렇게 말한 동기에 관한 거요. 그는 우리를 갈라놓고 싶었던 거죠. 당신 말마따나요." 그는 심리적으로나 물리적으로나, 양쪽 모두에서 피로를 느꼈다.

"혹시 당신도 어떤 이데올로기를 갖고 있어요?" 필 레시가 물었다. "그러니까 나 역시 인류의 일원이라는 사실을 설명해줄 수 있을 만한 걸?"

릭이 말했다. "당신의 감정이입, 그리고 역할 맡기 능력에는 분명히 결함이 있어요. 우리의 검사 대상에서는 빠진 부분이죠. 그건 바로 안드로이드에 대한 당신의 감정이에요."

"물론 우리는 그런 부분에 대해서는 검사를 하지 않아요."

"어쩌면 우리도 검사를 해야 할지 몰라요." 그 역시 그전까지만 해도 이 문제에 대해 생각해본 적이 없었고, 자기가 죽인 안드로이드를 향해 감정이입을 느껴본 적도 결코 없었다. 자신의 정신 전체에 걸쳐서, 그는 안드로이드가 기껏해야 똑똑한 기계로만 경험한다고 간주했다. 의식적인 견해에서도 그렇게 간주하는 것과 같이 말이다. 그런데 필 레시와는 대조적으로, 이제는 어떤 차이가 스스로 모습을 드러냈다. 그리고 그는 자신이 옳다는 것을 본능적으로 알았다. 인공 구조물을 향한 감정이입? 그는 속으로 물었다. 단지 살아 있는 척하는 것뿐인 대상인데도? 하지만 루바 루프트는 **진짜로** 살아 있는 것처럼 보였다. 그것은 모의의 측면을 나타내고 있지 않았다.

"당신도 모르진 않을 텐데요." 필 레시가 나지막이 말했다. "그게 과연 어떤 결과를 가져올지를요. 만약 감정이입적 동일시의 범위 안에 안드로이드까지도 포함시킨다고 치면. 그러니까 우리가 같은 범위 안에 동물을 포함시키는 것처럼 한다고 치면."

"우리 자신을 보호할 수가 없겠지요."

"바로 그거예요. 이 넥서스-6 기종들…… 그들이 우리에게 달려들어 박살 내고 말 거예요. 당신과 나뿐만 아니라 현상금 사냥꾼 모두를요. 우리는 넥서스-6과 인류 사이에 서 있는 거라고요. 두 가지 별개의 무리 사이에 놓인 장벽이나 다름없죠. 뿐만 아니라—" 그는 말을 하다 멈추었다. 릭이 다시 한번 검사 장비를 꺼내고 있는 모습을 눈치챈 것이다. "검사가 이미 끝난 줄로 알았는데요."

"저 자신에게 질문을 해보고 싶어서요." 릭이 말했다. "그리고 바늘이 어떻게 움직이는지를 당신이 보고 이야기해주면 좋겠어요. 눈금이 어디 있는지만 말해줘요. 제가 계산할 수 있으니까." 그는 접착식 원반을 자기 뺨에 대고 누르고, 광선을 조절해 자신의 한쪽 눈을 똑바로 겨냥했다. "준비됐나요? 눈금판을 잘

봐요. 이건 시간차와는 상관이 없을 거예요. 저는 단지 바늘이 움직이는 크기만 알고 싶을 뿐이에요."

"알았어요, 릭." 필 레시가 순순히 대답했다.

릭이 큰 소리로 말했다. "나는 직접 붙잡은 안드로이드를 데리고 엘리베이터를 타고 내려가고 있습니다. 갑자기 누군가가 그것을 죽입니다. 아무런 사전 경고도 없이."

"아무 반응도 없는데요." 필 레시가 말했다.

"바늘이 어디를 가리키고 있죠?"

"왼쪽은 2.8이에요. 오른쪽은 3.3이고."

릭이 말했다. "그 안드로이드는 여성형이었습니다."

"이제 각각 4.0과 6.0으로 올라갔어요."

"그 정도만 해도 충분히 높은 편인데." 릭이 말했다. 그는 전선이 연결된 접착식 원반을 뺨에서 떼어낸 다음 손전등을 껐다. "그 정도면 상당히 감정이입적인 반응이에요." 그가 말했다. "실제로 인간인 검사 대상자가 대부분의 질문에 대해 보이는 반응과 유사하죠. 물론 극단적인 경우는 제외하고요. 예를 들어 인간의 가죽을 장식용으로 사용한다는 내용의 질문처럼…… 거의 병적인 질문 말이에요."

"그럼 방금 전의 실험은 무슨 뜻이죠?"

릭이 말했다. "제가 최소한 구체적이고 특정한 안드로이드에 대해서는 감정이입을 느낄 수가 있다는 뜻이죠. 물론 안드로이드 모두에 대해서까지는 아니더라도 — 적어도 한둘에게는 그럴 수 있다는 거예요." 예를 들어 루바 루프트라든지. 그는 속으로 말했다. 그러니 내가 틀렸던 거야. 필 레시의 반응에는 부자연스럽거나 비인간적인 면이 전혀 없었다. **문제는 나였어.**

궁금하군. 그는 생각했다. 나 말고도 안드로이드에 관해서 이런 기분을 느꼈던 인간이 또 있었을지 말이야.

물론. 그는 생각했다. 두 번 다시 일하는 과정에서 이런 일이 생겨나서는 안 돼. 이건 이상 반응일 수도 있어. 예를 들어 〈마술 피리〉에 대한 내 감정과 관련된 반응이라든지. 또는 루바의 목소리에 대한, 사실은 그녀의 경력 전체에 대한 내 감정 때문일 거야. 분명히 이런 일은 이전까지만 해도 전혀 나타난 적이 없었다. 최소한 그가 알고 있는 한에서는 없었다. 예를 들어 폴로코프를 대할 때에도 없었다. 갈랜드를 대할 때에도 없었다. 그리고― 그는 깨달았다. 필 레시가 안드로이드로 판명되어서 내가 그를 죽였다 해도 나는 아무런 감정도 느끼지 않았을 거야. 어쨌거나 루바의 죽음을 보고 난 뒤에는 말이야.

진짜로 살아 있는 인간과 인간형 로봇 사이에는 무척이나 많은 차이가 있었다. 아까 미술관의 그 엘리베이터 안에서. 그는 속으로 말했다. 나는 두 개의 피조물과 함께 아래로 내려왔지. 하나는 인간이고, 하나는 안드로이드였는데…… 내 감정은 애초에 의도된 것과는 정반대였어. 내가 익숙하게 느끼던 것과는 정반대였지. 내가 **의무적으로** 느껴야 하는 것과는 말이야.

"당신은 곤경에 처한 거예요, 데카드." 필 레시가 말했다. 그는 이 사실이 어쩐지 재미있는 듯했다.

릭이 말했다. "그러면― 이제 어떻게 해야 할까요?"

"섹스를 해야죠." 필 레시가 말했다.

"섹스라고요?"

"왜냐하면 당신은 그녀에게(또는 그것에게) 육체적으로 매력을 느낀 거니까요. 혹시 전에는 이런 일이 한 번도 없었던 건가요?" 필 레시가 웃었다. "우리는 이미 배웠거든요. 그런 일이야말로 현상금 사냥꾼에게 종종 중대한 문제를 만들어낸다고 말이에요. 혹시 몰랐어요, 데카드? 식민지에서는 사람들이 안드로이드 애인을 두고 있다는 걸요."

"그건 불법이잖아요." 릭이 말했다. 그는 이에 관한 법률을 알고 있었다.

"물론 불법이긴 하죠. 하지만 섹스의 변종 대부분이 불법이긴 마찬가지예요. 그래도 사람들은 그 짓을 계속하죠."

"섹스 대신에 그냥 사랑만 하면 어떨까요?"

"사랑이야말로 섹스의 또 다른 이름일 뿐이죠."

"아니면 조국에 대한 사랑이라든지." 릭이 말했다. "음악에 대한 사랑처럼."

"만약 그 사랑이 인간 여성을 향한 것이거나, 또는 안드로이드 모조품을 향한 것이라고 하면, 그건 바로 섹스예요. 꿈 깨고 현실을 직시해요, 데카드. 당신은 여성 기종의 안드로이드를 데리고 침대에 눕고 싶은 거라고요. 더도 덜도 아니라고요. 저도 그런 걸 느낀 적이 있어요. 한 번이지만. 현상금 사냥 일을 시작한 지 얼마 지나지 않았을 때의 일이죠. 그러니 거기에 발목을 붙잡히지는 말아요. 결국 당신도 극복할 거예요. 당신에게 일어난 일이 무엇인가 하면, 당신이 원래의 순서를 뒤집어버렸다는 거죠. 그녀를 죽이고 나서(또는 누군가 그녀를 죽이는 현장을 보고 나서) 뒤늦게 그녀에게 육체적으로 매력을 느낀다는 게 문제잖아요. 순서를 바꿔서 해봐요."

릭이 그를 바라보았다. "그렇다면 우선 그녀와 함께 침대에 눕고─"

"─그다음에 그녀를 죽이면 되는 거죠." 필 레시가 간결하게 말했다. 여전히 거칠고도 무감각한 미소가 얼굴에 남아 있었다.

당신은 훌륭한 현상금 사냥꾼이로군. 릭은 문득 깨달았다. 당신의 태도가 그 사실을 증명해주잖아. 하지만 나는 도대체 뭐지?

갑자기 그는, 난생 처음으로, 그게 궁금해지기 시작했다.

13

마치 순수한 불로 이루어진 듯한 호弧를 그리며, 존 R. 이지 도어는 직장에서 집으로 돌아오는 길에 늦은 오후의 하늘을 쏜 살같이 가로질렀다. 그녀가 아직도 거기 있는지 궁금한데. 그는 속으로 말했다. 저 아래, 키플이 득실거리는 낡은 아파트에서, TV로 〈버스터 프렌들리〉를 보면서, 혹시 누가 복도를 지나온다 고 상상할 때마다 번번이 두려움에 몸을 떨고 있지는 않을까. 아마 내가 온다고 해도 그녀는 마찬가지겠지.

그는 암시장의 식품점에 들러서 오는 길이었다. 옆 좌석에 놓 인 종이봉투 안에는 두부, 잘 익은 복숭아, 품질 좋고 부드럽지 만 냄새는 고약한 치즈가 들어 있었다. 그가 번갈아가며 자동 차 속도를 높였다 줄일 때마다 봉투가 앞뒤로 흔들흔들했다. 오늘 밤에는 긴장을 한 까닭에 그는 약간 변덕스럽게 운전을 하고 있었다. 게다가 수리가 다 끝났다던 그의 자동차는 쿨럭 쿨럭 매연을 내뿜고 비실비실 나아가는 것이, 분해 검사를 하기 전 몇 달간과 아무런 차이가 없어 보였다. 쥐새끼들. 이지도어가 속으로 말했다.

복숭아와 치즈 냄새가 자동차 안에 감돌면서 그의 코를 기쁨으로 가득 채웠다. 하나같이 희귀한 것들이었다. 이걸 얻기 위해 그는 2주간의 봉급을 탕진했다. 그것조차도 가불받은 것이었다. 뿐만 아니라 자동차 좌석 밑에는 샤블리 와인도 한 병 앞뒤로 흔들리고 있었다. 자동차 안에서 굴러다니다 깨질까 봐 일부러 그곳에 놓아둔 이 와인이야말로 오늘 구입한 식품 중에서도 가장 희귀한 물건이었다. 그는 이걸 줄곧 뱅크오브아메리카 은행의 안전금고 안에 넣어두고서, 제아무리 많은 돈을 주겠다는 제안이 있어도 팔지 않고 고스란히 갖고 있었다. 혹시나 언젠가는, 길고도, 늦고도, 최후인 순간에 이르러 여자가 나타날 때를 대비해서였다. 하지만 그런 일은 일어나지 않았다. 아직까지는.

쓰레기가 수북하고 생명이라곤 없는 자신의 아파트 건물 옥상을 보자 그는 평소처럼 우울해졌다. 차에서 내려 엘리베이터 문으로 가는 동안, 그는 가급적 주위를 곁눈질하지 않으려고 노력했다. 대신 자기가 들고 있는 귀중한 종이봉투와 병에 정신을 집중했다. 혹시나 쓰레기를 잘못 밟아서 경제적인 파멸을 향해 수치스러운 엉덩방아를 찧지 않도록 조심했다. 엘리베이터가 삐걱거리며 도착했고, 그는 올라탔다. 그리고 자신이 사는 층이 아니라, 더 낮은 층에, 그러니까 새로운 입주자인 프리스 스트래턴이 사는 곳에 내렸다. 곧이어 그는 그녀의 집 문 앞에 서서, 와인 병 가장자리로 문을 똑똑 두드렸다. 심장이 가슴속에서 산산조각 날 것만 같았다.

"누구세요?" 그녀의 목소리는 문 때문에 잘 들리지 않았지만, 그래도 또렷했다. 겁에 질렸지만 상당히 날카로운 어조였다.

"저는 J. R. 이지도어라고 하는 사람입니다." 그는 쾌활하게 말했다. 낮의 영상전화 통화 덕분에 얻은 새로운 권위를 차용한 어조였다. "몇 가지 괜찮은 물건들을 가져왔는데요, 제 생각에는 이것만 있어도 웬만한 저녁 식사보다 더 나을 것 같습니다만."

문이 비록 약간이지만 열리긴 열렸다. 빛이라고는 전혀 없는 집 안에서 프리스가 어두침침한 복도를 내다보았다. "당신 목소리가 다르게 들리네요." 그녀가 말했다. "더 성숙해졌어요."

"오늘 업무 시간에 몇 가지 일상적인 일을 처리했거든요. 늘 하는 일이죠. 그런데 괘, 괘, 괜찮으시다면 제가 좀 들어가도—"

"그 이야기라면 전에도 했잖아요." 그러면서도 그녀는 그가 안으로 들어갈 수 있을 만큼 문을 열어주었다. 그리고 그가 들고 온 물건들을 보고는 깜짝 놀라 소리를 질렀다. 얼굴에는 개구쟁이 같은, 열광적인 기쁨이 떠올랐다. 하지만 거의 즉시, 아무런 경고도 없이, 치명적인 슬픔이 떠올라 그녀의 얼굴에 콘크리트처럼 자리를 잡았다. 방금 전의 기쁨은 사라지고 없었다.

"왜 그래요?" 그가 말했다. 그는 꾸러미와 병을 부엌으로 가져가서 아래에 내려놓고 서둘러 그녀에게 돌아갔다.

무미건조한 말투로 프리스가 대답했다. "저한테는 아무 소용이 없는 물건들이군요."

"왜요?"

"어……." 그녀가 어깨를 으쓱하더니 그에게서 정처 없이 멀어졌다. 양손은 약간 구식의, 무거워 보이는 치마에 찔러 넣은 채였다. "나중에, 언젠가 얘기해줄게요." 곧이어 그녀는 그를 똑바로 바라보았다. "여하간 당신은 참 친절하군요. 이제 좀 나가줬으면 좋겠어요. 지금은 누구를 보고 싶은 기분이 아니거든요." 그녀가 어색한 몸짓으로 현관문 쪽으로 걸어갔다. 걸음은 질질 끌다시피했고, 뭔가 체력이 소모된 것 같은, 그때까지 남아 있던 힘마저 거의 다 닳은 것 같은 모습이었다.

"지금 당신한테 뭐가 문제인지 알겠어요." 그가 말했다.

"오?" 복도로 통하는 문을 열면서 그녀가 목소리를 내뱉었다. 쓸모없음과 열의 없음과 메마름 속으로 한 걸음 더 떨어지는 듯한 목소리였다.

"친구가 없어서 그런 거예요. 당신, 오늘 아침에 봤을 때보다 훨씬 더 나빠졌어요. 왜냐하면―"

"친구라면, 있어요." 그녀의 목소리가 갑작스럽게 권위적으로 변하면서 딱딱해졌다. 그녀는 눈에 띄게 활력을 되찾고 있었다. "아니 **있었다**고 해야겠지요. 모두 일곱이었어요. 처음에는 그랬지만, 이제는 현상금 사냥꾼들이 움직일 시간이 되었죠. 몇 명은(어쩌면 모두가) 죽고 말았어요." 그녀는 창문 쪽으로 걸어가 바깥에 펼쳐진 어둠이며, 여기저기 보이는 불빛들을 바라보았다. "어쩌면 우리 여덟 명 중에서 남은 사람은 나 하나뿐인지도 몰라요. 그러니 어쩌면 당신 말이 맞겠죠."

"그런데 현상금 사냥꾼이 뭔가요?"

"바로 그거예요. 당신네들은 그걸 알 리가 없겠죠. 현상금 사냥꾼이란 전문 살해자예요. 자기들이 죽여야 하는 사람들의 명단을 가지고 다니죠. 한 명을 죽일 때마다 많은 돈을 받아요. 제가 알기로는 한 명당 1천 달러가 지금 시세일 거예요. 대개는 한 도시와 계약을 맺고, 봉급도 따로 받아 챙기죠. 하지만 봉급은 적게 마련이에요. 그래야만 일을 하려는 열의가 생기니까요."

"확실한 거예요?" 이지도어가 물었다.

"그럼요." 그녀는 고개를 끄덕였다. "당신 말은, 현상금 사냥꾼이 열의를 갖고 있단 말이 확실하냐는 거죠? 그럼요. 그는 열의를 갖고 있어요. 그 일을 즐기는 거죠."

"제 생각에는." 이지도어가 말했다. "당신이 뭔가 잘못 아는 것 같아요." 그로서는 평생 처음 듣는 종류의 이야기였다. 예를 들어 버스터 프렌들리도 그런 이야기는 전혀 한 적이 없었다. "그건 현재의 머서교 윤리와 일치하지 않아요." 그가 지적했다. "모든 생명은 하나죠. '인간은 누구도 섬이 아니다.' 셰익스피어가 예전에 그런 말을 했다고요."

"존 던이겠죠."

이지도어는 흥분한 나머지 손짓을 했다. "어쨌든 그거야말로 제가 이제껏 들은 그 어떤 이야기보다 끔찍하네요. 그럼 경찰에 신고하면 안 되나요?"

"안 돼요."

"그러면 혹시 그들이 **당신**도 뒤쫓고 있나요? 그들이 여기까지 따라와서 **당신**을 죽일 수도 있나요?" 그는 이제야 비로소 이해했다. 왜 이 여자가 이처럼 은밀한 태도로 움직이는지. "그렇다면 당신이 이렇게 겁에 질리고, 또 아무도 만나고 싶어 하지 않는 게 이상할 건 없네요." 하지만. 그는 생각했다. 이건 아마도 망상일 거야. 그녀는 분명히 정신병자인 거야. 누군가가 괴롭힌다는 망상을 지닌 거지. 낙진으로 인해 두뇌가 손상돼서 그런지도 몰라. 어쩌면 나처럼 특수인인지도 모르지. "그럼 제가 그들을 먼저 쓰러트릴게요." 그가 말했다.

"무슨 수로요?" 희미하게나마 그녀가 미소를 지었다. 작고 가지런하며 새하얀 이빨이 드러났다.

"전 레이저 빔을 휴대할 수 있는 면허를 갖고 있어요. 그건 얻기도 쉬워요. 사람이 거의 없는 이런 곳에서는요. 경찰도 순찰을 하지 않으니까. 자기 몸은 자기가 알아서 지켜야 하는 걸로 여겨지니까요."

"그러면 당신이 출근했을 때는요?"

---

* 영국의 시인 존 던(John Donne)의 산문집 『갑작스러운 상황에서의 기도문 Devotions Upon Emergent Occassions』 제17편의 처음에 나오는 유명한 구절. 같은 단락의 마지막을 장식하는 다음 구절도 역시나 유명하다. "누구를 위하여 종은 울리나. 사람을 보내 알려고 하지 마라. 그것은 바로 당신을 위해 울리나니."

"출근을 아예 안 하고 하루 쉬면 되죠!"

프리스가 말했다. "당신은 정말 친절한 사람이에요, J. R. 이지도어. 하지만 현상금 사냥꾼이 다른 친구들도 잡았다면. 그러니까 막스 폴로코프와 갈랜드, 루바, 해스킹, 로이 바티—" 그녀가 말을 하다 말았다. "로이와 이름가르트 바티까지도 잡았다면. 그들이 죽었다면, 제 일도 사실은 아무 상관이 없어요. 그들은 제 가장 친한 친구들이었어요. 그들에게서 아무 소식이 없는 이유가 그래서인지, 정말 궁금하다니까요?" 그녀는 격분한 나머지 욕설을 내뱉었다.

그는 부엌으로 들어가서 오랫동안 사용되지 않아 먼지가 쌓인 접시와 그릇과 유리잔을 꺼냈다. 그리고 싱크대에 넣고 씻기 시작했다. 우선 녹물 섞인 온수를 맑아질 때까지 계속 틀었다. 곧이어 프리스가 나타나서 식탁 앞에 앉았다. 그는 샤블리 병의 코르크 마개를 따고, 복숭아와 치즈와 두부를 썰었다.

"그 하얀 물질은 뭐죠? 치즈는 아닌 것 같은데요." 그녀가 손가락으로 가리켰다.

"콩을 갈아서 굳혀 만든 거예요. 여기다 또 곁들일 만한 게—" 그는 말을 하다 멈추고 얼굴을 붉혔다. "예전에는 쇠고기 그레이비소스에 곁들여 먹곤 했거든요."

"안드로이드네요." 프리스가 중얼거렸다. "그거야말로 안드로이드나 범할 만한 종류의 말실수라고요. 그렇게 해서 정체가 들통나는 거죠." 그녀가 다가와서 그의 옆에 섰다. 그러더니 그로선 깜짝 놀랄 수밖에 없게도, 한 팔을 그의 허리에 두르고는 순간적으로 그의 몸을 지그시 눌렀다. "저도 복숭아를 한 조각 먹어볼게요." 그녀는 이렇게 말하더니 긴 손가락으로 미끌미끌한, 분홍색과 오렌지색이 감도는 털투성이 과육을 조심스레 집어 들었다. 그러고는 복숭아를 먹으면서 울기 시작했다. 차가운 눈물이 뺨을 따라 흘러내려 드레스 가슴 부분에 뚝뚝 떨어졌다. 그는 어쩌면 좋을지 몰라 그냥 계속 음식을 썰기만 했다. "빌어먹을 것 같으니." 그녀가 격분해서 말했다. "음―" 그리고 그에게서 멀어지더니 방 안을 이리저리 천천히 신중하게 걸어 다녔다. "―있죠, 우리는 화성에서 살았어요. 제가 안드로이드를 알게 된 것도 그래서였죠." 목소리가 떨렸지만 그녀는 말을 계속 이어나갔다. 이야기를 할 상대가 있다는 것이 그녀에게는 대단한 일인 게 분명했다.

"그러니까 지구에서 당신이 아는 사람이라고는." 이지도어가 말했다. "동료 이민자들밖에는 없는 거네요."

"우리는 여행 전부터 서로를 알고 지냈어요. 뉴 뉴욕 인근의 정착지였죠. 로이 바티와 이름가르트는 약국을 운영했죠. 그는 약사였고 그녀는 미용 제품을, 그러니까 크림과 연고 같은 것들을 팔았어요. 화성에서는 사람들이 피부 보습제를 많이 사용하거든요. 전―" 그녀는 말을 하다 말고 머뭇거렸다. "전 로이한테서 여러 가지 약을 구입했어요. 처음에만 해도 그게 필요했던 이유는― 음, 어쨌거나, 거기는 끔찍한 곳이었어요. 이건." 그녀는 격한 몸짓으로 팔을 휘저으며 방 안을 가리켜 보였다. "이건 아무것도 아니에요. 당신은 내가 외로워서 고통스러

229

위한다고 생각하겠죠. 빌어먹을, 화성은 온통 외로움뿐이에요. 여기보다 훨씬 더 심하죠."

"안드로이드가 당신들의 동반자 노릇을 해주지 않나요? 광고를 들어보면—"그가 자리에 앉아서 음식을 먹자, 그녀 역시 와인 잔을 집어 들고 무표정하게 한 모금 마셨다. "제가 알기로는 안드로이드가 도움이 된다던데요."

"안드로이드도."그녀가 말했다. "외롭기는 마찬가지예요."

"그 와인, 마음에 드세요?"

그녀는 잔을 내려놓았다. "괜찮네요."

"지난 3년 동안 이 와인은 이거 한 병밖에 못 봤다니까요."

"우리는 돌아오고 말았어요."프리스가 말했다. "거기서는 아무도 살지 말았어야 해요. 그곳은 거주를 위해 고안된 곳이 아니었어요. 최소한 지난 수십억 년 이내에는 아니라고요. 그곳은 너무 **오래된** 곳이에요. 당신도 돌에서 느낄 수 있을 거예요. 끔찍하리만치 오랜 세월을요. 여하간 저는 처음에 로이한테 약을 구했어요. 그리고 그 신형 합성 진통제, 그 실레니진에 의존해서 살았지요. 그러다가 호스트 하트먼을 만났죠. 그 당시에 그는 우표 가게를 운영하고 있었어요. 희귀한 우표를 판매하는 곳이었죠. 거기서는 남는 시간이 너무 많아서 누구나 취미를 가질 수밖에 없어요. 끝도 없이 몰두할 수 있는 뭔가가 필요한 거죠. 호스트 덕분에 저는 식민 시대 이전의 소설에 관심을 갖게 되었죠."

"그러니까 옛날 책들 말이죠?"

"우주여행이 가능해지기 전에 나왔으면서도, 우주여행을 다룬 작품들이었죠."

"그 사람들은 도대체 어떻게 우주여행이 가능해지기도 전에 거기에 관한 이야기를 쓸 수가—"

"작가들이." 프리스가 말했다. "꾸며낸 거죠."

"뭐에 근거해서요?"

"상상력이죠. 그들이 틀렸다고 입증된 경우도 상당해요. 예를 들어 금성이 정글로 이루어진 낙원이라고 생각하기도 했죠. 거대한 괴물들과 번쩍거리는 가슴 가리개를 걸친 여자들이 있는 곳이라고요." 그녀는 그를 주시했다. "이런 이야기를 들으면 당신도 흥미가 생기지 않나요? 길게 땋은 금발에, 멜론 크기의 번쩍거리는 가슴 가리개를 걸친 덩치 큰 여자들이라면요?"

"아뇨." 그가 말했다.

"이름가르트는 금발이었어요." 프리스가 말했다. "하지만 체구는 작았죠. 어쨌거나 식민 이전 시대의 소설이라든지, 옛날 잡지나 책, 영화를 화성으로 밀수하면 한 재산을 벌어들일 수가 있었어요. 그보다 더 흥미진진한 것은 없었죠. 수많은 도시들이며, 거대 기업들이며, 정말로 성공한 식민화에 관해 읽는 것 말이에요. 그곳이 어떤 모습일 수 있었을지는 당신도 상상이 갈 거예요. 화성이 어떤 모습이었어야 **마땅한지** 말이에요. 뭐, 운하라든지."

"운하요?" 희미하게나마 그것에 관해 읽은 기억이 떠올랐다. 예전에만 해도 사람들은 화성에 운하가 있다고 믿었다.

"행성 전체에 걸쳐 이리저리 뻗어 있다고들 했죠." 프리스가 말했다. "그리고 다른 별에서 온 존재들. 무한한 지혜를 가진 존재들이 있죠. 지구에 관한 이야기도 있었고요. 우리 시대를, 심지어 더 나중을 무대로 삼고 있죠. 거기서는 방사능 낙진이 전혀 없다고 나와요."

"제 생각에는." 이지도어가 말했다. "그게 도리어 당신을 기분 나쁘게 했을 것 같은데요."

"그렇지 않아요." 프리스가 퉁명스레 대답했다.

"혹시 그 식민 이전 시대의 읽을거리도 가지고 왔나요?" 그렇다면 자기도 한번 읽어보고픈 생각이 들었다.

"여기서는 그런 게 아무 가치가 없어요. 이곳 지구에서는 그쪽에 대한 열광이 불붙듯 일어나지는 않기 때문이에요. 어쨌거나 여기에는 그런 읽을거리가 풍부하잖아요. 도서관에 말이에요. 우리가 가진 것도 원래 거기서 나온 거였어요. 지구에 있는 도서관에서 훔쳐서, 자동 로켓을 이용해 화성으로 보낸 거죠. 한밤중에 탁 트인 공간을 가로질러 이리저리 돌아다니다 보면, 갑자기 불꽃이 번쩍이죠. 그러면 거기에는 로켓이 박살 나 있고, 식민 이전 시대의 소설, 잡지 들이 사방팔방에 흩어져 있는 거예요. 그게 한 재산 된다니까요. 하지만 당연히 그걸 주워다 팔기 전에 먼저 읽어둬야죠." 그녀는 그 이야깃거리에 한창 신명이 올라 있었다. "그중에서도—"

갑자기 누군가 문을 두드렸다.

프리스가 안색이 하얗게 질려서 속삭였다. "전 못 나가요. 아무 소리 내지 말아요. 그냥 가만히 앉아 있어요." 그녀는 몸을 긴장시키고 귀를 기울였다. "문이 잘 잠겼나 모르겠네요." 그녀의 목소리는 거의 들릴까 말까 했다. "젠장, 잘 잠겨 있어야 할텐데." 흥분한, 그리고 강렬한 눈빛으로 그녀가 뭔가 간절히 바라는 듯 그를 주시했다. 마치 그에게 약속해달라고 기도하는 것 같았다.

저 멀리 복도에서 누군가가 말했다. "프리스, 그 안에 있어?" 남자의 목소리였다. "우리야. 로이와 이름가르트야. 네가 보낸 엽서를 받았어."

프리스는 자리에서 일어나 침실로 들어가더니, 펜과 종이를 가지고 다시 나타났다. 그녀는 자리에 앉더니 서둘러 이렇게 적었다.

당신이 문으로 나가봐요.

이지도어는 신경이 곤두선 나머지 그녀의 손에서 펜을 받아 쥐고 이렇게 썼다.

가서 뭐라고 해요?

프리스는 화가 난 듯 이렇게 갈겨썼다.

진짜로 내 친구들인지 살펴보라고요.

그는 자리에서 일어나 시무룩한 표정으로 거실로 나갔다. 밖에 있는 사람들이 자기 친구들인지 아닌지를 내가 무슨 수로 알아? 그는 속으로 중얼거리며 문을 열었다.

어둑어둑한 복도에 두 사람이 서 있었다. 체구가 작은 여자는 마치 그레타 가르보와 유사한 느낌으로, 무척 매력적이었으

233

며, 푸른색 눈과 금발을 가지고 있었다. 남자는 그보다 덩치가 더 컸고, 눈빛이 지적이었으나 얼굴은 납작한 몽골인의 인상이어서, 이지도어가 보기에는 거친 느낌을 주었다. 여자는 세련된 옷을 입고 있었으며, 무척이나 번쩍이는 구두와 테이퍼 팬츠 차림이었다. 남자는 구겨진 셔츠와 얼룩진 바지를 걸치고 있어서, 거의 의도적으로 천박한 분위기를 연출했다. 그는 이지도어를 보며 미소를 지었지만, 반짝이는 작은 눈은 여전히 곁눈질을 하고 있었다.

"저희는 사람을 좀 찾으러一" 작은 금발 여성이 입을 열면서 이지도어의 뒤를 보았다. 곧 그녀의 표정이 환해지면서 재빨리 그를 지나쳐 안으로 들어갔다. "프리스! 어떻게 지냈어?" 이지도어는 뒤를 돌아보았다. 두 여자는 서로 끌어안고 있었다. 그가 옆으로 비켜나자 로이 바티가 안으로 들어왔다. 거무스름하고 덩치가 큰 남자는, 뭔가 어울리지 않는 뒤틀린 미소를 짓고 있었다.

14

"우리 이야기 좀 해도 괜찮을까?" 이지도어를 손가락으로 가리키며 로이가 물었다.

기쁨으로 몸을 떨면서 프리스가 말했다. "어느 정도까지는 괜찮아." 이지도어를 향해 그녀가 말했다. "실례 좀 할게요." 그녀는 바티 부부를 한쪽으로 데려가더니 그들에게 뭔가를 말했다. 곧이어 세 사람은 다시 돌아와 J. R. 이지도어를 마주 보았다. 그는 뭔가 불편하고도 자신이 그곳에 잘못 와 있는 듯한 기분이 들었다. "이쪽은 이지도어 씨야." 프리스가 말했다. "나를 돌봐주고 계셔." 하지만 그녀의 말에서는 악의적인 빈정거림의 기미가 엿보였다. 이지도어는 눈을 껌벅였다. "이거 보이지? 이 사람이 가져다준 자연산 식품이야."

"식품이라." 이름가르트 바티가 따라 말하더니, 유연하게 종종걸음으로 부엌에 가서 구경했다. "복숭아네." 그러고는 곧바로 그릇과 숟가락을 집어 들었다. 이지도어를 보고 미소를 지으면서, 마치 작은 짐승이 깨물어 먹듯이 신나게 과일을 먹어치웠다. 프리스와는 다른 그녀의 미소는 순수한 온기만을 제공해주었다. 즉 거기에는 뭔가 다른 의미가 한 꺼풀 둘러져 있지 않았다.

이지도어는 그녀를 뒤따라가서(그는 그녀에게 매력을 느꼈다) 말했다. "화성에서 오셨다면서요."

"그래요, 저희는 그곳을 포기했죠." 그녀의 목소리는 경쾌했다. 마치 새와 같은 예민함을 드러내며, 푸른 눈이 그를 향해 반짝였다. "당신이 사는 건물은 정말 멋지네요. 여긴 아무도 살지 않는 것 맞죠? 여기 말고 다른 불빛은 전혀 못 봤거든요."

"저는 위층에 살아요." 이지도어가 말했다.

"아, 전 당신과 프리스가 같이 사는 줄 알았어요." 뭔가를 비난하려는 말투는 아니었다. 분명히 그녀는 순수하게, 있는 그대로 말을 하는 것뿐이었다.

시무룩하게, 하지만 어색하게도 여전히 미소를 띠고 있는 상태로, 로이 바티가 말했다. "음, 그들이 폴로코프를 잡았어."

프리스의 얼굴에 친구들을 보자마자 떠올랐던 기쁨이 곧바로 녹아 없어졌다. "또 누가 있지?"

"갈랜드도 잡혔지." 로이 바티가 말했다. "앤더스와 기철도 잡혔고, 오늘 일찍 루바도 잡혔어." 그의 모습만 봐서는, 성미 고약하게도, 이 소식을 전하게 되어서 기쁘기라도 한 것 같았다.

마치 프리스가 충격을 받는 모습을 보는 게 즐거운 듯했다. "나는 아직 루바가 잡혔다고는 생각하지 않아. 내가 여행하는 동안 계속 말했던 것 기억나?"

"그러면 남은 것은—" 프리스가 말했다.

"우리 셋뿐이지." 이름가르트가 걱정스럽고도 다급함이 깃든 말투로 말했다.

"우리가 여기 온 이유도 그래서야." 로이 바티의 목소리가 새롭고도 뭔가 예상치 못했던 온기를 담고 울려 퍼졌다. 그는 상황이 나쁠수록 오히려 그걸 더 즐기는 것처럼 보였다. 이지도어는 그의 속을 조금도 헤아릴 수가 없었다.

"오, 이런." 프리스가 충격을 받고 말했다.

"음, 그들이 조사관을 보냈어. 현상금 사냥꾼을 말이야." 이름가르트는 흥분해 있었다. "이름이 데이브 홀든이었지." 그 말을 하는 순간, 그녀의 입술에서 독기가 흘러나왔다. "그런데 폴로코프가 그를 거의 잡을 뻔했어."

"그러니까 **거의** 잡을 뻔했다는 거야." 로이가 그 말을 따라 했다. 이제는 그의 미소가 무척이나 커져 있었다.

"그래서 그 홀든이라는 자는 지금 병원에 누워 있어." 이름가르트가 말을 이어나갔다. "홀든이 가지고 있던 명단을 다른 현상금 사냥꾼에게 준 게 분명해. 폴로코프가 새로 나타난 자를 거의 잡을 뻔했지만, 결과적으로 그자가 폴로코프를 퇴역시키고 말았어. 그런 다음에 그는 루바를 쫓아갔지. 우리가 그 사실을 알게 된 것은, 그녀가 어찌어찌 갈랜드에게 연락을 했고, 갈

237

랜드가 요원을 보내서 그 현상금 사냥꾼을 체포해 미션 지구의 건물로 끌고 오게 했기 때문이야. 갈랜드의 요원이 그 현상금 사냥꾼을 끌고 간 직후에 루바가 우리한테 전화를 걸었어. 그녀는 이제 괜찮을 거라고 확신했어. 갈랜드가 그를 죽일 거라고 확신했지." 그녀가 덧붙였다. "하지만 미션에서도 뭔가가 잘못된 것이 분명해. 정확히 뭔지는 모르겠지만. 어쩌면 결코 알 수 없을지도 모르지만."

프리스가 물었다. "혹시 그 현상금 사냥꾼이 우리 이름도 알고 있을까?"

"오, 프리스. 내가 생각하기에는, 그래." 이름가르트가 말했다. "하지만 그는 우리가 어디 있는지까지는 알지 못해. 로이와 나는 우리가 살던 아파트로 돌아가지 않았거든. 차에 최대한 물건을 많이 쑤셔 넣고, 이렇게 낡고 오래된 아파트에 있는 버려진 집 가운데 하나를 골라서 살기로 했지."

"그게 과연 현명한 일일까요?" 이지도어가 용기를 짜냈다. "그, 그, 그러니까 모두 한 곳에 모여 있다는 게요."

"음, 그들이 다른 친구들을 모조리 잡았으니까." 이름가르트가 사무적인 태도로 말했다. 외관상 흥분한 상태로 보였지만, 그녀 역시 남편과 마찬가지로 기묘한 체념을 드러내고 있었다. 세 사람 모두 하나같이 기묘하군. 이지도어는 생각했다. 차마딱 꼬집어 말할 수는 없었지만, 분명히 그런 느낌이 들었다. 그들의 정신 과정에는 특이하면서도 유해한 **추상성**이 골고루 퍼져 있는 것만 같았다. 어쩌면 프리스만큼은 예외일지 모르겠지만 말이다. 그녀는 극도로 겁에 질린 것이 분명했다. 프리스는 거의 괜찮아 보였고, 매우 자연스러워 보였다. 하지만—

"차라리 이 사람이랑 같이 사는 게 어때?" 로이가 이지도어를 가리키며 프리스에게 말했다. "이 사람이면 너를 어느 정도까지는 보호해줄 수 있을 텐데."

"닭대가리 주제에?" 프리스가 말했다. "닭대가리랑 같이 살고 싶은 생각은 없어."

이름가르트가 재빨리 말했다. "지금 같은 상황에서 속물처럼 구는 건 어리석은 짓이야. 현상금 사냥꾼은 신속하게 움직인다고. 오늘 저녁 안으로 당장 해결해버리려고 할 수도 있어. 어쩌면 그에게 보너스까지 걸었을지 몰라, 만약 그가—"

"빌어먹을, 현관문 좀 잘 닫아놓으라고." 로이가 이렇게 말하며 문으로 걸어갔다. 그는 한 손으로 문을 쾅 하고 밀어서 닫더니, 곧바로 문을 잠갔다. "프리스, 너는 일단 이지도어와 같이 사는 게 좋겠어. 그리고 이름가르트와 나도 바로 이 건물에 있어야겠고. 그래야만 우리가 서로를 도울 수 있을 테니까. 내 자동차에 전기 부품이 조금 있어. 그때 우주선에서 뜯어 온 거지. 내가 양방향 도청기를 설치할게. 그러면 프리스, 너도 우리 소리를 들을 수 있고, 우리도 네 소리를 들을 수 있을 거야. 그리고 우리 중 누구라도 가동시킬 수 있는 경보 시스템을 마련할 거야. 위조 신분이 효과가 없었던 것은 분명해. 심지어 갈랜드의 경우에도 마찬가지였어. 물론 갈랜드가 현상금 사냥꾼을 미션 지구의 건물로 데려간 건 자기 목을 올가미에 들이민 것이나 다름없었지만. 그건 실수였어. 게다가 폴로코프는 그 사냥꾼에게서 최대한 멀어지는 대신에, 오히려 그에게 접근하는 걸 택했지. 우리는 그런 짓은 하지 않을 거야. 멀찍이 떨어져 있을 거라고." 목소리만 들어서는 전혀 걱정하는 기색이 없어 보였다. 오히려 이 상황이 그를 자극해서 거의 광적인 에너지를 발산하게 만든 듯했다. "내 생각에ㅡ" 그는 요란스럽게 숨을 들이마셨고, 방 안에 있던 모두의 시선을 붙잡았다. 심지어 이지도어의 시선까지도. "그러니까 **내** 생각에, 우리 셋이 아직까지 살아남은 데는 이유가 있어. 아마 우리가 어디 있는지에 관해 조금이라도 단서를 잡았다면 그는 지금쯤 이곳에 나타났을 거야. 현상금 사냥의 핵심은 최대한 빨리 해치우는 거니까. 바로 거기에서 이익이 나오니까."

"만약 그가 계속 기다리고만 있다면." 이름가르트도 찬동하는 듯 말했다. "우리는 빠져나갈 거야. 전처럼 말이야. 나도 로이 말이 맞다고 생각해. 그가 우리 이름을 알기는 하지만, 위치까지는 알지 못한다고 말야. 불쌍한 루바. 전쟁 기념 오페라 극장에 계속 머물러 있었다니. 그야말로 공개적인 장소에 말이야. 그녀를 찾는 거야 전혀 어렵지 않았겠지."

"물론." 로이가 부자연스럽게 말했다. "그녀가 그런 방식을 원했으니까. 차라리 유명인사가 되는 쪽이 더 안전하다고 생각했던 거야."

"당신은 그녀에게 정반대라고 말했었지." 이름가르트가 말했다.

"맞아." 로이가 동의했다. "내가 그랬었지. 그리고 폴로코프한테도 말했었어. W.P.O. 요원으로 행세하려 들지 말라고. 그리고 갈랜드한테도 말했었지. 그의 밑에 있는 현상금 사냥꾼들이 그를 처치하게 될 거라고. 실제로도 딱 그런 일이 벌어졌을 가능성이 있고, 그거야 충분히 있을 법한 일이지." 그는 뒤꿈치에 체중을 싣고 몸을 앞뒤로 흔들었다. 깊은 생각에 잠겼기 때문인지 얼굴에 현명함이 드러났다.

이지도어가 말을 꺼냈다. "제, 제, 제가 들은 걸로 미, 미, 미루어 보면, 바티 씨께서 다, 다, 당연히 지도자이신 것 같은데요."

"오, 그럼요, 로이가 지도자죠." 이름가르트가 말했다.

프리스가 말했다. "그가 조직했으니까요. 우리의— 여행을요. 화성에서 여기까지의 여행을."

"그렇다면." 이지도어가 말했다. "여러분도 이, 이, 이분의 제안을 따르는 게 좋겠네요." 그의 목소리가 희망과 긴장으로 끊기고 있었다. "당신은 거, 거, 겁에 질린 것 같아요, 프리스. 당신이 저랑 같이 살게 되면, 제가 앞으로 이틀쯤 회사에 안 나가고 집에 있을게요. 조만간 휴가도 있을 거니까요. 그래서 당신이 무사하도록 도와줄게요." 그리고 손재주가 좋은 밀트라면, 그가 사용할 수 있는 무기를 고안해줄 수도 있을 것이다. 뭔가 상상력이 풍부한 것으로, 그 현상금 사냥꾼들을 죽여 없앨 수 있는 것으로…… 그들이 무엇이든지 간에 말이다. 그는 현상금 사냥꾼에 관해 불분명하고 희미한 인상만을 지니고 있었다.

241

즉 인쇄된 명단과 총을 들고 다니며, 기계처럼, 무미건조하고 관료주의적인 살해 임무를 수행하며 돌아다니는 뭔가 무자비한 존재라고 생각했다. 감정도 없고 심지어 얼굴도 없는 것이라고. 만약 그들 중 하나가 살해되어도 그와 유사한 또 다른 것으로 곧바로 대체가 가능한 어떤 것이라고 생각했다. 진짜이고 살아 있는 모든 사람이 총에 맞을 때까지 그 일을 계속하는 것이었다.

믿을 수가 없군. 그가 생각했다. 경찰이 아무런 조치도 취할 수 없다니. 믿을 수가 없군. **이 사람들은 반드시 무슨 조치를 취해야만 하는데.** 어쩌면 이들은 불법으로 지구에 다시 이주한 사람들인지도 몰라. 승인된 발사대 이외의 장소에서 벌어진 우주선 착륙은 보고가 된다고 우리도 알고 있으니까. TV에서 그렇게 말하니까. 경찰도 이를 주시하고 있는 것이 분명해.

하지만 설령 그렇다 하더라도, 더 이상은 아무도 의도적으로 살해되어서는 안 되었다. 그것은 머서교의 윤리와 반대되는 것이니까.

"닭대가리가." 프리스가 말했다. "나를 좋아하나 봐."

"저 사람을 그렇게 부르지 마, 프리스." 이름가르트가 말했다. 그녀는 이지도어에게 동정의 눈빛을 보냈다. "저 사람이 **너**를 뭐라고 부를 수 있는지도 생각해보라고."

프리스는 아무 말이 없었다. 그녀의 표정이 점차 수수께끼처럼 되어갔다.

"그럼 나는 도청기를 설치할게." 로이가 말했다. "로이와 내가

242

이 아파트에 있을게. 프리스, 너는 저— 이지도어 씨랑 같이 가도록 해." 그가 그토록 육중한 체구치고는 놀라우리만치 빠른 속도로 성큼성큼 문 쪽으로 걸어갔다. 순식간에 그는 문 밖으로 나갔고, 그가 활짝 열어젖히고 나간 문이 벽에 부딪치면서 쿵 소리를 냈다. 순간 이지도어는 잠시나마 낯선 환영을 보았다. 순간적으로 금속으로 이루어진 뼈대, 도르래와 회로와 배터리와 터릿 기판으로 이루어진 단層을 보았던 것이다. 그러다가 로이 바티의 단정치 못한 모습이 서서히 그의 시야에 다시 나타났다. 이지도어는 속에서 웃음이 치밀어 오르는 느낌이 들었다. 그는 신경질적으로 큭 하고 웃음을 막았다. 그리고 어리둥절한 느낌이 들었다.

"정말이지 행동가라니까." 프리스가 초연하게 말했다. "다만 그가 기계 쪽의 일을 하는 손재주가 없다는 게 너무 아쉬운 일이지."

"만약 우리가 살아남게 된다면." 이름가르트가 야단치듯 엄한 어조로 그녀를 꾸짖듯 말했다. "그건 전부 로이 덕분인 거야."

"하지만 과연 그럴 만한 가치가 있을까." 프리스는 혼잣말처럼 중얼거렸다. 그녀는 어깨를 으쓱하더니 이지도어를 향해 고개를 끄덕였다. "좋아요, J. R. 제가 당신 집으로 들어갈게요. 그러면 당신도 절 지켜줄 수 있어요."

"다, 다, 당신들 모두를 지켜줄게요." 이지도어가 곧바로 말했다.

엄숙하게, 격식을 갖춘 목소리로 작게 이름가르트 바티가 그에게 말했다. "우리가 얼마나 감사하게 생각하고 있는지를 알아주셨으면 좋겠어요, 이지도어 씨. 당신은 우리가 이곳 지구에 와서 발견한 최초의 친구예요. 당신은 너무 친절하세요. 언젠가 우리가 당신께 신세를 갚을 날이 올 거예요." 그녀는 그에게 다가가 한쪽 팔을 손으로 토닥였다.

"혹시 제가 읽을 만한 식민 시대 이전 소설을 갖고 계신가요?" 그가 그녀에게 물었다.

"뭐라고요?" 이름가르트 바티가 뭔가를 묻는 듯한 표정으로 프리스를 흘끗 쳐다보았다.

"그 옛날 잡지들 말이야." 프리스가 말했다. 그녀는 자기가 가져갈 물건을 몇 가지 챙겼고, 이지도어는 그녀가 들고 있던 꾸러미를 받아 들었다. 오로지 목표를 성취한 데 대한 만족감에서 나오는 후끈한 느낌이 들었다. "없어요, J. R. 그걸 갖고 오진 않았어요. 하나도요. 아까 설명드린 이유로요."

"그럼 제, 제, 제가 내일 도서관에 다녀올게요." 그가 이렇게 말하고는 복도로 나갔다. "그리고 다, 다, 당신과 제가 읽을 만한 걸 가져올게요. 그래야 당신도 그냥 기다리는 것 말고 할 일이 생길 테니까요."

그는 프리스를 데리고 위층의 자기 집으로 갔다. 평소와 마찬가지로 어둡고, 텅 비고, 공기가 답답하고, 미온적인 느낌이었다. 그녀의 물건을 침실에 갖다놓고서, 그는 곧바로 난방 장치와 조명과 TV를 켰다. 물론 TV에서 나오는 채널은 하나뿐이었지만.

"여기가 마음에 들어요." 프리스가 말했다. 하지만 전과 마찬가지로 무관심하고도 초연한 어조였다. 그녀는 두 손을 치마 주머니에 찔러 넣은 채 이리저리 방 안을 서성였다. 얼굴에 씁쓸한 표정이, 거의 불쾌하다고 할 만한 표정이 떠올랐다. 방금 한 말과는 완전히 대조적인 반응이었다.

"무슨 문제라도 있어요?" 그녀의 물건을 소파 위에 내려놓으며 그가 물었다.

"아니에요." 그녀는 붙박이 전망창 앞에 멈춰 서더니, 커튼을 젖히고 시무룩한 표정으로 바깥을 내다보았다.

"그들이 당신을 찾아다니고 있다고 생각한다면—" 그가 말을 꺼냈다.

"그건 꿈일 뿐이에요." 프리스가 말했다. "로이가 나한테 준 약에서 비롯된 꿈이라고요."

"무, 무슨 말이죠?"

"당신은 정말로 현상금 사냥꾼이 존재한다고 생각해요?"

"바티 씨 말로는, 그들이 당신 친구들을 죽였다잖아요."

"로이 바티도 나만큼이나 미쳐 있어요." 프리스가 말했다. "우리의 여행은 동부 연안에 있는 어느 정신병원에서 이곳으로 온 것이었죠. 우리는 모두 정신분열증 환자예요. 정서적 생활에 결함이 있고요. **감정 마비**라고 부르는 거죠. 그리고 우리는 집단 환각도 갖고 있고요."

"저도 그게 사실이라고는 생각하지 않아요." 그는 안도감을 가득 느끼며 대답했다.

"왜요?" 그녀가 고개를 돌려 그를 유심히 바라보았다. 그녀의 시선이 너무 날카로워서 그는 얼굴이 후끈 달아올랐다.

"왜, 왜, 왜냐하면 그런 일은 일어나지 않으니까요. 저, 저, 정부에서는 결코 사람을 죽이지 않아요. 그 어떤 범죄에 대해서도요. 게다가 머서교는—"

"하지만 당신도 알잖아요." 프리스가 말했다. "당신이 인간이 아니라고 한다면, 그러면 상황은 전혀 달라진다고요."

"그건 사실이 아니에요. 동물조차도, 심지어 뱀장어나 뒤쥐나 뱀이나 거미조차도 성스러운 존재라고요."

프리스는 여전히 그를 뚫어져라 쳐다보았다. "그래서 그런 일은 불가능하다는 거군요, 안 그래요? 당신 말마따나, 하다못해 동물조차도 법으로 보호를 받으니까요. 모든 생명체가요. 유기적인 것은 뭐든지요. 꿈틀거리건, 꿈지럭거리건, 구멍을 파건, 날아다니건, 무리를 짓건, 알을 까건—" 그녀가 말을 하다 말았다. 로이 바티가 나타났기 때문이다. 그가 갑자기 아파트 문을 활짝 열어젖히고 안으로 들어왔다. 그의 뒤로 전선이 줄줄 땅에 끌려 왔다.

"곤충도 있지." 그가 말했다. 두 사람의 말을 엿들은 데 대한 부끄러운 기색은 전혀 없어 보였다. "그거야말로 특히나 신성 불가침이지." 그는 거실 벽에 걸려 있던 그림 하나를 떼내고 그 자리에 박혀 있는 못에 작은 전자 장치를 부착했다. 그리고 뒤로 몇 걸음 물러나서 살펴보고는 그 자리에 그림을 도로 걸었다. "이제는 경보 장치 차례군." 그는 뭔가 복잡한 장치와 연결된 전선을 주섬주섬 챙겼다. 그러고는 뭔가 어울리지 않는 미소를 지으며 프리스와 존 이지도어에게도 장치를 보여주었다. "경보 장치야. 이 전선은 카펫 아래로 지나갈 거야. 그게 바로 안테나지. 이걸로 감지하는 거야. 그러니까—" 그가 잠시 머뭇거렸다. "정신 작용을 하는 실체를." 모호한 말이었다. "우리 넷 중 하나가 아닌 자를 말이야."

"그러면 이게 울린다는 거지." 프리스가 말했다. "그러고 나서는 어쩌지? 그는 총을 갖고 있을 텐데. 무작정 달려들어서 물어 죽일 수도 없잖아."

"이 장치 안에는." 로이가 말을 이었다. "펜필드 기분 조절 장치가 내장되어 있어. 경보가 작동되면 공포의 기분을 발산하는 거지. 그— 침입자에게 말이야. 이게 있으면 그는 빨리 움직일 수가 없을 거야. 어마어마한 공포로 맞추어놓았으니까. 출력을 최대치까지 돌려놓았거든. 인간이라면 몇 초도 이 근처에 있기 힘들걸. 공포의 성질이 그런 거니까. 무작위적인 맴돌이, 무작정적인 도주, 그리고 근육과 신경 경련이 일어날 거야." 그가 결론을 내렸다. "이 모두가 우리에게 그를 잡을 기회를 줄 거야. 충분히 가능해. 물론 상대방의 실력이 얼마나 뛰어난지에 달려 있지만."

이지도어가 말했다. "그렇다면 이 경보 장치가 우리한테는 영향을 끼치지 않나요?"

"그래, 맞아." 프리스가 로이 바티에게 말했다. "그게 이지도어에게도 영향을 끼칠 텐데."

"맞아. 하지만 뭐 어때." 로이가 말했다. 그러고는 설치 작업을 재개했다. "그렇게 되면 두 사람 모두 공포에 사로잡힌 채 여기서 밖으로 뛰쳐나가겠지. 그래도 우리에게는 대응할 시간이 생기는 거니까. 그렇다고 사냥꾼이 이지도어를 죽이지는 않을 거야. 그는 명단에 없으니까. 우리가 그를 방패로 사용할 수 있는 이유도 그래서지."

프리스가 퉁명스럽게 말했다. "이거보다 더 나은 방법은 없어, 로이?"

"없어." 그가 말했다. "나한테는 없다고."

"제가 내일 무, 무, 무기를 구해올 수 있을 거예요." 이지도어가 말했다.

"확신할 수 있어? 이지도어 때문에 경보가 울릴 가능성은 없다는 걸?" 프리스가 말했다. "어쨌거나 그 역시— 왜, 당신도 알잖아."

"그의 두뇌 발산을 고려해서 보정補整도 해놨어." 로이가 설명했다. "그의 두뇌 발산을 모두 합쳐도 이 장치가 가동되는 일은 없을 거야. 그러려면 인간이 하나 더 있어야 하니까. 사람이 말이야." 그는 인상을 찡그리고는 이지도어를 흘끗 바라보았다. 방금 자기가 한 말을 뒤늦게 인식한 까닭이었다.

"당신들은 안드로이드군요." 이지도어가 말했다. 하지만 그에게는 아무 상관없었다. 그에게는 아무 차이가 없었다. "왜 그들이 당신들을 죽이려고 하는지 알겠어요." 그가 말했다. "실제로 당신들은 살아 있는 게 아니니까요." 이제야 모든 것이 이해되었다. 현상금 사냥꾼이며, 그들의 친구들이 살해된 것이며, 지구로의 여행이며, 이 모든 예방 조치까지도.

"내가 **인간**이라는 단어를 사용한 건." 로이 바티가 프리스에게 말했다. "내가 잘못된 단어를 사용한 거야."

"괜찮아요, 바티 씨." 이지도어가 말했다. "어쨌거나 그게 제게 무슨 상관이겠어요? 제 말은, 저도 특수인이라는 거예요. 저역시 그들에게 좋은 대접을 받지는 않는다는 거죠. 예를 들어 저는 이민도 갈 수가 없어요." 그는 자기도 모르게 마치 꼬마 요정처럼 떠들어댔다. "당신들은 여기 오면 안 되죠. 저는 거기 가면—" 그는 흥분을 가라앉혔다.

잠시 적막이 흐르고 나서 로이 바티가 짧게 말했다. "당신은 화성을 좋아하지 않았을 겁니다. 그러니 잃은 게 없는 셈이죠."

"시간이 얼마나 걸릴지 궁금하던 참이었어요." 프리스가 이지도어에게 말했다. "당신이 언제쯤 깨달을지 말이에요. 우리는 서로 달라요, 안 그래요?"

"갈랜드와 막스 폴로코프의 정체가 발각된 것도 아마 그것 때문일 거야." 로이 바티가 말했다. "그들은 거뜬히 통과할 수 있다고 확신했었지. 루바도 마찬가지고."

"당신들은 똑똑하잖아요." 이지도어가 말했다. 누군가가 자신을 이해해준다는 사실이 그에게 다시 한번 흥분을 일으켰다. 흥분과 자부심을. "당신들은 추상적으로 생각하죠. 그리고 당신들은 전혀—" 그는 뭔가 몸짓을 했다. 머릿속에서 단어들이 마구 뒤얽혔다. 평소와 마찬가지였다. "저도 당신들 같은 지능지수를 가졌으면 좋겠어요. 그러면 저도 검사를 통과할 수 있겠죠. 그럼 저도 닭대가리가 아닐 거예요. 당신들은 아주 탁월해요. 당신들에게서 많은 걸 배우고 싶어요."

잠시 적막이 흐르고 나서 로이 바티가 말했다. "경보 장치 연결을 마무리해야겠군." 그가 일을 재개했다.

"이 사람은 아직 이해하지 못하고 있어." 프리스가 날카롭고, 귀에 거슬리는 목소리로 크게 말했다. "우리가 어떻게 화성에서 떠나왔는지. 우리가 거기서 무슨 일을 했는지."

"한마디로 하지 않을 수 없는 일이었지." 로이 바티가 끙 소리를 냈다.

복도로 통하는 문은 열려 있었고, 그 앞에 이름가르트 바티가 서 있었다. 그녀가 입을 열고서야 다른 사람들도 누군가가 있음을 깨달았다. "내 생각에는, 우리가 굳이 이지도어 씨에 대해 걱정할 필요는 없을 것 같아." 그녀의 말은 진심이었다. 그녀는 가벼운 걸음으로 그에게 다가와 그의 얼굴을 바라보았다. "이 사람도 좋은 대접을 받지는 못했으니까. 이 사람 말마따나 말이야. 그리고 우리가 화성에서 한 일에 대해서는 그도 관심이 없어. 그는 우리를 알고, 우리를 좋아해. 이 같은 정서적 인정이야말로— 그에게는 무엇보다 중요하니까. 우리로선 그걸 파악하기가 힘들지만, 여하간 사실이긴 해." 그녀는 다시 한번 이지도어에게 아주 바짝 다가가서 그를 바라보았다. "우리를 신고하면 당신은 상당한 돈을 벌게 될 거예요. 그건 알고 있는 거죠?" 그녀는 고개를 돌려 남편에게 말했다. "이것 봐, 이 사람은 그걸 알지만, 그래도 아무 말 하지 않을 거야."

"당신은 정말 훌륭한 사람이에요, 이지도어." 프리스가 말했다. "당신네 종족의 자랑거리라고요."

"만약 그가 안드로이드였다면." 로이가 진심을 담아 말했다. "그는 내일 아침 10시 정각에 우리를 신고했을 거야. 그런 다음에 출근해버리면 그걸로 끝인 거지. 나는 그에게 정말 감탄했어." 그의 어조는 해독하기 어려웠다. 적어도 이지도어에게는. "우리는 이곳이 친구 하나 없는 세상이 될 거라고 상상했었지. 적대적인 얼굴들만 가득한 행성이라고. 모두가 우리를 외면한다고 말이야." 그가 웃음을 토해냈다.

"나는 전혀 걱정 안 해." 이름가르트가 말했다.

"당신은 원래 지금쯤 발바닥까지 겁에 질렸어야 하지 않았을까." 로이가 말했다.

"그럼 투표를 하자고." 프리스가 말했다. "우주선에서는 뭔가 의견이 일치하지 않을 때마다 투표로 결정했잖아."

"음." 이름가르트가 말했다. "나는 더 이상 이야기 안 할 거야. 하지만 우리가 이 기회를 거부한다면, 내 생각에는 우리를 돌봐주고 도와줄 인간을 다시 발견할 수 있을 것 같지는 않아. 이지도어 씨는―" 그녀는 어떤 단어를 쓸지 머뭇거렸다.

"특수하니까." 프리스가 말했다.

15

그리고 격식을 갖춰서 투표가 이루어졌다.

"우리는 여기 머무는 거야." 이름가르트가 단호하게 말했다. "이 집에, 이 아파트에."

로이 바티가 말했다. "나는 이지도어 씨를 죽이고, 다른 어딘 가에 숨는 쪽에 투표하겠어." 그와 그의 아내는(그리고 존 이지 도어도) 이제 긴장하며 프리스를 바라보았다.

프리스가 낮은 목소리로 말했다. "나는 우리가 여기 머무는 쪽에 투표하겠어." 이어서 그녀는 더 큰 목소리로 덧붙였다. "내 생각에는 우리에게 J. R.이 주는 위험보다는 오히려 그가 주는 가치가 더 큰 것 같아. 물론 우리가 인간들 사이에서 살아가다 보면 십중팔구 발각될 수밖에 없겠지. 폴로코프와 갈랜드와 루 바와 앤더스가 살해된 것도 그래서야. 그들이 모두 살해된 것도 그래서라고."

"어쩌면 그들도 지금 우리가 하고 있는 일을 했을지 몰라." 로이 바티가 말했다. "비밀을 털어놓은 거지. 신뢰한 거야. 다르다고 믿었던 어떤 인간을 말이야. 네가 한 말마따나 **특수하다**고 믿었던 인간을."

"그거야 우리도 모르는 일이잖아." 이름가르트가 말했다. "그건 어디까지나 추측일 뿐이야. 내 생각에 그들은, 그들은—" 그녀가 손짓을 했다. "함부로 돌아다녔지. 루바의 경우에는 무대 위에 올라서 노래를 부르기까지 했고. 반면 우리가 믿는 것은— 우리가 믿고 있음에도, 정작 우리를 망쳐놓는 게 뭔지 이야기해줄까, 로이. 그건 바로 우리의 더럽게도 뛰어난 지능이야!" 그녀가 남편을 노려보았다. 그녀의 작고 봉긋한 가슴이 빠르게 오르락내리락했다. "우리는 너무 **똑똑해**— 로이, 지금 당신이 하고 있는 일이 바로 그거야. 망할 것 같으니, 당신이 **지금** 하고 있는 게 바로 그거라고!"

프리스가 말했다. "내 생각에도 이름의 말이 맞는 것 같아."

"그렇다고 해서 우리의 삶을 이렇게 표준 이하의, 황폐한—" 로이가 말을 꺼내다 말고 그만두었다. "나도 지쳤어." 그가 간단히 말했다. "정말 긴 여행이었죠, 이지도어. 하지만 여기서는 길지가 않았어요. 불운하게도."

"제 생각에는." 이지도어가 기쁜 듯이 말했다. "당신들이 이곳 지구에 편안하게 머물 수 있도록 제가 도와드릴 수 있을 것 같아요." 그는 당연히 그럴 수 있다고 느꼈다. 그에게는 지금이 마치 확실한 때처럼, 인생 최고의 시기처럼 느껴졌다. 그리고 오늘 일터에서 걸었던 영상전화에서 자신이 드러냈던 새로운 권위의 최절정인 것처럼 느껴졌다.

그날 저녁, 공식적인 업무를 마치고 나서 릭 데카드는 시내를 지나 동물 가게 거리로 날아갔다. 몇 개의 구역에 걸쳐 커다란 유리 진열장과 화려한 간판을 내세운 대형 동물 매매업체들이 자리 잡고 있었다. 오늘 하루 동안 그에게 밀려왔던 새롭고도 끔찍스러울 정도의 특이한 우울이 아직 그의 몸에서 떠나지 않고 있었다. 이것, 즉 동물 및 동물 매매업체를 상대로 그가 이곳에서 벌일 활동이야말로, 우울의 장막 중에서도 유일하게 취약한 부분처럼 보였다. 즉 이것이야말로 그가 드잡이해서라도 해결할 수 있는 결함처럼 보였던 것이다. 어쨌거나, 이전에는 동물의 모습, 그리고 값비싼 물품을 매매할 때 나는 돈의 냄새, 이런 것들이 그에게는 큰 도움이 되었다. 어쩌면 지금도 이전처럼 도움이 될지 몰랐다.

"어서 오세요, 고객님." 말끔하게 차려입은 신참 동물 판매사원이 싹싹하게 그에게 말을 건넸다. 그는 일종의 흐리멍덩하고도 유약한 갈망을 드러내며 가만히 서서 진열장을 들여다보던 중이었다. "혹시 마음에 드는 게 있으신가요?"

릭이 말했다. "마음에 드는 거야 많죠. 다만 문제는 가격이라서."

"무엇을 구매하고 싶으신지 말씀해주세요." 판매사원이 말했다. "무엇을 댁으로 가져가고 싶으신지, 그리고 어떻게 대금을 지불하실지도요. 그러면 저희가 이 거래를 영업부장님께 보고 드리고, 승인을 받아 오겠습니다."

"전 지금 현금으로 3천 달러를 갖고 있어요." 하루 업무가 끝 나자 경찰서에서 지급해준 현상금이었다. "저건 얼마죠?" 그가 물었다. "저기 있는 토끼 가족은요?"

"고객님, 그 3천 달러를 계약금으로 지불하실 수 있다면, 토 끼 한 쌍보다 훨씬 나은 동물을 가져가실 수 있도록 도와드릴 수 있습니다. 혹시 염소는 어떠세요?"

"염소에 대해서는 별로 생각해본 적이 없어서." 릭이 말했다.

"그럼 한번 여쭤볼게요. 혹시 고객님께서 생각하시던 것과는 전혀 다른 가격대라서 그러시는 건가요?"

"음, 저도 평소에는 몸에 3천 달러씩이나 지니고 다니지 않아 봐서." 릭이 솔직히 시인했다.

"저도 그러지 않을까 생각했었습니다, 고객님. 애초부터 토끼 를 말씀하시기에 말이죠. 그런데 토끼의 문제는 말이죠, 고객 님. 누구나 한 마리쯤은 갖고 있다는 거거든요. 저야 고객님께 서 염소 등급으로 올라서시는 모습을 보면 좋죠. 제가 보기에 도, 고객님께는 그쪽이 더 어울려 보이시거든요. 솔직히 말씀드 려서, 염소 주인에 더 가까워 보이세요."

"그럼 염소에는 어떤 이점이 있는 거죠?"

동물 판매사원이 말했다. "염소의 가장 뚜렷한 이점은, 혹시 나 누가 훔쳐가려고 하면, 상대방의 엉덩이를 들이받도록 훈련

255

시킬 수 있다는 거죠."

"하지만 상대방이 최면제 화살을 쏴서 맞춘 다음, 공중에 떠 있는 호버카에서 줄사다리를 타고 아래로 내려온다면 상황이 다르겠죠." 릭이 말했다.

판매사원은 이에 개의치 않고 말을 이었다. "염소는 충성스럽기까지 하죠. 자유롭고도 자연스러운 영혼을 갖고 있어서, 우리에 가둬놓을 수도 없거든요. 게다가 염소에는 한 가지 예외적인 부가적 특징이 있죠. 물론 고객님께서도 미처 깨닫지 못하실 수 있지만 말이에요. 고객님께서 어떤 동물에 투자를 하셔서, 그 동물을 댁으로 데려가셨는데, 어느 날 아침 느닷없이 그놈이 방사능 물질을 먹고 죽어버린 것을 발견하시는 경우가 종종 있습니다. 하지만 염소는 오염된 유사 식품에도 전혀 개의치 않습니다. 워낙 식성이 다양해서, 때로는 소나 말, 심지어 고양이에게 해당되는 물품까지도 먹어치우거든요. 장기적인 투자로서도, 저희가 보기에는 염소가, 특히 암컷 염소가 진지한 동물 소유주에게는 정말 대단한 이득을 제공하는 것 같습니다."

"그럼 이 염소는 암컷인가요?" 그는 우리 한가운데 똑바로 서 있는 크고 검은 염소를 보고 있었다. 그가 그쪽으로 다가가자 판매사원이 따라왔다. 릭에게는 이 염소가 아름다워 보였다.

"그렇습니다, 이 염소는 암컷이죠. 검은색 누비아 염소입니다. 아주 크죠, 보시다시피요. 올해 시장에서 대단한 경쟁력을 드러낸 상품이죠, 고객님. 그리고 저희는 이 염소를 아주 매력적인, 그러니까 이례적이다 싶을 정도로 낮은, 정말 낮은 가격에 제공해드리고 있습니다."

릭은 잔뜩 구겨진 시드니 카탈로그를 꺼내서 '염소, 검정색 누비아' 항목을 찾아보았다.

"혹시 대금을 현금으로 지불하실 건가요?" 판매사원이 말했다. "아니면 갖고 계시던 동물을 보상교환 하실 건가요?"

"전부 현금으로 내죠." 릭이 말했다.

판매사원은 종이를 한 장 꺼내 가격을 적어 릭에게 슬쩍 보여주었다. 은밀하다고 해야 할 정도의 태도였다.

"너무 비싼데." 릭이 말했다. 그가 종이를 받아 들고 그보다 좀 더 낮은 금액을 적었다.

"저희도 이 가격에 염소를 드릴 수는 없습니다." 판매사원이 이의를 제기했다. 그가 다시 한번 금액을 적었다. "이 염소는 아직 한 살도 안 된 놈입니다. 그러니 예상 수명도 아주 길지요." 그는 릭에게 금액을 보여주었다.

"그렇게 합시다." 릭이 말했다.

그는 할부 구매계약서에 서명하고, 오늘 번 현상금 전부인 3천 달러를 계약금으로 지불했다. 잠시 후에 그는 호버카 옆에 약간 얼떨떨한 상태로 서 있었고, 애완동물 매매업체 직원들이 염소가 든 나무 상자를 그의 차에 싣고 있었다. 이제는 나도 동물을 하나 갖고 있어. 그가 속으로 말했다. 살아 있는 동물을, 전기 동물이 아니라. 내 인생에서 두 번째로 말이야.

257

그 비용, 즉 계약으로 인해 생긴 부채를 생각하면 움찔하는 기분이 들었다. 그는 몸을 떨고 있었다. 하지만 이렇게 할 수밖에 없었어. 그는 속으로 말했다. 필 레시와의 만남 때문이야. 내 자신감을, 나 자신에 대한 믿음과 내 능력에 대한 믿음을 되찾아야 했어. 그러지 않는다면, 나는 이 일을 계속할 수 없을 거야.

양손 모두 무감각한 상태로, 그는 호버카를 몰고 하늘로 날아올라 자기 아파트와 아이랜이 있는 쪽으로 방향을 잡았다. 그녀는 화를 내겠지. 그가 속으로 말했다. 그녀는 걱정을 할 거야. 책임 때문에 말이야. 이 녀석을 관리하는 건 대부분 하루 종일 집에 있는 그녀의 몫이 될 거야. 다시 한번 그는 우울한 기분을 느꼈다.

아파트 옥상에 착륙하고 나서도 그는 한참을 차 안에 앉아서, 머릿속에서 그럴듯한 말이 잔뜩 들어 있는 이야기를 하나 엮어냈다. 이건 내 일 때문에 필요한 거야. 그가 생각했다. 최후의 평계였다. 위신 때문이지. 우리도 더 이상 전기양으로 버틸 수는 없어. 그놈이 내 사기를 떨어트리기 때문이야. 그녀에게 이 정도로 말해주면 되겠지. 그는 결심했다.

차에서 내린 다음, 그는 뒷좌석에 놓여 있던 염소 우리를 꺼냈고, 씩씩거리면서 간신히 그걸 옥상에 내려놓았다. 이동하면서 줄곧 이리저리 흔들려서인지, 염소는 똑똑하게 눈을 반짝이며 그를 바라보면서도 아무 소리도 내지 않았다.

그는 자기네 층으로 내려갔고, 친숙한 통로를 지나서 자기

258

집 문에 도착했다.

"어서 와." 부엌에서 저녁을 만드느라 바쁘던 아이랜이 그에게 인사를 건넸다. "근데 오늘은 왜 이렇게 늦었어?"

"우리 옥상에 좀 가보자." 그가 말했다. "당신한테 보여줄 게 있어."

"당신, 동물을 사 왔구나." 그녀가 앞치마를 벗어 던지고, 반사적으로 머리를 매만진 다음, 그를 따라서 나왔다. 두 사람은 크고도 씩씩한 걸음으로 복도를 지나갔다. "그래도 나한테 상의는 하고 사든가 했어야지." 아이랜이 숨차 하며 말했다. "그 결정에 참여할 권리는 나한테도 있다고. 아마 평생 우리가 구입하는 물건 중에서도 가장 중요할—"

"깜짝 놀라게 해주고 싶었지." 그가 말했다.

"오늘 현상금을 좀 받은 모양이네." 아이랜이 비난조로 말했다.

릭이 말했다. "그래. 앤디를 셋이나 퇴역시켰어." 그는 엘리베이터 안으로 들어갔다. 두 사람은 마치 신에게 더 가까이 다가가는 듯한 기분을 느꼈다. "그걸 사지 않을 수가 없었어." 그가 말했다. "뭔가가 잘못되었거든, 오늘은. 앤디들을 퇴역시키는 일에서 뭔가가 말이야. 동물을 하나 사지 않고는, 더 이상 그 일을 계속 해나가기가 불가능할 것만 같았어." 엘리베이터가 옥상에 도착했다. 그는 아내를 데리고 저녁의 어둠 속으로, 동물 우리로 향했다. 건물 주민 모두가 사용할 수 있는 조명등을 켜고 나서, 그는 아무 말 없이 염소를 손으로 가리켰다. 그녀의 반응을 기다리는 것이었다.

"이런 세상에." 아이랜이 나지막이 말했다. 그녀가 우리로 다가가 안을 들여다보았다. 그런 뒤에 그 주위를 빙글빙글 돌면서, 모든 각도에서 염소를 바라보았다. "이거 진짜로 진짜야?" 그녀가 물었다. "가짜가 아닌 거야?"

"당연히 진짜지." 그가 말했다. "그렇지 않다면, 그놈들이 날 속인 거겠지." 물론 그런 일은 드물었다. 가짜 판매에 대한 벌금이 어마어마하기 때문이었다. 진짜 동물의 온전한 시장 가격의 두 배 하고도 반이나 되었다. "아니, 그들이 나를 속이지는 않았어."

"이거 염소잖아." 아이랜이 말했다. "검정색 누비아 염소야."

"암컷이지." 릭이 말했다. "그러니 나중에는 짝짓기를 시킬 수도 있어. 그리고 이놈한테서 젖을 짜서, 그걸로 치즈를 만들 수도 있고."

"밖으로 꺼내봐도 될까? 양이 들어 있는 곳에 넣을까?"

"일단은 줄에 묶어두어야 해." 그가 말했다. "최소한 앞으로 며칠 동안은 말이야."

아이랜이 이상하게 작은 목소리로 말했다. "〈내 삶은 사랑과 기쁨〉. 요제프 슈트라우스가 작곡한 옛날, 아주 옛날 노래야. 기억나? 우리가 처음 만났을 때." 그녀는 한 손을 그의 어깨 위에 살며시 올리고, 그가 있는 쪽으로 몸을 기대며 그에게 입을 맞추었다. "사랑이 많았지. 기쁨도 아주 많았고."

"고마워." 그가 그녀를 끌어안았다.

"우리 내려가서 일단 머서에게 감사를 표하자. 그런 다음에 다시 올라와서 이 녀석 이름을 지어주는 거야. 이 녀석한테는 이름이 필요하니까. 그리고 당신은 이 녀석을 묶어둘 줄도 찾아야 해." 그녀가 앞장섰다.

주디를 빗질하던 이웃 빌 바버가 두 사람에게 말을 걸었다. "저기요, 아주 잘생긴 염소를 구하셨군요, 데카드 내외분. 축하드립니다. 안녕하세요, 데카드 여사님. 아마 나중에 새끼도 받으실 예정이시죠. 어쩌면 그때쯤 제 망아지 한 마리하고 새끼 염소 두 마리하고 맞바꿀 수도 있겠네요."

"고맙습니다." 릭이 말했다. 그는 아이랜을 뒤따라 엘리베이터 쪽으로 갔다. "이게 당신의 우울증에 대한 치료가 될까?" 그가 물었다. "내 우울증은 이게 치료해줬거든."

아이랜이 말했다. "당연히 내 우울증을 치료해주지. 이제 우리는 그 양이 가짜였다고 모두에게 시인할 수 있게 되었잖아."

"굳이 그러고 다닐 필요까지는 없어." 그가 조심스레 말했다.

"하지만 이제 우리한테는 그게 **가능한** 거잖아." 아이랜이 고집스레 주장했다. "보라고, 이제 우리한테는 아무것도 숨길 게 없어. 늘 원하던 게 드디어 실현되었으니까. 이건 꿈이라고!" 다시 한번 그녀는 까치발을 하고 남편에게 몸을 기대며 재빨리 입을 맞추었다. 열띠고도 변덕스러운 그녀의 숨결이 그의 목을 간지럽혔다. 곧이어 그녀는 손을 뻗어 엘리베이터 버튼을 눌렀다.

뭔가가 그에게 경고했다. 뭔가가 그로 하여금 이렇게 말하게 만들었다. "아직 아파트로 내려가지 말아야겠어. 일단 저 염소와 같이 여기 있어보자고. 그냥 가만히 앉아서 저 녀석을 바라보는 거야. 염소한테 뭘 먹이기라도 하면서. 저 녀석을 산 데서 먹이로 쓸 귀리도 한 자루 주더라고. 그러면서 염소의 유지 관리에 관한 설명서를 읽을 수도 있고. 그것도 같이 넣어주더라니까. 추가 비용도 없이 말이야. 저 녀석 이름은 '유피미어'라고 짓지." 그러나 아이랜은 엘리베이터가 도착하자마자 곧장 안으로 걸어 들어갔다. "아이랜, 잠깐만."

"감사의 뜻에서 머서와 융합하지 않는다는 것은 부도덕한 일이 될 거야." 아이랜이 말했다. "나는 오늘 장치의 손잡이를 붙잡았고, 덕분에 우울증을 약간 극복했어. 아주 약간이었지. 지금과 같지는 않았어. 하지만 어쨌거나 나는 돌을 하나 맞았어, 여기." 그녀가 손목을 들어 올려 보였다. 그는 그곳에 작고 시커먼 멍이 나 있음을 알아보았다. "그리고 우리가 머서와 함께 있을 때에는 얼마나 더 나아지는지, 우리가 얼마나 부유한지를 생각했던 기억이 나. 고통에도 불구하고 말이야. 육체적 고통은 있지만, 영적으로는 함께 있는 거지. 나는 다른 모든 사람들을 느꼈어. 전 세계 각지에 있는. 동시에 융합된 사람들 모두를." 그녀는 닫히려는 엘리베이터 문을 손으로 막았다. "어서 타, 릭. 단지 한순간일 뿐이야. 당신은 융합을 거의 견디지 못하지. 나는 당신이 지금 느끼는 기분을 다른 사람들 모두에게도 전달했으면 좋겠어. 당신은 그럴 의무가 있어. 그걸 우리만 간직하고 있는 건 부도덕한 일이 될 거야."

그녀의 말은 물론 옳았다. 그래서 그는 엘리베이터에 올라타고 다시 아래로 내려갔다.

거실의 감정이입 장치 앞에 서자 아이랜이 재빨리 전원을 켰다. 그녀의 얼굴에서 기쁨이 점점 커졌다. 마치 초승달이 떠오르는 것처럼, 기쁨이 그녀의 얼굴을 밝게 했다. "나는 모두에게 알려주고 싶어." 그녀가 말했다. "예전에 나도 그런 일을 겪은 적이 있어. 내가 융합했는데, 마침 그 직전에 동물을 하나 구입한 사람한테서 감정을 받아들인 거지. 그런데 어느 날인가는—" 그녀의 표정이 순간적으로 어두워졌다. 기쁨이 달아나고 사라졌다. "어느 날인가는 직전에 동물이 죽은 누군가로부터 감정을 받아들인 거야. 하지만 우리들은 각자의 다른 기쁨들도 공유하기 때문에(물론 당신도 알다시피 나는 기쁨이란 게 전혀 없지만 말이야) 그 사람도 결국에는 기분이 좋아졌지. 여차하면 우리는 잠재적인 자살에까지 다다를 수 있어. 우리가 가진 것, 우리가 느끼는 것, 여차하면—"

"그들은 우리의 기쁨을 갖게 될 거야." 릭이 말했다. "하지만 우리는 잃어버리고 말겠지. 우리의 느낌을 그들의 느낌과 맞바꾸는 거야. 우리의 기쁨을 잃어버리고 말 거라고."

감정이입 장치의 화면에 형체가 없는 밝은 색깔의 빛줄기가 흘러가는 모습이 나타났다. 숨을 깊이 들이마시고 나서, 그의 아내는 두 개의 손잡이를 단단히 붙잡았다. "우리가 느끼는 것을 진짜로 잃어버리지는 않을 거야. 우리가 그걸 마음속에 분명하게 간직하는 한에는 말이야. 당신은 융합의 요령을 제대로 숙달한 적이 없었지, 안 그래, 릭?"

"아마도." 그가 말했다. 하지만 그는 이제 아이랜 같은 사람들이 머서교로부터 얻어내는 가치가 무엇인지 난생 처음으로 감지하기 시작했다. 아마도 현상금 사냥꾼 필 레시를 만난 경험으로 인해 그의 시냅스 가운데 미세한 것 몇 가지가 변화했고, 결국 한 가지 신경 스위치가 꺼지는 대신에 다른 스위치가 켜진 모양이었다. 이로써 일종의 연쇄 반응이 시작된 것도 같았다. "아이랜." 그가 다급히 불렀다. 그는 감정 상자에 있던 그녀를 뒤로 잡아당겨 끌어냈다. "내 말 좀 들어봐. 오늘 나한테 무슨 일이 있었는지를 당신한테 이야기하고 싶어." 그는 그녀를 소파로 데리고 가 앉히고, 자신을 똑바로 바라보게 했다. "나는 또 다른 현상금 사냥꾼을 만났어." 그가 말했다. "전에는 한 번도 본 적이 없는 사람이었어. 상당히 난폭한 사람이었는데, 앤디들을 파괴하는 일을 좋아하는 것처럼 보였어. 그와 함께 있었던 다음부터, 나는 난생 처음으로 그들을 다르게 바라보게 되었어. 무슨 말인가 하면, 내 나름대로이기는 하지만, 지금껏 나는 그 사람이 하는 것처럼 그들을 바라보고 있었던 거야."

"이 이야기, 나중에 하면 안 돼?" 아이랜이 말했다.

릭이 말했다. "나는 검사를 받았어. 질문을 한 가지 했지. 그리고 확인했어. 내가 안드로이드에 감정이입을 하기 시작했다는 걸. 그리고 그게 무슨 의미인지를 직시하게 되었지. 오늘 아침에 당신이 그랬었지. '그 불쌍한 앤디들'이라고. 그러니 당신도 내가 지금 무슨 말을 하는지 알 거야. 저 염소를 사온 것도 그래서였어. 그전에는 이런 기분을 느낀 적이 없어. 어쩌면 이것도 우울증일 수 있지. 당신이 겪는 것처럼. 이제 나는 당신이 우울해할 때 어떻게 고통을 받는지를 이해할 수도 있어. 나는 늘 당신이 그 상태를 기꺼워한다고 생각했었고, 당신이 언제라도 거기서 벗어날 수 있다고 생각했지. 혼자 힘으로 안 되면, 하다못해 기분 조절 오르간의 힘을 빌려서라도 말이야. 하지만 당신이 그렇게 우울해할 때면, 당신은 아무 일에도 관심을 둘 수 없는 거야. 무감각한 상태인 거지. 가치에 대한 감각을 잃어버린 상태니까 말야. 기분이 더 나아지거나 말거나 상관이 없는 거야. 왜냐하면 당신이 아무런 가치도 갖고 있지 못하다면—"

"그럼 당신 일은 어쩌고?" 그녀의 어조가 그를 후려쳤다. 그는 눈을 껌벅거렸다. "당신의 **일** 말이야." 아이랜이 다시 한번 말했다. "그나저나 저 염소의 매달 할부금은 어떻게 되는데?" 그녀가 한 손을 내밀었다. 그는 반사적으로 계약서를 꺼내서 그녀에게 건네주었다. "이렇게 많다니." 그녀가 가느다란 목소리로 말했다. "할부 이자는 또 얼마지. 이런, 세상에. 이자만 해도 이 정도라니. 당신은 우울을 느껴서 이 짓을 했다는 거였지. 처음에 얘기했듯이, 나를 깜짝 놀라게 하기 위해서가 아니라 말이야." 그녀는 계약서를 도로 그에게 건네주었다. "음, 어쨌거나 상관은 없어. 당신이 염소를 사온 게 나는 여전히 반가우니까. 나는 그 염소가 마음에 들어. 하지만 정말 만만찮은 부담인데." 그녀의 얼굴빛이 어두워졌다.

릭이 말했다. "다른 자리로 옮길 수도 있어. 우리 서에는 열가지인가 열한 가지쯤 되는 직책이 있으니까. 뭐, 동물 절도 같은 부서로 옮겨갈 수도 있고."

"하지만 현상금은 어쩌고. 우리한테는 그 돈이 필요해. 아니면 그 가게에서 저 염소를 압류하고 말걸!"

"잘 이야기하면, 할부 기간을 36개월에서 48개월로 연장할수 있을 거야." 그는 볼펜을 꺼내 계약서 뒷면에 직접 계산해보았다. "그렇게만 한다면 매월 내는 금액이 52달러 50센트씩 줄어든다고."

영상전화가 울렸다.

"우리가 여기 내려오지만 않았더라도." 릭이 말했다. "우리가 염소랑 같이 옥상에만 있었더라도, 우리는 이 전화를 받지 않아도 되었을 거야."

아이랜이 영상전화 쪽으로 다가갔다. "도대체 뭘 두려워하는 거야? 가게에서 염소를 압류하려 들지는 않을 거야. 아직까지는 말이야." 그녀가 송수화기를 들었다.

"아마 서일 거야." 그가 말했다. "나 아직 안 들어왔다고 해." 그는 침실로 향했다.

"여보세요." 아이랜이 송수화기에 대고 말했다.

앤디가 아직 셋이나 더 남아 있지. 릭이 생각했다. 오늘 내가 이렇게 집에 들어오는 대신에, 계속 뒤를 쫓아갔어야 하는 녀석들이 말이야. 영상전화 화면에 해리 브라이언트의 얼굴이 형성되었다. 이제는 도망치려고 해도 너무 늦었다. 그는 뻣뻣한 다리 근육을 움직여 전화 앞으로 걸어갔다.

"예, 집에 들어왔어요." 아이랜이 말하고 있었다. "염소를 한 마리 샀어요. 언제 한번 구경하러 오세요, 브라이언트 씨." 그녀는 상대방의 말에 귀를 기울이느라 잠시 입을 다물었다가 송수화기를 릭에게 건네주었다. "당신한테 하실 말씀이 있대." 그녀가 말했다. 그녀는 감정이입 장치 쪽으로 가서 재빨리 좌석에 앉아 두 개의 손잡이를 다시 한번 붙잡았다. 그녀는 즉시 그 일에 열중했다. 릭은 송수화기를 들고 가만히 선 채로, 그녀의 정신적 이탈을 인식했다. 자신의 외로움을 인식했다.

"여보세요." 그가 송수화기에 대고 말했다.

"아직 남은 안드로이드 가운데 두 대의 행방을 알아냈네." 해리 브라이언트가 말했다. 그는 자기 사무실에서 전화를 걸고 있었다. 릭의 눈에 익은 책상이 보였다. 서류와 종이와 키플이 잔뜩 흩어져 있었다. "그들도 경계를 하게 된 것이 분명해. 데이브를 통해 알게 된 주소지에서는 이미 떠났고, 지금은 어디에 있느냐면…… 잠깐만." 브라이언트가 책상 위에서 뭔가를 더듬어 찾더니만, 마침내 원하던 물건을 발견했다.

자동적으로 릭도 펜을 더듬어 꺼냈다. 그리고 염소 할부 구매 계약서를 무릎 위에 올려놓고 받아 적을 준비를 했다.

"아파트 건물, 3967-C." 브라이언트 경위가 말했다. "최대한 빨리 그리로 가봐. 그들도 이미 알고 있다고 봐야 할 거야. 오늘 자네가 잡은 자들, 그러니까 갈랜드와 루프트와 폴로코프의 소식을 접했다고 말이야. 그러니까 이렇게 불법적인 도주를 시도한 거겠지."

"물론 불법적이죠." 릭이 따라 말했다. 그들로선 생명을 구하는 일인데, 그게 불법적이라니.

"아이랜한테 들으니까, 염소를 샀다던데." 브라이언트가 말했다. "오늘 샀나? 퇴근하자마자?"

"집에 오는 길에 샀습니다."

"나머지 안드로이드들을 퇴역시키고 나면 염소를 구경하러 한번 들르도록 하지. 그나저나— 내가 방금 전에 데이브하고 이야기를 나누었는데 말이야. 그러니까 그들 때문에 자네가 겪은 곤란을 내가 그 친구한테 이야기했지. 그 친구가 축하한다고, 그리고 좀 더 조심하라고 전해달라더군. 넥서스-6 기종은 자기가 생각한 것보다도 더 똑똑하더라고 말야. 사실은 자네가 하루 사이에 셋이나 잡았다는 이야기에 그 친구도 정말 믿을 수 없어 했다니까."

"하루에 셋이면 충분하죠." 릭이 말했다. "오늘은 더 이상 못하겠습니다. 좀 쉬어야 되겠어요."

"내일이면 모조리 도망치고 말텐데." 브라이언트 경위가 말했다. "우리의 관할 구역이 아닌 곳으로 말이야."

"그렇게 빨리는 아닐 거예요. 그들은 계속 근처에 있을 거예요."

브라이언트가 말했다. "오늘 밤에 그리 가보도록 하게. 그들이 잠적하기 전에 말이야. 자네가 이렇게 빨리 움직이리라고는 예상 못 할 거야."

"오히려 예상하고 있을 걸요." 릭이 말했다. "아마 제가 오기를 기다리고 있을 겁니다."

"겁이라도 먹은 건가? 그 폴로코프 때문에 ―"

"겁을 먹은 건 아닙니다." 릭이 말했다.

"그럼 도대체 뭐가 문제지?"

"알겠습니다." 릭이 말했다. "그리 가보도록 하죠." 그는 전화를 끊으려고 했다.

"결과가 나오는 대로 곧장 알려주게. 계속 사무실에 있을 테니까."

릭이 말했다. "그들을 잡으면, 이번에는 양을 한 마리 살 겁니다."

"양이라면 이미 하나 있지 않나. 내가 자네를 처음 만났을 때부터 줄곧 한 마리 갖고 있었을 텐데."

"그건 전기양입니다." 릭이 말했다. 그는 전화를 끊었다. 이번에는 진짜 양을 사는 거야. 그는 속으로 말했다. 반드시 하나 살거야. 일종의 보상으로 말이야.

검은색 감정이입 장치에 아내가 웅크리고 앉아 있었다. 얼굴에는 황홀한 표정이 떠올라 있었다. 그는 한동안 그녀의 옆에 서서, 한 손을 그녀의 가슴에 대고 있었다. 그는 그녀의 가슴이 오르락내리락하는 것을, 그녀의 속에 들어 있는 생명을, 활동을 느꼈다. 아이랜은 그가 곁에 있다는 사실을 눈치채지 못했다. 늘 그랬듯이, 머서와의 경험이 완전해진 것이다.

기계의 화면에서 그는 피로하고, 늙고, 예복을 걸친 머서의 형체를 보았다. 노인은 힘들게 위로 나아갔지만, 갑자기 돌멩이 하나가 그의 곁을 스치고 지나갔다. 그 모습을 지켜보며 릭은 생각했다. 이런, 세상에. 지금 내가 처한 상황은 그의 상황보다도 뭔가 더 나쁜 데가 있어. 머서는 자기에게 낯선 어떤 일을 굳이 할 필요가 없지. 비록 고통을 겪긴 하지만, 최소한 그는 자신의 정체성에 위배되는 의무를 지니고 있진 않으니까.

그는 몸을 숙여 두 개의 손잡이를 붙들고 있는 아내의 손가락을 조심스레 하나하나 폈다. 곧이어 그는 아내가 있던 자리를 대신 차지했다. 정말 몇 주 만에 처음으로 하는 일이었다. 충동적인 일이기도 했다. 애초에 이럴 계획은 전혀 없었다. 갑자기 벌어진 일이었다.

잡초가 무성한 풍경이, 폐허가 그의 눈앞에 펼쳐졌다. 공기에서 뭔가 거슬리는 꽃 냄새가 풍겼다. 이곳은 사막이었고, 따라서 비가 내리지 않았다.

한 남자가 그의 앞에 서 있었다. 지치고 고통에 시달린 두 눈에는 서글픈 빛이 떠올라 있었다.

"머서." 릭이 말했다.

"나는 자네의 친구라네." 노인이 말했다. "하지만 자네는 내가 존재하지 않는 것처럼 생각하고 살아야만 하지. 자네는 그걸 이해할 수 있나?" 노인이 양팔을 벌렸다.

"아뇨." 릭이 말했다. "저는 그걸 이해할 수 없습니다. 저에겐 도움이 필요합니다."

"내가 어떻게 자네를 구원할 수 있겠나?" 노인이 말했다. "내가 나 자신조차도 구원할 수 없다면?" 그가 미소를 지었다. "자네는 모르겠나? **이 세상에 구원이라곤 없어."**

"그렇다면 이 일은 무엇을 위한 거죠?" 릭이 물었다. "당신은 무엇을 위해 계신 거죠?"

"자네에게 보여주기 위해서지." 윌버 머서가 말했다. "자네는 혼자가 아니라는 것을. 나는 여기에 자네와 함께 있고, 앞으로도 그럴 거네. 가서 자네의 임무를 행하게. 비록 그게 잘못이라는 걸 자네도 알기는 하겠지만 말이네."

"왜죠?" 릭이 말했다. "왜 제가 그 일을 해야 하는 거죠? 차라리 그 일을 그만두고 이민을 가겠습니다."

노인이 말했다. "어디로 가든지 자네는 잘못을 행할 수밖에 없을 걸세. 그것이야말로 삶의 기본적인 조건이니까. 즉 자네는 자신의 정체성에 위배되는 일을 할 수밖에 없는 거지. 살아 있는 모든 피조물은 언젠가 반드시 그렇게 해야만 하는 거야. 그것은 궁극의 어둠이고, 창조의 패배지. 이것이야말로 저주의 작용이라네. 모든 생명에게 먹이를 제공하는 저주지. 우주 어디에서나 마찬가지고."

"해주실 수 있는 말은 그게 전부인가요?" 릭이 말했다.

돌멩이 하나가 그에게 휙 하고 날아왔다. 몸을 숙였지만 돌멩이는 그의 귀에 정통으로 맞았다. 그 즉시 그는 손잡이를 놓아버렸고, 다시 한번 자기 집 거실에, 아내와 감정이입 장치 옆에 서 있게 되었다. 방금 맞은 충격 때문에 머리가 몹시 아팠다. 귀에 손을 대보니, 새빨간 피가 얼굴 옆으로 크게 방울져 떨어지고 있었다.

아이랜이 손수건을 가지고 그의 귀에서 피를 톡톡 찍어냈다. "당신이 나를 풀어줘서 오히려 기뻤던 것 같아. 이렇게 돌멩이에 맞는 것은 정말 견딜 수가 없거든. 나 대신에 돌멩이를 맞아줘서 고마워."

"나가봐야 해." 릭이 말했다.

"일 때문에?"

"세 건이나 돼." 그는 그녀에게서 손수건을 받아 들고 현관문으로 향했다. 여전히 어질어질했고, 이제는 속이 울렁거리기까지 했다.

"잘 다녀와." 아이랜이 말했다.

"저 손잡이를 붙잡고 있는 동안 얻은 건 아무것도 없었어." 릭이 말했다. "머서가 나한테 뭐라고 말했지만, 그것도 도움이 되진 않았어. 그조차도 나보다 더 많이 알고 있지는 않아. 그는 단지 죽을 때까지 언덕을 오르는 노인네에 불과해."

"혹시 그게 일종의 계시였던 거야?"

릭이 말했다. "그런 계시라면 이미 받은 다음이지." 그는 현관문을 열었다. "이따 보자고." 그는 복도로 나와 문을 닫았다. 아파트 건물 3967-C. 할부 구매 계약서 뒷면에 적힌 주소를 읽으며 그는 생각에 잠겼다. 교외에 있는 곳이군. 거기는 대부분 버려진 곳인데. 숨어 있기에는 좋은 장소지. 밤에 불빛만 새어 나가지 않는다면 말이야. 내가 찾아봐야 할 게 바로 그거야. 그는 생각했다. 불빛 말이야. 주광성走光性이 있는 거지. 박각시나방처럼 말이야. 이번 일만 끝내고 나면. 그는 생각했다. 이제 더는

272

하지 않는 거야. 나는 다른 일을 할 거야. 다른 방식으로 먹고살 거라고. 그 셋으로, 이번이 마지막이야. 머서의 말이 맞았어. 나는 이걸 극복해야만 해. 하지만. 그는 생각했다. 할 수 있을 것 같지가 않아. 두 대의 앤디를 한꺼번에. 이것은 도덕적 질문이 아니야. 현실적 질문이지.

어쩌면 그들을 퇴역시키지 **못할**지도 몰라. 그는 문득 깨달았다. 설령 시도한다 하더라도. 오늘은 너무 많은 일이 일어났고, 나는 너무 지쳤어. 어쩌면 머서도 이걸 알았을지 몰라. 그는 생각했다. 어쩌면 앞으로 일어날 모든 일을 예견하고 있는지도 몰라.

하지만 도움을 얻을 수 있는 곳을 알지. 이전에 돕겠다는 제안이 왔지만, 내가 거절한 곳을 말이야.

그는 옥상에 도착했고, 잠시 후에는 호버카에 들어가 어둠 속에 앉아서 전화 다이얼을 돌렸다.

"로즌 조합입니다." 전화교환원이 말했다.

"레이철 로즌을 부탁합니다." 그가 말했다.

"뭐라고 하셨습니까, 선생님?"

릭이 짜증스레 대답했다. "레이철 로즌을 바꿔달라고요."

"죄송합니다만, 혹시 로즌 양께서도 전화가 오는 것을 알고 계신지ㅡ"

"분명히 알고 있을 겁니다." 그가 말했다. 그리고 기다렸다.

10분이 지나서 레이철 로즌의 작고 검은 얼굴이 화면에 나타났다. "안녕하세요, 데카드 씨."

273

"지금 바쁘신가요, 아니면 저와 잠깐 이야기 나눌 수 있을까요?"그가 말했다. "오늘, 앞서의 통화에서 당신이 말했었죠."어쩐지 **오늘** 있었던 일 같지가 않았다. 그가 마지막으로 그녀와 이야기를 나눈 때로부터 무려 한 세대쯤의 시간이 지난 것 같았다. 그리고 그 모든 무게며, 모든 피로가 그의 몸 안에서 다시 모습을 드러내고 있었다. 그는 육체적 피로를 느꼈다. 어쩌면. 그는 생각했다. 그 돌멩이 때문인지도 몰라. 그는 여전히 피를 흘리는 귀를 손수건으로 토닥였다.

"귀를 베였나 보네요." 레이철이 말했다. "뭐라고 위로를 전해야 할지."

릭이 말했다. "정말 내가 당신한테 전화를 다시 걸지 않을 거라고 생각했나요?"

"제가 그랬죠." 레이철이 말했다. "제가 없다면, 당신이 앤디를 쓰러트리기 전에 앤디가 당신을 쓰러트리고 말 거라고요."

"당신의 예상은 틀렸어요."

"하지만 당신이 전화를 걸어오긴 했죠. 어쨌거나요. 제가 거기, 샌프란시스코로 가주길 원하시는 건가요?"

"오늘 밤에요." 그가 말했다.

"오, 지금은 너무 늦었잖아요. 내일 가도록 할게요. 겨우 1시간이면 도착할 테니까요."

"오늘 밤 안으로 그들을 모두 잡아 오라는 명령을 받았어요." 그는 잠시 말을 멈추었다가 이렇게 말했다. "처음의 여덟 대 중에서, 이제 세 대 남았죠."

"말씀하시는 것만 들으면, 뭔가 막 끔찍한 일을 겪으신 것 같네요."

"당신이 오늘 밤 안에 이곳으로 날아오지 않는다면." 그가 말했다. "나는 혼자서 그들을 뒤쫓아야 할 테고, 결국 그들을 퇴역시킬 수가 없겠죠. 방금 전에 염소도 한 마리 샀는데 말이에요." 그가 덧붙였다. "오늘 잡은 세 대에 대한 현상금을 받아서 산 거죠."

"당신네 인간들이란." 레이철이 웃었다. "염소라면 냄새도 지독할 텐데."

"수컷 염소만 그렇죠. 그놈을 사면서 따라온 지침서를 읽어보니, 그렇다고 나와 있더군요."

"당신, 진짜로 지쳐 보여요." 레이철이 말했다. "어딘지 멍해 보이기도 하고요. 지금 자기가 무슨 일을 하고 있는지 똑똑히 알고는 있는 거예요? 오늘 하루 안으로 넥서스-6을 셋이나 더 잡겠다고요? 누구도 하루 동안 안드로이드를 여섯이나 퇴역시킨 적은 없어요."

"프랭클린 파워스가 했었죠." 릭이 말했다. "1년쯤 전의 일인데, 시카고에서요. 그는 무려 일곱이나 퇴역시켰어요."

"그건 구식인 맥밀런 Y-4 기종이었어요." 레이철이 말했다. "이건 그것과는 다른 거라고요." 그녀는 뭔가를 곰곰이 생각했다. "릭, 그렇게는 안 돼요. 난 아직 저녁도 안 먹었다고요."

"내겐 당신이 필요해요." 그가 말했다. 그렇지 않다면 나는 죽고 말 거야. 그는 속으로 말했다. 나는 알아. 머서도 알고 있었어. 내 생각에는 당신도 알고 있을 거야. 그리고 나는 당신에게 애원하며 시간을 허비하고 있지. 그가 생각했다. 안드로이드는 애원의 대상이 될 수 없는데 말이야. 그들에게는 애원이 먹힐 만한 감정이 전혀 없으니까.

레이철이 말했다. "미안해요, 릭. 하지만 오늘 밤에는 안 돼요. 내일은 되어야만 가능할 거예요."

"안드로이드의 복수로군요." 릭이 말했다.

"뭐라고요?"

"내가 보이트 캠프 척도를 가지고 당신의 정체를 밝혀냈기 때문이겠죠."

"정말 그렇게 생각하나요?" 그녀의 눈이 크게 뜨였다. "**진짜로 요?**"

"잘 있어요." 그가 말했다. 그리고 전화를 끊으려고 했다.

"저기요." 레이철이 다급하게 말했다. "왜 머리를 쓰지 않는 거죠?"

"당신이 보기에는 그렇게 보이겠지요. 넥서스-6 기종은 인간보다 똑똑하니까요."

"아니, 진짜로 이해를 못 하겠다는 거예요." 레이철이 한숨을 쉬었다. "내가 보기에, 당신은 오늘 밤에 그 일을 하고 싶지 않아요. 어쩌면 그 일을 아예 하고 싶지 않은 것도 같아요. 당신은 정말로 내가 도와주기를 원하는 건가요? 아직 남아 있는 안드로이드 세 대를 퇴역시킬 수 있도록? 아니면 단지 내가 당신 옆에서 당신을 말려주기를 바라는 거예요?"

"일단 이리로 와요." 그가 말했다. "그리고 우리 둘이서 호텔 방을 하나 빌리는 거예요."

"그건 또 왜죠?"

"내가 오늘 들은 어떤 이야기 때문이죠." 그가 목쉰 소리로 말했다. "인간 남성과 안드로이드 여성과 관련된 상황에 관한 이야기를요. 일단 오늘 밤에 샌프란시스코로 와요. 그러면 나머지 앤디에 관한 일은 포기할 테니까. 대신 우리 둘이 다른 일을 해보자고요."

그녀는 그를 가만히 쳐다보다가 갑자기 말했다. "알았어요. 갈게요. 그럼 어디서 만나면 되죠?"

"세인트 프랜시스에서요. 베이 지구에서 어느 정도 괜찮은 호텔 중에 아직까지도 영업하고 있는 유일한 곳이죠."

"내가 도착하기 전까지는 거기서 아무 짓도 하지 않을 거죠."

"호텔 방 안에 가만히 앉아 있을게요." 그가 말했다. "그리고 TV로 〈버스터 프렌들리〉를 보고 있을 거예요. 지난 사흘 동안 초대 손님으로 아만다 베르너가 나왔거든요. 그녀가 마음에 들어요. 남은 평생 내내 그녀를 볼 수 있다면 좋겠어요. 미소 짓는 듯한 가슴을 갖고 있으니까." 그는 전화를 끊고, 잠시 그대로 앉아서 머리를 비웠다. 마침내 그는 자동차의 냉랭한 기운에 정신을 차렸다. 그는 시동을 걸었고, 잠시 후에는 샌프란시스코의 시내 쪽으로 방향을 잡고 있었다. 세인트 프랜시스 호텔 쪽으로.

16

릭 데카드는 호화롭고 커다란 호텔 방 안에 앉아서 로이와 이름가르트 바티라는 두 안드로이드에 관한 정보 문서를 읽고 있었다. 그 둘의 경우에는 망원 렌즈로 촬영한 사진도 포함되어 있었지만, 흐릿한 입체 컬러 인쇄물이라서 간신히 형체를 알아볼 수 있는 정도였다. 여자는 제법 매력적이라고 그는 생각했다. 하지만 로이 바티는 뭔가 달랐다. 뭔가 더 나빴다.

화성에서는 약사였군. 그는 문서를 읽었다. 또는 최소한 그 안드로이드가 그 직업으로 위장한 것일 수도 있었다. 실제로 그것은 아마 노동자, 즉 농장 일꾼이었겠지만, 뭔가 더 나은 것을 향한 야심을 품게 되었을 것이다. **안드로이드도 꿈을 꾸나?** 릭은 속으로 물었다. 그건 분명해. 그들이 때때로 주인을 죽이고 이곳으로 도망치는 이유도 그것이니까. 더 나은 삶, 노예 신세가 아니라. 루바 루프트처럼 말이야. 〈돈 조반니〉와 〈피가로의 결혼〉을 노래하는 거지. 황량하고 바위투성이인 지표면을 힘들게 오가는 것 대신에 말이야. 근본적으로 거주가 불가능한 식민 세계에 사는 것 대신에 말이야.

> (정보 서류에 따르면) 로이 바티는 공격적이고, 모조 권위를 토대로 자기주장이 강한 분위기를 풍긴다. 이 안드로이드는 신비적 몰입에 경도된 나머지 집단 탈주를 시도할 것을 제안했고, 이른바 안드로이드의 **생명**의 성스러움에 관한 허세 넘치는 가설을 만들어내 그 시도를 뒷받침했다. 아울러 이 안드로이드는 다양한 정신 융합 약물을 훔쳐내고, 또 그걸 가지고 실험을 함으로써, 안드로이드들 사이에서 머서교와 유사한 집단 경험을 조장하려 도모했다고 체포 당시에 주장했다. 그것의 지적에 따르면, 머서교는 아직까지도 안드로이드가 이용할 수 없는 상태로 남아 있다.

이 보고에는 뭔가 애처로운 느낌이 담겨 있었다. 거칠고도 차가운 안드로이드가, 의도적으로 그 안에 장착된 결함 때문에 자신이 겪을 수 없는 경험을 겪고자 희망했다는 내용이었으니까. 하지만 로이 바티에 대해서는 그닥 동정을 느끼지는 않았다. 데이브의 메모에 따르면, 이 특정한 안드로이드에게는 불쾌한 기운이 감돌고 있다는 걸 깨달았기 때문이다. 바티는 융합 경험을 인위적으로 만들어내려는 시도를 했었다. 그 시도가 성공을 거두지 못하자 그다음으로 수많은 인간 살해를 도모했고…… 급기야 지구로 도주한 것이었다. 그런데 이제는, 특히 오늘 안에, 원래의 안드로이드 여덟 대가 점차적으로 제거되어, 급기야 셋만 남은 상황이 되어 있었다. 그들로 말하자면, 이 불법 집단에서도 유난히 두각을 드러낸 구성원들이었지만, 이미 죽을 운명에 처해 있다고 할 수 있었다. 그가 그들을 잡는 데 실패하더라도, 다른 뭔가가 잡을 것이기 때문이었다. 세월이 잡겠지. 그는 생각했다. 생명의 주기가. 바로 이것, 마지막 황혼의 최후가. 죽음의 적막 앞에 서는 것이. 그는 이 안에서 완전한 소우주를 인식했다.

호텔 방문이 세게 열렸다. "진짜 정신없이 날아왔네요." 레이철 로즌이 숨을 헐떡였다. 그녀는 생선 비늘무늬의 긴 외투를 입고, 거기에 어울리는 브래지어와 반바지를 걸치고 있었다. 장식이 멋진 우편 행낭 모양의 커다란 핸드백 외에 종이봉투도 하나 들고 있었다. "상당히 **멋진** 방이네요." 그녀는 손목시계를 들여다보았다. "1시간도 안 걸렸어요. 진짜 빨리 왔다고요. 자요." 그녀가 종이봉투를 내밀었다. "술을 한 병 샀어요. 버번으로요."

릭이 말했다. "그 여덟 대 중에서도 최악인 것이 아직 살아 있어요. 애초에 그들을 조직한 안드로이드죠." 그는 로이 바티에 관한 문서를 그녀에게 내밀었다. 레이철이 종이봉투를 내려놓고 그것을 받아 들었다.

"이것의 위치는 파악했나요?" 그녀가 문서를 다 읽고 나서 물었다.

"아파트 주소는 알아냈어요. 교외에 있더군요. 개미대가리와 닭대가리 같은 열등한 특수인들 두엇쯤이 나름의 삶을 살아가고 있을 법한 곳이죠."

레이철이 한 손을 내밀었다. "다른 두 대에 관한 것도 줘봐요."

"양쪽 모두 여성형이에요." 그는 문서를 그녀에게 건네주었다. 하나는 이름가르트 바티에 관한 것이었고, 또 하나는 프리스 스트래턴이라고 자처하는 안드로이드였다.

마지막 문서를 흘긋 본 레이철이 말했다. "오—" 그녀는 문서를 내려놓고 방 저편의 창문으로 다가가 샌프란시스코 시내를 내려다보았다. "맨 마지막 여성을 만나면 당신도 깜짝 놀랄 것 같네요. 어쩌면 아닐 수도 있지만요. 뭐, 전혀 개의치 않을 수도 있겠죠." 그녀의 안색이 창백해지고, 목소리가 떨렸다. 그리고 갑자기 예외적이다 싶을 정도로 불안정한 상태가 되었다.

"대체 뭐라고 중얼거리고 있는 거예요?" 그는 종이를 도로 주워 유심히 살펴본 다음 어떤 부분 때문에 레이철이 흥분한 건지 궁금해했다.

"일단 버번이나 따죠." 레이철이 종이봉투를 들고 화장실로 들어가더니 유리잔 두 개를 찾아서 들고 돌아왔다. 하지만 여전히 산만하고 불안정해 보였다. 뭔가에 정신이 팔려 있는 것 같았다. 그녀 내부의 숨겨져 있던 생각이 재빨리 움직이는 것을 그는 감지했다. 그런 변화가 그녀의 찡그리고 긴장된 얼굴

281

에도 드러나 있었다. "이것 좀 따주실래요?" 그녀가 물었다. "가격으로 따지면 한 재산 될걸요. 이미 아시겠지만요. 합성품이 아니에요. 전쟁 전에 나온 물건이죠. 진짜 맥아즙으로 만든 거라고요."

그는 병을 붙잡아서 뚜껑을 연 다음 두 개의 잔에 버번을 따랐다. "도대체 무슨 문제인지 이야기해봐요."

레이철이 말했다. "당신이 전화로 그랬죠. 내가 오늘 밤 이곳으로 날아오면, 나머지 세 대의 앤디에 관한 일은 포기하겠다고요. 대신 '우리 둘이 다른 일을 해보자'고도 그랬죠. 하지만 지금 우리는 여기서—"

"도대체 무엇 때문에 흥분했는지 말해봐요." 그가 말했다.

레이철이 그를 도도하게 마주 보았다. "우리가 지금부터 뭘 할 건지나 말해봐요. 나머지 넥서스-6 세 대에 관해서 안달복달하는 대신에 뭘 할 건지 말이에요." 그녀가 외투를 벗어 옷장에 걸어두었다. 덕분에 그는 그녀를 한참 자세히 쳐다볼 첫 번째 기회를 얻었다.

레이철의 몸매는 어딘가 기묘했다. 그는 이 사실을 다시 한번 깨달았다. 검은색 머리카락이 무성한 그녀의 머리는 커 보였지만, 작은 가슴 때문에 몸은 마른 것 같은, 거의 아이 같은 느낌을 주었다. 하지만 그녀의 커다란 눈, 그리고 정교한 속눈썹은 오로지 성인 여성에게서나 나타나는 모습이었다. 청소년기의 모습은 바로 거기에서 끝났다. 레이철은 두 발의 앞부분에 아주 살짝 체중을 싣고 서 있었으며, 아래로 늘어트린 두 팔은 관절이 구부러져 있었다. 크로마뇽인 중에서도 경계심이 가득한 사냥꾼이 취하는 자세 같군. 그는 생각했다. 키가 큰 사냥꾼의 종족이야. 그는 속으로 말했다. 불필요한 살이라곤 없고, 배는 홀쭉하고, 엉덩이는 작고, 가슴은 더 작았다. 켈트 족의 체형을 모델로 삼은 레이철의 모습은 시대착오적이지만 매력적이었다. 짧은 반바지 아래 드러난 그녀의 다리는 날씬하면서도 뭔가 중성적이고 무성無性적인 느낌을 갖고 있었다. 한마디로 여성의 굴곡이 별로 완성되지 못한 모습이었다. 하지만 전체적인 인상은 좋았다. 결정적으로 그녀는 소녀의 모습이지 여성의 모습은 아니었다. 물론 불안하고 민첩하게 움직이는 눈은 예외라고 해야겠지만.

그는 버번을 한 모금 마셨다. 그 술의 맛, 권위가 느껴질 정도로 강한 맛과 향에 워낙 친숙하지 않다 보니 그는 삼키는 데조차 어려움을 느꼈다. 반면 레이철은 아무 어려움 없이 술을 마셨다.

레이철은 멍하니 침대에 앉아서 구겨진 침대보를 반듯하게 펴고 있었다. 표정은 이제 침울해져 있었다. 그는 잔을 침대 옆 탁자에 내려놓고 그녀의 곁에 가서 앉았다. 그의 체중 때문에 침대가 내려앉자 레이철이 자세를 고쳐 앉았다.

"무엇 때문이죠?" 그가 말했다. 그러면서 손을 뻗어 그녀의 한 손을 잡았다. 차갑고, 앙상하고, 약간 축축하게 느껴졌다. "무엇 때문에 흥분한 거죠?"

"그 빌어먹을 맨 마지막 넥서스-6 기종 때문이에요." 레이철이 애써 또박또박 말했다. "그건 바로 나와 똑같은 기종이니까요." 그녀는 침대보를 빤히 바라보다가, 실을 하나 발견하자, 그걸 손가락으로 돌돌 말아서 덩어리로 만들었다. "거기 묘사된 모습을 보고도 눈치 못 챘어요? 그건 모두 나에 대한 내용이기도 해요. 물론 그녀는 머리 모양을 다르게 하고, 옷도 다르게 입을 수 있겠죠. 가발을 사서 쓸 수도 있고요. 하지만 당신도 그녀를 보면, 내 말이 무슨 뜻인지 알 수 있을 거예요." 그녀는 차갑게 웃었다. "내가 앤디라는 사실을 조합에서 인정하기를 잘했네요. 그렇지 않았더라면, 당신은 프리스 스트래턴의 모습을 보자마자 정신이 아득해졌을 테니까요. 아니면 그녀가 나라고 잘못 생각하든가요."

"그렇다고 해서 왜 당신이 이렇게 걱정하는 거죠?"

"빌어먹을, 당신이 그녀를 **퇴역**시킬 때, 나도 같이 갈래요."

"그건 안 돼요. 내가 그녀를 발견 못 할 수도 있으니까."

레이철이 말했다. "나는 넥서스-6의 심리를 알아요. 내가 여기 있는 이유도 그래서죠. 내가 당신을 도울 수 있는 것도 그래서고요. 그들은 모두 함께 숨어 있어요. 마지막 세 대가 말이에요. 로이 바티라는 이름으로 행세하는 정신 나간 것 주위에 꽁꽁 뭉쳐 있다는 거죠. 그는 이들의 중대하고도, 전면적이고도, 최종적인 방어를 배후에서 지휘할 거예요." 그녀의 입술이 일그러졌다. "세상에." 그녀가 말했다.

"기운 내요." 그가 말했다. 그는 손바닥으로 그녀의 뾰족하고 작은 턱을 감싼 다음, 그녀의 머리를 들어서 자신을 똑바로 바라보게 만들었다. 안드로이드에게 입을 맞추는 건 어떤 느낌일지 궁금하군. 그는 속으로 이렇게 말했다. 앞으로 조금 몸을 굽히면서, 그는 그녀의 마른 입술에 입을 맞추었다. 아무런 반응도 나오지 않았다. 레이철은 무감정한 상태로 있었다. 아무런 영향을 받지 않는 듯했다. 그런데도 그는 뭔가 다르게 느꼈다. 어쩌면 희망적 사고인지도 몰랐지만.

"차라리." 레이철이 말했다. "여기 오기 전에 그 사실을 알았더라면 좋았을 텐데. 그랬다면 여기까지 날아오지 않았을 거예요. 나는 당신이 뭔가 너무 많은 것을 바라고 있다고 생각했어요. 내가 뭘 갖고 있는지 알아요? 바로 이 프리스라는 안드로이드를 향해서 말이에요?"

"감정이입이겠죠."

"그거랑 비슷한 뭔가예요. 동일시. 내가 저기 있구나. 세상에. 어쩌면 정말 그런 일이 생길지도 몰라요. 혼란 상태에서 당신은 나를 퇴역시킬 수도 있어요. 그녀가 아니라요. 그리고 그녀는 시애틀로 돌아가서 내 삶을 대신 살아가는 거죠. 전에는 한 번도 그렇게 느껴본 적이 없어요. **우리는** 기계죠. 병뚜껑처럼 찍어낸 존재예요. 내가 실제로, 개별자로 존재한다는 것은 환상에 불과했던 거죠. 나는 단지 한 기종의 견본일 뿐이었어요." 그녀가 몸을 떨었다.

릭으로선 재미있다는 생각을 떨칠 수가 없었다. 레이철은 무척이나 감상적으로 침울해져 있었다. "개미는 그렇게 생각하지 않죠." 그가 말했다. "그리고 개미는 신체적으로 동일하고요."

"개미라. 그놈들도 그렇게 느끼지는 않아요. 전혀."

"인간의 일란성 쌍둥이도요. 그들도 역시ㅡ"

"하지만 그들은 서로를 동일시하죠. 내가 이해하기로, 그들은 강력하고도 특수한 유대를 갖고 있어요." 그녀가 자리에서 일어나더니 약간 불안한 동작으로 버번 병을 집어 들었다. 그녀가 자기 잔을 다시 채우고 재빨리 마셨다. 한동안 그녀는 방 안을 이리저리 돌아다녔고, 이맛살을 심하게 찡그리고, 곧 마치 우연히 그와 마주치기라도 한 것처럼 도로 침대에 주저앉았다. 그러고는 다리를 들어서 쭉 뻗더니 두툼한 베개에 올려놓았다. 그녀가 한숨을 쉬었다. "그 앤디들은 그냥 잊어버려요." 목소리에는 지친 기색이 역력했다. "정말이지 지쳤어요. 여기까지 오느라 그런가 봐요. 오늘 알게 된 사실 때문에라도요. 그냥 자고 싶어요." 그녀는 두 눈을 감았다. "혹시 내가 죽더라도." 그녀가 중얼거렸다. "나는 어쩌면 다시 태어날지도 몰라요. 로즌 조합이 나와 같은 하위 기종을 다시 한번 찍어낸다면 말이에요." 그녀가 눈을 뜨더니 그를 무섭게 노려보았다. "그거 알아요?" 그녀가 말했다. "내가 왜 여기 왔는지? 왜 엘든과 다른 로즌들이 (즉 '인간' 로즌들이) 나더러 당신을 따라다니게 하려는지 알아요?"

"관찰하기 위해서겠죠." 그가 말했다. "보이트 캠프 검사에서 정체가 발각되는 과정에서 넥서스-6이 정확히 무엇을 하는지를 자세히 관찰하기 위해서 말이에요."

"검사도 물론이고 다른 것도 마찬가지예요. 그것에게 뭔가 다른 성질을 부여하는 모든 것을 관찰하는 거죠. 그런 다음에 내가 그 내용을 보고하면, 조합에서는 접합자(수정란)를 담은 용기에서 DNS 인자를 수정하는 거예요. 그러면 우리는 넥서스-7을 갖게 되는 거죠. 그리고 그것조차도 따라잡히면, 우리는 또다시 수정을 가하고, 그러면 결국 조합에서는 인간과 구분이 불가능한 기종을 갖게 되는 거죠."

"혹시 당신도 보넬리 반사궁 검사라는 것을 알고 있나요?"그가 물었다.

"우리 역시 척추 신경절에 관해 연구하고 있어요. 언젠가는 보넬리 검사도 망각이라는 과거의 고색창연한 수의 속으로 사라지게 될 거예요."그녀가 악의 없는 미소를 지어 보였다. 말과는 어울리지 않는 행동이었다. 이 지점에서 그는 그녀가 이 문제를 어느 정도 진지하게 여기는지 알 수 없어졌다. 세계를 뒤흔들 중요성을 지닌 주제였지만, 그녀는 이를 경박하게 다루고 있었다. 안드로이드의 특징이겠지. 아마도. 그는 생각했다. 자기가 하는 말의 실제 **의미**에 대한 정서적 자각도 없고, 감정적 분별력도 없지. 오로지 개별 용어에 대한 공허하고, 형식적이고, 지적인 정의定義뿐이야.

이뿐만이 아니었다. 레이철은 그를 놀리기 시작했다. 미처 인식하지 못하는 사이에, 그녀는 자신의 상황을 한탄하는 일에서 그의 상태를 조롱하는 일로 넘어가 있었다.

"망할 것 같으니."그가 말했다.

레이철이 웃음을 터트렸다."나 취했어요. 당신하고 같이 갈 수는 없겠네요. 당신이 여길 나서면—" 그녀가 마치 가보라는 듯한 손짓을 했다. "나는 뒤에 남아서 잠이나 잘게요. 무슨 일이 일어났는지는 나중에 따로 얘기해줘요."

"문제는." 그가 말했다. "그런 **나중에**가 없을 수도 있다는 거죠. 로이 바티가 나를 제거한다면 말이에요."

"하지만 지금은 너무 취해서 당신을 도울 수가 없어요. 어쨌거나 당신은 사실을 알고 있잖아요. 벽돌처럼 단단한, 불규칙적인, 진리의 미끌미끌한 표면을 말이에요. 나는 단지 관찰자일 뿐이고, 굳이 당신을 구하려고 노력하지도 않을 거예요. 로이 바티가 당신을 제거하거나 말거나, 나는 관심 없어요. 내가 관심 있는 것은 **내가** 제거되느냐 마느냐거든요." 그녀가 두 눈을 크게 떴다. "빌어먹을, 내가 나 자신에게 감정이입을 하고 있네요. 게다가, 봐요, 내가 만약 그 교외의 무너져가는 아파트로 간다면—" 그녀는 손을 뻗어 그의 셔츠 단추를 가지고 장난을 치다가, 느리고도 솜씨 좋게 비틀어 단추를 풀기 시작했다. "나는 따라가지 않을 거예요. 안드로이드는 서로에 대한 충성심이 없고, 그 빌어먹을 프리스 스트래턴이 나를 죽이고 내 자리를 대신 차지하게 될 걸 아니까요. 알겠죠? 외투 벗어요."

"왜죠?"

"그래야 우리가 침대에 누울 수 있을 테니까요." 레이철이 말했다.

"검정색 누비아 염소를 한 마리 샀어요." 그가 말했다. "그래서 앤디 셋을 더 퇴역시켜야만 해요. 임무를 끝내고 나서 아내

288

가 기다리는 집으로 돌아가야 해요." 그는 자리에서 벌떡 일어나 침대를 지나 버번 병 쪽으로 다가갔다. 그 앞에 서서 그는 조심스럽게 두 잔째 술을 따랐다. 두 손이 아주 약간 떨리고 있었다. 그는 이 모습을 지켜보았다. 아마도 피로 때문일 거야. 우리 둘 다 지쳤으니까. 그는 문득 깨달았다. 너무 지쳐서 앤디 셋을 쫓는 것은 무리야. 그 여덟 대 중에서도 최악인 한 대가 상황을 진행하고 있는데 말이야.

거기 서서 그는 갑자기 깨달았다. 자기가 주모자인 안드로이드를 향해서 과도한, 논의의 여지가 없는 두려움을 갖게 되었다는 사실을 말이다. 이 모든 상황은 바티에게 달려 있었다. 시작부터 그것에게 달려 있었다. 지금까지 그가 마주쳐서 퇴역시킨 것들은, 점점 더 불길해지는 바티의 현현인 셈이었다. 그리고 이제는 바티 그 자체를 마주하게 되는 것이다. 이 사실을 생각하자 두려움이 더 커지는 느낌이 들었다. 두려움이 그를 완전히 사로잡아서, 이제 그 두려움이 의식을 침입해도 그냥 두었다. "이제 당신이 없이는 나도 갈 수 없어요." 그가 레이철에게 말했다. "차마 여기를 떠날 수도 없다고요. 폴로코프가 나를 뒤쫓았으니까. 갈랜드도 사실상 나를 뒤쫓았으니까."

"당신 생각에는, 로이 바티가 당신을 찾아다닐 것 같아요?" 몸을 앞으로 숙여 빈 잔을 내려놓은 다음, 그녀는 손을 뒤로 해서 브래지어를 풀었다. 그녀는 재빠르게 속옷을 벗고, 자리에서 일어났다. 몸이 휘청거리자 자신의 몸이 휘청거린다는 사실을 깨달았는지 씩 웃었다. "내 핸드백에 보면." 그녀가 말했다.

"화성에 있는 우리 공장에서 만든 장치가 들어 있을 거예요. 그러니까 긴급—" 그녀는 인상을 찡그렸다. "긴급 안전 어쩌고하는 거죠. 일반적인 확인 점검 때 새로 제작된 앤디에게 집어넣는 거예요. 그걸 꺼내봐요. 굴처럼 생겼어요. 딱 보면 알 거예요."

그는 핸드백 속을 뒤지기 시작했다. 인간 여성과 다를 바 없이 레이철은 상상 가능한 갖가지 종류의 물건을 핸드백 속에 집어 넣고 숨겨둔 상태였다. 그는 졸지에 끝도 없이 그 안을 뒤지는 신세가 되었다.

그 와중에 레이철은 부츠를 걷어차고 반바지의 지퍼를 내렸다. 한 발로 선 상태에서, 그녀는 벗어놓은 옷가지를 발끝으로 들어 올리더니 방 저편으로 휙 던졌다. 그러더니 침대 위에 털썩 쓰러져서, 자기가 마시던 잔을 찾으려고 몸을 굴렸다가, 실수로 잔을 카펫 깔린 바닥에 쓰러트리고 말았다. "젠장." 그녀가 다시 한번 비틀거리며 자리에서 일어났다. 팬티 바람으로 그가 자기 핸드백을 뒤지는 모습을 지켜보더니, 가급적 신중하면서도 주의를 집중해 침대보를 들추고, 침대에 들어가더니, 침대보를 몸 위에 덮었다.

"이게 그건가요?" 그는 버튼 손잡이가 달려 있는 금속제 구球를 들어 보였다.

"그게 안드로이드가 강경증을 일으키도록 만들어주죠." 레이철이 두 눈을 감고 말했다. "몇 초 동안 말이에요. 그 호흡을 지연시키는 거죠. 당신의 호흡도요. 하지만 인간은 호흡이(아니,

발한發汗인가?) 없어도 2분쯤은 작동이 가능하니까. 하지만 앤디의 미주신경은―"

"나도 알아요." 그가 이야기를 대신 정리했다. "안드로이드의 자율신경계는 우리처럼 유연한 작동과 정지가 불가능하죠. 하지만 당신 말마따나, 이것도 기껏해야 5초 내지 6초밖에는 작동하지 못할 텐데."

"그 정도면 충분히 길죠." 레이철이 중얼거렸다. "당신의 생명을 구하기에는 말이에요. 그러니, 봐요―" 그녀는 몸을 일으켜 침대 위에 앉았다. "로이 바티가 여기 나타나면 그걸 손에 들고서 거기 있는 손잡이의 버튼을 누르기만 하면 돼요. 그렇게 해서 로이 바티가 꼼짝 못 하고 얼어붙어 있는 사이에, 즉 혈액에 산소가 공급되지 않고 두뇌 세포가 퇴화하는 사이에, 당신은 레이저로 로이 바티를 죽일 수 있는 거죠."

"당신도 레이저 튜브를 갖고 있군요." 그가 말했다. "핸드백 속에 말이에요."

"그거 가짜예요. 안드로이드의 경우에는." 그녀는 하품을 하면서 다시 눈을 감았다. "원래 레이저를 갖고 다니지 못하게 되어 있으니까요."

그는 침대 쪽으로 걸어갔다.

꿈틀거리던 레이철은 마침내 배를 깔고 엎드리더니, 흰색 시트에 얼굴을 묻었다. "이건 정말 깨끗하고, 고상하고, 처녀 같은 침대네요." 그녀가 말했다. "이건 오로지 깨끗하고, 고상한 여자들만이―" 그녀는 뭔가를 생각했다. "안드로이드는 아이를 낳을 수 없죠." 곧이어 그녀는 말했다. "그게 손해일까요?"

그는 그녀의 옷을 모두 벗겼다. 그녀의 창백하고 차가운 사타구니가 드러났다.

"그게 손해일까요?" 레이철이 또다시 말했다. "사실 모르겠어요. 그걸 내가 알 도리는 전혀 없죠. 아이를 갖는다는 것은 어떤 느낌일까요? 그건 그렇고, 태어난다는 것은 또 어떤 느낌일까요? 우리는 태어나지 않아요. 자라지도 않죠. 병에 걸리거나 나이가 들어서 죽는 것이 아니라 마치 개미처럼 닳아서 망가지죠. 우리는 바로 그런 거예요. 당신은 아니지만요. 내 말은 내가 그렇다고요. 실제로는 살아 있는 것이 아닌 키틴질 반사 기계장치죠." 그녀가 머리를 한쪽으로 돌리며 큰 소리로 말했다. "나는 살아 있지 않아요! 당신은 지금 여자랑 침대에 누운 게 아니에요. 그러니 실망하지 말아요. 알았죠? 혹시 전에도 안드로이드랑 자본 적 있어요?"

"아뇨." 그는 셔츠와 넥타이를 풀면서 말했다.

"내가 알기로는(왜냐하면 사람들이 그렇게 말하는 걸 들었거든요) 당신도 이거에 대해서 생각을 너무 많이 하지는 않는 게 좋아요. 생각을 너무 많이 하다 보면, 자기가 하고 있는 일을 반성하게 되거든요. 그렇게 되면 더 이상은 못 하게 되는 거죠. 어떤, 으흠, 생리적인 이유 때문에 말이에요."

그는 몸을 굽혀 그녀의 맨 어깨에 입을 맞추었다.

"고마워요, 릭." 그녀가 나지막이 말했다. "그래도 잊지는 말아요. 생각하지 말라고요. 그냥 해버려요. 하다 말고 괜히 철학자라도 된 척하지 말라고요. 철학적인 관점에서 보자면 이거야말로 음울한 일이잖아요. 우리 둘 다한테요."

그가 말했다. "나는 여전히 이걸 하고 나서도 로이 바티를 찾아볼 생각이에요. 그리고 당신이 거기 같이 갔으면 좋겠어요. 내가 보기에 당신 핸드백에 들어 있는 레이저 튜브는—"

"당신 생각에는, 내가 당신을 위해 앤디를 퇴역시킬 것 같아요?"

"내 생각에는, 당신이 하는 말에도 불구하고, 당신은 최대한 나를 도와줄 것 같아요. 그렇지 않다면 당신은 이렇게 침대에 누워 있지도 않았겠죠."

"나는 당신을 사랑해요." 레이철이 말했다. "내가 만약 어떤 방에 들어갔는데, 당신의 가죽을 씌워서 만든 소파가 거기 놓여 있다면, 나는 보이트 캠프 검사에서 매우 격렬한 반응을 나타냈을 거예요."

오늘 밤의 언젠가. 그는 침대 옆에 놓인 조명등을 끄면서 생각했다. 나는 이 벌거벗은 젊은 여자와 똑같이 생긴 넥서스-6을 하나 퇴역시키겠지. 이런, 세상에. 그가 생각했다. 결국 필레시가 말한 곳에 도달하게 되었군. 그녀와 함께 침대에 눕는 거야. 그런 다음에 그녀를 죽이는 거지. "나는 할 수가 없어." 그가 말했다. 그러고는 침대에서 뒤로 물러섰다.

"당신이 할 수 있기를 바랐는데." 레이철이 말했다. 목소리가 떨리고 있었다.

"당신 때문이 아니에요. 프리스 스트래턴 때문이죠. 내가 나중에 그녀에게 해야 하는 일 때문에요."

"우리는 똑같지 않아요. **나는** 프리스 스트래턴 따위에게 아무 관심도 없다고요. 잘 들어요." 레이철이 몸을 뒤채더니 일어나 앉았다. 어둠 속에서 그는 그녀의 가슴이라곤 없는, 가냘픈 형체를 어렴풋이 알아볼 수 있었다. "**나랑 침대에 누우면, 내가 직접 달려가서 스트래턴을 퇴역시킬게요. 알았죠?** 내가 도저히 참을 수가 없어서 그래요. 이렇게 가까이 왔다가, 갑자기—"

"고마워요." 그가 말했다. 십중팔구 버번의 효과 때문이겠지만, 그의 내부에서는 고마운 마음이 솟아올랐다. 심지어 목이 메기까지 했다. 둘. 그는 생각했다. 이제 겨우 둘만 퇴역시키면 돼. 그저 바티 부부만 말이야. 레이철이 정말 그렇게 할까? 분명해. 안드로이드는 뭔가를 생각하고 나면, 딱 그렇게 작동하니까. 하지만 그로선 이제껏 단 한 번도 이와 같은 상황에 직면한 적이 없었다.

"빌어먹을, 얼른 침대로 들어와요." 레이철이 말했다.

그는 침대로 들어갔다.

17

일을 끝내고 나서 그들은 대단한 사치를 즐겼다. 릭은 룸서비스를 시켜 커피를 가져오게 했다. 그는 초록색과 검정색, 금박이 뒤섞인 안락의자에 한참 동안 앉아서, 커피를 마시며 앞으로의 몇 시간에 대해 생각하고 있었다. 레이철은 뜨거운 물로 샤워를 하면서 조잘거리고 흥얼거리고 첨벙거렸다.

"당신도 거래를 할 때는 상당히 좋은 거래를 하는군요." 그녀가 물을 끄면서 그에게 말을 걸었다. 그녀는 벌거벗은 채로 물을 뚝뚝 흘리면서 고무줄로 머리를 묶으며 화장실 문 앞에 나타났다. 피부가 발갛게 달아올라 있었다. "우리 안드로이드는 우리의 신체적이고 감각적인 열정을 조절할 수가 없어요. 당신도 그걸 알고 있던 거 같은데요. 내가 보기에, 당신은 나를 교묘하게 이용한 거예요." 하지만 말처럼 진짜 화가 난 것 같지는

295

않았다. 오히려 쾌활하게 구는 그녀의 모습은 그가 알고 있는 여느 젊은 여자와 똑같았다. "우리, 정말로 그 세 대의 앤디를 오늘 밤에 쫓아가야만 하는 건가요?"

"그래요." 그가 말했다. 두 대는 내가 퇴역시키는 거지. 그가 생각했다. 한 대는 당신이 하는 거고. 레이철의 말마따나, 이들은 이미 계약을 한 셈이었다.

커다란 흰색 목욕수건을 몸에 두르면서 레이철이 말했다. "당신도 즐거웠나요?"

"그래요."

"나중에도 안드로이드랑 같이 침대에 누울 생각이 있나요?"

"상대방이 여자라면. 그리고 당신과 닮았다면."

레이철이 말했다. "혹시 나 같은 인간형 로봇의 수명이 어느 정도인지 알아요? 내가 존재한 지는 2년째예요. 당신이 보기에는 내 수명이 얼마나 더 남았을 것 같아요?"

잠시 머뭇거리다가 그가 대답했다. "대략 2년쯤 더 남았을까."

"그들도 그 문제만큼은 해결하지 못했어요. 내 말은 전지 교체 말이에요. 영구적인, 또는 어느 정도 반영구적인 재사용 말이에요. 음, 세상일이 다 그렇죠." 그녀는 열심히 몸을 말리기 시작했다. 얼굴에서 점차 표정이 사라졌다.

"미안해요." 릭이 말했다.

"빌어먹을." 레이철이 말했다. "애초에 그 이야기를 꺼낸 내가 미안하죠. 어쨌거나 그것 때문에 인간은 안드로이드와 함께 내

296

빼서 같이 살 엄두를 못 내는 거라고요."

"당신 같은 넥서스-6 기종의 경우에도 마찬가지인가요?"

"신진대사가 문제예요. 두뇌 장치가 아니라." 그녀는 저쪽으로 걸어가서 다시 팬티를 입고는 옷을 걸치기 시작했다.

그 역시 옷을 입었다. 곧이어 두 사람은 말없이 옥상 주차장으로 향했다. 그의 호버카가 주차된 곳 옆에는 흰 옷을 입은 친절한 인간 안내원이 서 있었다.

샌프란시스코 교외를 향해 날아가는 동안 레이철이 말했다.

"멋진 밤이군요."

"내가 산 염소는 지금쯤 잠들었을 거예요." 그가 말했다. "아니면 염소가 야행성일 수도 있겠죠. 어떤 동물은 아예 잠을 자지 않기도 하죠. 양도 잠을 자지 않아요. 전혀요. 만약 아니라면 내가 눈치를 챘겠죠. 그놈들을 쳐다보고 있으면, 그놈들도 날 쳐다보죠. 뭔가 얻어먹을 것을 바라고요."

"당신의 아내는 어떤 사람인가요?"

그는 대답하지 않았다.

"당신 혹시—"

"만약 당신이 안드로이드가 아니었다면." 릭이 그녀의 말을 끊었다. "내가 당신과 법적으로 결혼할 수 있었다면, 나는 기꺼이 결혼했을 거예요."

레이철이 말했다. "아니면 우리는 죄를 범하며 살아갈 수도 있겠죠. 물론 나는 진짜로 살아 있는 사람이 아니지만."

"법적으로야 당신은 살아 있는 게 아니죠. 하지만 실제로 당신은 살아 있어요. 생물학적으로요. 당신은 저 가짜 동물처럼 트랜지스터가 들어 있는 회로로 만들어진 게 아니에요. 당신은 유기적 실체죠." 그리고 앞으로 2년만 있으면. 그는 생각했다. 당신은 닳아서 고장 나고, 결국 죽게 되겠지. 전지 교체에 관한 문제가 아직 해결되지 못했으니까. 당신 말대로 말이야. 그러니 내 생각에는 어차피 아무 상관이 없어.

이것이 나의 최후인가. 그는 속으로 말했다. 현상금 사냥꾼으로서 말이야. 바티 부부 다음에는 더 이상 하지 않을 거야. 오늘 밤, 이들 이후에는.

"당신, 슬픈 표정이군요." 레이첼이 말했다.

그가 손을 뻗어서 그녀의 뺨을 만졌다.

"당신은 더 이상 안드로이드 사냥을 할 수 없을 거예요." 그녀가 차분하게 말했다. "그러니 슬픈 표정 짓지 말아요. 제발요."

그가 그녀를 바라보았다.

"그 어떤 현상금 사냥꾼도 계속하지는 못하더군요." 레이첼이 말했다. "나랑 자고 난 다음에는 말이에요. 물론 예외는 하나 있었어요. 매우 냉소적인 남자였죠. 필 레시라고. 그는 또라이였어요. 외톨이마냥 단독으로 일하고 다녔죠."

"나도 그를 알아요." 릭이 말했다. 멍한 느낌이 들었다. 완전히. 그의 몸 전체가 그랬다.

"하지만 지금 우리가 같이하는 일은." 레이첼이 말했다. "시간 낭비까지는 아닐 거예요. 왜냐하면 당신은 경이롭고도 영적인 누군가를 만날 테니까요."

"로이 바티 말이군요." 그가 말했다. "당신은 그들 모두를 알고 있나요?"

"네, 모두요. 그들이 아직 존재했을 때에는 말이에요. 지금은 셋을 아는 셈이죠. 오늘 아침 우리는 당신을 막으려고 했어요. 당신이 데이브 홀든의 명단을 들고 출발하기 전에 말이에요. 나는 다시 한번 시도를 했죠. 폴로코프가 당신을 찾아가기 직전에요. 하지만 그 이후로는 나도 가만히 기다려야만 했어요."

"내가 마침내 무너질 때까지 말이죠." 그가 말했다. "그리고 당신에게 전화하지 않을 수 없을 때까지."

"루바 루프트하고 나는 매우 가까운 사이였어요. 2년 가까이 매우 친하게 지냈죠. 그녀는 어땠나요? 혹시 당신도 그녀를 좋아했나요?"

"나도 그녀를 좋아했죠."

"하지만 당신은 그녀를 죽였잖아요."

"그녀를 죽인 건 필 레시예요."

"오, 그러니까 필 레시가 당신을 따라서 오페라 극장으로 간 거로군요. 우리도 그것까지는 몰랐어요. 우리 통신 장치도 그때 망가졌으니까. 우리는 그녀가 살해되었다는 사실까지만 알았죠. 그래서 당연히 당신이 한 일이라고 생각했어요."

"데이브의 기록으로 미루어 보면." 그가 말했다. "로이 바티까지는 나도 계속 추적해서 퇴역시킬 수 있을 것 같아요. 하지만 이름가르트 바티는 못할 것 같아요." 그리고 프리스 스트래턴도 마찬가지야. 그는 생각했다. 심지어 지금도. 심지어 이걸 알면서도. "그렇다면 아까 호텔에서 일어났던 일은 모두." 그가 말했다. "따지고 보면 결국—"

"조합에서는." 레이첼이 말했다. "이곳은 물론이고 소련에 있는 현상금 사냥꾼하고도 연줄을 맺고 싶어 하죠. 이 방법도 나름 효과가 있는 것 같은데…… 물론 그 이유를 우리로선 완전히 이해하지는 못하지만요. 이것 역시 우리의 한계겠죠, 제 추측에는."

"이게 자주 효과를 발휘하는지, 또는 당신 말마따나 효과를 잘 발휘하는지는 의심스럽군." 그는 퉁명스럽게 말했다.

"하지만 당신한테는 그랬잖아요."

"어디 두고 봐야지."

"나는 이미 알고 있어요." 레이첼이 말했다. "당신 얼굴에 나타난 표정을 보면 말이에요. 그 슬픔요. 나는 그걸 눈여겨봤다고요."

"이런 일을 지금까지 도대체 몇 번이나 한 거지?"

"잘 기억은 안 나요. 일곱, 여덟. 아니, 아홉 번이었던 것 같아요." 그녀는(또는 그것은) 고개를 끄덕였다. "맞아요, 아홉 번이었어요."

"그야말로 구시대적인 발상이군." 릭이 말했다.

레이첼이 깜짝 놀라며 말했다. "뭐, 뭐라고요?"

그는 운전대를 앞으로 밀어서 차를 하강시켰다. "아니면 최소한 나한테는 그렇게 느껴졌다고 해야겠지. 당신을 죽여버릴 거야." 그가 말했다. "그러고 나면 로이와 이름가르트 바티, 그리고 프리스 스트래턴을 쫓는 일은 나 혼자 해야겠지만."

"그래서 지금 착륙하려는 거예요?" 비로소 이해했다는 듯 그녀가 말했다. "벌금이 나올걸요. 나는 우리 조합의 재산이에요. 법인 재산이죠. 나는 화성에서 이곳으로 도망친 도주 안드로이드가 아니라고요. 다른 안드로이드와 다르단 말이에요."

"하지만." 그가 말했다. "당신을 죽일 수 있다면 나는 그들도 죽일 수 있겠지."

그녀의 양손이 불룩 튀어나온, 물건이 잔뜩 있는, 키플이 가득 찬 핸드백으로 들어갔다. 그녀는 뭔가를 필사적으로 찾더니, 이내 포기하고 말았다. "망할 놈의 핸드백 같으니." 그녀는 사나운 어조로 말했다. "도무지 이 안에 들어 있는 물건에는 손도 댈 수가 없으니. 좋아요, 이왕 죽일 거면 아프지 않게 해줄래요? 그러니까, 조심스럽게 해줄 수 있냐고요. 내가 저항하지 않으면요, 알았죠? 저항하지 않겠다고 약속할게요. 그렇게 해줄 거죠?"

릭이 말했다. "이제야 알겠군. 필 레시가 왜 그런 말을 했는지 말이야. 그는 단순히 냉소적인 게 아니었어. 그는 너무 많은 것을 알았던 거야. 이런 일을 겪고 나면— 나로선 그를 탓할 수 없어. 이게 그를 비뚤어지게 만든 거니까."

"하지만 잘못된 쪽으로 가긴 했죠." 그녀는 이제 좀 더 침착한 외관을 유지하고 있었다. 하지만 여전히 기본적으로는 당황하고 긴장한 채였다. 그리고 검은 불길은 쇠약해지고 있었다. 생명력이 그녀에게서 스며 나오고 있었다. 그가 종종 다른 안드로이드에게서 목격했던 것 그대로였다. 전형적인 체념이었다. 기계적이고 지적인 납득이었다. 이것이야말로 무려 20억 년에 걸쳐서 살아가고 진화하라는 압력으로부터 시달림을 받았던 진짜 유기체도 체득하지 못한 태도였다.

"당신네 안드로이드가 자포자기하는 방식을 나는 정말로 견딜 수가 없어." 그는 운전대를 잡아당겨서 충돌을 피했다. 브레이크를 밟자 자동차가 비틀비틀 기우뚱하며 멈춰 섰다. 그는 시동을 끄고 레이저 튜브를 꺼냈다.

"후두골을 쏴요. 두개골 뒤에서 아래쪽이에요." 레이철이 말했다. "부탁해요." 그녀는 레이저 튜브를 보지 않게끔 몸을 돌렸다. 광선은 그녀가 미처 깨닫지 못하는 사이에 파고들 것이었다.

레이저 튜브를 치우면서 릭이 말했다. "나는 필 레시가 말한 것처럼 할 수가 없어." 그는 다시 시동을 걸고 잠시 후에 이륙했다.

"결국 나를 그렇게 하려는 작정이라면." 레이철이 말했다. "지금 당장 해요. 괜히 기다리게 만들지 말고요."

"당신을 죽이지는 않을 거야." 그는 다시 한번 샌프란시스코 시내 쪽으로 방향을 틀었다. "당신 차는 세인트 프랜시스에 있지? 거기 내려줄 테니까, 시애틀로 돌아가도록 해." 그가 할 말은 그걸로 끝이었다. 그는 적막 속에서 차를 몰았다.

"죽이지 않아줘서 고마워요." 레이철이 곧바로 말했다.

"빌어먹을, 당신 말마따나, 당신은 앞으로 수명이 겨우 2년밖에는 남지 않았어, 어쨌거나. 그리고 나는 무려 50년이 남았고. 나는 당신보다 스물다섯 배는 더 오래 살 거야."

"당신은 정말 나를 경멸하고 있군요." 레이철이 말했다. "내가 한 행동 때문에 말이에요." 그녀에게 다시 한번 자신감이 돌아와 있었다. 그녀의 목소리가 빚어내는 말도 점점 속도가 빨라졌다. "당신도 다른 사람들과 똑같은 길을 간 거예요. 당신 이전의 현상금 사냥꾼들 말이에요. 그들도 매번 이렇게 화를 내면서 나를 죽여버리겠다고 거칠게 말했죠. 하지만 때가 되면 정작 그렇게 못 했어요. 딱 당신처럼요. 딱 지금처럼요." 그녀는 담배를 하나 꺼내 불을 붙이더니, 맛있다는 듯 연기를 들이마셨다. "이게 무슨 뜻인지 알죠, 안 그래요? 이건 내 말이 결국 맞는다는 뜻이에요. 당신은 더 이상 안드로이드를 퇴역시킬 수 없을 거예요. 단순히 나에 대해서뿐만이 아니라, 바티와 스트래턴에 대해서까지도 마찬가지일 거라고요. 그러니 얼른 염소가 기다리고 있는 집으로 돌아가세요. 가서 좀 쉬시라고요." 갑자기 그녀가 외투를 손으로 세게 털었다. "이크! 불붙은 담뱃재가 떨어졌네요. 어디 보자, 이젠 없어졌군요." 그녀는 다시 좌석에 앉아 편안한 자세를 취했다.

그는 아무 말도 없었다.

"그 염소." 레이철이 말했다. "당신은 나보다 그 염소를 더 사랑하는 거군요. 당신 아내를 사랑하는 것보다 더하겠죠, 아마도. 순서를 매기자면 첫째는 염소, 다음은 당신 아내, 그리고 맨 꼴찌는─" 그녀는 유쾌한 듯 깔깔거렸다. "이럴 때에는 웃

303

을 수밖에 없지 않나요?"

그는 대답하지 않았다. 한동안 침묵이 흐르고 난 후 레이철이 갑자기 손을 더듬어 자동차 라디오의 전원을 켰다.

"꺼." 릭이 말했다.

"〈버스터 프렌들리와 그의 친근한 친구들〉을 끄라고요? 아만다 베르너와 오스카 스크룩스를 끄라고요? 지금은 버스터의 어마어마하고도 충격적인 폭로를 들을 때라고요. 이제 거의 나올 시간이 되었다니까요." 그녀는 몸을 굽히고는 라디오 불빛에 시계를 비추고 눈금을 읽었다. "이제 금방 나올 거예요. 혹시 당신도 알고 있나요? 그가 줄곧 그 이야기를 했잖아요. 분위기를 끌어올리면서요. 바로—"

라디오에서 목소리가 흘러나왔다. "—쩨가 여러분께 말씀드리려는 껏은요, 씨청자 여러뿐, 쩌는 찌금 쩨 친꾸 뻐스터와 함께 앉아 있꼬, 우리는 이야끼를 나누며 진짜 엄청나게 즐거운 씨간을 뽀내고 있꼬, 씨계 빠늘이 똑딱똑딱 움찍일 때마다, 쩨가 알기로는 쩡말로 **쭝**요한 **빨**표를 꼬대하고—"

릭이 라디오를 껐다. "오스카 스크룩스." 그가 말했다. "지적인 사람의 목소리로군."

레이철이 곧바로 손을 뻗어서 다시 라디오를 켰다. "나는 듣고 싶어요. 나는 들을 **의향**이라고요. 이건 중요한 거예요. 버스터 프렌들리가 오늘 자기 쇼에서 말할 내용은요." 출연자의 바보 같은 목소리가 주절주절 흘러나오는 사이, 레이철 로즌은 등을 뒤로 기대고 편안하게 앉았다. 그의 곁에 펼쳐진 어둠 속에서, 그녀의 담배 끄트머리가 마치 자기만족에 빠진 반딧불의 꽁무니처럼 빛을 발했다. 꾸준하면서도 흔들림이 없는 그 지표야말로 레이첼 로즌의 업적을 보여주는 것이었다. 그녀가 그를 상대로 거둔 승리를 보여주는 것이었다.

18

"내 나머지 물건을 이리로 가져와." 프리스가 J. R. 이지도어에게 명령했다. "특히 TV 세트가 있었으면 좋겠어. 그래야만 버스터의 발표를 들을 수 있을 테니까."

"맞아." 이름가르트 바티도 찬성했다. 눈을 반짝이는 그녀의 모습이 쏜살같이 날아다니는, 깃털 달린 칼새 같았다. "TV가 **필요**해. 우리는 오랫동안 오늘 밤을 기다렸어. 이제 곧 시작할 시간이 되었는데."

이지도어가 말했다. "제 TV는 정부 채널만 나와요."

로이 바티가 거실 한쪽 구석, 일인용 소파에 앉아 있었다. 얼핏 보기에는 그 자리에 영원히 있으려는 의향인 듯, 그 자리를 자신의 숙소로 삼은 듯 보였다. 로이가 트림을 하며 인내심 있게 말했다. "우리가 보고 싶은 건 〈버스터 프렌들리와 그의 친근한 친구들〉이야, 이즈. 아니, 내가 당신을 J. R.이라고 불렀으면 좋겠나? 어쨌든, 무슨 말인지 알아들었지? 가서 TV 세트를 가져올 거지?"

혼자서, 이지도어는 메아리치는 텅 빈 복도를 지나 계단으로 향했다. 그래도 그의 내부에서는 강력하면서도 뚜렷한 행복의 향기가 피어올랐다. 가뜩이나 무미건조한 삶에서 처음으로, 자신이 쓸모 있다는 사실을 자각했기 때문이었다. 이제는 다른 사람들이 내게 의지하고 있어. 그는 먼지가 쌓인 계단을 지나 아래층으로 향하면서 기뻐 어쩔 줄 몰랐다.

게다가. 그는 생각했다. 〈버스터 프렌들리〉를 TV로 본다면 좋을 거야. 그냥 가게의 트럭에 달린 라디오로 듣는 것보다는 말이야. 그래, 맞아. 그는 깨달았다. 버스터 프렌들리는 오늘 밤에, 신중하게 조사한 놀랄 만한 사실을 폭로할 테니까. 그러니 프리스와 로이와 이름가르트 덕분에, 나는 어쩌면 지금까지 발표된 것 중에서도, 여러 해를 통틀어 가장 중요한 뉴스일지 모르는 것을 보게 되는 거야. 그것 참 대단하지 않냐고. 그는 속으로 말했다.

J. R. 이지도어에게는 삶이 분명히 호전되기 시작한 셈이었다.

그는 프리스가 예전에 살던 아파트로 들어가서, TV 세트의 플러그를 빼고, 안테나를 떼어냈다. 그 즉시 적막이 뚫고 들어왔다. 양팔이 점차 흐릿해지는 걸 느꼈다. 바티 부부와 프리스가 없는 상황에서, 그는 자기 자신이 희미해지는 것을, 기묘하게도 그가 방금 플러그를 뽑은 비활성 상태의 TV 세트와 비슷해지는 것을 발견했다. 너는 반드시 다른 사람과 함께 있어야 해. 그는 생각했다. 살기 위해서라면 말이야. 내 말은, 그들이 여기 오기 전까지만 해도, 나는 이걸 견딜 수 있었어. 이 건물에서 혼자 있는 것을 말이야. 하지만 지금은 상황이 바뀌었어. 너는 다시 돌아갈 수 없어. 그는 생각했다. 너는 사람을 떠나 사람 없는 상태로 돌아갈 수 없다고. 당혹감 속에서 그는 생각했다. 나는 그들에게 의존하고 있어. 하느님, 감사합니다. 그들이 머물러 있게 해주셔서.

프리스의 물건을 위층 아파트로 옮기려면 두 번은 갔다 와야 할 것 같았다. TV 세트를 들면서, 그는 이걸 먼저 가져가고 여행용 가방과 나머지 옷들은 다음에 가져가기로 작정했다.

몇 분 뒤 그는 TV 세트를 가지고 위층에 도착했다. 손가락이 얼얼한 상태에서 그는 거실 커피 탁자 위에 물건을 올려놓았다. 바티 부부와 프리스가 무표정한 얼굴로 그 모습을 바라보고 있었다.

"이 건물에서는 전파가 잘 잡혀요." 그는 숨을 헐떡이면서 코드를 꽂고 안테나를 부착했다. "내가 예전에 〈버스터 프렌들리와 그의 친근한 친구들〉을 볼 때는—"

"그냥 켜기나 해." 로이 바티가 말했다. "그만 좀 떠들라고."

그는 시키는 대로 했다. 그러고는 문 쪽으로 달려갔다. "한 번만 더 다녀오면." 그가 말했다. "다 끝날 거예요." 그는 잠시 머뭇거렸다. 마치 그들이라는 벽난로 앞에 기웃거리며 불을 쪼이

듯이.

"좋아." 프리스가 무심하게 말했다.

이지도어는 다시 한번 출발했다. 어쩐지 그들이 나를 이용하고 있는 것 같아. 그는 생각했다. 하지만 신경 쓰지 않았다. 그래도 그들은 좋은 친구들이야.

다시 아래층으로 내려간 그는 젊은 여자의 옷을 주워 모아서 여행용 가방에 모조리 집어넣고, 그걸 들고 힘들게 다시 복도를 지나고 계단을 올라갔다.

바로 그때, 그의 앞에서 뭔가 작은 것이 먼지 위를 움직였다.

그는 여행용 가방을 떨어트리고, 플라스틱 약병을 하나 꺼내 들었다. 여느 사람들처럼 그 역시 이럴 때를 대비해 들고 다니는 물건이었다. 거미였다. 특별한 종류까지는 아니었지만, 어쨌거나 살아 있었다. 그는 손을 떨면서 그놈을 병 안에 살살 집어넣고 뚜껑을 꽉 닫았다. 물론 뚜껑에는 바늘로 뚫은 작은 구멍이 나 있었다.

위층 자기 집 문 앞에 도착한 그는 잠시 멈춰 서서 숨을 골랐다.

"—예, 그렇습니다. 여러분. **이제** 시간이 되었습니다. 저는 버스터 프렌들리입니다. 제가 직접 해낸, 그리고 최고 수준의 연구 인력이 지난 몇 주 동안 추가 근무까지 불사하면서 검증한, 바로 그 발견을 공유하기 위해서 여러분께서도 저와 마찬가지로 안달이 나 있으시리라고 기대하고 믿는 바입니다. 호, 호, 여러분, **그건 바로 이것입니다!**"

존 이지도어가 말했다. "제가 거미를 하나 발견했어요."

세 안드로이드가 고개를 들어 그를 흘낏 바라보았다. 순간적으로 TV 화면에서 그에게로 관심을 옮긴 것이다.

"보여줘봐." 프리스가 손을 내밀었다.

로이 바티가 말했다. "〈버스터〉 하는 동안에는 떠들지 마."

"나는 거미를 한 번도 본 적이 없단 말야." 프리스가 말했다. 그녀는 약병을 받아서 손바닥에 올려놓고 그 안에 있는 생물을 바라보았다. "저 다리 좀 봐. 왜 이렇게 다리가 많이 필요한 거지, J. R.?"

"거미란 녀석은 원래 그래요." 이지도어가 말했다. 그의 가슴이 쿵쿵 뛰었다. 숨쉬기가 거북할 정도였다. "다리가 여덟 개죠."

프리스가 자리에서 일어나며 말했다. "내가 무슨 생각을 하고 있는 줄 알아, J. R.? 내 생각에 이 녀석은 그 다리가 전부 다는 필요 없을 것 같아."

"여덟 개라고?" 이름가르트 바티가 말했다. "그놈은 왜 네 개만 갖고는 살지 못한다는 거지? 네 개를 잘라낸 다음, 어떻게 하는지 보자고." 그녀는 충동적으로 핸드백을 열더니, 깨끗하고도 날카로운 손톱 가위를 꺼내서 프리스에게 건네주었다.

기묘한 공포가 J. R. 이지도어를 엄습했다.

프리스는 약병을 부엌으로 가져가더니, J. R. 이지도어의 아침 식사용 식탁에 앉았다. 그러고는 뚜껑을 열고는 병을 뒤집어 거미를 꺼냈다. "그러면 이전만큼 빨리 달리지는 못하겠지."

그녀가 말했다. "하지만 여기에는 먹을 것도 전혀 없긴 하잖아. 어쨌거나 죽고 말 거야." 그녀가 가위로 손을 뻗었다.

"제발 하지 말아요." 이지도어가 말했다.

프리스가 의아한 표정으로 그를 바라보았다. "이게 그렇게 가치 있는 생물이야?"

"그 녀석 다리를 자르지 말아요." 그는 숨을 헐떡이며 애원했다.

프리스가 가위로 거미 다리 하나를 잘라냈다.

거실에서는 TV 화면에 나타난 버스터 프렌들리가 이렇게 말했다. "배경 사진에서 한 부분을 확대한 사진입니다. 이건 여러분이 흔히 보는 하늘입니다. 잠깐만요. 여기서 저희 연구실의 실장인 얼 퍼래미터가 나와서, 그들이 발견한, 사실상 전 세계를 뒤흔들 발견을 직접 설명해드리겠습니다."

프리스가 또다시 다리 하나를 잘라냈다. 그녀는 손끝으로 거미를 꼼짝 못하게 누르고 미소 짓고 있었다.

"이 비디오 장면의 확대 사진을." TV에서 새로운 목소리가 흘러나왔다. "실험실에서 정밀하게 조사한 결과, 머서의 움직이는 배경으로 사용되는 이 회색 하늘과 낮달의 배경막이 테라(지구)의 것이 아님은 물론이고, 심지어 **인공적인 것**이라는 사실이 밝혀졌습니다!"

"이거 안 보고 뭐해!" 이름가르트가 걱정스러운 듯 프리스를 불렀다. 그녀는 부엌 문간으로 달려왔고, 프리스가 뭘 시작했는지를 보았다. "오, 그건 나중에 해." 그녀가 달래듯 말했다.

311

"저거 진짜 중요한 거야. 그들이 말하는 것 말이야. 지금까지 우리가 믿어온 모든 것이—"

"조용히 좀 해." 로이 바티가 말했다.

"—사실이라는 게 입증되었잖아." 이름가르트가 말을 마쳤다.

TV에서 설명이 계속 흘러나왔다. "이 **달**은 그림으로 그린 겁니다. 확대해서 보면, 그러니까 지금 여러분께서 화면으로 보고 계신 사진도 그중 하나입니다만, 그걸로 보면 붓 자국이 보이거든요. 그리고 이 말라빠진 잡초와 황량하고 불모 상태인 땅역시 마찬가지로 가짜라는 증거도 몇 가지 있습니다. 눈에 보이지 않는 어떤 일당들이 머서를 향해 던지는 돌멩이도 마찬가지일지 모릅니다. 실제로 그 **돌멩이들**은 물렁물렁한 플라스틱으로 만들어졌을 가능성이 있습니다. 즉 진짜 상처는 전혀 만들어내지 않는 물건이라는 거죠."

"달리 말하자면." 버스터 프렌들리가 끼어들었다. "윌버 머서는 전혀 고통을 받지 않는다는 거군요."

연구실장이 말했다. "버스터 프렌들리 씨, 우리는 말입니다, 수소문 끝에 전직 할리우드 특수효과 전문가였던 웨이드 코르토 씨를 찾아냈습니다. 이분께서 다년간의 경험을 토대로 단언하신바에 따르면, 이른바 **머서**라는 형체는 단순히 방음 녹음실 안에서 걸어 다니는 단역배우에 불과할 수도 있다는 겁니다. 심지어 코르토는 그 녹음실이 어디인지 알 것 같다고 주장하기까지 했습니다. 즉 지금은 사업을 접은 소규모 영화 제작자가 사용하던 곳인데, 코르토 씨는 그 사람과 함께 수십 년 전에 여러 가지 일을 했다고 합니다."

"그러니까 코르토 씨의 말에 따르면." 버스터 프렌들리가 말했다. "그건 사실상 의심의 여지가 없겠군요."

프리스는 이제 거미의 다리를 세 개째 잘라내고 있었다. 거미는 딱한 몰골로 부엌 탁자 위를 기어 다니면서, 거기서 벗어날 길을, 자유로 가는 통로를 찾고 있었다. 하지만 찾아내지 못했다.

"솔직히 말해서, 저희는 코르토 씨를 믿습니다." 연구실장이 건조하고도 현학적인 목소리로 말했다. "그리고 저희는 상당한 시간을 들여서, 지금은 사라진 할리우드 영화업계에서 한때 일했던 단역배우들의 홍보용 사진을 일일이 검토했습니다."

"그렇게 해서 발견하신 것이—"

"이것 좀 들어봐." 로이 바티가 말했다. 이름가르트는 TV 화면을 뚫어져라 쳐다보았고, 프리스는 거미의 다리를 자르는 일조차 잠시 멈추었다.

"우리는 수천 수만 장의 사진을 뒤진 끝에, 이제는 아주 나이 많은 노인이 된 앨 제리를 찾아냈습니다. 그는 전쟁 이전의 영화에서 수많은 단역을 연기했다고 합니다. 저희 연구실에서는 인디애나 주 이스트하모니에 있는 제리의 집으로 팀을 급파했습니다. 저희 팀원 한 사람이 거기서 발견한 것을 직접 설명드리도록 하겠습니다." 적막이 흐르더니 새로운 목소리가 역시나 단조롭게 흘러나왔다. "이스트하모니의 라르크 가에 있는 그

집은 워낙 낡고 허름한 데다 마을 가장자리에 있어 지금도 이 곳을 지키는 앨 제리를 제외하면 아무도 살지 않고 있었습니다. 그가 흔쾌히 들어오라고 허락했고, 저는 케케묵은 냄새가 풍기고 썩어가는 키플이 가득한 거실에서 제 앞에 앉은 앨 제리의 흐려지고, 산만하고, 희미해진 정신을 텔레파시적 수단을 이용해 읽어냈습니다."

"잘 들어봐." 로이 바티가 말했다. 의자 가장자리에 걸터앉은 그는 앞으로 달려들기라도 할 태세였다.

"제가 발견한 내용에 따르면." 기술자가 말을 이었다. "이 노인은 실제로 15분짜리 단편 비디오 영화 시리즈를 만든 적이 있습니다. 하지만 그를 고용한 제작자와는 한 번도 직접 만난 적이 없었습니다. 아울러 저희가 세운 이론에 따르면, 그 **돌멩이**는 사실 고무와 유사한 플라스틱으로 만들어진 것입니다. 그것에 맞아 흩뿌려지는 **피**는 다름 아닌 케첩이고요. 그리고—" 기술자는 킥킥 웃었다. "그때 제리 씨가 겪은 고통이란, 하루 종일 위스키를 한 잔도 못 마셨다는 것뿐이었습니다."

"앨 제리라고요." 버스터 프렌들리가 말했다. 다시 화면에 그의 얼굴이 나타났다. "이런, 이런. 이 노인으로 말하자면, 그 전성기에조차도 본인이나 우리가 딱히 기억할 만한 수준의 업적을 내놓지는 못한 인물이군요. 앨 제리는 뻔한 이야기를 반복하는 데다 재미조차 없는 영화를 만들었는데, 그것도 무려 시리즈로 만들었습니다. 제작자가 누군지도 모르는 상태에서 말이에요. 그게 실제로 누군지는 오늘날까지도 알려지지 않았습니다. 그나저나 머서교의 경험을 옹호하는 자들이 종종 하는 말에 따르면, 윌버 머서는 인간이 아니라고, 그는 사실 다른 별에서 온 원형적인 초월적 실체라고 합니다. 음, 어떤 면에서 이 주장은 정확한 것으로 판명되었군요. 즉 윌버 머서는 인간이 아니고, 실제로 존재하지도 않습니다. 그가 기어오르는 세계는 싸구려의, 할리우드의, 이미 오래전에 키플로 변해버린 흔한 방음 녹음실이었을 뿐입니다. 그렇다면 이런 거짓말을 태양계에 처음으로 퍼트린 사람은 누구일까요? 이 문제를 잠시 생각해보시기 바랍니다, 여러분."

"그건 영영 알 수 없을걸." 이름가르트가 중얼거렸다.

버스터 프렌들리가 말했다. "그건 저희도 영영 알 수 없을 겁니다. 이 사기 행각의 배후에 놓인 특정한 목적 역시 헤아릴 수 없기는 마찬가지입니다. 그렇습니다, 여러분, 사기 행각입니다. **머서교는 사기 행각입니다!**"

"내 생각에, 우리가 알고 있는 것 같은데." 로이 바티가 말했다. "그건 분명하잖아. 머서교가 존재하게 된 것은—"

"하지만 이걸 한번 생각해보십시오." 버스터 프렌들리가 계속 이야기했다. "머서교가 하는 일이 무엇인지를 스스로에게 질문해보십시오. 음, 만약 우리가 그 수많은 추종자들의 말을 믿는다면, 그 경험은—"

"그건 결국 인간이 갖고 있는 감정이입인 거지." 이름가르트가 말했다.

"—태양계 전체에 있는 남성과 여성을 단일한 실체로 융합

하는 것입니다. 그런데 이 실체는 이른바 **머서**의 텔레파시 목소리를 통해서 운영이 가능하죠. 이 점을 기억하시기 바랍니다. 어떤 야심 가득한, 정치에 뜻이 있는, 미래의 히틀러가 나타난다면—"

"아니지, 그건 바로 감정이입이라고." 이름가르트가 흥분하며 말했다. 그녀는 두 주먹을 불끈 쥐더니, 부엌으로 뛰어가서 이지도어에게 다가갔다. "사실 그거야말로 우리가 못하는 어떤 일을 인간이 할 수 있다는 것을 보여주는 방법 아니야? 머서의 경험이 없다면, 우리가 알 수 있는 것이라고는, 어디까지나 이 감정이입 장치, 즉 이 공유되는 집단 경험에서 당신들이 느꼈다는 것에 관한 당신들의 **말**밖에는 없으니까. 그나저나 거미는 좀 어때?" 그녀가 프리스의 어깨 너머로 몸을 숙였다.

프리스는 가위를 가지고 거미의 다리 하나를 또 잘라냈다. "이걸로 네 개째야." 그녀가 말했다. 그러면서 거미를 툭 건드렸다. "안 움직이네. 하지만 충분히 움직일 수 있을 거야."

로이 바티가 부엌 문간에 나타나더니 숨을 깊이 들이마셨다. 얼굴에 성취감이 떠올라 있었다. "됐어. 버스터가 큰 소리로 외쳤으니 이 성계에 있는 거의 모든 인간이 그의 말을 들었을 거야. **머서교는 사기 행각입니다.** 감정이입이라는 경험 전체가 사기 행각에 불과하다 이거지." 그는 안으로 들어와 호기심 어린 얼굴로 거미를 바라보았다.

"이게 걸려 들지를 않아." 이름가르트가 말했다.

"내가 걸게 만들 수 있어." 로이 바티가 종이 성냥갑을 꺼내

성냥 하나를 집어 들고 불을 붙였다. 그러고는 거미에게 불을 갖다 댔다. 가까이, 더 가까이. 급기야 그놈이 열기를 피해 힘없이 기어갔다.

"내 말이 맞았지." 이름가르트가 말했다. "다리가 네 개만 남아도 충분히 걸을 수 있다고 내가 그러지 않았어?" 그녀는 기대에 찬 얼굴로 이지도어를 바라보았다. "무슨 문제라도 있어?" 그의 한쪽 팔을 만지며 그녀가 말했다. "당신은 손해 본 것 없어. 우리가 돈을 낼게. 그— 뭐라고 하더라? 시드니 카탈로그라는 데 나온 가격대로 말이야. 그렇게 굳은 표정 짓지 마. 혹시 머서 때문에 그래? 그들이 발견한 것 때문에? 그 조사 결과 때문에? 이봐, 대답해봐." 그녀는 화난 듯 그를 손가락으로 쿡쿡 찔렀다.

"그는 화가 나 있어." 프리스가 말했다. "그도 감정이입 장치를 갖고 있으니까. 다른 방에 말이야. 당신도 그걸 써, J. R.?" 그녀가 이지도어에게 물었다.

로이 바티가 말했다. "당연히 그도 쓰겠지. 그들은 모두 그렇게 하니까. 아니, 그렇게 **했었다**고 해야 할까. 아마 이제부터는 그들도 의문을 품기 시작하겠지."

"내가 보기에는, 이번 일로도 머서 숭배가 아주 끝장날 것 같지는 않아." 프리스가 말했다. "하지만 바로 이 시간 이후로 이 세상에는 불행한 인간들이 상당히 많아질 거야." 이지도어를 향해 그녀가 말했다. "우리는 벌써 몇 달째 기다려왔어. 이런 일이 닥칠 걸 알고 있었거든. 버스터의 이 한 방 말이야." 그녀는 잠시 머뭇거리더니, 이렇게 말했다. "음, 말 못 할 것도 없지. 사실 버스터도 우리 중에 하나거든."

"안드로이드라 이 말이야." 이름가르트가 설명했다. "이건 아무도 모르는 일이야. 내 말은, 인간은 아무도 모른다는 거야."

프리스는 가위를 가지고 거미의 다리를 또 하나 잘라냈다. 바로 그 순간 존 이지도어가 그녀를 밀치고는 다리가 잘려나간 생물을 손으로 집어 들었다. 그는 싱크대로 달려가 거미를 물에 빠트려 죽였다. 그의 내면에서 그의 정신이, 그의 희망이 함께 물에 빠져 죽어버렸다. 그 거미처럼 순식간에 말이다.

"그가 정말로 화가 났어." 이름가르트가 신경이 곤두선 듯 말했다. "그런 표정 짓지 마, J. R. 뭐라고 이야기를 좀 해보지 그래?" 프리스와 자기 남편을 향해 그녀가 말했다. "이런 상황이 나한테는 끔찍하게 불안하게 느껴져. 그가 저기 싱크대 옆에 서서 아무 말도 하지 않고 있잖아. 우리가 TV를 켠 후로 그는 한마디도 하지 않았어."

"TV 때문에는 아니야." 프리스가 말했다. "그 거미 때문이야. 안 그래, 존 R. 이지도어? 그도 금방 잊어버리게 될 거야." TV를 끄러 다른 방으로 가버린 이름가르트를 향해 그녀가 말했다.

은근히 재미있어 하는 표정으로 이지도어를 지켜보던 로이 바티가 말했다. "이제 다 끝났어, 이즈. 내 말은, 머서교가 끝났다는 말이야." 그가 손톱으로 거미 시체를 싱크대에서 건졌다.

"어쩌면 이게 마지막 거미였을지도 몰라. 지구상에 살아 있던 최후의 거미였을지도 모른다고." 그는 잠시 생각했다. "만약 그렇다면 이제 거미들도 모두 끝난 셈이군."

"나, 나는 기분이 좋지 않아서." 이지도어가 말했다. 그는 부엌 찬장에서 컵을 하나 꺼냈다. 그러고는 한동안 그걸 들고 가만히 서 있었다. 정확히 얼마나 그랬는지 몰랐다. 그러다가 그가 로이 바티에게 말했다. "머서 뒤에 펼쳐진 하늘이 그냥 그림이라고요? 진짜가 아니라고요?"

"TV에 나온 확대 사진을 당신도 봤잖아." 로이 바티가 말했다. "붓 자국을 말이야."

"머서교는 끝나지 않았어요." 이지도어가 말했다. 뭔가가 세 명의 안드로이드를 병들게 만들었다. 끔찍하게 병들게. 거미. 그는 생각했다. 어쩌면 그게 **정말로** 지구상의 마지막 거미였는지도 몰라. 로이 바티의 말마따나. 그런데 거미는 이제 사라졌어. 머서도 사라졌어. 그는 어디에나 펼쳐져 있는 낙진을, 그리고 아파트의 폐허를 바라보았다. 그는 키플이 다가오는 소리를 들었다. 모든 형태의 최종적 무질서, 결국 승리를 거둘 부재不在의 소리를. 그가 빈 도기 컵을 들고 가만히 서 있는 사이에도, 그것은 그의 주위에서 자라났다. 부엌에 있는 찬장이 삐걱거리고 갈라졌으며, 그는 발밑의 땅이 무너져내리는 듯한 느낌을 받았다.

그는 팔을 뻗어서 벽을 만졌다. 손에 닿은 벽 표면이 깨져나갔다. 회색의 입자가 부서지며 아래로 흘러내렸다. 벽토 조각은 바깥에 있는 방사능 낙진과 비슷한 모습이었다. 그가 식탁 앞에 앉자, 의자 다리가 마치 썩어서 속이 빈 튜브처럼 구부러졌다. 그는 재빨리 일어서서 컵을 내려놓고 의자를 고쳐보려고, 눌러서 올바른 모양으로 돌려놓으려고 시도했다. 의자가 그의 손에서 산산조각 났다. 이전에 몇 가지 부품을 연결해주었던 나사들이 튀어나오고 느슨해져 있었다. 그는 탁자 위에 놓인 도기 컵에서 갈라진 금을 보았다. 가느다란 선의 그물이 마치 덩굴 그림자처럼 자라나 있었고, 컵 가장자리에서 조각이 하나 떨어지면서 유약을 바르지 않은 거친 내부가 드러났다.

"그가 뭘 하고 있는 거지?" 멀리서 이름가르트 바티의 목소리가 들려왔다. "그가 모든 것을 부수고 있어! 이지도어, 그만—"

"내가 그러는 게 아니야." 그가 말했다. 그는 비틀거리며 거실로 나갔다. 혼자 있기 위해서였다. 그는 낡은 소파 옆에 가만히 서서, 한때 그곳을 기어 다녔던 죽은 벌레들이 남겨놓은 흔적으로 노랗게 얼룩진 벽을 바라보았다. 그리고 다시 한번 다리가 네 개밖에 남지 않은 거미의 시체를 생각했다. 여기 있는 것은 하나같이 오래되었어. 그는 깨달았다. 이것은 오래전부터 썩기 시작했고, 앞으로도 멈추지 않을 거야. 거미의 시체는 그런 추세를 이어받았을 뿐이야.

바닥이 꺼지면서 생겨난 함몰 부분에서 동물의 일부분이 모습을 드러냈다. 까마귀의 머리. 한때는 원숭이의 일부였지만 지금은 미라가 되어버린 손들. 당나귀 한 마리가 저만치 서 있었다. 움직이지는 않았지만 분명히 살아 있었다. 최소한 그것은 퇴화가 시작되지 않은 상태였다. 그는 그쪽으로 걷기 시작했다. 신발 아래에서 뼈들이 부서지는 느낌이 들었다. 막대기 같고, 잡초처럼 말라빠진 뼈들이. 하지만 그가 가장 사랑하는 생물 가운데 하나인 당나귀에게 도달하기 전에, 빛나는 푸른색 까마귀가 하늘에서 내려오더니, 저항하지도 않는 당나귀의 주둥이에 내려앉았다. 그러지 마. 그가 크게 소리쳤지만, 까마귀는 재빨리 당나귀의 두 눈을 쪼아서 파냈다. 또다시. 그가 생각했다. 또다시 나한테 이런 일이 일어나고 있어. 나는 한참 동안 이곳에 내려와 있게 될 거야. 그는 깨달았다. 이전에 그랬던 것처럼. 항상 길었지. 이곳에서는 아무것도 변하는 법이 없으니까. 심지어 썩지도 않으니까.

건조한 바람이 스치고 지나가자 주위에 있던 뼈 무더기가 무너져내렸다. 바람에도 뼈들이 무너지는구나. 그는 인식했다. 이 단계에서는 말이다. 시간이 멈추기 직전이었다. 여기서 어떻게 기어오를 수 있는지를 기억할 수만 있다면 좋으련만. 그는 생각했다. 위를 올려다보아도, 붙잡을 만한 것이 전혀 없었다.

머서. 그는 큰 소리로 외쳤다. 당신 지금 어디 계세요? 이곳은 무덤 세계이고, 나는 이곳에 다시 떨어졌어요. 하지만 이번에는 당신조차 여기 계시지 않군요.

뭔가가 그의 발 위를 기어서 지나갔다. 그는 무릎을 꿇고 앉아서 그게 뭔지 살펴보았다. 그리고 발견했다. 그 뭔가는 무척이나 느리게 움직였다. 다리가 잘려나간 거미였다. 그놈은 아직 달려 있는 다리를 이용해서 멈칫멈칫 앞으로 나아가고 있었다.

그는 거미를 집어 들어 손바닥으로 살며시 감쌌다. **이 뼈들은.** 그는 깨달았다. **스스로 역행한 거야.** 거미는 다시 살아났다. 머서도 가까이에 있는 것이 분명했다.

바람이 불었다. 남아 있던 뼈들이 달각거리고 부서졌다. 하지만 그는 머서의 존재를 감지했다. 어서 이리로 오세요. 그가 머서에게 말했다. 제 발 위를 기어서 지나가시든가, 아니면 다른 어떤 방법을 찾아서라도 제게 다가오세요. 알았죠? 머서. 그는 생각했다. 그가 크게 소리를 질렀다. "머서!"

지평선 너머에서 잡초들이 다가오고 있었다. 잡초들이 그를 둘러싼 벽을 송곳처럼 뚫고 들어오더니, 벽을 잠식한 끝에 포자로 변했다. 포자가 팽창하고, 갈라지고, 폭발했다. 한때는 벽이었던 녹슨 쇠와 콘크리트 파편들 사이에서. 하지만 벽이 사라진 뒤에도 폐허는 그대로 남아 있었다. 폐허 역시 다른 모든 것을 뒤따랐다. 머서의 허약하고 희미한 모습만이 예외였다. 노인이 그를 바라보았다. 그의 얼굴에는 평온한 표정이 떠올라 있었다.

"저 하늘이 그림으로 그린 건가요?" 이지도어가 물었다. "저걸 확대해서 보면 정말로 붓 자국이 드러나는 건가요?"

"그렇다네." 머서가 말했다.

"제 눈에는 안 보이는데요."

"자네는 너무 가까이 있으니까." 머서가 말했다. "자네는 여기서 한참 떨어져 있어야만 한다네. 안드로이드가 하는 것처럼. 그들은 더 나은 시야를 지니고 있지."

"그들이 당신을 협잡꾼이라고 부르는 이유가 그래서인가요?"

"나는 협잡꾼일세." 머서가 말했다. "그들은 성실하지. 그들의 조사는 진짜였어. 그들의 관점에서 나는 나이 많고 은퇴한 단역배우인 앨 제리일 뿐이었지. 그들의 폭로는 모두 사실이야. 그들은 내 집에 와서 나를 인터뷰했지. 그들의 주장처럼 말이야. 나는 그들이 알고 싶어 하는 것을 모조리 이야기해주었지. 그게 전부라네."

"위스키에 관한 이야기도요?"

머서가 미소를 지었다. "그것도 사실이지. 그들은 훌륭하게 일을 해냈고, 그들의 관점에서 보자면 버스터 프렌들리의 폭로는 설득력이 있었어. 그들은 왜 아무것도 변화하지 않는지를 이해하는 데 골치를 앓을 걸세. 왜냐하면 자네도 아직 여기 있고, 나도 아직 여기 있으니까." 머서가 손을 휘저으며 황폐한 언덕의 경사면을 가리켰다. 친숙한 장소였다. "방금 나는 자네를 무덤 세계에서 들어 올렸지. 나는 계속해서 자네를 들어 올릴 거야. 자네가 흥미를 잃어버리고, 그만두고 싶어 할 때까지. 하지만 자네는 나를 찾는 일을 그만두어야만 해. 내가 자네를 찾는 일을 절대 그만두지 않을 테니까."

"위스키에 대한 이야기는 마음에 들지 않았어요." 이지도어가 말했다. "그건 저급한 이야기였으니까요."

"그건 자네가 매우 도덕적인 사람이기 때문이지. 나는 그렇지 않아. 나는 판단하지 않거든. 심지어 나 자신에 대해서도." 머서가 한쪽 주먹을 쥐고 그에게 내밀었다. 손가락이 위로 올라온 상태였다. "잊기 전에 자네의 것을 돌려주려고 여기 가져왔네." 그가 손가락을 펼쳤다. 그의 손바닥 위에는 다리가 잘려나간 거미가 놓여 있었다. 그런데 그놈의 잘려나간 다리가 도로 붙어 있었다.

"고맙습니다." 이지도어는 거미를 받아 들었다. 그가 뭔가 더 이야기를 시작하려는 순간—

경보장치가 울렸다.

로이 바티가 으르렁거렸다. "이 건물에 현상금 사냥꾼이 와 있어! 불을 전부 꺼. 그를 감정이입 장치에서 떼어놔. 그는 준비하고 문 앞에 서 있어야 하니까. 서둘러. **그를 움직이라고!**"

19

이지도어는 아래를 내려다보았다. 자신의 손이 보였다. 그의
두 손이 감정이입 장치의 손잡이 두 개를 붙잡고 있었다. 그가
가만히 선 채로 숨을 헐떡이며 자신의 손을 바라보는 사이, 거
실 불이 꺼졌다. 프리스가 부엌에 켜진 탁상용 조명등을 끄러
달려가는 모습도 보였다.

"잘 들어, J. R." 이름가르트가 쉰 목소리로 그의 귀에 대고 말
했다. 그녀는 그의 어깨를 붙잡았고, 그녀의 손톱이 그의 몸속
으로 세게 파고들었다. 지금 그녀는 자기가 뭘 하고 있는지도
모르는 것 같았다. 바깥에서 비치는 어둑어둑한 저녁 빛에 이
름가르트의 얼굴이 뒤틀려, 마치 난시로 보는 것처럼 보였다.
그 얼굴이 곧 겁이 많은 여자로 변했다. 거기에는 움츠러들고,
작고, 눈꺼풀 없는 눈이 달려 있었다. "당신이 가야만 해." 그녀

가 속삭였다. "그가 문을 두드리면 당신이 문으로 가는 거야. 그가 문을 두드린다고 치면 말이야. 그러면 그에게 신분증을 보여주고 나서, 여기는 내 집이고 나 말고는 아무도 없다고 말하는 거야. 그리고 수색영장을 보여달라고 버텨."

그의 옆에 서 있던 프리스가 몸을 굽히며 속삭였다. "그를 이 안으로 들이지 마, J. R. 아무 말도 하지 마. 무슨 수를 써서라도 그를 멈춰야 해. 현상금 사냥꾼을 이 안으로 들이면, 그가 무슨 짓을 할지 알아? 그가 우리에게 무슨 짓을 할지 알아?"

두 대의 안드로이드 여성을 뒤로하고, 이지도어는 어둠 속을 더듬어 문으로 향했다. 그는 손가락으로 문고리를 찾아냈고, 거기서 동작을 멈추고 귀를 기울였다. 그는 바깥의 복도를 감지할 수 있었다. 평소에 그가 늘 감지했던 것과 같았다. 텅 비고, 반향을 일으켰으며, 생명이라곤 없었다.

"무슨 소리 들려?" 로이 바티가 그에게로 몸을 가까이 굽혔다. 고약하면서도 두려움에 움츠리는 몸의 냄새가 이지도어의 코에 전해졌다. 그는 거기에서 나오는 공포를 들이마셨다. 공포가 뿜어져 나와서 안개를 만들어냈다. "밖에 나가서 한번 살펴봐."

이지도어는 문을 열고 어둑어둑한 복도를 이쪽저쪽으로 살펴보았다. 수북한 먼지에도 바깥의 공기는 의외로 맑았다. 그는 머서에게서 받은 거미를 여전히 갖고 있었다. 이게 정말로 이름가르트 바티의 손톱 가위로 프리스가 다리를 자른 바로 그 거미인 걸까? 아마 아닐 것 같았다. 그로선 결코 알 수도 없을 것이었다. 하지만 여하간 이놈은 살아 있었다. 그의 손에서 기어 나왔지만 그를 물지는 않았다. 대부분의 작은 거미들과 마찬가지로, 이놈의 턱이 인간의 피부를 꿰뚫지야 못하겠지만.

그는 복도 끝에 도달하자 계단을 내려갔고, 바깥으로 걸어 나가서, 한때는 울타리가 처진 정원의 계단식 통로였던 곳에 서 있었다. 이 정원은 전쟁 중에 식물이 전멸해버렸고, 통로는 1천 군데도 넘게 갈라져 있었다. 하지만 그는 이곳의 표면을 알고 있었다. 발밑에서 느껴지는 이 친숙한 통로가 기분 좋았다. 그는 통로를 따라 건물의 더 넓은 한쪽 측면을 지났고, 마침내 근처에서 유일하게 녹음이 우거진 장소에 도달했다. 반 평 정도의 구역에 힘없이 수그린 잡초들이 낙진에 뒤덮여 있었다. 그곳에 그는 거미를 놓아주었다. 곤충이 그의 손을 떠나는 순간 놈의 비틀거리는 움직임을 그는 감지했다. 그래, 바로 그 녀석이야. 그는 똑바로 일어섰다.

어디선가 날아온 손전등의 광선이 잡초를 비추었다. 불빛 속에서 보니 반쯤 죽은 잡초 줄기가 삭막하고도 위협적으로 보였다. 이제 그는 거미의 모습을 볼 수 있었다. 놈이 톱니 모양의 잎사귀 위에 달라붙어 있었다. 결국 놈은 무사히 도망친 셈이 되었다.

"거기서 뭐 하는 겁니까?" 손전등을 든 남자가 물었다.

"거미를 한 마리 놓아주었는데요." 그가 대답했다. 왜 저 남자는 이걸 보지 못할까 하는 의문이 들었다. 노란 광선 속에서 거미는 실제보다도 더 크게 보였다. "이놈이 도망갈 수 있게요."

"왜 그걸 당신 집에 가져가서 키우지 않는 거죠? 유리병에 넣어두어야 하는 거잖아요. 1월 호 시드니 카탈로그를 보니 거미는 대부분 소매가가 10퍼센트씩이나 올랐던데요. 당신이 1백 마리쯤 키우고 있다면 돈푼깨나 만졌을 거예요."

이지도어가 말했다. "내가 이 녀석을 도로 가져가면, 그녀가 또다시 잘라버릴 거예요. 한 조각 한 조각, 이 녀석이 어떻게 하는지 본다면서요."

"그건 안드로이드나 하는 짓이지." 남자가 말했다. 그는 외투 안으로 손을 집어넣더니, 뭔가를 꺼내서 열고는 이지도어 쪽으로 내밀었다.

불규칙한 불빛 속에서, 현상금 사냥꾼은 보통 사람처럼 보였다. 딱히 인상적인 외모가 아니었다. 둥근 얼굴에 수염이 없어 매끈한 용모였다. 마치 관청의 사무 직원 같았다. 요령은 있었지만, 격식을 따지지는 않았다. 겉모습만 보면 반신半神 같지는 않았다. 이지도어가 상상하던 모습은 전혀 아니었다.

"샌프란시스코 경찰서 소속 수사관입니다. 데카드, 릭 데카드요." 그는 펴 보였던 신분증을 접어 외투 주머니에 다시 집어넣었다. "그들이 지금 저 위에 있습니까? 셋 모두?"

"음, 사실은 말이죠." 이지도어가 말했다. "제가 그들을 돌봐주고 있어요. 둘은 여자거든요. 원래의 무리에서 남은 건 자기들뿐이라고 하더군요. 나머지는 죽었대요. 제가 프리스의 아파트에 가서 TV 세트를 가져다가 제 아파트에 놓아두었죠. 그들이 〈버스터 프렌들리〉를 볼 수 있게요. 그런데 버스터가 머서는

328

존재하지 않는다는 걸 의심의 여지없이 증명한 거예요." 이지도어는 흥분했다. 이렇게 중요한 소식을 알고 있다는 흥분감이었다. 이것이야말로, 이 현상금 사냥꾼이 아직 듣지 못한 소식이 분명했다.

"그리로 같이 올라갑시다." 데카드가 말했다. 갑자기 그는 레이저 튜브를 이지도어에게 겨냥했다. 곧이어 그는 머뭇거리다가 그걸 도로 치웠다. "당신, 특수인이군. 그렇지?" 그가 말했다. "닭대가리지."

"하지만 전 직장이 있어요. 트럭 운전을 하는데, 거기가 어디냐면—" 그는 겁에 질리고 말았다. 이름을 까먹었기 때문이다. "—동물병원요." 그가 말했다. "밴 네스 동물병원요." 그가 말했다. "거기 주, 주, 주인은 해니발 슬로트 씨예요."

데카드가 말했다. "그럼 나랑 같이 그리 가서, 아파트 몇 호에 그들이 있는지 알려주겠나? 여기에는 1천 호도 넘는 세대가 있을 것 같은데. 당신이 도와주면 시간이 많이 절약되겠군." 그의 목소리에는 피로가 깊게 배어 있었다.

"그들을 죽이면, 당신은 두 번 다시 머서와 융합할 수 없을 거예요." 이지도어가 말했다.

"거기로 데려다주지 않겠다는 건가? 그러면 몇 층인지는 알려줄 수 있겠지? 몇 층인지만 말해. 어느 집인지는 내가 알아낼 수 있으니까."

"싫어요." 이지도어가 말했다.

"그렇다면 주 법률과 연방 법률에 의거하여—" 데카드가 말을 꺼냈다. 하지만 그는 곧 입을 다물고 말았다. 신문을 포기한 것이다. "그럼, 안녕히." 그는 이렇게 말하고 걷기 시작했다. 통로를 올라가서 건물로 들어갔다. 손전등 불빛이 노랗게 퍼져나가는 통로를 그의 앞에 흘려놓아주었다.

릭 데카드는 아파트 건물에 들어가 손전등을 껐다. 그는 드문드문 켜진 희미한 매입등 불빛에 의지하여 복도를 나아갔다. 저 닭대가리는 그들이 안드로이드라는 것을 알고 있었어. 그는 알고 있었어. 내가 이야기하기도 전에 말이야. 하지만 그는 이해하지 못하고 있어. 그런데 한편으로 생각해보면, 하긴 누가 이해하겠어? 나는 이해하나? 나는 이해**했었나?** 그리고 그들 중 한 명은 레이철의 복제품이겠지. 그는 생각했다. 어쩌면 저 특수인은 그녀와 살고 있는지도 모르겠는데. 그가 과연 그걸 좋아할지 궁금해지는데. 그는 속으로 물었다. 아까 저 사람은 누가 자기 거미를 잘라버릴 거라고 말했었는데, 어쩌면 그녀를 말하는 건지도 몰라. 다시 가서 그 거미를 가져와볼까. 그가 생각했다. 나는 지금껏 살아 있는 야생동물을 찾아낸 적이 한 번도 없었는데. 무심코 아래를 내려다보았는데, 뭔가 살아 있는 것이 종종걸음으로 움직인다니, 그거야말로 환상적인 경험일 거야. 그에게 그런 일이 일어난 것처럼, 어쩌면 나에게도 언젠가 그런 일이 일어나지 않을까.

그는 차에서 청취용 장비를 가지고 왔다. 그는 이제 장비를 설치했다. 불빛을 깜박거리는 화면이 장착된 회전식 감지기였다. 복도의 적막 속에서는 화면에 아무것도 잡히지 않았다. 이 층은 아니군. 그는 속으로 말했다. 그는 버튼을 누르며 장치를 수직으로 치켜들었다. 그 축을 따라서 감지기가 희미한 신호를 흡수했다. 위층이군. 그는 장비와 서류가방을 챙겨 다음 층으로 가는 계단을 올라갔다.

어둠 속에 누군가가 서서 기다리고 있었다.

"움직이기만 해보시지. 곧바로 퇴역시켜줄 테니까." 릭이 말했다. 상대 남자는 그를 가만히 기다리고만 있었다. 손가락에 힘을 주자 단단한 레이저 튜브가 느껴졌다. 하지만 차마 그걸 들어 올려서 겨냥할 수가 없었다. 그가 먼저 당한 것이다. 그것도 너무 일찍.

"나는 안드로이드가 아니라네." 상대방이 말했다. "내 이름은 머서라고 하지." 그가 조명 밑으로 걸어 들어왔다. "나는 이지도어 씨 때문에 이 건물에 살고 있거든. 거미를 갖고 있는 특수인 말이네. 자네가 바깥에서 그와 잠깐 이야기를 했었지."

"그러면 전 이제 머서교에서 추방된 겁니까?" 릭이 말했다. "아까 저 닭대가리가 말한 것처럼요? 앞으로 몇 분 뒤에 내가 하려는 일 때문에요?"

머서가 말했다. "이지도어 씨는 자기 의견을 말한 것뿐이지. 내 의견을 대변한 것은 아니라네. 자네가 지금 하고 있는 일은 반드시 해야 하는 일이야. 그 이야기는 내가 이미 했을 텐데." 그는 한 팔을 치켜들더니 릭의 뒤에 있는 계단을 손가락으로 가리켰다. "내가 자네한테 온 까닭은, 그들 중 하나가 지금 자네

331

의 뒤쪽 아래, 그것도 아파트 안이 아니라 바깥에 있다는 이야기를 전해주고 싶어서야. 셋 중에서도 가장 어려운 상대가 될 테니 그를 먼저 퇴역시켜야 한다네." 노인의 바스락거리는 목소리가 갑자기 열기를 띠었다. "빨리, 데카드 씨. **계단 위야.**"

릭은 레이저 튜브를 앞으로 내밀며 뒤로 돌았고, 곧바로 그 자리에 주저앉아 계단 쪽을 바라보았다. 계단 위로 여자가 하나 올라오더니 그를 향해 달려왔다. 그는 그녀가 누군지 알아보았다. 그녀를 알아보자마자 그는 레이저 튜브를 아래로 내렸다. "레이첼." 그는 어리둥절해하면서 말했다. 혹시 그녀가 자신을 여기까지 뒤쫓아온 걸까? 대체 왜? "어서 시애틀로 돌아가." 그가 말했다. "나를 혼자 놔두라니까. 머서가 그랬다고. 이건 내가 해야 하는 일이라고 말이야." 곧이어 그는 그녀가 레이첼과 완전히 똑같지는 않다는 사실을 깨달았다.

"우리가 서로에게 어떤 의미였나 생각해봐요." 안드로이드가 그에게 다가오며 말했다. 마치 그를 붙잡으려는 듯, 두 팔을 앞으로 내민 상태였다. 옷. 그가 생각했다. 옷이 달라. 하지만 눈은 똑같군. 게다가 이와 같은 것이 더 많이 있어. 이 세상에는 그녀가 무수히 많을 수도 있어. 그 하나하나가 저마다의 이름을 갖고 있겠지만, 모두가 레이첼 로즌이야. 레이첼. 원형. 제조업자가 다른 복제품을 보호하기 위해 이용하는 것. 그녀가 애원하듯 그에게 달려드는 순간, 그는 그녀를 쐈다. 안드로이드가 폭발하며 파편이 사방으로 흩어졌다. 그는 얼굴을 가렸다가 다시 앞을 바라보았다. 그것이 들고 있던 레이저 튜브가 데굴

데굴 굴러서 계단 위까지 갔다. 곧이어 금속제 튜브가 통통 튀면서 한 계단 한 계단씩 밑으로 떨어졌다. 그 소리가 메아리치더니, 점점 작아지다가 느려졌다. 셋 중 가장 어려운 하나. 머서의 말이었다. 그는 주위를 둘러보며 머서를 찾아보았다. 노인은 사라지고 없었다. 내가 죽기 전까지 그들은 레이철 로즌들을 이용해서 나를 추적할 수 있겠지. 그가 생각했다. 어쩌면 그 기종이 폐물이 될 때까지 말이야. 둘 중 어느 쪽이 먼저든지 간에 말이야. 이제 두 대 남았군. 그가 생각했다. 그중 한 대는 아파트 안에 없어. 머서가 그랬지. 머서가 나를 보호해준 거야. 그는 깨달았다. 스스로 현현해서 도움을 준 거야. 자칫하면 그녀는, 아니, **그것**은 나를 잡았을 거야. 그는 속으로 말했다. 머서가 내게 경고하지 않았다면 말이야. 이제는 나머지도 해치울 수 있어. 그는 깨달았다. 방금 그 한 대야말로 해치우기 불가능한 상대였으니까. 그녀는 내가 이렇게 할 수 없다는 걸 알았어. 하지만 이건 끝났어. 순식간에 말이야. 나는 내가 할 수 없는 일을 했어. 바티 부부는 표준적인 절차로 추적할 수 있겠지. 그들도 어렵기는 하겠지만, 방금 같지는 않을 거야.

그는 텅 빈 복도에 혼자 서 있었다. 머서는 떠나고 없었다. 이곳에 온 목적을 달성했기 때문이었다. 레이철은(또는 프리스 스트래턴은) 산산조각이 났고, 그로 인해 이제는 아무것도 남지 않았다. 오로지 그 자신뿐이었다. 하지만 이 건물 안의 다른 어디에선가는 바티 부부가 그를 기다리고, 또 알고 있을 것이다. 여기서 그가 무슨 일을 했는지 인식했을 것이었다. 아마 이

시점에서 그들은 두려워하고 있을 것이었다. 그것이야말로 이 건물에 있는 그의 존재에 대한 그들의 반응이었다. 그들의 시도는 어땠을까. 머서만 없었더라도 효과를 발휘했을 것이다. 그들에게는 이제 겨울이 닥친 셈이었다.

신속하게 해치워야 해. 내가 지금 뒤쫓는 건. 그는 깨달았다. 그는 서둘러 복도를 따라 달렸고, 곧바로 감지 장비가 두뇌 활동이 있음을 기록했다. 그들의 거주지를 발견한 것이다. 더 이상은 장비가 필요 없었다. 그는 장비를 내려놓고 현관문을 똑똑 두드렸다.

남자의 목소리가 들려왔다. "누구세요?"

"저, 이지도어예요." 릭이 말했다. "문 좀 열어주세요. 제가 들어가서 당신들을 돌봐줄게요. 다, 다, 당신들 중에 둘은 여자잖아요."

"우리는 문을 열지 않을 거예요." 여자의 목소리가 들려왔다.

"나도 프리스의 TV 세트로 〈버스터 프렌들리〉를 보고 싶어요." 릭이 말했다. "그가 머서는 존재하지 않는다고 증명했으니, 그를 보는 게 아주 중요하다고요. 나는 밴 네스 동물병원에서 트럭을 운전해요. 그곳 주인은 해니발 스, 스, 슬로트 씨고요." 그는 일부러 말을 더듬었다. "그, 그, 그러니 문을 여, 여, 열어줄 거죠? 여기는 내 집이잖아요." 그는 가만히 기다렸다. 그러자 문이 열렸다. 아파트 안에서 그는 어둠을, 그리고 불분명한 형체를 보았다. 두 대였다.

둘 중에서 더 작은 형체, 여자가 말했다. "당신도 일단은 검사

334

부터 해야 할 텐데."

"너무 늦었어." 릭이 말했다. 키가 더 큰 형체가 문을 밀어 닫으면서 어떤 전자 장치를 켜려고 시도했다. "안 돼." 릭이 말했다. "내가 안으로 들어가야 해." 그는 로이 바티가 먼저 쏠 때까지 기다렸다. 그가 몸을 틀어서 옆으로 비켜서자 상대가 쏜 레이저 광선이 그의 옆을 스쳐 지나갔다. 그때까지 그는 쏘지 않고 기다렸다. "너희는 이제 법적 면책 근거를 잃어버린 거야." 릭이 말했다. "나를 먼저 쐈으니까. 차라리 내가 너희에게 보이트 캠프 검사를 하지 않을 수 없는 상황을 만들었어야지. 하지만 이제는 아무래도 상관없어." 다시 한번 로이 바티가 레이저 광선을 그에게 발사했다. 그러나 맞추지 못하자 그는 아예 튜브를 내던지고 집 안 깊은 곳 어디론가 달려갔다. 아마 다른 방일 것이다. 전자 장치는 포기한 것이다.

"왜 프리스가 당신을 죽이지 않았지?" 여자가 말했다.

"프리스 따위는 없어." 그가 말했다. "오직 레이철 로즌뿐이지. 거듭해서 말이야." 그는 희미한 윤곽 속에서 드러난 그녀의 손에 쥐어진 레이저 튜브를 보았다. 로이 바티가 그녀에게 건네준 것이었다. 로이가 릭을 아파트 안쪽으로 깊숙이 유인하면 이름가르트가 등 뒤에서 릭을 쏴 죽이려는 생각이었다. "미안하군, 바티 여사." 릭은 이렇게 말하며 그녀를 쏘았다.

다른 방에 있던 로이 바티가 고통스러운 외침을 내뱉었다.

"좋아. 너도 그녀를 사랑했군." 릭이 말했다. "그리고 나도 레이철을 사랑했지. 그리고 저 특수인은 또 다른 레이철을 사랑했고." 그는 로이 바티를 쏘았다. 덩치 큰 남자의 시체가 미친 듯이 날뛰었다. 마치 개개의 잘 부러지는 실체들을 과도하게 쌓아놓은 더미처럼 무너졌다. 그것이 부엌 식탁 위로 쓰러지면서 접시와 식기를 모조리 내동댕이쳤다. 반사회로 때문에 시체가 움찔거리고 떨었지만, 결국에는 죽었다. 릭은 외면했다. 그 시체를 바라보지도 않았고, 문간에 쓰러진 이름가르트 바티의 시체를 바라보지도 않았다. 마지막 하나를 잡았어. 릭은 깨달았다. 하루 동안 여섯 대. 기록이군. 이제 끝났으니 나도 집에 갈 수 있어. 아이랜과 염소에게로 돌아가는 거야. 우리는 충분한 돈을 갖게 될 거야. 이번만큼은.

그는 소파에 주저앉았다. 아파트의 적막 속에, 꼼짝도 않는 물체들 사이에 그렇게 앉아 있노라니, 특수인 이지도어 씨가 문간에 나타났다.

"안 보는 게 좋을 텐데." 릭이 말했다.

"계단에서 그녀를 봤어요. 프리스를." 특수인은 울고 있었다.

"너무 슬퍼하지는 말라고." 릭이 말했다. 그는 어질어질한 상태에서 간신히 몸을 일으켰다. "전화는 어디 있지?"

특수인은 아무 말도 하지 않았다. 그저 가만히 서 있을 뿐이었다. 그래서 릭은 전화를 직접 찾아보았고, 결국 전화를 찾아내서 해리 브라이언트의 사무실로 연락을 취했다.

20

"좋아." 보고를 받고 나서 해리 브라이언트가 말했다. "음, 그러면 가서 좀 쉬도록 하게. 시체들은 우리가 순찰차를 보내서 가져오게 할 테니까."

릭 데카드는 전화를 끊었다. "안드로이드는 멍청해." 그는 특수인에게 사나운 어조로 말했다. "로이 바티는 나와 당신을 구분하지도 못했지. 문 앞에 있는 내가 당신인 줄 알았다고. 조만간 경찰이 와서 다 치울 거야. 마무리가 될 때까지 다른 집에 들어가 있는 게 어때? 여기 남아 있는 것들이랑 같이 있고 싶지는 않을 텐데."

"나는 이 거, 거, 건물을 떠날 거예요." 이지도어가 말했다. "시내에서 더 기, 기, 깊은 곳에 가서 살 거예요. 더 마, 마, 많은 사람들이 있는 곳에."

"내가 사는 건물에도 빈 집은 있는 것 같던데." 릭이 말했다.

이지도어가 더듬거리며 말했다. "다, 다, 당신 가까이서 살고 싶지 않아요."

"그럼 밖으로 나가 있던가, 아니면 위층에 올라가 있어." 릭이 말했다. "여기서 얼쩡거리지 말고."

특수인은 그저 허둥대기만 했다. 뭘 해야 할지 모르는 것이었다. 말도 없이, 얼굴에 여러 가지 표정이 스쳐 지나가더니, 그는 뒤로 돌아서 발을 질질 끌며 아파트에서 걸어 나갔다. 이제는 릭 혼자만 남았다.

"반드시 필요한 것치고는 참으로 지독한 직업이야." 릭은 생각했다. 나는 천벌이야. 가뭄이나 흑사병처럼. 내가 가는 곳에는 고대의 저주가 뒤따르지. 머서의 말마따나. 나는 잘못을 행할 수밖에 없는 거야. 내가 하는 일은 시작부터 잘못된 것들이었어. 어쨌거나 이제는 집에 갈 시간이군. 집에 돌아가서 한동안 아이랜과 함께 지내면, 어쩌면 잊을 수 있을지도 몰라.

그가 자기 아파트 건물로 돌아왔을 때, 아이랜이 옥상에서 그를 기다리고 있었다. 그녀가 뭔가 제정신이 아닌 듯한, 기묘한 표정으로 그를 바라보았다. 지금까지 그녀와 함께 사는 동안 그런 모습을 본 적은 한 번도 없었다.

그는 한 팔로 아내를 끌어안고 말했다. "어쨌거나 이제 끝났어. 그리고 내가 생각하던 게 있는데. 어쩌면 해리 브라이언트가 나한테 새로운—"

"릭." 그녀가 말했다. "할 말이 있어. 미안해. 염소가 죽어버렸어."

왜인지 그는 별로 놀라지 않았다. 단지 기분이 더 언짢아졌고, 지금까지 사방에서 그를 짓눌러 위축시키던 무게에 또 다른 무게가 상당히 더해졌을 뿐이었다. "계약서에 보증기한이 있었던 것 같은데." 그가 말했다. "판매일로부터 90일 이내에 병이 들면 판매자가—"

"아파서 그렇게 된 게 아니야. 누군가가—" 아이랜은 흠흠 하고 목을 가다듬더니 쉰 목소리로 말을 이었다. "—누군가가 여기 와서, 우리에서 염소를 꺼내더니, 옥상 가장자리로 끌고 갔어."

"그러고는 밀어서 떨어트린 거야?" 그가 물었다.

"그래." 그녀가 고개를 끄덕였다.

"누가 그랬는지 봤어?"

"내가 똑똑히 봤어." 아이랜이 말했다. "빌 바버가 마침 여기서 노닥거리고 있었거든. 그가 내려와서 내게 알려주었고, 우리가 경찰에 신고했어. 하지만 그때는 동물이 죽고 그녀가 떠난 다음이었어. 체구가 작고 젊어 보이는 여자였는데, 머리카락은 검은색이고 눈이 크고 검었어. 되게 말랐더라고. 생선 비늘 무늬의 긴 외투를 입고 있었어. 우편 행낭처럼 생긴 핸드백을 들고. 우리 눈을 피하려고 애쓰지도 않더라고. 아무래도 관심 없다는 투였어."

"그래, 관심 없어 했을 거야." 그가 말했다. "레이철이라면 설령 당신이 자기를 봤어도 전혀 신경 쓰지 않았을 거야. 아니, 오히려 당신이 자기를 보길 바랐을지도 몰라. 그래야만 내가 누구 짓인지 알 수 있을 테니까." 그는 아내에게 입을 맞추었다. "그래서 줄곧 여기서 나를 기다리고 있었던 거야?"

"겨우 반 시간째인데. 그 일이 벌어진 지 말이야. 반 시간 전이었다고." 아이랜이 그에게 부드럽게 입을 맞추었다. "정말 끔찍했어. 정말 쓸데없는 짓이야."

그는 주차된 자동차 쪽으로 돌아서더니, 문을 열고, 다시 운전석에 앉았다. "그렇다고 쓸데없는 짓까지는 아니야." 그가 말했다. "그녀도 나름대로 이유 같은 걸 갖고 있었으니까." 안드로이드의 이유겠지. 그는 생각했다.

"어디 가는 거야? 당신, 아래층에 가서— 나랑 있지 않을래? TV에서 정말 충격적인 뉴스가 나오고 있어. 버스터 프렌들리가 머서는 가짜라고 주장했거든. 당신 생각은 어떤 것 같아, 릭? 당신 생각에는 그게 진짜일 것 같아?"

"모든 것이 사실이야." 그가 말했다. "누구나 생각했던 모든 것이 말이야." 그는 시동을 걸었다.

"아무 일 없이 돌아올 거지?"

"나는 아무 일 없을 거야." 그가 말했다. 그러고는 생각했다. 그리고 나는 죽게 될 거야. 양쪽 모두 진실이야. 그는 자동차 문을 닫고, 손을 흔들어 아이랜에게 작별을 고하고, 밤하늘로 날아올랐다.

언젠가. 그는 생각했다. 별을 본 적이 있었는데. 오래전에. 하지만 이제는 그저 낙진뿐이야. 몇 년째 어느 누구도 별을 본 적이 없어. 적어도 지구에서는 말이야. 별을 볼 수 있는 곳으로 가야겠군. 그가 이렇게 생각하는 동안, 자동차는 속도와 고도를 더해갔다. 일단 샌프란시스코에서 벗어나서 북쪽의 사람이 살지 않는 황량한 곳을 향해 날아갔다. 살아 있는 것들은 결코 가지 않는 곳. 적어도 최후가 이르렀다고 느끼지 않는 한에는 가지 않는 곳이었다.

21

　이른 아침의 빛 속에서 그의 아래에 있는 땅이 마치 끝없이 펼쳐진 것만 같았다. 쓰레기가 가득한 회색 땅이었다. 집채만 한 돌들이 굴러가다 말고 멈춰 서로의 옆에 나란히 선 광경을 보고, 그는 이렇게 생각했다. 모든 물건이 치워진 물류창고 같군. 오로지 나무 궤짝 파편만이 남아 있는. 그 자체로는 아무것도 상징하지 않는 보관함 말이야. 예전에는. 그가 생각했다. 여기서도 농작물이 자라고 동물이 풀을 뜯었었지. 얼마나 놀라운 생각인가. 한때 여기서 뭔가가 풀을 뜯은 적이 있다니.

　죽어버린 그 모든 것을 생각하기에는 얼마나 기묘한 장소인가.

　그는 호버카를 하강시켰고, 한동안 지표면 바로 위로 날았다. 이제는 데이브 홀든이 나에 대해 뭐라고 말할까? 그는 속으로 물었다. 어떤 면에서 나야말로 지금껏 살았던 현상금 사냥꾼 중에서도 가장 위대하지. 누구도 24시간 안에 넥서스-6을 여섯 대나 퇴역시킨 적은 없었고, 앞으로도 그런 일은 없을 테니까. 그에게 전화를 걸어야겠어.

난장판 상태인 언덕 경사면이 눈앞으로 달려들었다. 그는 아슬아슬하게 호버카를 급상승시켰다. 피곤해서 그래. 그는 생각했다. 지금까지 운전을 해서는 안 되는 거였는데. 그는 시동을 끄고 한동안 활강하다가 호버카를 착륙시켰다. 차는 언덕 경사면을 따라 덜컹거리며 튀면서 돌들을 이리저리 흩어놓고는, 위쪽을 향한 상태에서 마찰로 인해 슬며시 정지하고 말았다.

그는 카폰 송수화기를 들고 다이얼을 돌려 샌프란시스코의 전화교환원을 호출했다. "마운트 자이언 병원으로 연결해줘요."

잠시 후 영상전화에 다른 전화교환원이 나타났다. "마운트 자이언 병원입니다."

"거기 데이브 홀든이라는 환자가 입원해 있을 텐데요." 그가 말했다. "그 사람과 이야기할 수 있을까요? 그는 좀 나아졌나요?"

"잠시만 기다려주세요. 확인해보겠습니다." 화면이 잠시 사라졌다. 시간이 흘렀다. 릭은 닥터 존슨 코담배를 손가락으로 한 번 집어서 들이마시고, 몸을 부르르 떨었다. 자동차의 히터를 꺼놓았더니, 기온이 떨어지기 시작한 것이다. "코스타 선생님 말씀으로는, 홀든 씨께서는 전화를 받으시면 안 된답니다." 다시 나타난 전화교환원이 말했다.

"경찰과 관련된 문제라서 그런데요." 그는 이렇게 말하며 자신의 신분증을 화면에 들이댔다.

"잠시만 기다려주세요." 다시 한번 전화교환원이 사라졌다. 다시 한번 릭은 닥터 존슨 코담배를 손가락으로 집어서 들이마셨다. 그 안의 박하향은 정말 맛이 지독했다. 이렇게 이른 아침에는 말이다. 그는 자동차 유리창을 돌려서 내린 다음 작고 노란 깡통을 잡석 더미 위에 던졌다. "죄송합니다, 선생님." 전화교환원이 다시 화면에 나타났다. "코스타 선생님께서 보시기에는, 홀든 씨의 현재 상태로는 전화를 받으면 안 된다고 하십니다. 아무리 급한 전화라 하더라도, 최소한 앞으로—"

"알겠습니다." 릭이 말했다. 그는 전화를 끊었다.

이곳은 공기 역시 지독하게 느껴졌다. 그는 창문을 다시 돌려 닫았다. 데이브는 정말로 끝났군. 그는 생각했다. 왜 그들이 나를 죽이지 않았는지 궁금해. 아마도 내가 너무 빨리 움직였기 때문이겠지. 그가 내린 결론이었다. 그 모두를 단 하루에. 그들도 전혀 예상하지 못했을 거야. 해리 브라이언트가 옳았어.

이제는 차 안이 너무 추워졌다. 그래서 그는 문을 열고 밖으로 나왔다. 유독한, 예상치 못했던 바람이 그의 옷 사이로 스며들었고, 그는 양손을 비비며 걷기 시작했다.

데이브와 이야기를 나누었다면 어느 정도 위안을 얻을 수 있었을 텐데. 그가 생각했다. 데이브는 내가 한 일을 인정해주었겠지. 그는 다른 부분도 이해해주었을 거야. 머서조차도 이해하지 못한 문제를 말이야. 머서에게는 모든 것이 쉽기만 하지.

그는 생각했다. 머서는 모든 것을 받아들이니까. 그에게는 아무 것도 낯설지가 않아. 하지만 내가 한 일은. 그는 생각했다. 나에 게 낯선 것이 되고 말았어. 사실은 나에 관한 모든 것이 부자연 스러워지고 말았어. 나는 부자연스러운 자가 되고 말았어.

그는 계속 언덕 경사면을 걸어 올라갔다. 한 걸음 한 걸음 내 디딜 때마다 그를 짓누르는 무게가 더해갔다. 너무 지쳐서 올 라갈 수가 없어. 그는 생각했다. 동작을 멈추고, 눈을 따갑게 하 는 땀을 닦아냈다. 그의 피부에서, 온통 쑤시는 몸에서 만들어 진 짭짤한 눈물이었다. 갑자기 그는 자기 자신에게 화가 치밀 었고, 침을 뱉었다. 스스로를 향한 분노와 경멸을 담아서, 전적 인 증오를 담아서, 메마른 땅 위에 침을 뱉었다. 거기서 그는 다 시 경사면을 터벅터벅 오르기 시작했다. 그곳은 외롭고도 낯설 었으며, 모든 것으로부터 멀리 떨어져 있었다. 그를 제외하면 살아 있는 사람이 아무도 없었다.

열기. 이제는 더워졌다. 분명히 시간이 흐른 모양이었다. 그 는 허기를 느꼈다. 언제부터인지 모를 정도로 오랫동안, 그는 아무것도 먹지 않은 상태였다. 허기와 열기가 합쳐지면서, 패배 와도 유사하게 불쾌한 맛이 느껴졌다. 그래. 그는 생각했다. 바 로 그거야. 어떤 알 수 없는 방식으로, 나는 패배했어. 안드로이 드를 죽임으로써 그랬던 건가? 레이철이 내 염소를 죽임으로 써 그랬던 건가? 그는 알 수가 없었지만, 계속 걸어가는 사이에 어렴풋하면서도 환각 같은 장막이 그의 정신 위에 드리워졌다. 그는 자기가 어느 지점에 서 있음을 깨달았다. 어떻게 그런 일이 가능했는지는 몰랐지만, 거기서 한 걸음만 더 가면 거의 확실하게 치명적인 낭떠러지였다. 치욕스럽고도 무기력하게 떨어지는 거지. 그는 생각했다. 계속 또 계속. 심지어 목격하는 사람조차도 없이. 여기에는 그나 다른 누군가의 추락을 기록할 사람이 아무도 없었고, 이곳에서 막판에 모습을 드러낼 수도 있는 어떤 용기나 자부심도 남의 눈에 띄지 않고 지나가버렸다. 죽은 돌들. 낙진에 뒤덮인 채로 말라서 죽어가는 잡초들. 이런 것들은 그에 관해서나 그들 자신에 관해 아무것도 인식하지 못했고, 아무것도 회고하지 못했다.

바로 그 순간, 첫 번째 돌이 날아와 그의 사타구니 근처에 맞았다. 고무나 물렁물렁한 스티로폼이 아니었다. 그 고통, 그 꾸밈없고 실제적인 형태로부터 절대적인 고립과 고통에 관한 최초의 인식이 그의 몸 전체로 전해졌다.

그는 걸음을 멈추었다. 그러다가 뭔가에 떠밀려서(그를 떠민 가축 몰이용 막대기는 눈에 보이지 않았지만, 진짜여서 차마 저항할 수가 없었다) 그는 '오르기'를 재개했다. 위로 굴러 올라가는군. 그가 생각했다. 마치 돌멩이처럼. 나는 돌멩이가 하는 일을 하고 있는 거야. 내 의지라고는 없이. 아무것도 의미함이 없이.

"머서." 그가 숨을 헐떡이며 말했다. 그는 걸음을 멈추고 가만히 서 있었다. 저 앞에 그림자처럼 시커먼 형체가 꼼짝 않고 서 있는 모습이 보였다. "윌버 머서! 당신인가요?" 이런, 세상에. 그는 깨달았다. 저건 내 그림자야. 여기서 벗어나야만 해. 언덕

346

을 내려가야 해!

그는 서둘러 뒤로 내려갔다. 한 번은 넘어지기도 했다. 낙진이 구름처럼 피어오르자 아무것도 보이지 않게 되었고, 그는 낙진을 피해서 달렸다. 그는 더 빨리 뛰려고 서둘렀고, 흘러내리는 자갈 위에서 미끄러지고 비틀거렸다. 저만치 앞에 그가 주차시킨 차가 보였다. 도로 아래로 내려왔군. 그가 속으로 말했다. 언덕에서 벗어났어. 그는 자동차 문을 열고 안으로 들어갔다. 도대체 누가 나한테 돌멩이를 던졌을까? 그는 속으로 물었다. 아무도 아니야. 하지만 내가 왜 그것 때문에 괴로워했을까? 나는 이전에도 그걸 겪은 적이 있었어. 융합 도중에 말이야. 감정이입 장치를 사용하는 동안에, 나머지 모든 사람들과 마찬가지로. 이건 새로운 일도 아니야. 하지만 새로운 일이었어. 왜냐하면. 그는 생각했다. 내가 혼자서 한 일이었으니까.

몸을 떨면서, 그는 자동차의 조수석 앞 사물함에서 새 코담배 깡통을 꺼냈다. 포장 비닐을 벗긴 다음, 그는 손가락으로 한 번 잔뜩 집어서 들이마시고, 그대로 앉아서 쉬었다. 몸을 절반은 차 안에, 절반은 차 밖에 둔 채로 앉아 있었고, 그의 두 발은 바싹 마르고 낙진에 뒤덮인 흙 위에 놓여 있었다. 이곳이야말로 사람이 오지 말아야 할 곳이야. 그는 깨달았다. 이리로 날아오는 게 아니었어. 이제 그는 너무 지쳐서 다시 돌아갈 수도 없었다.

데이브와 이야기를 나눌 수만 있어도. 그는 생각했다. 나는 괜찮아질 텐데. 여기서 벗어나서, 집으로 돌아가서, 침대에 누울 수 있을 텐데. 내게는 아직 전기양이 있고, 아직 일자리도 있어. 퇴역시킬 앤디는 이 세상에 아직 많을 거야. 내 경력은 끝나지 않았어. 나는 현존하는 최후의 앤디를 퇴역시킨 게 아니야. 아니, 어쩌면 바로 그건지도 몰라. 그는 생각했다. 정말 이 세상에는 더 이상 앤디가 없는지도 몰라.

그는 자기 시계를 바라보았다. 9시 30분이었다.

영상 전화 송수화기를 집어 들고 그는 롬바드 가에 있는 경찰본부로 전화를 걸었다. "브라이언트 경위님 부탁해요." 그는 경찰 소속 전화교환원 와일드 양에게 말했다.

"브라이언트 경위님께서는 자리에 안 계신데요, 데카드 씨. 차를 타고 외출하셨는데, 연락해봐도 응답이 없으세요. 아마 지금 차에서 잠깐 내리신 것 같은데요."

"혹시 어디로 가신다는 말씀은 없으셨나요?"

"어젯밤에 데카드 씨가 퇴역시킨 안드로이드와 관련된 일이라고만 하셨어요."

"그러면 내 비서한테 좀 연결해줘요." 그가 말했다.

잠시 후에 앤 마스틴의 오렌지색 세모꼴 얼굴이 화면에 나타났다. "오, 데카드 씨. 그렇잖아도 브라이언트 씨께서 아까부터 어디 계신지 찾으셨어요. 아마 커터 서장님께 데카드 씨에 대한 표창을 상신하시려고 그러시나 봐요. 데카드 씨께서 무려 여섯이나 퇴역을—"

"내가 뭘 했는지는 나도 알아." 그가 말했다.

"그건 정말 지금까지 없었던 일이라고요. 아, 그리고 데카드 씨. 부인께서 전화하셨어요. 괜찮으신 건지 궁금해하시더라고요. 지금 괜찮으신 거죠?"

그는 아무 말도 하지 않았다.

"어쨌거나." 마스틴 양이 말했다. "부인께 전화해서 직접 말씀드리세요. 부인께서는 댁에 계실 거라고, 연락해주시면 좋겠다고 전해달라고 하셨어요."

"혹시 내 염소에 관한 이야기는 들었나?" 그가 말했다.

"아뇨, 염소를 갖고 계시다는 것도 지금 처음 알았는데요."

릭이 말했다. "그들이 내 염소를 해치웠어."

"누가요, 데카드 씨? 동물 절도범의 소행인가요? 그렇잖아도 그놈들이 새로 대규모 조직을 만들었다는 보고가 올라왔더라고요. 주로 십 대인 것으로 추정되고, 활동은—"

"생명 절도범이었지." 그가 말했다.

"무슨 말씀이신지 잘 모르겠는데요, 데카드 씨." 마스틴 양이 그를 유심히 바라보았다. "데카드 씨, 모습이 무척 안되어 보이세요. 너무 지치신 것 같아요. 그리고, 세상에, 뺨에서 피가 나잖아요."

손을 갖다 대자 피가 느껴졌다. 그 돌멩이 때문인 것 같았다. 그가 맞은 돌멩이는 한 개 이상인 게 분명했다.

"그러고 계시니." 마스틴 양이 말했다. "꼭 윌버 머서처럼 보이세요."

"그래." 그가 말했다. "나는 윌버 머서야. 나는 영구적으로 그와 융합했지. 그리고 융합에서 벗어날 수도 없어. 지금 여기

가만히 앉아서 융합에서 벗어나기를 기다리고 있지. 오리건 주의 경계 근처 어디에선가."

"그럼 누구를 보내드릴까요? 서의 차량을 보내서 모셔 오라고 할까요?"

"아니." 그가 말했다. "나는 더 이상 서에 소속된 몸이 아니니까."

"어제 너무 무리하신 게 분명해요, 데카드 씨." 그녀가 잔소리하듯 말했다. "지금은 무엇보다도 침대에 누워서 쉬시는 게 좋겠어요. 데카드 씨, 당신은 우리 서 최고의 현상금 사냥꾼이에요. 우리 서 사람들 중에 최고라고요. 브라이언트 경위님께서 들어오시면 제가 말씀드릴게요. 데카드 씨는 이미 댁에 돌아가 주무시고 계시다고 말이에요. 일단 아내분께 얼른 전화드리세요, 데카드 씨. 부인께서 너무, 정말 너무 걱정하고 계시더라고요. 딱 봐도 그렇던데요. 지금 두 내외분 모두 무척 안되어 보이는 모습이시라고요."

"내 염소 때문이야." 그가 말했다. "안드로이드 때문이 아니라. 레이철은 틀렸어. 나는 그들을 퇴역시키는 일에서 아무런 문제가 없었어. 그리고 그 특수인도 역시나 틀렸어. 그는 내가 두 번 다시 머서와 융합할 수 없을 거라고 했지. 결국 유일하게 맞는 이야기를 한 사람은 머서뿐이었어."

"일단 서로 돌아오시는 편이 낫겠어요, 데카드 씨. 사람들이 있는 곳으로 말이에요. 오리건 주 인근에는 살아 있는 게 아무것도 없잖아요. 그렇지 않나요? 혹시 누구랑 같이 계신가요?"

"뭔가 기묘해." 릭이 말했다. "나는 절대적인, 전적인, 완전한 실제의 환상을 겪었어. 내가 머서가 되고, 사람들이 나를 향해 돌멩이를 던지는 환상을 말이야. 하지만 그건 당신이 감정이입 장치의 손잡이를 붙잡았을 때 경험하는 방식은 아니었어. 당신이 감정이입 장치를 사용할 때, 당신은 자기가 머서와 **함께** 있다는 느낌을 받지. 그런데 나는 어느 누구와도 함께 있지 않았다는 점이 달랐어. 나는 혼자였다고."

"사람들이 그러던데요. 머서는 가짜라고요."

"머서는 가짜가 아니야." 그가 말했다. "현실이 가짜가 아닌 한에는 말이야." 이 언덕. 그는 생각했다. 이 낙진과 수많은 돌멩이들. 각 개체는 여타의 개체들과 분명히 다르지. "내 생각에는." 그가 말했다. "내가 곧 머서가 되는 일을 멈출 수가 없을 것 같아. 일단 시작하고 나면, 되돌아가기에는 너무 늦은 거야." 내가 언덕을 다시 올라가야만 하는 걸까? 그는 문득 궁금해졌다. 영원히, 머서가 하듯이…… 영원 속에 사로잡혀서. "이만 끊지." 그는 이렇게 말하고 송수화기를 내려놓으려 했다.

"부인께 전화하실 거죠? 약속하실 거죠?"

"그래." 그는 고개를 끄덕였다. "고마워, 앤." 그는 전화를 끊었다. 침대에 누워서 쉰다. 그는 생각했다. 내가 가장 최근에 침대에 들어간 것은 레이첼과 함께였지. 법규 위반이지. 안드로이드와의 육체관계라니. 정면으로 법률에 위배되는 거야. 여기에서나 식민 세계에서나 매한가지로. 그녀는 지금쯤 시애틀로 돌아갔겠지. 다른 로즌들과 함께 있겠지. 인간이며 인간형 로봇까지

351

도 모두 함께. 당신이 내게 한 일을 나도 당신에게 똑같이 해줄 수 있으면 좋겠군. 그가 생각했다. 하지만 안드로이드에게는 그렇게 할 수가 없겠지. 그들은 관심이 없으니까. 내가 어젯밤에 당신을 죽였다면, 내 염소는 아직 살아 있었을 거야. 내가 잘못된 결정을 내린 지점이 바로 거기였지. 그래. 그는 생각했다. 이 모두가 바로 그 일로, 그리고 내가 당신과 함께 침대에 누운 일로 거슬러 올라갈 수 있어. 어쨌거나 당신도 한 가지만큼은 맞았어. 그게 실제로 나를 바꿔놓았다는 거야. 하지만 당신이 예측한 방식대로까지는 아니었어.

그보다 훨씬 더 나쁜 방식으로였지. 그가 결론을 내렸다.

그렇지만 나는 사실 별로 관심이 없어. 더 이상은 아니라고. 아니야. 그는 생각했다. 저 위에서, 언덕 꼭대기에 다 가서 내게 일어난 일 이후에는 말이야. 다음에는 과연 뭐가 일어났을지 궁금하군. 내가 만약 계속 올라가서 꼭대기에 도달했다면 뭐가 일어났을지 말이야. 왜냐하면 그곳은 바로 머서가 죽은 것처럼 보인 곳이기 때문이지. 그곳은 바로 머서의 승리가 스스로 드러난 장소이기 때문이지. 그곳, 거대한 항성의 주기의 끝은 말이야.

하지만 만약 내가 머서라면. 그는 생각했다. 나는 결코 죽을 수가 없어. 1만 년이 흘러도 말이야. **머서는 불멸이니까.**

다시 한번 그는 전화 송수화기를 들었다. 아내에게 전화를 걸기 위해서였다.

그리고 그는 몸이 굳었다.

22

그는 송수화기를 도로 내려놓았다. 그리고 차 아래에서 바깥쪽으로 움직이는 시커먼 점에서 차마 눈을 떼지 못했다. 돌멩이들 사이로, 땅바닥에 불룩 솟아난 무언가가 있었다. 동물이군. 그가 속으로 말했다. 그의 가슴에 과도한 짐이 털썩하고 떨어졌다. 인지의 충격이었다. 저게 뭔지 알겠어. 그는 깨달았다. 한 번도 본 적은 없지만, 정부의 TV 채널에서 방영하는 옛날 자연 다큐멘터리 영화에서 봐서 알고 있지.

저놈들은 멸종했는데! 그는 재빨리 잔뜩 구겨진 시드니 카탈로그를 꺼내서, 떨리는 손가락으로 페이지를 넘겼다.

두꺼비(두꺼비과), 모든 품종······ *E.*

이미 여러 해 전에 멸종한 상태였다. 이 생물이야말로 윌버 머서에게는 무척이나 귀중한 동물이었다. 물론 당나귀도 귀중하기는 마찬가지였다. 하지만 두꺼비가 가장 귀중했다.

상자가 필요해. 그는 다급하게 주위를 둘러보았지만, 차의 뒷좌석에는 아무것도 없었다. 그는 일단 차에서 내렸고, 얼른 뒤쪽으로 달려가서, 트렁크 문을 열었다. 그 안에는 판지 상자가 하나 놓여 있었다. 스페어 연료 펌프가 든 상자였다. 그는 연료 펌프를 쏟아버리고, 털이 덥수룩한 삼끈을 몇 개 찾아낸 다음 천천히 두꺼비에게 다가갔다. 그는 그 생물에게서 눈을 떼지 않았다.

두꺼비는 낙진의 무늬와 명암에 완전히 녹아들어 있는 듯 보였다. 과거 온갖 환경에 적응했던 것처럼, 이번에도 새로운 환경에 적응해서 진화한 것 같았다. 그놈이 움직이지 않았더라면, 아마 알아보지 못했을 것이다. 이제 그는 그놈에게서 채 2미터도 떨어지지 않은 곳에 앉아 있었다. 이미 멸종한 것으로 알려진 동물을 발견했을 때(정말로 발견했다고 치면) 과연 무슨 일이 일어날까? 그는 이렇게 자문하며 기억을 떠올리려고 했다. 그런 일은 매우 드물게 일어났다. UN에서 공로훈장과 연금이 나오지는 않을까. 그 보상금은 무려 수백만 달러에 달했다. 그리고 다른 모든 가능성 중에서도— 특히나 머서에게 가장 성스러운 생물을 찾아낸다고 쳐보자. 세상에. 그는 생각했다. 이건 불가능한 일이야. 어쩌면 내가 두뇌 손상을 입어서 이렇게 된 게 아닐까. 방사능에 노출되어서 그럴 수도 있지. 나도 특수인이 된 거야. 그는 생각했다. 내게 무슨 일이 일어났어. 그 닭 대가리 이지도어와 그의 거미처럼 말이야. 그에게 일어났던 일이 나에게도 일어나고 있어. 머서가 이렇게 만든 걸까? 하지만 내가 바로 머서인데. 내가 이렇게 만든 거야. 내가 두꺼비를 발견한 거야. 내가 머서의 눈을 통해 바라보기 때문에 그걸 찾아낸 거야.

그는 두꺼비 근처에 웅크리고 앉았다. 그놈은 모래를 헤쳐 얕은 구멍을 만든 다음 그 안으로 들어가더니 꽁무니로 낙진을 밀어냈다. 이제는 그놈의 납작한 머리 꼭대기와 두 눈만이 땅 위로 튀어나와 있었다. 이제 놈의 신진대사는 거의 정지 상태로 느려지고, 놈은 일종의 혼수상태에 빠져들었다. 눈에는 아무런 빛이 없었고, 심지어 자기 존재를 자각하지도 못했다. 겁에 질린 나머지 그는 생각했다. 죽었나. 아니면 목이 마르거나. 하지만 그놈은 방금 전까지만 해도 움직였었다.

판지 상자를 내려놓고 그는 두꺼비 둘레의 부드러운 흙을 조심스레 쓸어내기 시작했다. 그놈은 저항하려 들지도 않았다. 아니, 그놈은 그의 존재를 자각조차 못 하고 있었다.

두꺼비를 들어 올리는 순간, 그는 그 동물 특유의 차가움을 느꼈다. 그의 손 안에서 두꺼비의 몸뚱이는 마르고도 주름진 것처럼(거의 살이 축 늘어지는 것처럼) 느껴졌다. 마치 햇빛으로부터 멀리 떨어진 지하 몇 킬로미터 속 동굴에서 살기라도 한 것처럼 차갑게 느껴지기도 했다. 이제 두꺼비가 꿈지럭거렸다. 허약한 뒷다리를 가지고, 놈은 그의 손아귀에서 벗어나려고 애썼으며, 본능적으로 뛰려고 들었다. 커다란 놈이군. 그는 생각했다. 완전한 성체고, 똑똑해. 그리고 생존 능력이 뛰어나군. 인간도 살아남지 못했던 곳에서 사니까. 대체 알을 낳을 물은 어디에서 발견하는지 궁금하군.

결국 머서가 보는 것이 바로 이것이었군. 이런 생각을 하면서, 그는 판지 상자를 삼끈으로 묶어서 포장하는 데 애를 썼다. 그리고 거듭해서 묶고 또 묶었다. 더 이상은 우리가 찾아볼 수 없는 생물이었다. 죽어버린 세계의 주검 속에 그 이마까지 조심스레 파묻은 생명체였다. 우주의 모든 찌꺼기 속에서 머서는 아마 두드러지지는 않는 생명을 지각할 것이었다. 이제는 나도 알겠어. 그는 생각했다. 그리고 일단 한번 머서의 눈을 통해 보고 났으니, 이게 결코 중단되지는 않을 거야.

그 어떤 안드로이드도. 그는 생각했다. 이 생물에게서 다리를 잘라내지는 못할 거야. 그 닭대가리의 거미에게 했던 것처럼은 말이야.

그는 조심스레 묶은 상자를 자동차 조수석에 두고 운전석에 앉았다. 다시 어린아이가 된 것 같군. 그는 생각했다. 이제 그를 짓눌렀던 모든 무게가, 어마어마하고도 억압적인 피로가 사라졌다. 먼저 아이랜에게 이 소식을 전해야지. 그는 영상전화 송수화기를 들고 다이얼을 돌리기 시작했다. 그러다가 동작을 멈추었다. 깜짝 선물로 건네줘야지. 그는 결론을 내렸다. 집까지 날아서 돌아가는 데는 겨우 3, 40분밖에 안 걸릴 테니까.

그는 신이 나서 시동을 걸고, 잠시 후에 하늘로 솟아올라 남

356

쪽으로 1100킬로미터 떨어진 샌프란시스코로 방향을 잡았다.

    펜필드 기분 조절 오르간 앞에 앉은 아이랜 데카드는 오른손 가운뎃손가락으로 숫자가 새겨진 다이얼을 만지작거렸다. 하지만 다이얼을 돌리지는 않았다. 기운이 없고 몸이 아파서 아무것도 바라는 게 없었다. 이것이야말로 미래를 차단하고, 한때 미래에 담겨 있었던 모든 가능성까지도 차단하는 짐이었다. 릭이 여기에 있었다면. 그녀는 생각했다. 그가 나를 위해 다이얼을 3번으로 맞춰줄 텐데. 그러고 나면 나 역시 뭔가 중요한, 원기 왕성한 기쁨으로 다이얼을 돌리고 싶어질지도 모르는데. 또는 그게 아니라면 하다못해 888번, 즉 TV에서 뭐가 나오든지 간에 TV를 보고 싶어 하는 열망으로 돌릴 수도 있을 텐데. 어쩌면 그가 지금 오고 있는 중인지도 몰라. 또 어쩌면 그렇지 않을 수도 있고. 그녀는 속으로 말했다. 그리고 몸 안의 뼈들이 세월과 함께 수축되는 느낌을 받았다.

    똑똑, 아파트 문을 두드리는 소리가 들렸다.

    펜필드 사용설명서를 내려놓고 그녀는 얼른 자리에서 일어나며 생각했다. 이제는 굳이 다이얼을 돌릴 필요가 없어. 나는 이미 그걸 갖고 있으니까. 저게 만약 릭이라면 말이야. 그녀는 문으로 달려가 문을 활짝 열었다.

    "다녀왔어." 그가 말했다. 거기에 그가 서 있었다. 뺨에는 베인 상처가 있었고, 옷은 구겨지고 지저분했으며, 머리카락에는 낙진이 잔뜩 묻어 있었다. 양손이며 얼굴에도 마찬가지였다.

낙진이 그의 온몸에 달라붙어 있었다. 두 눈만 예외였다. 놀라움에 둥그래진 그의 눈에서 빛이 났다. 마치 어린아이의 눈처럼. 이 사람 표정을 보니까. 그녀는 생각했다. 밖에서 열심히 놀다가 이제 막 집으로 돌아온 어린아이 같아. 쉬려고, 씻으려고, 그리고 자기가 오늘 겪은 기적에 관해 이야기하려고.

"무사히 돌아와서 다행이야." 그녀가 말했다.

"뭘 좀 가져왔어." 그는 판지 상자를 양손으로 들고 내밀었다. 집 안으로 들어와서도 그는 상자를 내려놓지 않았다. 뭘까. 그녀는 생각했다. 마치 그 안에 너무 깨지기 쉬운, 또는 너무 귀중한 뭔가가 들어 있어서 차마 내려놓지 못하는 것 같아. 그는 이걸 영원히 자신의 두 손에 들고 있기를 원하는 것 같아.

그녀가 말했다. "커피 한 잔 줄게." 그녀는 스토브의 커피 버튼을 눌렀고, 잠시 후 부엌 식탁에서 그가 앉는 자리에 멋진 머그잔을 내려놓았다. 그는 앉아서도 여전히 상자를 붙들고 있었으며, 눈에는 두 눈을 휘둥그래지게 한 놀라움이 남아 있었다. 그를 알고 지낸 그 모든 세월 동안, 그녀는 한 번도 이런 표정을 맞닥트린 적이 없었다. 그녀가 그를 마지막으로 본 이후 무슨 일인가가 일어난 게 분명했다. 그러니까 어젯밤에 그가 차에 타고 어디론가 떠난 이후로 말이다. 이제 그는 집에 돌아오면서 이 상자를 가져왔다. 그는 그사이에 일어났던 일 모두를 그 상자에 담아서 들고 있는 것이었다.

"이제는 자야겠어." 그가 말했다. "하루 종일 말이야. 해리 브라이언트한테도 전화했어. 나더러 오늘은 출근하지 말고 푹 쉬

358

라더군. 그래서 시키는 대로 그렇게 하려고." 그는 조심스레 상자를 식탁 위에 내려놓고 커피가 담긴 머그잔을 잡았다. 그는 의무감에 커피를 마셨다. 남편이 커피를 마시기를 아내가 원했기 때문이다.

그의 맞은편에 앉으며 그녀가 물었다. "그 상자 안에 뭐가 들어 있어, 릭?"

"두꺼비."

"봐도 돼?" 그녀가 지켜보는 사이, 그는 상자를 묶은 끈을 풀고 뚜껑을 열었다. "오." 두꺼비를 보자마자 그녀가 말했다. 왜인지 그녀에게는 그것이 무섭게 느껴졌다. "혹시 사람도 무나?" 그녀가 물었다.

"손으로 잡아봐. 물지는 않을 거야. 두꺼비는 이빨이 없으니까." 릭이 두꺼비를 꺼내 그녀에게 내밀었다. 혐오감을 억누르며 그녀는 두꺼비를 받았다. "두꺼비는 멸종된 줄 알았는데." 그녀가 이렇게 말하며 두꺼비를 뒤집었다. 다리가 어떻게 생겼는지 궁금했기 때문이다. 두꺼비의 다리는 거의 쓸모가 없는 물건처럼 보였다. "두꺼비도 개구리처럼 뛸 수 있던가? 내 말은, 혹시 이 녀석이 내 손에서 갑자기 펄쩍 뛰어 도망가지는 않을까 해서."

"두꺼비는 다리가 약한 편이야." 릭이 말했다. "그게 두꺼비와 개구리의 가장 큰 차이점이지. 그거랑 물이랑. 개구리는 물 근처에 계속 머물러야 하지만, 두꺼비는 사막에서도 살 수 있어. 내가 이걸 발견한 곳도 사막이었어. 오리건 주 경계 근처였지.

다른 모든 것이 죽은 곳 말이야." 그는 두꺼비를 도로 받으려고 그녀에게 손을 뻗었다. 그러나 그녀가 뭔가를 발견한 다음이었다. 여전히 두꺼비를 뒤집어놓은 상태에서, 그녀가 그 배를 손가락으로 쿡 찔러보더니, 손톱으로 작은 제어판을 찾아냈다. 그녀가 제어판 뚜껑을 톡 하고 열었다.

"아." 그의 얼굴이 서서히 일그러졌다. "그래, 이제는 나도 알겠네. 당신 말이 맞았어." 풀이 죽은 나머지, 그는 아무 말 없이 가짜 동물을 바라보았다. 그녀의 손에서 도로 그것을 받아 들고, 당황한 듯이 놈의 다리를 만지작거리기만 했다. 도무지 이해할 수가 없었다. 곧이어 그는 두꺼비를 도로 상자에 집어넣었다. "캘리포니아에서도 유독 황폐한 지역에, 왜 이놈이 와 있는가 싶었어. 누군가가 이걸 거기 갖다놓은 게 분명해. 도대체 무엇 때문에 그랬는지는 전혀 모르겠지만."

"내가 말하지 말고 가만히 있을걸 그랬지. 이게 전기 제품이라는 걸 말이야." 그녀가 손을 내밀어 그의 팔을 잡았다. 그 사실이 그에게 끼치는 효과를, 그로 인한 변화를 보는 순간, 그녀는 죄의식을 느꼈다.

"아니야." 릭이 말했다. "알게 되어서 다행이야. 아니 오히려 —" 그는 말이 없었다. "차라리 아는 쪽이 낫겠어."

"혹시 기분 조절 오르간을 사용하고 싶어? 기분이 더 나아지도록? 당신은 늘 이걸 많이 썼잖아. 나보다 더 많이."

"괜찮을 거야." 그는 고개를 저었다. 마치 머리를 맑게 하려는 듯이. 그는 여전히 당혹스러워하고 있었다. "머서가 그 닭대가

360

리, 이지도어한테 준 거미. 어쩌면 그것도 인공품일지 몰라. 하지만 상관없어. 전기 제품도 제 나름의 생명을 갖고 있으니까. 그런 생명이야 하찮기는 해도 말이야."

아이랜이 말했다. "당신, 수백 킬로미터는 걸어온 사람처럼 보여."

"정말 긴 하루였으니까." 그가 고개를 끄덕였다.

"그럼 얼른 침대에 누워서 자."

그러자 그는 그녀를 바라보았다. 어리둥절한 듯도 보였다. "이제 끝난 거지, 안 그래?" 그녀가 그렇다고 말해주기를 바라는 듯했다. 그녀가 마치 본인은 알고 있었던 것처럼 해주기를 말이다. 그 말을 자기 입으로 해봤자 아무 의미가 없었다. 그에게는 스스로의 말이 의심스러웠으니까. 그녀가 동의하지 않는 한 그의 말은 실재가 되지 않았다.

"이제 끝났어." 그녀가 말했다.

"이런, 정말 긴 임무였어." 릭이 말했다. "일단 시작하고 나니까 중간에 멈출 방법이 전혀 없더라고. 그 일은 나를 계속 끌고 나갔고, 결국 나는 바티 부부를 처치할 수밖에 없었지. 그러다가 갑자기 나는 아무것도 할 일이 없었어. 그리고 그―" 그는 잠시 머뭇거렸다. 자기가 무슨 말을 시작했는지를 깨닫고 깜짝 놀란 것이 분명했다. "그 부분은 더 나빴지." 그가 말했다. "일을 마치고 나니 멈출 수가 없었어. 거기서 멈춘다면 아무것도 남지 않을 것 같았거든. 오늘 아침에 당신이 한 말이 맞았어. 나는 어설픈 형사의 손을 달고 있는 어설픈 형사에 불과해."

"나는 더 이상 그렇게 느끼지 않아." 그녀가 말했다. "다만 당신이 집으로, 당신이 돌아와야 하는 곳으로 돌아왔다는 사실이 미치도록 반가울 뿐이야." 그녀가 입을 맞춰주자, 그는 기뻐하는 것 같았다. 그의 얼굴이 밝아졌다. 앞서와 비슷했다. 두꺼비가 전기 제품이라는 것을 그녀가 보여주기 전의 얼굴과도 비슷했던 것이다.

"당신이 생각하기에는, 내가 잘못한 것 같아?" 그가 물었다. "내가 오늘 한 일이?"

"아니."

"머서는 그게 잘못이라고 말했지만, 어쨌거나 나는 그렇게 해야만 했어. 정말 기묘했어. 때로는 옳은 것보다 잘못된 것을 하는 편이 더 낫거든."

"그건 우리에게 내려진 저주야." 아이랜이 말했다. "머서가 이야기한 것 말이야."

"낙진?" 그가 물었다.

"머서가 열여섯 살 때 그를 발견한 살해자들 말이야. 그들이 그에게 말했지. 시간을 역행시켜서 생명을 도로 불어넣어서는 안 된다고 말이야. 그래서 이제 그가 할 수 있는 일이라고는 생명을 따라가는 것, 생명이 가는 곳으로 가는 것뿐이었지. 바로 죽음으로 말이야. 살해자들은 그에게 돌멩이를 던졌어. 그 짓을 하는 게 바로 그들이야. 여전히 그를 추적하고 있는 거지. 사실상 우리 모두를. 혹시 그들 중 한 명이 당신의 뺨에 상처를 낸 거야? 아까 피가 나던 거?"

"그래." 그는 힘없이 말했다.

"지금 바로 침대에 누울래? 기분 조절 오르간을 670번에 맞춰줄까?"

"거기에 맞추면 뭐가 나오는데?"

"오랫동안의 당연한 평화." 아이랜이 말했다.

그는 자리에서 일어났고 고통스럽게 똑바로 섰다. 그의 얼굴은 졸립고도 혼란스러웠다. 여러 해에 걸쳐 군단 하나가 퇴각과 진군을 반복하는 것 같았다. 그러다가 그는 천천히 침실 쪽으로 걷기 시작했다. "좋아." 그가 말했다. "오랫동안의 당연한 평화." 그는 침대 위에 팔다리를 뻗고 누웠다. 옷과 머리카락에 묻어 있던 낙진이 새하얀 침대보 위에 떨어졌다.

기분 조절 오르간을 작동시킬 필요는 없었다. 이 사실을 깨달으면서, 아이랜은 침실 창문을 불투명하게 만드는 버튼을 눌렀다. 그러자 낮을 알리는 회색빛이 사라져버렸다.

잠시 후에 릭은 침대 위에서 잠이 들었다.

그녀는 한동안 그 옆에 머물며 그를 지켜보았다. 그가 혹시 깨어나지는 않는지, 가끔 밤에 그러는 것처럼 갑자기 겁에 질려서 벌떡 일어나지는 않는지 지켜보는 것이었다. 그러다가 그녀는 부엌으로 들어가 식탁 앞에 앉았다.

그 옆에는 전기 두꺼비가 상자 안에서 펄떡거리며 부스럭거리고 있었다. 그녀는 두꺼비가 뭘 **먹는지**, 그리고 이걸 어떻게 수리해야 될지 궁금해졌다. 인공 파리겠지. 그녀는 결론을 내렸다.

전화번호부를 펼치고, 그녀는 '동물 관련용품, 전기' 항목을 찾아보았다. 다이얼을 돌리고, 여성 판매사원이 전화를 받자, 그녀는 이렇게 말했다. "인공 파리를 1파운드 주문하려고 하는데요. 진짜로 날아다니고 앵앵거리는 놈으로 부탁드려요."

"혹시 전기 거북에게 주시려는 건가요, 고객님?"

"두꺼비인데요." 그녀가 말했다.

"그러면 저희가 판매하는 종합 먹이를 추천해드리고 싶은데요. 기는 것과 나는 것을 비롯해서 온갖 종류의 인공 벌레들이 들어 있어서—"

"파리만 있으면 돼요." 아이랜이 말했다. "배달도 해주시는 거죠? 제가 아파트에서 나갈 수가 없어서요. 남편이 자고 있는데, 괜찮은지 옆에서 지켜보고 싶어서요."

판매사원이 말했다. "두꺼비를 갖고 계시다면, 영구적으로 재사용이 가능한 웅덩이도 하나 추천해드리고 싶은데요. 혹시 갖고 계신 동물이 뿔도마뱀*이 아니시라면 말이에요. 만약 뿔도마뱀이 맞는다면 모래하고, 여러 가지 색깔의 자갈하고, 유기물 잡동사니 조각 같은 것들이 함께 들어 있는 세트가 있습니다. 고객님께서 급식 주기週期를 정기적으로 유지하시고 싶으시다면, 저희 관리 부서에서 정기적으로 혀 조정을 해드릴 수도 있거든요. 두꺼비의 경우에는 그게 중요하니까요."

"좋아요." 아이랜이 말했다. "완벽하게 해내고 싶거든요. 남편

---

* 도마뱀의 일종으로 몸통이 땅딸막하고 꼬리가 짧아서 두꺼비와 닮았으며, 영어에서도 '뿔두꺼비'나 '뿔개구리'라는 이명이 있다.

이 각별히 아끼는 동물이라서요." 그녀는 집 주소를 알려주고 전화를 끊었다.

그리고 기분이 더 나아진 상태에서, 설탕을 넣지 않은 뜨거운 커피를 마침내 자기도 한 잔 따랐다.

하드보일드풍의 SF로 묘사한 인간과 현실의 문제

1. 〈블레이드 러너〉를 잊고 『안드로이드는 전기양의 꿈을 꾸는가?』를 읽자

최근 만화를 각색한 영화가 여러 편 개봉되면서, 그런 영화에 대한 전문가와 일반인 모두의 감상평을 여러 편 접하게 되었다. 그런데 이런 글들 가운데 일부를 보면서 한 가지 당혹스러웠던 점은, 영화를 더 잘 이해하기 위해서 굳이 원작까지 찾아보는 수고를 기꺼이 감당하는 사람이 의외로 많지 않았다는 것이었다. 바꿔 말하자면, 원작 만화를 읽고 영화를 보았다면 결코 나오지 않았을 법한 오해나 의문, 심지어 트집이 감상평에서 의외로 많이 보였다는 뜻이다.

물론 영화에 대한 해석은 어디까지나 그 영화의 내용에 한정해서만 이루어져야 한다는 말도 맞다. 하지만 원작이 있다면 그걸 미리 보거나 나중에라도 참고한다 하더라도, 영화의 해석에 득이 될망정 해가 될 일까지는 아닐 것이다. 왜냐하면 각색 과정에서 원작의 설정이 바뀌거나 축소되는 일은 비일비재하며, 때로는 그런 변화의 흔적이 관객에게는 옥에 티나 군더더기로 보일 수도 있기 때문이다. 원작이 있다면 그로 인한 오해나 의문을 해소하는 데 도움이 된다.

필립 K. 딕(이하 PKD)의 가장 유명한 소설에 붙이는 해설에서 굳이 영화 이야기를 길게 늘어놓은 까닭은, 사실상 오늘날 그가 얻은 명성 가운데 상당 부분이 영화에서 기인했음을 부정할 수 없기 때문이다. 아울러 그의 소설을 각색한 영화 작품 대부분이 내용 면에서는 그리 만족스럽지 못한 경우가 많았던 것도 사실이다. 대개는 PKD 특유의 작품 세계를 반영하지 못했으며, 단지 오락성이 강한 SF 영화의 틀을 제공하는 선에서 그쳤다는 비판적 평가가 가능할 것이다.

그렇다면 〈블레이드 러너〉(1982)에 대해서도 이와 유사한 평가를 내릴 수 있지 않을까? 비록 최고의 SF 영화 가운데 하나로 손꼽히며, 특히 인간성에 관한 성찰 때문에 종종 철학적인 분석의 대상까지 되는 영화이긴 하지만, 이 작품은 PKD에 대한 대중적 인상을 도리어 훼손했다는 혐의도 충분히 받을 만하다. 어째서일까? 그 이유는 영화와 함께 원작을 읽어보면 알 수 있다. 영화는 PKD의 원작 소설의 내용을 지극히 축소시킨 결과물이기 때문이다.

예를 들어 영화에서 레플리컨트(원작의 '안드로이드') 제조 회사인 타이럴(원작의 '로즌')의 사무실에 있던 '올빼미'는 무엇이며, 그것이 '진짜'인지 '가짜'인지 하는 질문이 왜 나온 걸까? 그 이유는 원작을 읽어야만 비로소 이해할 수 있다. 비록 저자의 양해가 있었다지만, 리들리 스콧의 영화는 소설의 내용을 또다시 축소하고 변경해서 더 모호하게 만들어버렸다는 비판이 가능하다. PKD의 소설을 먼저 읽고 그 유명한 영화를 나중에 본 사람은 아마 공감할 것이다.

다시 말해 PKD의 소설에는 영화가 건드리지 못한 수많은 이야깃거리가 담겨 있다는 뜻이다. 그리고 그 수많은 이야깃거리야말로 PKD가 즐겨 다루었던 소재들의 집대성이라고 할 수 있다. 따라서 영화 〈블레이드 러너〉를 제대로 이해하기 위해서는, 일단 영화를 잠시 잊고 그 원작인 소설 『안드로이드는 전기양의 꿈을 꾸는가?』(이하 『안드로이드』)를 읽어야 한다는 이야기이다. 그래야만 비로소 그 영화가 무엇을 건지고 무엇을 놓쳤는지를 알 수 있을 것이기 때문이다.

2. 『안드로이드』의 줄거리

이 작품은 식민 행성에서 도주해 지구로 잠입한 여러 명의 안드로이드를 추적하는 현상금 사냥꾼 릭 데카드가 하루 동안 겪는 사건들을 묘사하고 있다. 이와 함께 부副줄거리로는 가짜 동물 판매업체에서 배달 사원으로 일하는 '닭대가리' J. R. 이지도어가 도주 안드로이드들과 우연히 만나서 이들의 도피를 돕지만, 결국 안드로이드는 인간과 다르다는 사실을 실감하고 좌절하는 과정이 묘사된다. 아울러 수수께끼의 인물 윌버 머서와 버스터 프렌들리의 이야기도 종종 삽입된다.

최종 세계대전 이후 지구를 뒤덮은 방사능 낙진 때문에 인구 대부분은 식민 행성으로 이주했고, 지구에 남은 사람들은 소수에 불과한 상태가 되었다. 현상금 사냥꾼 릭 역시 그중 한 명으로, 우울증에 빠진 아내 아이랜과 위태한 결혼 생활을 이어가며, 아파트 옥상에서 죽어버린 진짜 양 대신에 전기양을 한 마리 키우고 있다. 안드로이드를 잔뜩 사냥해 벌어들인 현상금으로 값비싼 진짜 동물을 구입하는 것이 꿈이었던 그에게 드디어 좋은 기회가 찾아온다.

화성에서 도주한 최신형 안드로이드 여섯 대를 뒤쫓던 그의 선임자가 도리어 역공을 당하자, 릭이 그를 대신해 여섯 대를 모두 추적하게 된 것이다. 그는 우선 안드로이드 식별법인 보이트 캠프 검사법의 유효성을 확인하기 위해 최신형 안드로이드의 제조업체인 로즌 사를 방문한다. 엘든 로즌과 레이철 로즌은 자사의 안드로이드를 지키기 위해 함정을 파놓고 그를 회유하지만, 릭은 기지를 발휘해 레이철이 안드로이드이며 검사법은 여전히 유효하다는 점을 밝혀낸다.

궁지에 몰린 로즌 사가 안드로이드 추적을 돕겠다고 제안하지만 릭은 이를 거절하고 독자적인 추적에 나서고, 소비에트 경찰로 위장한 폴로코프에게 기습을 당하지만 가까스로 상대를 물리친다. 하지만 다음 목표인 오페라 가수 루바 루프트를 뒤쫓던 그는 도리어 경찰에 신고를 당하고, 현상금 사냥꾼이라는 자기 정체를 입증하는 데에도 실패하여 경찰에 체포되고 만다. 급기야 릭은 난생 처음 보는 경찰서로 끌려가서, 갈랜드 경감이라는 간부로부터 심문을 받는다.

마치 다른 세계로 순간 이동을 해서 졸지에 존재하지 않는 자가 되어버린 듯한 상황에서, 그는 이 낯선 경찰서의 현상금 사냥꾼인 필 레시의 도움을 받아 갈랜드를 제거한다. 알고 보니 갈랜드는 릭이 쫓던 안드로이드 가운데 하나였으며, 릭이 소속된 경찰서와는 별개로 가짜 경찰서를 만들어 운영했던 것이다. 릭과 필은 루바 루프트를 뒤쫓지만, 그녀는 필도 자기와 똑같은 안드로이드라고 주장하고, 이에 격노한 필은 릭의 만류에도 불구하고 루바를 죽인다.

루바에게 은근히 마음이 끌렸던 릭은 필이 그녀를 죽인 것에 분노한다. 릭은 필에게 의구심을 느끼고 안드로이드 확인 검사를 실시하지만 그는 인간으로 밝혀진다. 릭은 안드로이드에게 감정이입을 하면서 느끼는 당혹감을 솔직히 고백하고, 필은 그런 당혹감을 극복하기 위해서는 안드로이드와 섹스를 하는 것도 좋은 방법이라고 조언한다. 릭은 그날 번 현상금으로 새끼 염소를 한 마리 구입해서 아이랜을 기쁘게 하고, 다시 집을 나와 레이철에게 연락을 취한다.

릭은 결국 레이철과 잠자리를 같이하지만, 애초의 기대와는 달리 안드로이드에게 더더욱 감정이입을 하게 되어서 더 이상은 현상금 사냥꾼으로 활동할 수가 없겠다고 자포자기한다. 그때 레이철이 한 가지 놀라운 사실을 폭로한다. 로즌 사에서는 이제까지 줄곧 레이철을 시켜 필 레시를 비롯한 다른 현상금 사냥꾼에게도 '몸 로비'를 했던 것이다. 이는 사냥꾼에게 감정이입의 동기를 마련해서, 자사의 안드로이드 추적을 단념시키려는 의도였다.

격분한 릭은 레이철에 대한 증오를 품은 상태에서 안드로이드를 추적하고, 급기야 레이철과 똑같은 외모를 지닌 프리스를 비롯, 남아 있던 도주 안드로이드 세 대를 모두 처치한다. 하지만 집에 돌아온 릭을 기다리고 있는 것은 의외의, 충격적인 소식이었다. 릭에게 분노한 레이철이 다짜고짜 그의 아파트 옥상으로 찾아와 그날 산 염소를 떨어트려 죽이고 사라졌다는 것이다. 이에 좌절한 릭은 자살하기 위해 황야로 찾아가지만, 돌산에서 윌버 머서의 현현을 느끼고 다시 집으로 돌아와 깊은 잠에 빠진다.

3. 인간과 현실, 반복되는 PKD 특유의 주제

앞서 말했듯이 『안드로이드』를 이야기할 때에는 이미 고전이되어버린 영화 〈블레이드 러너〉의 이야기가 항상 따라붙곤 한다. 하지만 『안드로이드』를 제대로 이해하기 위해서는 이 작품역시 PKD의 다른 작품 상당수에서 반복해서 등장했던 두 가지주제('인간이란 무엇인가?'와 '현실이란 무엇인가?')의 연장선상에 있음을 이해해야 한다. 이 가운데 '인간'에만 초점을 맞추고 엉뚱하게도 '로맨스'를 추가한 영화와 달리, 소설에서는 '인간'과 '현실'의 문제 모두가 드러난다.

우선 '인간이란 무엇인가?'에 해당하는 소재는 안드로이드의정체성 문제이다. 인공 기억까지 심어서 스스로를 진짜 인간으로 확신하는 안드로이드와 인간을 구분하는 방법은 감정이입검사뿐이다. 인간과 달리 안드로이드의 공포나 혐오 같은 감정

표현은 사실상 학습된 두뇌 작용이므로, 자극과 반응 사이에 약간의 시간차가 발생하기 때문이다. 문제는 안드로이드를 찾아내는 임무를 수행하는 릭 데카드가 인간의 정의 자체에 대해 의문을 표시하면서 시작된다.

그의 의문은 루바나 레이첼 같은 일부 안드로이드가 마치 감정을 실제로 느끼는 것처럼 '보인다'는 사실에서 비롯된다. 하지만 처음에는 안드로이드를 내심 인간으로 인정하고 애정까지 느끼던 데카드와 이지도어 역시, 결정적인 순간에 가서는 안드로이드와 인간의 차이를 자각하지 않을 수 없게 된다. 이들이 실감한 안드로이드의 한계는(거꾸로 말하면 '인간만의 특성'은) 바로 감정이입이었다. 이를 단적으로 보여주는 것이 머서주의자들이 이용하는 '감정이입 장치'이다.

이 소설에서 주인공을 비롯한 대부분의 사람은 '감정이입 장치'라는 기계를 이용해서 윌버 머서라는 가상의 존재와 접속하며, 누더기 차림으로 돌투성이 언덕을 천천히 걸어 오르는 그의 고난에 동참하고 종종 누군가가 던지는 돌멩이를 얻어맞기도 한다. 그리고 그 과정에서 접속 상태에 있는 모든 사람의 기쁨과 슬픔을 비롯한 모든 감정을 공유하게 된다. 비록 뚜렷한 경전이나 교단을 보유하고 있지는 않지만, 머서교가 수많은 추종자를 보유한 것도 그래서이다.

윌버 머서와 머서교, 그리고 감정이입 장치에 관해서는 전편前篇이 있다. 바로 「작고 검은 상자」(1963)라는 단편인데, PKD는 『안드로이드』보다도 "이 단편 쪽이 주제를 보다 명확하게 드러내고 있는 것 같다"고 말한 바 있다. "카리타스(또는 아가페)라는 개념은 내 작품에서 진정한 인간을 가려내는 요소로서 종종 등장한다. 진짜 인간이 아니라 단순히 반사적으로 반응하는 기계일 뿐인 안드로이드는 공감 능력을 가지고 있지 못한 것이다."(712쪽)*

인간은 정상인과 특수인을 불문하고 감정이입 장치를 이용할 수 있는 반면, 안드로이드에게는 감정이입 장치가 아무 효과를 발휘하지 못한다. 안드로이드도 이 사실을 모르지 않아서, 탈주 안드로이드의 지도자인 로이 바티는 안드로이드판 머서교를 만들려 시도하다 실패하자, 그 대신 (안드로이드로 추정되는) TV 스타 버스터 프렌들리를 통해 윌버 머서와 '오르기'가 일종의 영화임을 폭로함으로써 머서교의 허구성을 드러낸다.

하지만 이런 안드로이드의 접근법은 감정에 대한 몰이해를 드러나는 것이었다. 왜냐하면 머서는 인간의 감정을, 나아가 인간성을 형상화한 존재이기 때문이다. 머서는 전쟁과 이민으로 과거와 같은 사회생활이 불가능해진 세계에서 인간의 유대를 집결하려 형성된 상징이며, 그의 등장 이전에도 감정은 이미 인간에게 내재되어 있었다. 따라서 머서주의나 감정이입 장치가 사라진다 해도, 인간의 고유한 특성인 감정이며 감정이입 능력은 여전히 남아 있을 것이다.

---

* 우리말 번역과 저자의 해설은 『도매가로 기억을 팝니다』(폴라북스, 2012)에 수록되어 있다. 위에 언급한 인용문과 쪽수는 이 책에서 가져온 것이다.

따라서 이런 폭로와 폄하에도 불구하고 머서주의자에게 머서는 여전히 명백한 현실로 남게 된다. 릭이 감정이입 장치를 이용하지 않고서도 현실 속에서 머서의 현현을 느끼는 장면은 이를 상징한다. PKD의 작품에서는 현실과 가상현실(또는 현실과 또 다른 현실)이라는 두 가지 세계의 경계가 결국 붕괴되어서로 뒤섞이고 침투하는 결과가 종종 나타나는데,『안드로이드』에서도 예외는 아니다. 이것은 PKD 특유의 '현실이란 무엇인가?'라는 질문의 형상화라고 할 수 있다.

이 작품에서 또 한 가지 흥미로운 소재는 바로 진짜 동물과 가짜 동물이다. PKD의 단편「퍼키 팻의 전성시대」와 장편『파머 엘드리치의 세 개의 성흔』에 나온 인형처럼, 동물은 핵전쟁으로 피폐해진 지구에서 유행하는 사치의 상징이다. 살아 있는 동물을 보유한다는 것은 대단한 부의 과시이며, 심지어 동물이 없다는 것은 경멸의 이유가 되기도 한다. 주인공이 없는 형편에도 불구하고 '전기양'을 구입해서 체면치레를 해야 하는 것도 그래서이다.

아울러 릭의 존재가 증명 불가능하게 되는 것, 황무지를 헤매는 노인/예언자, 우울증 기질의 여주인공 등은 PKD의 다른 여러 작품에서도 반복해서 등장하는 소재라는 점을 지적하고 싶다. 하지만 이 소설을 PKD의 작품 중에서도 유독 대중적으로 만들어주는 요소는 바로 하드보일드풍의 줄거리이다. 용의자를 추적하는 과정에서 매력적이지만 위험한 여인, 그리고 거대기업을 상대해야 하는 경찰의 이야기는 우리에게 익숙한 만큼이나 쉽게 다가오는 줄거리이기 때문이다.

4. 이 책의 번역과 제목에 관하여

이 책의 번역 대본은 폴라북스의 PKD 선집 전체의 대본인 라이브러리 오브 아메리카(LoA) 판본 『Philip K. Dick: Four Novels of the 1960s』에 수록된 『Do Androids Dream of Electric Sheep?』이며, 1968년에 나온 초판본 텍스트에서 오탈자를 바로잡은 것이다. 『안드로이드』는 이미 우리나라에 두 번이나 소개된 적이 있다. 첫 번째는 『안드로이드는 전기양의 꿈을 꾸는가?』(정태원 옮김, 글사랑, 1992)로, 훗날 『블레이드 러너』(1993)라는 제목으로 다시 간행되기도 했다.

하지만 이 책은 아쉽게도 일어판의 중역본이다 보니 오역은 물론이고 고유명사 표기에서부터 잘못된 부분이 많았다. 두 번째로 소개된 번역본이 『안드로이드는 전기양을 꿈꾸는가?』(이선주 옮김, 황금가지, 2008)인데, 이것은 최초의 정식 계약본이기는 하지만 틀리거나 누락된 부분이 역시나 있었다. 가장 큰 문제는 가독성을 높이기 위해서인지 문장에 지나치게 윤문을 가해서, 문장과 문단 배열이 원래와는 많이 달라지고 말았다는 점이다.

PKD의 장편 소설에서는 등장인물의 내적 독백이 많이 나와서 상당히 조밀하고도 숨찬 느낌을 전해준다. 폴라북스의 『안드로이드』 역시 번역 과정에서 최대한 한 문장도 빼놓지 않고, 원서와 똑같은 문단 배열을 유지하기 위해 노력했다. 약간 딱

375

딱하고 어색한 느낌이 들더라도 저자의 의도라고 생각해서 최대한 존중했으므로, 이전의 여러 판본을 읽고 나서 폴라북스 판본을 다시 읽는 독자라면 아마 전혀 다른 작품을 읽는 듯한 느낌이 들 것이다.

번역 과정에서는 이 작품의 '나이'를 새삼 실감했다. 예를 들어 전화를 걸 때에 '다이얼'을 돌리고, TV 세트를 켜서 '예열'하고, 전원을 켜면 '오존 냄새'가 피어 오르고, 차창을 '돌려서' 여는 등의 묘사는 이 책이 간행된 1960년대에만 해도 지극히 자연스러웠겠지만, 인터넷과 스마트폰의 시대인 지금은 아무래도 낡아 보이다 못해 심지어 낯설어 보일 수도 있을 것이다. 따라서 이 작품을 읽을 때에는 약 반세기 전의 작품이라는 한계를 염두에 둘 필요도 있겠다.

아울러 이 책의 출간 당시에는 낯설었지만 지금은 일반화된 단어들도 있다. 예를 들어 안드로이드 감별법에 등장하는 '프로파일'이란 단어와, 전기 동물을 지칭하는 '시뮬레이트/시뮬레이션'이라는 단어다. 지금은 범죄 수사 기법인 '프로파일링'과 컴퓨터 분야의 '시뮬레이트/시뮬레이션'이라는 말을 그대로 음차해서 쓸 정도로 일반화되었지만, 이 작품이 발표되었을 당시에만 해도 지금과 같은 의미로 사용되었던 것은 아니었으므로, 여기서도 '윤곽'과 '모의'로 옮겼다.

마지막으로 이 책의 명성을 더해준 특이하고도 중의적인 제목에 관해 설명해볼까 한다. 이에 대해서는 몇 가지 해석이 가능하다. 첫째로, 영어에 '양의 숫자를 센다'(counting sheep,

잠을 청한다)라는 표현이 있음을 고려하면, 이 소설의 제목은 마치 본문에 등장하는 '안드로이드'와 '전기양,' 즉 로봇 인간과 로봇 동물을 지칭하는 것처럼 보인다. 인간이 꿈을 꾸면 양이 나오는 것처럼, 로봇 인간이 꿈을 꾸면 로봇 양이 나오는지를 묻는 역설적인 질문인 것이다.

둘째로, 주인공 릭이 살아 있는 양을 갖고 싶어 안달하는 것처럼, 안드로이드 역시 전기양을 갖고 싶어 하는지를 묻는 질문일 수 있다. 즉 릭이 진짜 양의 소유주가 되기를 '꿈꾸는' 것처럼, 안드로이드는 전기양의 소유주가 되기를 '꿈꾸는' 걸까? 하지만 이에 대해서는 부정적인 대답이 가능할 듯하다. 애완동물을 갖기 위해서는 감정이입이 필요한데, 안드로이드에게는 그런 능력이 결여되어 있기 때문이다.(제18장에서 안드로이드의 손에 들어간 거미의 운명을 생각해보라).

셋째로, 릭은 제16장에서 이렇게 자문한다. "안드로이드도 꿈을 꾸나?" 즉 안드로이드는 지금보다 더 나은 삶을 향한 열망을 갖느냐는 질문이었다. 그리고 이 질문에 대한 답변은 안드로이드가 어딘가로 '도주'했다는 사실로부터 이미 나와 있는 셈이다. 그렇다고 치면 꿈을 꿀 수 있는 존재를 가리켜, 감정이 없기 때문에 '살해'가 아닌 '퇴역'의 대상이라고 간주하는 것은 정당할까? 이쯤 되면 이 SF의 제목은 의외로 심오한 철학적 질문을 담고 있는 셈이라고 해도 되겠다.

1928   필립 킨드리드 딕. 12월 16일 일리노이 주 시카고의 자택에
        서 쌍둥이 누이인 제인 샬럿 딕과 함께 예정일보다 6주 일찍
        태어났다. 아버지 조셉 에드거 딕은 제1차 세계대전에 참전
        했다가 제대 후 농무부에서 일했다. 어머니 도로시 킨드리드
        딕은 공문서를 검열하는 비서였으며, 만성 신부전증을 앓고
        있어서 쌍둥이들에게 수유를 하기가 힘들었고 의사의 도움
        도 제대로 받지 못했다. 그래서 쌍둥이들은 둘 다 발육 상태
        가 좋지 않았다.

1929   1월 26일, 심각한 탈수 증세와 영양실조에 시달리던 갓난
        애들을 서둘러 병원으로 데려갔지만 누이는 병원으로 가
        던 중 사망했다. 그는 체중 5파운드*가 될 때까지 인큐베이
        터 신세를 지게 된다(쌍둥이 누이의 죽음에 괴로워하던 그
        는 훗날 이렇게 기술했다. "누이는 살기 위해, 나는 누이를
        살리기 위해 발버둥을 친다, 영원히……. 그녀는 내게는 전
        부나 다름없다. 나는 늘 내 누이와 헤어지는 동시에 함께해
        야 하는 저주를 받았다"). 아버지에게 샌프란시스코로 전
        근해도 좋다는 농무부의 허락이 떨어졌다. 가족은 콜로라
        도 주 포트 모건으로 휴가를 떠났고, 그는 어머니 도로시와
        함께 현지 친척의 집에 머물며 아버지의 전근 절차가 끝나
        기를 기다렸다. 누이는 포트 모건 공동묘지에 묻혔다. 가족
        은 캘리포니아의 베이지역에 있는 소살리토로 이사했고, 퍼

---

* 2.3킬로그램

닌슐러*로 옮겼다가 마지막에는 앨러미다에 자리를 잡았다.

1930   아버지가 네바다 주 리노에 위치한 국가부흥청(NRA) 서부
        지부 국장으로 승진한다. 가족은 버클리에 정착했고, 아버지
        는 주중에는 리노에 머물며 직장과 가정을 오갔다.

1931   캘리포니아 대학의 아동 복지 연구소가 운영하는 실험적인
        탁아소에 다녔다. 기억력과 언어능력 및 손의 협응력 테스트
        에서 높은 점수를 받았다. 음악적 재능이 뛰어나다는 칭찬도
        듣게 되었다.

1933-34 어머니가 이혼을 요구하면서 부모가 별거에 들어간다. 그는
        어머니와 외갓집에서 외조부모 및 매리언 이모와 함께 살게
        되었다. 어머니가 정규직을 얻으면서 집에 남겨지게 된 그는
        '미마Meemaw'라는 애칭으로 부르던 외할머니의 자상한 보
        살핌을 받으며 진보적인 성격이 강한 브루스태틀록 스쿨 부
        설 유치원을 다녔다. 매리언 이모는 신경쇠약으로 가끔 병원
        에 입원하기도 했지만 그를 무척 귀여워했다.

1935-37 부모의 이혼 절차가 마무리되면서 어머니를 따라서 워싱턴
        D.C.로 이사했다. 아버지는 재혼했다. 이 시기부터 천식과
        심계 항진증을 앓기 시작했다. 기숙학교로 보내라는 의사의
        권유를 받고 행동장애를 가진 아동들을 위한 컨트리데이 스
        쿨로 보내졌다. 그곳에서 처음으로 구토 공포증을 경험하며,
        사람들 앞에서는 음식을 삼키지도, 먹지도 못하게 되었다.
        6개월 뒤 귀가 조치를 받고 처음으로 심리치료사를 만난다.
        프렌즈 퀘이커 데이 스쿨을 다니다가 2학년 때 공립학교

---

* 샌프란시스코 반도.

로 전학했다. 학교에서는 소외감 때문에 힘들어했고 이것은 곧잘 무단결석으로 이어졌다("그 후에는 내가 혐오하는 학교에 가는 일을 제외하면 딱히 하는 일이 없는 시기가 오래 계속되었다. 기껏해야 수집한 우표들을 만지작거리거나 …… 구슬치기, 딱지치기, 볼로배트bolo bats, 당시 갓 출판되기 시작한 코믹북 읽기 같은 남자아이들의 놀이를 하는 정도였다……"). 자연스럽게 우러나오는 마음의 평화와 감정이입을 체험한 것도 이 시기였다. 그는 훗날 인터뷰에서 이 경험을 어린 시절의 '사토리'*라고 표현했다. 어머니의 격려를 받고 처음으로 글쓰기를 시작한 것도 이 무렵이었다.

1938   어머니와 함께 버클리로 돌아갔다. 3년 동안 만나지 못했던 아버지를 찾아갔다. 새로 전학한 공립학교에서 자신을 '짐딕'이라고 소개하지만 곧 다시 필립이라는 이름을 사용했다. 지역 소식과 연재만화를 실은 개인 신문인《더 데일리 딕The Daily Dick》을 만들었다.

1940-43   고전 음악과 오페라에 열중하기 시작했고, 평생 그 열정을 가슴에 품고 살았다.『어린 왕자』와『호빗』,『곰돌이 푸』 및『오즈』시리즈를 읽었다.《어스타운딩》《어메이징》《언노운》등의 SF 잡지를 발견하고 열심히 모으기 시작했다. 이 잡지들의 내용을 본떠 그림을 그리고 글을 썼다. 독학으로 타자치는 법을 익혔고, 라디오 방송으로 접한 제2차 세계대전 소식을 들으며 친구들과 전황에 대해 곧잘 토론을 벌였다. 두 번째 개인 신문인《진실The Truth》을 만들면서 연재만화의 주인공으로 '미래 인간Future-Human'을 등장시켰다("자신의 초超 과학기술을 인류의 복지를 위해 사용하고, 미래의

---

* Satori. 일어로 '깨달음'을 의미함.

암흑가에 맞서는 인물"이었다). 지금은 소실된 첫 번째 소설 『소인국으로의 귀환Return to Liliput』을 완성했다.《버클리 가제트》지에 정기적으로 단편소설과 시를 기고했다. 가필드 공립 중학교와 오하이 시에 위치한 기숙사제 사립 고등학교인 캘리포니아 예비 학교를 다녔다. 정서장애를 극복하기는 여전히 어려웠지만, 급우들에게 정신의학과 심리 테스트에 관한 해박한 지식을 피력하기도 했다(1974년에 딸 로라에게 보낸 편지에서 그는 이렇게 쓰고 있다. "어떤 의미에서는, 학교에 적응을 잘하면 잘할수록 나중에 현실 세계에 적응할 수 있는 확률은 도리어 낮아진다고 할 수 있어. 그러니까 네가 학교에 제대로 적응을 못하면 못할수록, 나중에 학교에서 자유로워진 뒤에 마주치는 현실에 더 잘 대처할 확률이 높아진다고도 할 수 있겠지. 그런 날이 정말로 온다면 말이야. 아마 나는 군대에서 말하는 '안 좋은 태도'를 갖고 있는지도 모르겠구나. 제대로 하든지, 아니면 포기하든지 양자택일하라는 뜻인데, 나는 언제나 그만두는 쪽을 택했어"). 광장공포증과 공황장애로 인한 발작이 더 심해졌다.

1944-47   버클리 고등학교에 입학했다. 독일어를 배우고 칼 구스타프 융의 저서를 읽기 시작했다. 곧잘 현기증 발작을 일으켜 앓아눕곤 했다. 샌프란시스코의 랭글리 포터 클리닉에서 매주 융 학파의 심리분석가에게 치료를 받았지만 결국은 그 분석가를 철두철미하게 경멸하기에 이르렀다. 유니버시티 라디오에 판매원으로 취직했으나, 나중에 아트 뮤직으로 옮겼다. 두 곳 모두 음반, 악보, 전자기기 등을 판매하고 수리도 해주는 음악 상점이었다. 이 두 가게의 소유주인 허브 홀리스는 카리스마 넘치는 까다로운 인물이었는데, 딕에게는 멘토이자 아버지 같은 존재가 되었다(홀리스는 훗날 딕의 소설에 자주 등장하는 전제적이지만 따스한 마음을 가진 '보스'

의 모델이 된다). 홀리스 밑에서 일하는 동안 딕의 불안장애는 많이 나아졌지만, 학교에만 가면 악화되는 통에 마지막 1년 과정은 집에서 개인 교습을 받으며 마쳐야 했다. 같은 해 가을이 되자 집에서 나와 로버트 던컨, 잭 스파이서, 필립 라만티어 같은 작가들과 함께 창고를 개조한 공동주택으로 이사를 갔다. 대부분 동성애자로, 작가 특유의 보헤미안적 삶을 즐기던 룸메이트들은 딕의 독자적인 지적 성장의 원천이 되었다. 딕은 버클리 대학에 잠시 다니며 철학을 전공했지만 의무적으로 참가해야 하는 ROTC 훈련을 혐오했다. 광장공포증은 더욱 악화되었고, 11월에는 결국 자퇴를 하고 말았다. 훗날 그는 ROTC 훈련 도중 소총 분해결합을 거부했다는 이유로 퇴학당했다고 주장했다.

1948-49   아트 뮤직의 매니저는 여성 경험이 전무하다는 것을 알고 가게의 지하방에서 젊은 여성과 잠자리를 함께 할 수 있는 기회를 마련해준다. 재닛 말린과 알게 되고, 서둘러 결혼해 버클리의 아파트로 이사한다. 갈등으로 점철되었던 6개월 동안의 서투른 결혼 생활은 연말이 되기 전에 이혼으로 끝이 난다. 아버지와 다시 재회하고, 지금은 소실된 장편 『어스셰이커The Earthshaker』를 간간이 집필하기 시작했다.

1950   6월에 두 번째 아내인 클리오 애퍼스틸리디스와 결혼한다. 버클리의 프란시스코 거리에 작은 집을 장만했고, 마지막으로 아버지를 만났다. 작문 교사이자 범죄소설과 SF 분야에서 편집자와 평론가로 활동하던 앤서니 바우처(앤서니 화이트)와 조우했고 그의 영향을 받아 다수의 SF 단편을 쓰기 시작했다(훗날 딕은 바우처를 평하며 "성숙한 어른, 그것도 분별 있고 교육받은 어른도 SF를 즐길 수 있다는 사실을 깨닫게 해준 인물"이라고 회고하기도 했다). 당시 딕은 지독한 가난

에 허덕였다(훗날 출간된 단편집 『황금 사나이The Golden Man』의 1980년도 판 서문에서 딕은 이렇게 술회했다. "럭키 도그 애완동물상점에서 파는 말고기는 동물 사료로 팔던 것이었다. 그러나 클리오와 나는 그걸 먹었다. 정말 궁핍했다……").

1951-52 《판타지 앤드 사이언스 픽션》지에 처음으로 팔린 단편 「루그Roog」로 데뷔한다. 홀리스에 대한 신의를 저버렸다는 이유로 아트 뮤직에서 해고당했다. 잡지 《플래닛 스토리즈》에 단편 「워브는 그 너머에 머문다Beyond Lies the Wub」를 게재하고, 스콧 메러디스 출판 에이전시와 전속 계약을 맺는다. 최초의 사실주의적 소설인 『거리에서 들리는 목소리 Voices from the Street』(2007)와 『메리와 거인Marry and the Giant』(1987)을 집필했지만 생전에는 출간되지 못했다(훗날 딕은 이렇게 술회했다. "나는 1951년 11월에 처음으로 단편을 팔았고, 이것들은 1952년에 처음으로 잡지에 실렸다. 고등학교를 졸업할 무렵에는 꾸준히 글을 쓰면서 잇달아 장편을 탈고했지만 물론 하나도 팔리지 않았다. 나는 버클리에 살고 있었고, 주위 환경은 문학을 하기에 안성맞춤이었다. 주류 문학을 하는 소설가들은 얼마든지 있었고, 베이지역에 사는 지극히 유망한 전위적 시인들과도 교류했다. 모두들 나더러 글을 쓰라고 권했지만, 꼭 그걸 팔아야 한다고 격려한 사람은 아무도 없었다. 그러나 나는 책을 팔고 싶었고, SF 소설도 쓰고 싶었다. 나의 궁극적인 꿈은 주류 문학적 소설과 SF **양쪽**을 쓰는 것이었다").

1953-54 최초의 SF 장편인 『태양계 제비뽑기Solar Lottery』(1955)와 『존스가 만든 세계The World Jones Made』(1956)를 판타지 소설 『우주 꼭두각시The Cosmic Puppets』(1957) 및 리

얼리즘 소설인 『함께 모여라Gather Yourselves Together』 (1994)와 함께 에이전시에 팔았다. 음반 가게인 '터퍼와 리드'에서 잠시 일하던 중 공황장애와 광장공포증이 재발했고, 폐소공포증까지 겪었다. 공포증과 우울증 치료제로 처방받은 암페타민을 복용하기 시작했다. 수십 편의 단편을 썼고 그중 대다수를 잡지에 파는 데 성공했다. 딕은 가장 다작을 하는 SF 작가 중 한 사람이 되었다(1953년 한 해 동안에만 무려 30편의 작품이 펄프 잡지*에 실렸다). FBI 수사관 두 명이 방문해서 점잖게 그를 심문한다. 이 사건을 계기로 그는 평생 동안 감시당하고 있다는 생각을 품게 되었다. SF 작가로 이름을 알리는 것에 대한 모호한 저항감과, 사람들 앞에 나서기를 두려워하는 광장공포증에 시달리면서도 난생 처음으로 SF 컨벤션에 참가해서 A. E. 밴 보그트를 만났다. 보그트의 소설은 딕의 초기 SF 소설들에 큰 영향을 미쳤다. 단편 고료와 아내가 이런저런 시간제 일을 해서 번 돈으로 주택 융자금을 갚고, 짧은 기간이나마 재정적인 안정을 누렸다. 매리언 이모가 세상을 떠나자 딕의 어머니는 매리언의 남편인 조 허드너와 결혼하고, 조카인 여덟 살배기 쌍둥이를 입양했다.

1955   장편 데뷔작인 『태양계 제비뽑기』가 에이스 북스에서 페이퍼백 단행본으로 출간되었다. 첫 번째 단편집 『한 줌의 암흑 A Handful of Darkness』도 리치 & 코원 출판사에 의해 영국에서 간행된다. 딕은 같은 해 『농담을 한 사내The Man Who Japed』(1956)와 『하늘의 눈Eye in the Sky』(1957)을 집필했다.

---

* pulp magazine. 갱지를 사용한 선정적인 싸구려 잡지.

1956-57   주류 문단의 인정을 받기 위한 노력의 일환으로 일반 소설
          인『조지 스타브로스의 시간A Time for George Stavros』
          (소실됨)『언덕 위의 순례자Pilgrim on the Hill』(소실됨),
          『시스비 홀트의 깨진 거품The Broken Bubble of Thisbe
          Holt』(1988),『좁은 땅에서 빈둥거리며Puttering About in
          a Small Land』(1985)를 집필했다. 클리오와 두 번의 자동차
          여행을 하면서 동쪽으로는 아칸소 지방까지 둘러보았다.『한
          줌의 암흑』 증보판인『변수 인간 외The Variable Man and
          Other Stories』가 에이스 북스에서 페이퍼백 단행본으로 출
          간되었다. 스콧 메러디스 출판 에이전시와 잠시 결별했지만
          곧 재계약했다.

1958   딕은 처음으로 자신의 사실주의적 모티프를 SF 소설에 접목
          했고, 그 결과물인『어긋난 시간Time Out of Joint』이 리핀
          코트 출판사에서 출간되었다. 그의 소설 중에서는 최초의 하
          드커버였으며, SF 소설이 아니라 스릴러를 의미하는 '위협
          에 관한 소설Novel of Menace'로 홍보되었다. 일반 소설인
          『밀튼 럼키의 구역에서In Milton Lumky Territory』(1985)와
          『니콜라스와 히그Nicholas and the Higs』(소실됨)를 집필했
          다. 단편인「포스터, 넌 죽었어!Foster, You're Dead」가 소비
          에트 연방에서 무단으로 잡지에 실린 것을 알게 되었다. 이
          를 계기로 소련 과학자 알렉산드르 톱치예프와 편지로 아인
          슈타인의 상대성 이론에 관해 의견을 주고받았고, 이 편지들
          은 CIA에게 노출되었다(딕은 1970년대에 정보자유법에 의
          거해 공개 요청을 보낸 뒤에야 이 사실을 알았다). 9월에 클
          리오와 마린 카운티의 포인트 러예스 스테이션으로 이사했
          다. 10월에 앤 루빈스타인이라는 미망인을 만나 격정적인 사
          랑에 빠졌고, 12월에는 클리오에게 이혼을 요구했다.

1959   클리오는 이혼 후 포인트 러예스 스테이션을 떠나 버클리로
        돌아갔다. 딕은 앤과 함께 살며 그녀의 세 딸(헤티, 제인, 텐
        디)의 의붓아버지가 되었다. 이들은 가금류와 양을 키우며
        아이들의 양육비 명목으로 세인트루이스에 사는 앤의 전남
        편 가족들이 보내준 돈으로 생계를 꾸려갔다. 앤의 정신과
        의사에게서 상담을 받기 시작했는데, 이는 1971년까지 간헐
        적으로 이어졌다. 만우절에 멕시코의 엔세나다에서 앤과 결
        혼했다. 돈을 벌기 위해 초기 중편 중 두 편을 장편 SF로 개
        작했다. 이것들은 1960년에 각각 『미래 의사Dr. Futurity』와
        『불카누스의 망치Vulcan's Hammer』라는 제목으로 에이스
        북스의 '더블 시리즈*'로 출간되었다. 일반 소설인 『허풍선
        이 과학자의 고백Confessions of a Crap Artist』(1975)을 집
        필했다. 이 소설은 클리오와의 이혼, 그리고 앤과의 연애에
        서 대부분의 소재를 얻었으며, 크노프사와 하코트사 양쪽에
        서 출간될 뻔했지만 결국 성사되지는 못했다. 그러나 그 과
        정에서 딕의 작가적 능력에 주목한 하코트 출판사는 차기 일
        반 소설의 선불금을 지불했다. 앤이 임신을 했고, 딕은 암페
        타민의 일종인 서모자이드린을 계속 복용했다.

1960   2월 25일에 첫아이인 로라 아처 딕이 태어났다. 하코트 출
        판사에서 일반 소설을 내고자 하는 희망은 결국 이루어지지
        못했다. 편집자가 휴가를 간 사이에 출판사가 합병을 하면
        서, 딕이 쓴 『모두 똑같은 이를 가진 사내 The Man Whose
        Teeth Were All Exactly Alike』(1984)와 『조지 스타브로
        스의 시간』을 개작한 작품인 『오클랜드의 험프티 덤프티
        Humpty Dumpty in Oakland』(1986)의 출간을 제대로 추
        진하지 못했기 때문이었다. 가을이 되자 앤이 또 임신을 했

---

* Ace Double. 두 작가의 각기 다른 작품을 앞뒤로 뒤집어 묶은 페이퍼백 시리즈.

지만 경제적으로 더 궁핍해지는 것을 두려워했던 앤은 딕의 반대에도 불구하고 아이를 낙태했다.

1961   앤의 수공예 보석상에서 잠깐 일을 했다. 변화를 다룬 중국의 고전인『역경I Ching』을 발견하고, 향후 20년 동안 그 점괘를 참고하며 살아갔다. 딕은 자신이 '움막'이라고 부르던 곳에 틀어박혔다. 타자기와 전축, 그리고 책들이 있는 이 오두막에서 그는『높은 성의 사내The Man in the High Castle』의 집필에 착수했다. 플롯의 일부는『역경』의 점괘를 참조했다.

1962   『높은 성의 사내』는 퍼트넘 출판사에서 스릴러물로 출간되었고 호평을 받았지만 판매는 부진했다. 그러자 퍼트넘 출판사는 사이언스 픽션 북클럽에 판권을 팔았다. 딕은 장편『당신을 합성해드립니다We Can Build You』를 집필했는데, 이는 1969년에서 1970년 사이에《어메이징》지에 「A. 링컨, 시뮬라크럼A. Lincoln, Simulacrum」이란 제목으로 연재되었다. 같은 해에 집필한『화성의 타임슬립Martian Time-Slip』은 1963년 잡지《월드 오브 투모로우》에 '우리는 모두 화성인All We Marsmen'이란 제목으로 연재되었다(훗날 딕은 이렇게 회고했다. "『높은 성의 사내』와『화성의 타임슬립』을 통해 나는 실험적인 주류 소설과 SF 사이의 간극을 줄였다고 생각한다. 어느 날 갑자기 작가로서 하고 싶었던 일을 다 할 수 있는 길을 찾은 기분이었다").

1963   7월에 스콧 메러디스 출판 에이전시에서 팔리지 않는다는 이유로 10여 편 이상의 주류 소설을 돌려보냈다. 돈이 궁해진 나머지 그는 앤의 집을 담보로 레코드 가게를 시작할 것을 고려했다. 9월에는『높은 성의 사내』가 SF 문학상 중 최

고의 권위를 자랑하는 휴고상 최우수 장편상을 받았다. 그러나 결혼 생활은 악화일로를 걸었다. 딕은 친구들에게 아내가 자기를 죽이려 한다고 주장했다. 오랫동안 부부 싸움을 하다가 앤을 로스 정신병원으로 보냈고, 앤은 랭글리 포터 클리닉에서 2주간 치료를 받는 데 동의했다. 결혼이 깨지는 것을 막기 위해 두 사람은 미국 성공회 예배에 참석하기 시작했다. 딕은 이곳에서 세례를 받았다. 딕의 팬이었던 매런 해켓은 친구의 주선으로 딕을 만났다. 그녀와 그녀의 의붓딸들도 성공회 신도였다. 딕은 암페타민을 연료 삼아 『닥터 블러드머니, 혹은 폭탄이 터진 뒤 우리는 어떻게 살아남았나Dr. Bloodmoney, or How We Got Along After the Bomb』(1965), 『타이탄의 게임 플레이어The Game-Players of the Titan』(1963년, 에이스 북스에서 출간), 『시뮬라크라The Simulacra』(1964), 『작년을 기다리며Now Wait for Last Year』(1966)를 탈고했고, 『알파성의 씨족들Clans of the Alphane Moon』(1964)과 『우주의 균열The Crack in Space』(1966)을 쓰기 시작했다. 집필실이 있는 오두막으로 걸어가면서 그는 하늘에서 기괴한 가면을 쓴 인간 얼굴의 환영幻影을 보았다. 훗날 그는 이 체험을 장편 『파머 엘드리치의 세 개의 성흔The Three Stigmata of Palmer Eldritch』(1965)에 녹여내었다.

1964   버클리를 방문하는 일이 잦아졌다. 『파머 엘드리치의 세 개의 성흔』을 탈고한 후 3월에 출판 에이전시에 넘겼다. 3월 9일 이혼 소송을 제기하고 잠시 어머니 집에서 살았다. 베이지역의 활기찬 SF 팬덤에 합류해서 폴 앤더슨, 매리언 짐머 브래들리, 론 굴라트와 레이 넬슨 같은 작가들을 만났다. 『높은 성의 사내』의 속편을 쓰기 시작했다가 포기했다. 『우주의 균열The Crack In Space』, 『잽건The Zap Gun』(같은 해 『프

388

로젝트 플로셰어Project Plowshare』라는 제목으로 잡지에 연재되었고 1967년에 출간됨),『끝에서 두 번째의 진실The Penultimate Truth』을 탈고했으며,『텔레포트되지 않은 사내The Unteleported Man』(1966)를 쓰기 시작했다. SF 작가 아브람 데이비슨의 아내로 당시 그와 별거 중이었던 그래니아 데이비슨(훗날 '그래니아 데이비스'로 소설 출간)과 연애편지를 교환했다. 7월에는 운전 도중 차가 전복되는 바람에 큰 부상을 입고 심각한 우울증을 겪으면서 집필 의욕을 상실했다. 오클랜드에서 열린 세계 SF 컨벤션에 참석했다. 마약이 횡행했던 집회였다. 친구인 잭과 마고 뉴컴 부부가 오클랜드에 있는 딕의 자택을 방문했다. 12월이 되자 그는 매런 해킷의 의붓딸인 21살의 낸시 해킷에게 구애를 시작했다("네가 나를 위해 우리 집으로 들어왔으면 좋겠어. 안 그런다면 나는 머리가 돌아버려서 점점 더 약을 찾게 될 거고…… 결국 아무런 글도 쓸 수 없을 거야. 나에겐 자극과 영감을 줄 수 있는 네가 필요해.")

1965   3월에 낸시 해킷과 함께 살기 시작했다. 가정 생활을 시작하며 다시 집필을 하기 시작했고 고질적인 광장공포증 역시 부활했다. 딕은 LSD를 두 번 복용하고 불편한 환영을 경험했다("나는 '그'를 맥동하고, 격렬하고, 마구 진동하는 존재로서 지각했다. 복수심에 불타는 위압적인 존재, 마치 형이상학적인 IRS*요원처럼 회계 감사를 요구하는 존재라고나 할까"). 팬진**인《라이트하우스》에 실린 에세이「마약, 환영 그리고 실체에 대한 탐색Drugs, Hallucinations, and the Quest for Reality」에서 그는 다음과 같이 술회했다. "사람들은 환

---

* Internal Revenue Service. 미 국세청.
** fanzine. 팬이 발행하는 잡지.

각에 매달릴 필요가 없다. 착란으로 몸을 망치는 길은 하나
만 있는 것이 아니므로." 『텔레포트되지 않은 사내』를 완성
하고, 캘리포니아의 미국 성공회 주교인 제임스 파이크*와
돈독한 우정을 쌓았다. 파이크가 비서로 채용한 낸시의 의
붓어머니인 매런 해켓은 파이크의 숨겨진 정부情婦였다. 딕
은 파이크와의 대화를 통해 신학적 고찰과 초기 크리스트교
의 기원에 관한 연구에 심취하기 시작했다. 낸시와 함께 산
라파엘로 이사했다. 레이 넬슨과 공동으로 『가니메데 혁명
The Ganymede Takeover』(1967)을 썼고, 『거꾸로 도는 세
계Counter-Clock World』(1967)의 집필을 시작했다.

1966   『거꾸로 도는 세계』를 탈고하고 『안드로이드는 전기양의 꿈
을 꾸는가?Do Androids Dream of Electric Sheep?』(1968)
와 『유빅Ubik』(1969), 아동 SF인 『농부 행성의 글리멍The
Glimmung of Plowman's Planet』(1988년에 영국에서 『닉
과 글리멍Nick and the Glimmung』이라는 제목으로 출간
됨)을 썼다. 7월에 낸시와 결혼했다. 딕은 회의적이었지만,
파이크 주교와 매런 해켓, 낸시와 함께 영매가 주최하는 세
앙스**에 참석했다. 이 모임의 목적은 자살한 파이크의 아들
인 짐과 접촉하기 위한 것이었다. 『작년을 기다리며』와 『텔
레포트되지 않은 사내』, 『우주의 균열』이 출간되었다.

1967   3월 15일에 둘째 딸 이솔더(이사) 프레이어 딕이 태어났다.
텔레비전 드라마 〈침략자The Invaders〉의 구성 원고를 썼
지만 팔리지 않았다. 『거꾸로 도는 세계』, 『잽건』, 『가니메
데 혁명』이 페이퍼백으로 출간되었다. 6월에 낸시의 의붓어

---

* James A. Pike(1913~1969).
** séance. 교령회. 죽은 사람들의 영혼과 통교하려는 사람을 중심으로 한 모임.

머니 매런 해켓이 자살했다. IRS가 딕에게 체납된 세금과 벌금 및 이자의 납부를 요구하면서 이미 심각했던 가계 재정난이 한층 더 악화되었다. 단편 「부조父祖의 신앙Faith of Our Fathers」이 할런 엘리슨이 편집한 SF 앤솔러지 『위험한 비전Dangeros Visions』에 실렸다. 서문에서 엘리슨은 딕이 LSD에 의한 환각 상태에서 이 단편을 썼다고 주장했지만, 이것은 딕의 고의적인 오도誤導에 의한 것이었다.

1968   잡지 《램파츠》 2월호에 실린 '작가와 편집자에 의한 전쟁세 반대운동' 청원서에 서명하면서 IRS와의 갈등이 심화되었다. 낸시와 함께 '마약 SF 컨벤션Drug Con'이라는 이명異名을 얻은 베이컨*에 참가했다. 그곳에서 로저 젤라즈니를 처음으로 만났다. 젤라즈니와는 훗날 장편 『분노의 신Deus Irae』(1976)을 공동 집필하게 된다. 『안드로이드는 전기양의 꿈을 꾸는가?』의 초판이 하드커버로 출간되었다. 이 작품의 영화 판권도 팔렸다. 『은하의 도기 수리공Galactic Pot-Healer』(1969)과 『죽음의 미로A Maze of Death』(1970)를 집필했다. 딕의 오랜 멘토였던 앤서니 바우처가 사망한다. 활자화되지는 않았지만 다음과 같은 자기소개 글을 썼다. "……기혼자이며, 두 딸과 젊고 신경질적인 아내와 함께 살고 있다……. 처음에는 스카를라티**, 다음에는 제퍼슨 에어플레인***, 그다음에는 〈신들의 황혼Götterdämmerung〉에 귀를 기울이며 대부분의 시간을 보내며, 이것들을 어떻게든 한데 엮어보려고 시도하고 있다. 각종 공포증에 시달리고 있다……. 채권자들에게 엄청난 빚을 지고 있지만 갚을 돈이 없다. 경고. 이 작자에게 돈을 빌려주지 말 것. 돈뿐만 아니라 당신의

---

* BayCon. 샌프란시스코 베이지역에서 개최되는 SF, 판타지 컨벤션.
** Giuseppe Domenico Scarlatti(1685~1757). 이탈리아 작곡가.
*** Jefferson Airplane. 1965년 결성된 미국의 사이키델릭 록 그룹.

약까지 훔치려 들 것이다."

1969   『프로릭스 8에서 온 친구들Our Friends from Frolix 8』
        (1970)을 썼다. 『은하의 도기 수리공』이 페이퍼백으로, 『유
        빅』이 하드커버로 출간되었다. 몬트리올의 한 호텔에서 거
        행된 존 레넌과 오노 요코의 평화를 위한 '침대 시위bed-in'
        에 참석한 티모시 리어리*의 전화를 받았다. 리어리는 레넌
        과 오노에게 수화기를 넘겼고, 이들은 『파머 엘드리치의 세
        개의 성흔』에 감탄했다며 영화화하고 싶다는 희망을 전했다.
        저널리스트인 폴 윌리엄스의 방문을 받았다. 처방받은 약물,
        특히 리탈린의 복용량이 크게 늘면서 결혼 생활에도 금이 가
        기 시작했다. 암페타민을 강박적으로 복용한 나머지, 췌장염
        과 초기 신부전증 증세로 응급실 신세를 진다. 예수가 역사
        인물로서 존재했다는 증거를 찾기 위해 이스라엘로 탐사 여
        행을 떠났던 파이크 주교가 9월에 유대 사막에서 사망했다.

1970   『흘러라 내 눈물, 경관은 말했다Flow My Tears, the Police-
        man Said』(1974)를 쓰기 시작했다. 평소의 집필 습관과는
        달리 3월과 8월 사이에 여러 번 고쳐 썼다. 낸시의 동생 마이
        클 해켓이 아내와의 이혼 소송 중에 딕의 집으로 와서 눌러
        앉았다. 딕은 환각제인 메스칼린을 복용한 후 찬란한 사랑의
        비전[幻影]을 체험했고, 『흘러라 내 눈물, 경관은 말했다』에
        이를 투영했다. 7월에는 당국에 푸드 스탬프**를 신청했다.
        중단편집 『보존 기계The Preserving Machine』가 출간되었
        고, 『프로릭스 8에서 온 친구들』이 페이퍼백 단행본으로, 『죽
        음의 미로』가 하드커버로 출간되었다. 9월에 낸시가 딸인 이

---

* Timothy Leary(1920~1996) 미국의 심리학자. LSD와 카운터컬처 옹호자로 유
  명하다.
** food stamp. 저소득자용 식량 배급권.

사를 데리고 집을 떠나면서 다량의 약물—거리에서 구입한 불법 마약까지 포함한—과 암페타민의 기운을 빌린 밤샘 토론, 편집증, 보헤미안적 너저분함으로 점철된 친구들과의 공동 생활 시대를 시작했다. 글은 거의 쓰지 않았고, 『흘러라 내 눈물, 경관은 말했다』를 가끔 개고하는 정도였다. 10월에는 톰 슈미트가 합류했다(11월에 쓴 편지에서 딕은 이렇게 술회했다. "다들 각성제를 복용하고 있고, 다들 죽을 거야 ……. 하지만 앞으로 몇 년은 더 살겠지. 사는 동안은 지금 모습 그대로 살 거야. 어리석게, 맹목적으로. 토론하고, 함께 시간을 보내고, 농담을 나누고, 서로 의지하면서 말이야").

1971   『흘러라 내 눈물, 경관은 말했다』의 미완성 원고를 엉망진창이 된 일상으로부터 지키기 위해서 변호사에게 맡겼다. 젊은 히피와 폭주족, 중독자들이 딕의 집에 드나들자 마이클 해켓이 떠났다. 5월에 한 친구가 딕을 스탠포드 대학병원의 정신과 병동에 입원시켰다. 8월이 되자 마린 제너럴 정신병원과 로스 정신과 클리닉 양쪽에서 치료를 받았다. 자신이 FBI나 CIA의 감시를 받고 있다고 주장하며, 총을 구입한 것도 이 시기의 일이었다. 11월에는 도둑이 들어 집이 크게 부서졌다. 서류 캐비닛은 누군가에 의해 폭파되었고, 창문과 문은 박살이 났으며, 개인 서신 및 재정 관련 서류들이 도난당했다(침입자의 정체에 관해 딕은 오랫동안 숱한 추측을 했다. 정부 요원, 종교 광신도, 블랙 팬서*, 심지어는 자기 자신까지 의심했다). 딕은 결국 이 집을 포기했다.

1972   2월에 캐나다 밴쿠버에서 열린 SF 컨벤션의 주빈으로 참가했다. 그곳에서 연설한 「안드로이드와 인간」은 호평을 받았

---

* Black Panther. 흑인 해방을 주장하는 미국의 극좌 과격파 조직.

고, 딕은 캐나다에 머무르겠다는 의사를 밝혔다. 그러나 얼마 지나지 않아 밴쿠버에 환멸을 느끼고 또 다른 장소를 물색했다. 오레곤 주 포틀랜드에 있는 어슐러 K. 르 귄에게 편지를 써서 방문해도 될지 타진했다. 캘리포니아 주립대학 풀러턴 캠퍼스의 윌리스 맥넬리 교수에게 풀러턴이 살 만한 곳인지 문의했다(이 시점부터 편지를 쓰는 일이 급격하게 늘어났으며, 이 경향은 죽을 때까지 계속되었다. 르 귄 외에도 제임스 팁트리 주니어, 스타니스와프 렘, 존 브루너, 노먼 스핀래드, 토마스 디시, 브라이언 올디스, 로버트 실버버그, 시어도어 스터전과 필립 호세 파머 등의 동료 작가들과 정기적으로 편지를 주고받았다). 3월에 처음으로 자살 시도를 했다. 주로 헤로인 중독자들을 위한 시설인 X-컬레이 재활센터에 입원해서 공격적 집단 요법*에 참여했다. 몇십 년 동안이나 처방을 받아 남용해오던 암페타민을 끊었다. 맥넬리 교수와 학생들이 오렌지 카운티로 그를 초청하는 편지를 보내왔다. 딕은 풀러턴에 정착해서 일련의 룸메이트들과 함께 살았다. 젊은 친구들이 많이 생겼는데, 그중에는 작가 지망생인 팀 파워스도 있었다. 맥넬리는 딕에게 객원 강사 자리를 알선하고 풀러턴 캠퍼스의 도서관에 다량의 딕 관련 서류를 보관했다. 개인 서신과 꿈에 관련된 글들을 모아 『검은 머리의 소녀The Dark-Haired Girl』 작업을 했다(1988년에 증보판으로 출간되었다). 그해 출판된 『필립 K. 딕 걸작선The Best of Philip K. Dick』의 작품 선정을 도왔다. 7월에는 18세의 레슬리(테사) 버스비를 만나 곧 동거에 들어갔다. 9월에는 로스앤젤레스 SF 컨벤션에 참가했다. 10월이 되자 낸시 해켓과의 이혼 소송을 마무리 짓기 위해 테사와 함

---

* confrontational group therapy. 매우 공격적인 분위기를 통해 고의적으로 환자들을 압박하는 정신 요법의 일종. 주로 약물 중독자들의 치료에 쓰인다.

께 마린 카운티로 여행을 떠났다. 낸시는 이사의 단독 양육권을 획득했다. 스타니스와프 렘과 편지를 주고받았고, 렘은『유빅』의 폴란드어 번역을 주선했다.『흘러라 내 눈물, 경관은 말했다』를 완성하고, 단편「시간비행사들을 위한 조촐한 선물A Little Something for Us Tempunauts」을 썼다.

1973   다시 꾸준히 글을 쓰기 시작했다. 2월에서 4월까지『스캐너 다클리A Scanner Darkly』(1977)를 썼다. BBC와 프랑스의 다큐멘터리 작가들과 인터뷰를 가졌다. 4월에 테사와 결혼했고, 7월 25일에 아들 크리스토퍼 케니스 딕이 태어났다. 당시 박사 과정을 밟고 있었던 장 피에르 고랭이 그를 방문해 프랑스 평론가들이 텔레비전에서 그를 노벨상 수상자로 추천했다는 사실을 알렸다. 런던의《데일리 텔레그래프》지와 인터뷰를 했다. 돈 문제와 건강 문제에 계속 시달렸다. 유나이티드 아티스트 영화사에서『안드로이드는 전기양의 꿈을 꾸는가?』의 영화 판권을 매입했다.

1974   2월에 하드커버로 출간된『흘러라 내 눈물, 경관은 말했다』는『높은 성의 사내』이래 가장 좋은 평을 받으며 휴고상과 네뷸러상 후보에 올랐고, 1975년도 존 W. 캠벨 기념상을 수상했다.《램파츠》청원서에 서명했던 딕은 혹시 당국으로부터 불이익을 받지는 않을지 우려하며 4월의 납세 기간이 오는 것을 두려워했다. 2월에 사랑니 발치 수술을 받으며 소듐 펜토탈*을 투여받았는데, 이때 일련의 강렬한 환영을 경험했다. 이 환영은 3월 내내 계속되면서 한층 강도를 더해갔고, 4월이 되자 간헐적으로 나타나다가 점점 약해졌다. 이때 받은 여러 계시는 각양각색의 선하고 악한 종교적, 정치

---

* sodium pentothal. 전신 및 국소 마취제의 상품명.

적 영향—신, 그노시스파 기독교도들, 로마 제국, 파이크 주교, KGB 등을 포함하지만 이것이 전부는 아니었다—의 산물로 치부되었지만, 딕은 남은 생애 동안 그 의미를 해석하는 데 골몰하며 많은 시간을 보낸다. "내가 『성스러운 침입 The Divine Invasion』(1981)을 쓴 뒤로는 단 한 마디도 하지 않았다. 내게 들리는 계시는 구약성서에서 '신의 영혼'을 의미하는 루아Ruah의 목소리였다. 그것은 여성의 목소리로 말했고, 메시아 예언에 관련된 얘기를 늘어놓는 경향이 있었다. 한동안은 그것의 인도를 받았다. 고등학교 시절부터 가끔 그 목소리를 듣곤 했다. 위기가 닥치면 뭔가 다시 내게 말해줄 것이다……." 딕은 '2-3-74'라고 부르게 된 것에 관한 사변적인 해설을 쓰기 시작했다. 대부분 손으로 쓴 이 난삽한 원고는 8천여 장에 달했다. 훗날 딕은 이 원고에 『주해서Exegesis』라는 제목을 붙였다(전체 원고는 미출간 상태이며 읽으려는 사람도 거의 없지만, 사후에 발췌본이 출간되었다). 메러디스 출판 에이전시와 결별했다가 일주일도 되지 않아 다시 계약을 맺고 『흘러라 내 눈물, 경관은 말했다』의 출판 계약을 더블데이에서 DAW로 이전하는 데 동의했다. 심각한 고혈압과 경미한 뇌졸중으로 의심되는 증세로 5일 동안 입원했다. 프랑스 영화감독인 장 피에르 고랭이 다시 찾아와서 그가 각본을 쓰는 조건으로 『유빅』의 영화화 판권을 일괄 지급하는 계약을 맺었다. 딕은 한달 만에 『유빅』의 각본을 썼다(영화화는 되지 않았지만, 각본은 1985년에 출간되었다). 〈블레이드 러너〉라는 제목으로 영화화된 『안드로이드는 전기양의 꿈을 꾸는가?』를 각색하던 시나리오 작가들의 방문을 받았다. 《롤링스톤스》지의 폴 윌리엄스와 인터뷰를 했다. 1971년에 겪었던 주거 침입 사건에 관한 상세한 회고와 분석이 주된 내용을 이뤘다.

1975   어깨 부상으로 수술을 받은 후 진행 중이던 장편『발리시스 템 A Valisystem A』에 관한 메모를 휴대용 녹음기로 녹음했 지만 2주 만에 다시 타이프라이터로 집필하기 시작했다(이 소설은 결국 사후 출간된『앨버무스 자유 방송Radio Free Albemuth』(1985)과 1981년에 출간된『발리스Valis』두 소 설로 분할되었다).《뉴요커》지는 1월호와 2월호의 '토크 오 브 더 타운Talk of the Town' 란에 연속 인터뷰 기사를 싣고 딕을 '우리가 가장 좋아하는 SF 작가'라 칭했다. 1월과 2월에 마지막으로 타오르는 듯한 비전[啓示]을 체험했다. 그노시스 주의, 조로아스터교, 불교에 관한 책들을 열독하고 밤마다 『주해』를 집필했다. 장편『허풍선이 과학자의 고백』을 출간 했다. 이것은 딕이 쓴 초기의 사실주의적 작품 중에서 유일 하게 생전에 출간된 것이다. 만화가인 아트 슈피겔만의 방문 을 받았다. 딕은 옛 친구이자 영국 성공회의 사제 훈련을 받 고 있던 도리스 소우터에게 점점 사랑을 느꼈다. 5월에 도리 스가 암이라는 진단을 받았다. 할런 엘리슨과 사이가 틀어졌 다. 공동 저자인 로저 젤라즈니와 함께『분노의 신』을 완성 했다. 외국어 판의 출간으로 생겨난 인세 수입이 비교적 많 아졌다. 외국에서 들어온 인세 덕에 잠시 풍족한 삶을 누리 며 중고 스포츠카와 브리태니커 백과사전을 구입했지만, 몇 달 지나지 않아 그의 우상이자 멘토인 로버트 하인라인에게 돈을 빌리는 신세가 되었다.『스캐너 다클리』의 수정 작업을 끝냈다. 11월에《롤링스톤스》에 실린 특집 기사에서 로큰롤 평론가인 폴 윌리엄스가 딕을 '우주 최고의 SF 마인드를 가 진 인물'로 평했다.

1976   도리스 소우터에게 청혼했지만 거절당했다. 그녀는 딕의 집 안과 얽히고 싶어 하지 않았다. 2월에 크리스토퍼가 탈장으 로 입원했다. 2월 말 딕과 테사는 별거했다. 그러고 나서 몇

시간도 지나지 않아 딕은 여러 방법을 동시에 동원해 자살을 시도했다. 오렌지 카운티 메디컬 센터에 수용되었다가 곧 정신병동으로 보내져 14일 동안 감시를 받으며 격리되었다. 테사가 잠시 집으로 돌아왔지만 딕은 곧 그녀와의 관계를 청산하고 도리스와 함께 산타아나의 아파트로 이사를 갔다. 그곳에서 그는 남은 인생을 보냈다(도리스와는 플라토닉한 관계를 유지했다). 5월에 밴텀 출판사에서 복간을 목적으로 『파머 엘드리치의 세 개의 성흔』, 『유빅』, 『죽음의 미로』 판권을 매입했고, '2-3-74'를 토대로 집필 중인 소설 『발리시스템 A』의 선금을 지불했다. 9월에 도리스는 그의 옆집으로 이사하기로 결정했다. 다시 우울증이 도지면서 자살 충동에 대한 두려움 때문에 딕은 10월에 세인트 조셉 병원의 정신 병동에 입원했다. 연말에는 밴텀의 편집장이 『발리시스템 A』를 조금 수정해줄 것을 요구했지만 딕이 원본 전체를 대폭 수정하는 바람에 『발리스』라는 다른 소설이 탄생했다(1976년에 그가 출판사에 보낸 『발리시스템 A』는 1985년에 『앨버무스 자유 방송』으로 출간되었다). 『분노의 신』이 출간되었다.

1977   처음으로 혼자 사는 것에 적응하기 시작했다. 테사와 크리스토퍼는 정기적으로 딕을 찾아왔다. 2월에 테사와의 이혼이 마무리되었다. 『스캐너 다클리』가 출간되었고, 팀 파워스와의 우정은 절정에 달했다. 훗날 SF 작가로 입신하게 될 파워스와 K. W. 지터, 제임스 블레이록과 정기적으로 저녁을 함께 보냈다. 파워스와 지터에게 그가 본 '2-3-74' 비전에 관해 자세히 얘기하고 토론을 벌였다. 이 두 친구는 딕이 구상 중이던 자서전적 색채가 짙은 장편 『발리스』의 등장인물들의 모델이 된다. 『유빅』, 『파머 엘드리치의 세 개의 성흔』과 『죽음의 미로』가 복간되면서 《롤링스톤스》지의 격찬을 받았고, 딕은 동시대인들에 의해 매우 중요한 미국 작가로 인

정받는다. 4월에 32세의 사회사업가인 조안 심슨을 만나서 오렌지 카운티에서 3주 동안 함께 지낸다. 그 후 심슨을 따라 소노마로 가서 여름 동안 잠시 머물렀다. 딕은 우울증으로 인한 격렬한 발작에 시달렸다. 프랑스의 메스Metz 문학 축제에 주빈으로 초빙받아 출국했다. 해외여행을 감행한 것은 공포증에 대한 승리를 의미했다. 그곳에서 강연한 「만약 이 세상이 끔찍하다고 생각하면, 다른 세상들로 가보라」는 종교적 색채가 짙었던 데다가 동시통역 문제가 겹쳐서 청중을 당혹케 했다. 귀국한 뒤에는 캘리포니아 북부에 뿌리를 내리고 사는 것을 거부한 탓에 심슨과 헤어졌다. 『주해서』의 집필을 계속했다. 단편 「도매가로 기억을 팝니다We Can Remember It For You Wholesale」의 영화 판권을 팔았다(이 작품은 훗날 〈토탈 리콜Total Recall〉(1990)이라는 제목으로 개봉되었다).

1978   밴텀에서 나올 『발리스』의 수정 작업이 늦어졌다. 대신 『주해서』를 집필했다. 8월에 어머니가 세상을 떴다. 배다른 딸들인 로라와 이사가 처음으로 만났고 딕은 이 만남에 감격했다. 9월이 되자 '2-3-74' 체험을 담을 적절한 소설적 구조를 모색하면서 『주해서』에 이렇게 썼다. "나의 장편―및 단편들―은 지적―개념적―인 미로이다. 그리고 나는 우리가 놓인 상황을 파악하기 위해 지적인 미로에서 헤매고 있다. ……왜냐하면 현 상황 자체가 출구를 찾을 수 없는 미로이기 때문이다……." 메러디스 출판 에이전시의 새 담당자 러셀 갤런이 딕이 낸 장편들의 재간을 적극적으로 추진하고, 논픽션을 한 편 써보라고 권유한 덕분에 상당히 고무되었다. 이 권유가 계기가 되어 『발리스』를 위한 효율적인 접근 방법이 떠올랐다. 11월이 되자 2주에 걸쳐 『발리스』를 썼고, 갤런에게 이 책을 헌정했다.

1979   딸 로라와 이사가 여러 번 방문했다.『스캐너 다클리』가 프
            랑스의 메스 문학 축제에서 대상을 수상했다.『주해서』집필
            에 심혈을 기울였고, 자신의 가장 중요한 작품이 될지도 모
            른다는 언급을 했다. 러셀 갤런은 딕의 신작 단편들을 잡지
            《플레이보이》나《옴니》같은 높은 고료를 주는 시장에 내놓
            았다. 갤런이 오렌지 카운티를 방문했을 때 마침내 두 사람
            은 직접 만났다. 그러나 딕이 평소 버릇대로 밤새도록 얘기
            를 나누자 갤런은 녹초가 되었다. 임대 아파트 건물이 조합
            주택으로 개조되면서 딕은 자기가 살던 아파트를 매입했지
            만 옆집의 도리스 소우터는 자금을 마련하지 못하고 부득이
            다른 곳으로 이사했다. 도리스가 떠나가자 딕은 크게 고뇌했
            다. 도리스에 대한 자신의 애착을 투영한 「공기의 사슬, 에테
            르의 그물Chains of Air, Webs of Aether」이라는 단편을 썼
            다. 단편 「두 번째 변종Second Variety」의 영화 판권이 팔렸
            다(1995년에 〈스크리머스Screamers〉라는 제목으로 개봉되
            었다).

1980   「공기의 사슬, 에테르의 그물」을 포함해 『발리스』의 속편
            으로 간주되는 『성스러운 침입』을 3월 말에 탈고했다. 『주
            해서』의 집필은 계속했지만 연말까지는 별다른 저술 활동
            을 하지 않았다. 몇몇 장편소설의 아우트라인을 구상했지만
            결국 쓰지는 못했다. 더 이상 환영을 통해 영감을 받지 못
            할지도 모른다는 불안에 시달리다가 11월 말에 급작스러운
            계시를 받았다. 이 계시를 통해 그는 『주해서』의 집필을 중
            단해야 한다는 결론을 내렸다. 5페이지에 달하는 결말부의
            우화를 완성했고, 12월 2일에 '엔드End'라는 단어를 타이프
            로 친 다음 표제 페이지를 작성했다(이 페이지에는 『변증법:
            신과 사탄, 그리고 예고되고 제시된 신의 최후의 승리/필립
            K. 딕/주해서/*Apologia Pro Mia Vita**』라고 쓰여 있다). 열흘

뒤에 참지 못하고 강박적으로 『주해서』의 집필을 재개한다.

1981   2월에 『발리스』가 출간되었다. 깊은 우정을 쌓았던 르 귄과 크게 다투었지만 금세 화해했다. 에너지가 고갈되었다는 생각에 다이어트를 시작하고 체중을 많이 줄였다. 리들리 스콧 감독이 『안드로이드는 전기양의 꿈을 꾸는가?』를 햄프턴 팬처와 데이비드 피플스의 각본으로 영화화한 〈블레이드 러너〉의 제작에 착수했다. 영화화에 대한 딕의 반응은 환호와 경멸 사이를 오락가락했다. 투자자 측에서는 영화 대본을 소설화하기를 원했지만, 러셀 갤런은 딕이 쓴 원작 쪽이 영화와 함께 출간되어야 한다고 주장했다(결국 『안드로이드는 전기양의 꿈을 꾸는가?』는 영화와 같은 제목으로 1982년에 재간되었다). 사이먼＆슈스터 출판사의 편집장이었던 데이비드 하트웰이 일반 소설과 SF 소설을 한 권씩 써달라는 제안을 했고, 딕은 이 제안을 받아들여 4월과 5월에 『티모시 아처의 환생The Transmigration of Timothy Archer』을 썼다. 이 책은 제임스 파이크 주교의 죽음을 둘러싸고 일어난 사건들을 소설화한 것으로, 1963년에 메러디스 에이전시에서 그가 쓴 주류 소설을 거부한 이래 처음으로 쓴 비非 SF였다. 딕은 6월에 갤런에게 보낸 편지에서 자신의 비 장르 작품들이 빛을 보지 못했던 것은 "나의 작가 인생에서는 비극—그것도 너무나도 오랫동안 계속된 비극—이었네"라고 술회했다. 두 달 후 SF 차기작인 『한낮의 올빼미The Owl in Daylight』를 구상하면서 그는 이렇게 썼다. "SF를 계속 쓸 작정이야. 그건 내 천직이니까……." 그러나 딕은 기력이 고갈되어 글을 쓸 수 없다는 사실을 알게 되었다. 9월 17일 밤에는 '타고르Tagore'라고 불리는 구세주의 환영을 보았다. 딕은 이 사람이 실존 인

---

* 라틴어로 '나의 삶을 위한 변론'을 의미한다.

물이며 실론*에 살고 있다고 확신했고, 그에게서 지시를 받고 있다고 느꼈다. 다시 가정을 꾸릴 수 있을까 하는 희망에서 테사와의 재결합을 고려했다. 11월에는 〈블레이드 러너〉 초기 편집본의 특수 효과 영상 시사회에 초대받았다. 메스 문학 축제에도 재차 초빙을 받고 여행 계획을 세우기 시작했다. 그렉 릭맨과 일련의 인터뷰를 하기 시작했고, 릭맨에게 자신의 공식 전기작가가 되어달라고 부탁했다. 『한낮의 올빼미』에 관한 (완전히 상이한) 두 개의 아우트라인을 작성했다.

1982   미래의 부처인 마이트레야**의 세상이 도래한다는 영국의 신비주의자 벤자민 크림의 예언에 심취한다. 릭맨의 인터뷰는 계속되었고, 딕은 영적인 문제에 대해 불안감과 피로감을 느끼고 있다고 토로했다. 도리스 소우터의 친구인 그웬 리가 대학 리포트를 쓰기 위해 딕을 인터뷰했다. 아마 그의 생애 마지막이었을 이 인터뷰에서 딕은 『한낮의 올빼미』의 세부적인 사항들에 대해 밝혔지만, 결국 쓰지 못했다. 2월 18일에 자신의 아파트에 홀로 있던 딕은 뇌졸중으로 쓰러져 의식을 잃었다. 이웃 사람들에 의해 발견되어 병원에서 의식을 되찾았지만 말을 할 수 없었고, 몸의 왼쪽이 마비되었다. 3월 2일 딕은 뇌졸중 발작 재발과 심부전으로 인해 병원에서 숨을 거뒀고, 콜로라도 주 포트 모건의 공동묘지에 잠들어 있는 쌍둥이 누이 제인 곁에 나란히 묻혔다. 『티모시 아처의 환생』은 그의 사후에 출간되었으며, 5월에 개봉된 〈블레이드 러너〉는 딕에게 헌정되었다. '필립 K. 딕 상'이 제정되었다. 이는 미국에서 처음부터 페이퍼백 단행본 형태로 출간되는 뛰어난 SF 장편을 선정해서 매년 수여하는 상이다.

---

* Ceylon. 현 스리랑카.
** 미륵보살. 불교의 보살.

◐ 필립 K. 딕 저작 목록

■ 장편소설

403

▪ 단편집

1955　『A Handful of Darkness』(영국판)

1957　『The Variable Man』

1969　『The Preserving Machine』

1973　『The Book of Philip K. Dick』

1977　『The Best of Philip K. Dick』

1980　『The Golden Man』

1984　『Robots, Androids, and Mechanical Oddities』

1985　『I Hope I Shall Arrive Soon』

1987　『The Collected Stories of Philip K. Dick, 1, Beyond Lies the Wub』

　　　『The Collected Stories of Philip K. Dick, 2, Second Variety』

　　　『The Collected Stories of Philip K. Dick, 3, The Father-Thing』

　　　『The Collected Stories of Philip K. Dick, 4, The Days of Perky Pat』

　　　『The Collected Stories of Philip K. Dick, 5, The Little Black Box』

1988　『Beyond Lies the Wub』(영국 Gollancz판. 『The Collected Stories of Philip K. Dick, 1, Beyond Lies the Wub』과 동일)

1989　『Second Variety』(영국 Gollancz판. 『The Collected Stories of Philip K. Dick, 2, Second Variety』와 동일)

　　　『The Father-Thing』(영국 Gollancz판. 『The Collected Stories of Philip K. Dick, 3, The Father-Thing』과 동일)

1990　『The Days of Perky Pat』(영국 Gollancz판. 『The Collected Stories of Philip K. Dick, 4, The Days of Perky Pat』과 동일)

　　　『The Little Black Box』(영국 Gollancz판. 『The Collected Stories of Philip K. Dick, 5, The Little Black Box』와 동일)

　　　『The Short Happy Life of the Brown Oxford』(Citadel

Twilight판. 『The Collected Stories of Philip K. Dick, 1, Beyond Lies the Wub』과 동일)

『We Can Remember It for You Wholesale』(Citadel Twilight판. 『The Collected Stories of Philip K. Dick, 2, Second Variety』에서 단편 「Second Variety」를 「We Can Remember It for You Wholesale」로 대체)

1991   『The Minority Report』(Citadel Twilight판. 『The Collected Stories of Philip K. Dick, 4, The Days of Perky Pat』과 동일)

『Second Variety』(Citadel Twilight판. 『The Collected Stories of Philip K. Dick, 3, The Father-Thing』에 단편 「Second Variety」 추가)

1992   『The Eye of the Sibyl』(Citadel Twilight판. 『The Collected Stories of Philip K. Dick, 5, The Little Black Box』에서 단편 「We Can Remember It for You Wholesale」을 제외)

1997   『The Philip K. Dick Reader』(『Second Variety』의 단편 3편을 영화화된 단편 3편으로 대체)

2002   『Minority Report』(영국 Gollancz판)

『Selected Stories of Philip K. Dick』

2003   『Paycheck』(2004년 출간. 영국 Gollancz판)

『Paycheck and 24 Other Classic Stories by Philip K. Dick』(Citadel Twilight판. 『The Short Happy Life of the Brown Oxford』와 동일)

2006   『Vintage PKD』(장편 발췌. 단편, 에세이, 서간 포함)

2009   『The Early Work of Philip K. Dick, I: The Variable Man & Other Stories』

『The Early Work of Philip K. Dick, II: Breakfast at Twilight & Other Stories』

▪ 논픽션, 서간집

1988	『The Dark Haired Girl』(에세이, 시, 편지 모음)
1991	『The Selected Letters of Philip K. Dick』, 1974
1993	『The Selected Letters of Philip K. Dick』, 1975~1976
	『The Selected Letters of Philip K. Dick』, 1977~1979
1994	『The Selected Letters of Philip K. Dick』, 1972~1973
1996	『The Selected Letters of Philip K. Dick』, 1938~1971
2009	『The Selected Letters of Philip K. Dick』, 1980~1982

안드로이드는 전기양의 꿈을 꾸는가?

초판 1쇄 펴낸날   2013년 9월 27일
초판 24쇄 펴낸날   2024년 12월 5일

지은이 | 필립 K. 딕
옮긴이 | 박중서
펴낸이 | 김영정

펴낸곳 | 폴라북스
등록번호 | 제22-3044호
주소 | 06532 서울시 서초구 신반포로 321 (잠원동, 미래엔)
전화 | 02-2017-0280
팩스 | 02-516-5433
홈페이지 | www.hdmh.co.kr

ISBN 978-89-93094-43-5 04840
세트 978-89-93094-31-2